# Rilla de Ingleside

CB019015

# Rilla de Ingleside

## LUCY MAUD MONTGOMERY

Tradução
Rafael Bonaldi

Ciranda Cultural

© 2020 Ciranda Cultural Editora e Distribuidora Ltda.

Traduzido do original em inglês
*Rilla of Ingleside*

Texto
Lucy Maud Montgomery

Revisão
Fernanda R. Braga Simon

Tradução
Rafael Bonaldi

Produção editorial e projeto gráfico
Ciranda Cultural

Preparação
Mariane Genaro

Ilustração de capa
Beatriz Mayumi

**Dados Internacionais de Catalogação na Publicação (CIP) de acordo com ISBD**

M787r    Montgomery, Lucy Maud
       Rilla de Ingleside / Lucy Maud Montgomery ; traduzido por Rafael Bon-
aldi ; ilustrado por Beatriz Mayumi. - Jandira, SP : Ciranda Cultural, 2020.
       320 p. ; 16cm x 23cm. - (Ciranda Jovem)

       Tradução de: Rilla of Ingleside
       Inclui índice.
       ISBN: 978-65-5500-297-3

       1. Literatura infantojuvenil. 2. Literatura canadense. 3. Romance.
I. Bonaldi, Rafael. II. Mayumi, Beatriz. III. Título. IV. Série.

CDD 028.5
2020-1312                                              CDU 82-93

**Elaborado por Vagner Rodolfo da Silva - CRB-8/9410**

**Índice para catálogo sistemático:**
1. Literatura infantojuvenil 028.5
2. Literatura infantojuvenil 82-93

1ª edição revista em 2020
www.cirandacultural.com.br
Todos os direitos reservados.
Nenhuma parte desta publicação pode ser reproduzida, arquivada em sistema de busca
ou transmitida por qualquer meio, seja ele eletrônico, fotocópia, gravação ou outros, sem
prévia autorização do detentor dos direitos, e não pode circular encadernada ou encapada
de maneira distinta daquela em que foi publicada, ou sem que as mesmas condições sejam
impostas aos compradores subsequentes.

# SUMÁRIO

# "Notas" sobre Glen
# e outros assuntos

Era uma tarde agradável e prazerosa, repleta de nuvens douradas. Susan Baker acomodou-se na grande sala de estar de Ingleside com uma aura taciturna de satisfação ao seu redor. Eram quatro horas da tarde, e Susan, que tinha trabalhado incessantemente desde as seis da manhã, sentia que merecia uma hora de descanso e fofocas. Ela vivenciava a mais pura felicidade, tudo havia corrido estranhamente bem na cozinha naquele dia. O Doutor Jekyll não se transformara no Senhor Hyde[1], de maneira que ela não havia ficado nervosa. De onde estava sentada, ela podia admirar o orgulho de seu coração: os canteiros de peônias plantadas e cultivadas por ela mesma, que floresciam como nenhum outro em todo o vilarejo de Glen St. Mary, com flores em tons de carmesim, de um rosa-prateado e também brancas como a neve.

Susan vestia uma blusa nova de seda preta, tão elaborada quanto qualquer roupa que a senhora Marshall Elliott usaria, e um avental branco e engomado adornado por um intrincado laço de renda em

---

1   Personagens do livro *O Médico e o Monstro*, lançado em 1886, do escritor escocês Robert Louis Stevenson (1850-1894). (N. T.)

crochê de três centímetros de largura, sem mencionar o acabamento combinando. Ela, então, abriu a última edição do *Daily Enterprise* com a confiança plena de uma mulher bem-vestida e preparou-se para ler as "Notas" sobre Glen, que, conforme a senhorita Cornelia acabara de contar, ocupavam metade de uma coluna e citavam quase todos os moradores de Ingleside. A manchete em letras grandes e destacadas na primeira página do periódico informava que um tal arquiduque Ferdinando[2] tinha sido assassinado em um lugar com o esquisito nome de Sarajevo, todavia Susan não dava atenção para esse tipo de assunto desinteressante e irrelevante; ela estava em busca de algo realmente vital. Ah, ali estava, "Notas de Glen St. Mary". Susan acomodou-se melhor e leu em voz alta para desfrutar ao máximo de cada palavra.

A senhora Blythe e a visita, a senhorita Cornelia (aliás, a senhora Marshall Elliott) conversavam próximas à porta aberta que dava para a varanda, por onde entrava uma brisa fresca e deliciosa trazendo sopros do perfume do jardim e ecos alegres do canto encoberto por vinhas, onde Rilla, a senhorita Oliver e Walter riam e conversavam. Onde quer que Rilla estivesse, havia risadas.

Havia outro ocupante na sala, enrolado no sofá, que não poderia ser deixado de lado graças à impressionante singularidade e, principalmente, por ter a distinção de ser a única criatura viva que Susan de fato detestava.

Todos os gatos eram misteriosos, mas o Doutor Jekyll-Senhor Hyde, apelidado de "Doc", ultrapassava todos os limites. Era um gato com personalidade dupla (ou, como jurava Susan, possuído pelo diabo). Em primeiro lugar, havia algo de singular desde a alvorada de sua existência. Quatro anos antes, Rilla Blythe ganhara um adorável gatinho branco como a neve, com uma macha preta na ponta do rabo atrevido,

---

2 Francisco Fernando Carlos Luís José Maria de Áustria-Este, arquiduque da Áustria cujo assassinato, em 28 de junho de 1914, em Sarajevo, foi o estopim para o início da Primeira Guerra Mundial. (N. T.)

que ela chamou de Jack Frost. Susan não simpatizou com Jack Frost logo de início, por mais que não soubesse ou pudesse explicar o motivo.

– Escreva o que estou dizendo, querida senhora – disse em tom sombrio –, aquele gato ainda vai nos dar trabalho.

– Por que você acha isso? – perguntou a senhora Blythe.

– Eu não acho, eu sei – foi tudo que Susan dignou-se a dizer.

Jack Frost era o favorito de todos os outros habitantes de Ingleside. Estava sempre limpo e arrumado, sem uma mancha sequer no belo casaco branco; ronronava e enroscava-se carinhosamente e era escrupulosamente honesto.

Então, aconteceu uma tragédia doméstica em Ingleside. Jack Frost teve quatro filhotes!

Seria inútil tentar descrever o triunfo de Susan. Ela não tinha avisado desde o começo que aquele gato acabaria se revelando uma desilusão ou uma fraude? Pois ali estava a prova!

Rilla ficou com um dos gatinhos. Era muito bonito, com um pelo especialmente macio e lustroso de um amarelo-escuro e listras cor de laranja, orelhas largas, acetinadas e douradas. Ela o chamou de Dourado, nome que pareceu apropriado para a criaturinha brincalhona que, durante a infância, não demonstrou indício algum da natureza sinistra que tinha. Susan, é claro, alertou a família de que nada de bom poderia vir da cria do diabólico Jack Frost; entretanto, ninguém deu ouvidos às suas lamúrias proféticas.

Os Blythes se acostumaram tanto a se referir a Jack Frost no masculino que não conseguiram abandonar o hábito, de forma que continuaram a usar o pronome masculino, ainda que o resultado fosse ridículo. Os visitantes ficavam um tanto aturdidos quando Rilla referia-se casualmente a "Jack e a cria dele", ou quando dizia com braveza para o Dourado: "Vá lá com sua mãe e peça a ele que limpe seu pelo".

– É indecoroso, querida senhora – dizia a pobre Susan com amargura. Ela referia-se a Jack apenas por "o animal" ou "a fera branca". Pelo menos um coração não sofreu quando "o animal" foi acidentalmente envenenado no inverno seguinte.

Um ano depois, "Dourado" tornou-se um nome tão evidentemente inadequado para o filhote alaranjado que Walter, que na época estava lendo o livro de Stevenson, rebatizou-o de Doutor Jekyll-Senhor Hyde. Em seu estado de ânimo como Doutor Jekyll, o gato era dorminhoco, afetuoso, manso e caseiro e adorava ganhar carinho e mimos. Em especial, ele amava deitar-se de costas e que lhe acariciassem gentilmente o pescoço cor de creme, enquanto ronronava de prazer com sonolência. Seu ronronar era notório; Ingleside nunca havia tido um gato que ronronasse com tanta frequência e satisfação.

– A única coisa que invejo em um gato é o ronronar – comentou o doutor Blythe certa vez ao ouvir a melodia ressoante do Doc. – É o som mais satisfatório do mundo.

Doc era muito bonito, seus movimentos eram graciosos, e sua pose, magnífica. Quando colocava o longo rabo com anéis escuros ao redor das patas e sentava-se na varanda para contemplar fixamente o espaço por longos intervalos, os Blythes tinham a impressão de que nem a esfinge egípcia seria uma divindade do portal mais adequada.

Quando o Senhor Hyde assumia o controle, o que invariavelmente acontecia antes das chuvas e dos dias ventosos, ele se transformava em um selvagem de olhos vidrados. Era sempre uma transformação repentina. Erguia-se com um salto, rosnando com raiva, e mordia qualquer mão que tentasse aplacá-lo ou acariciá-lo. Seu pelo parecia ficar mais escuro, e os olhos exibiam um brilho maligno. Adquiria uma beleza quase sobrenatural. Se a mudança acontecesse no crepúsculo, os moradores de Ingleside ficavam com medo. Ele virava uma fera aterrorizante que somente Rilla conseguia defender, alegando que ele era só "um gatinho lindo e travesso". Ele era lindo, disso não havia dúvida.

O Doutor Jekyll adorava leite; já o Senhor Hyde não suportava e defendia com unhas e dentes sua carne. O Doutor Jekyll descia as escadas tão silenciosamente que ninguém o ouvia. Os passos do Senhor Hyde, no entanto, eram pesados como os de um homem. Em certas noites, quando Susan estava sozinha em casa, ele a "deixava de cabelo em pé" ao fazer isso. Ele tinha o costume de sentar-se no chão da cozinha e encará-la sem piscar por até uma hora. Aquilo a deixava com os nervos à flor da pele, mas a coitada tinha muito pavor e não conseguia afugentá-lo. Ela se atreveu a jogar um graveto na direção dele uma vez, mas o felino prontamente deu um pulo feroz para cima dela. Susan correu para fora e nunca mais ousou afrontar o Senhor Hyde de novo, embora descontasse suas diabruras no inocente Doutor Jekyll, então enxotava-o sempre que apontava o nariz nos domínios dela e negava pedacinhos dos petiscos de que tanto gostava.

– "Para os inúmeros amigos da senhorita Faith Meredith e dos senhores Gerald Meredith e James Meredith" – leu Susan, saboreando os nomes como se fossem caramelos – "foi um grande prazer lhes dar as boas-vindas algumas semanas atrás, quando regressaram da Redmond College. James Blythe, que se graduou em Artes em 1913, acabou de completar o primeiro ano de medicina".

– Faith Meredith é a criatura mais deslumbrante que já vi – comentou a senhorita Cornelia por cima do crochê. – É incrível como aquelas crianças mudaram depois que Rosemary West foi morar naquela casa. As pessoas quase não se lembram mais de como costumavam ser travessas. Anne, querida, recorda-se de como eles eram? É surpreendente a forma como Rosemary soube educá-los. Ela é mais uma amiga do que uma madrasta. Todos a amam, e Una a adora. Quanto ao pequeno Bruce, Una praticamente se escraviza por ele. O que é compreensível, uma vez que ele é um encanto. E você já viu alguma criança se parecer tanto com uma tia como ele se parece com a tia Ellen? É tão moreno e sério quanto ela. Não vejo nenhum traço da Rosemary nele. Norman Douglas sempre conta, a plenos pulmões, que a cegonha deveria ter trazido Bruce para Ellen e ele, mas acabou levando-o para a casa ministerial por engano.

– Bruce adora Jem – disse a senhora Blythe. – Quando vem aqui, ele segue Jem em silêncio para cima e para baixo como um cachorrinho, com os olhos atentos sob as sobrancelhas escuras. Creio que faria qualquer coisa por Jem.

– E Jem e Faith? Quando vão formar um casal?

A senhora Blythe sorriu. Era de conhecimento geral que a senhorita Cornelia, que fora uma ferrenha crítica dos homens, havia se tornado uma casamenteira na terceira idade.

– Eles são só bons amigos ainda, senhorita Cornelia.

– Muito bons amigos, acredite em mim – enfatizou. – Estou bem inteirada do que os jovens andam aprontando.

– Não tenho dúvida de que Mary Vance se encarrega de informar-lhe tudo, senhora Marshall Elliott – observou Susan –, mas acho uma vergonha inventar namoricos entre as crianças.

– Crianças! Jem tem vinte e um anos, e Faith tem dezessete – retrucou a senhorita Cornelia. – Não se esqueça, Susan, de que nós, velhos, não somos os únicos adultos no mundo.

Ultrajada, Susan, que detestava que se referissem à idade dela, não por vaidade, e sim por um medo assombroso de que achassem que estava velha demais para trabalhar, voltou a ler as "Notas".

– "Carl Meredith e Shirley Blythe voltaram da Queen's Academy na sexta-feira passada. Ele deverá ser o responsável pela escola de Harbour Head no ano que vem, e temos certeza de que será um professor de sucesso e querido por todos".

– Ele ensinara às crianças tudo que elas precisam saber sobre insetos, de qualquer forma – disse a senhorita Cornelia. – O senhor Meredith e a Rosemary queriam que ele fosse direto para Redmond agora que ele terminou os estudos na Queen's, mas Carl tem uma natureza muito independente e quer juntar parte do dinheiro para bancar os estudos universitários. Acho que se sairá muito bem.

– "Walter Blythe, que deu aula em Lowbridge nos últimos dois anos, deixou o cargo" – leu Susan. – "Ele pretende ir para Redmond no outono".

– Walter já está pronto para Redmond? – inquiriu a senhorita Cornelia, preocupada.

– Esperamos que esteja até o outono – disse a senhora Blythe. – Um verão de ócio, ar fresco e sol lhe fará maravilhas.

– É difícil se recuperar da febre tifoide – disse a senhorita Cornelia com ênfase –, principalmente em quadros gravíssimos, como foi o caso do Walter. Acho que ele deveria esperar mais um ano antes de ir para a faculdade. No entanto, é tão ambicioso! Di e Nan irão também?

– Sim. As duas queriam lecionar por mais um ano, contudo Gilbert acha melhor elas irem para Redmond neste outono.

– Que bom. Elas ficarão de olho em Walter para que não estude excessivamente. – A senhorita Cornelia olhou de soslaio para Susan. – Suponho que, depois da reprimenda que recebi minutos atrás, não seja seguro sugerir que Jerry Meredith está arrastando a asa para Nan.

Susan a ignorou, e a senhora Blythe riu novamente.

– Querida senhorita Cornelia, fico tão ocupada com essas histórias de paquera ao meu redor entre todos esses garotos e garotas que, se eu as levasse muito a sério, isso acabaria comigo. Todavia não estou... é só difícil aceitar que eles cresceram. Quando olho para esses meus filhos tão altos, pergunto-me se eles são os mesmos bebês doces e gorduchos que eu beijava e ninava até pouco tempo atrás... até muito pouco tempo atrás, senhorita Cornelia. Jem não era o bebezinho mais adorável, na velha Casa dos Sonhos? E agora é um bacharel em Artes, acusado de estar de namoricos.

– Estamos todas ficando mais velhas – suspirou a senhorita Cornelia.

– A única parte de mim que se sente velha – disse a senhora Blythe – é o tornozelo que quebrei quando Josie Pye me desafiou a andar sobre o telhado dos Barrys, em Green Gables. Ele lateja quando o vento sopra do leste. Não quero admitir que seja reumatismo, mas dói. Quanto às crianças, eles e os Merediths estão planejando um verão divertido antes do início das aulas. É uma turminha tão animada! Eles mantêm essa casa em um perpétuo turbilhão de alegria.

– Rilla vai para a Queen's quando Shirley voltar?

– Ainda não decidimos. Imagino que não. O pai dela acha que ainda não está na hora; ela cresceu demais e está muito alta para uma garota de quinze anos. Fico aflita só de pensar... seria terrível não ter nenhum dos meus bebês aqui comigo no próximo inverno. Susan e eu teríamos que brigar para quebrar a monotonia.

Susan sorriu. Imagine, brigar com a "querida senhora"!

– Mas a Rilla quer ir? – perguntou a senhorita Cornelia.

– Não. A verdade é que Rilla é a única do meu rebanho que não é ambiciosa. Gostaria que ela tivesse mais sonhos. Ela não tem nenhuma aspiração... Parece-me que seu único interesse é se divertir.

– E o que há de mal nisso, querida senhora? – exclamou Susan, que não suportava ouvir uma palavra sequer contra os moradores de Ingleside, mesmo que dita por algum deles. – Uma garota deveria poder se divertir, e nada me fará mudar de opinião. Ela terá tempo de sobra para se preocupar com latim e grego.

– Gostaria que ela fosse mais responsável, Susan. Você sabe o quanto ela é absurdamente vaidosa.

– E ela tem bons motivos – retrucou Susan. – É a garota mais linda de toda Glen St. Mary. Você acha que aquelas pessoas que moram do outro lado do porto, os MacAllisters, os Crawfords, os Elliotts, seriam capazes de produzir uma cútis como a de Rilla em quatro gerações? Não. Querida senhora, eu conheço bem o meu lugar, só que não posso permitir que critique Rilla. Ouça, senhora Marshall Elliott.

Susan encontrou uma chance de se vingar dos comentários da senhorita Cornelia sobre a vida amorosa das crianças. Ela leu o trecho com gosto:

– "Miller Douglas decidiu não se mudar para o Oeste. Ele disse que a velha Ilha do Príncipe Edward é boa o bastante para ele e que continuará trabalhando na fazenda da tia, a senhora Alec Davis".

Susan lançou um olhar cortante para a senhorita Cornelia.

– Ouvi dizer, senhora Marshall Elliott, que Miller está de olho em Mary Vance.

Aquilo atravessou a armadura da senhorita Cornelia. Seu rosto belo e redondo corou.

– Não vou permitir que Miller Douglas se aproxime de Mary – disparou. – Ele vem de uma família muito baixa. O pai dele era meio que um pária do clã; eles nunca o consideraram realmente um membro. E a mãe era uma Dillon, aquela família terrível de Harbour Head.

– Acho que ouvi falar, senhora Marshall Elliott, que os pais de Mary Vance também não eram o que se chamaria de aristocratas.

– Mary Vance teve uma boa criação e é uma garota esperta, inteligente e capaz – respondeu a senhorita Cornelia. – Ela não vai se contentar com Miller Douglas, acredite em mim! Ela sabe minha opinião sobre isso; além do mais, ela nunca me desobedeceu.

– Bem, acho que não precisa se preocupar, senhora Marshall Elliott, pois a senhora Alec Davis também é absolutamente contra. Ela diz que o sobrinho dela não vai se casar com uma borra-botas como Mary Vance.

Sentindo que havia levado a melhor, Susan leu outra "nota".

– "Ficamos contentes em saber que a senhorita Oliver continuará como professora por mais um ano. Ela desfrutará das merecidas férias em Lowbridge".

– Alegro-me em saber que Gertrude não vai embora – disse a senhora Blythe. – Sentiríamos muito a falta dela. E ela tem uma ótima influência sobre Rilla, que a venera. Apesar da diferença de idade, as duas são grandes amigas.

– Achei que ela iria se casar.

– Isso chegou a ser comentado, mas ouvi falar que o casamento foi adiado para o ano que vem.

– Quem é o noivo?

– Robert Grant. É um jovem advogado de Charlottetown. Espero que Gertrude seja feliz. Ela teve uma vida triste e muito amargurada e é uma pessoa muito sensível. A primeira juventude já se foi, e ela está praticamente sozinha no mundo. Esse novo amor que entrou na vida dela é algo tão maravilhoso que eu acho que ela não se atreve a acreditar que é algo permanente. Quando o casamento teve que ser postergado, ela ficou desesperada, por mais que não tivesse sido culpa do senhor Grant. Houve algumas complicações na partilha dos bens do pai dele, que faleceu no inverno passado, que o impossibilitou de casar-se. Mas creio que Gertrude encarou isso como um mau presságio, como se a felicidade fosse escapar das mãos dela mais uma vez.

– Não é bom depositar todos os afetos em um homem, querida senhora – comentou Susan solenemente.

– O senhor Grant ama Gertrude tanto quanto ela o ama, Susan. Não é dele que ela desconfia, é do destino. Ela tem um lado místico... algumas pessoas chamariam isso de superstição... e uma crença peculiar em sonhos que não conseguimos dissuadi-la nem por meio do humor. Tenho de admitir que alguns de seus sonhos... enfim, não seria bom se Gilbert me ouvisse falar tamanha heresia. Achou mais alguma notícia interessante no jornal, Susan?

Susan havia soltado uma exclamação.

– Ouça isso: "A senhora Sophia Crawford deixou sua residência em Lowbridge e futuramente vai morar com a sobrinha, a esposa do senhor Albert Crawford". Trata-se da minha prima Sophia, querida senhora. Nós brigamos quando éramos crianças para ver quem deveria ganhar um cartão da escola dominical com a frase "Deus é amor"[3], com botões

---

3    Referência ao Novo Testamento, João 4:8. (N. T.)

de rosas entrelaçados entre as palavras. Nunca mais nos falamos. E agora ela vai morar bem do outro lado da estrada.

– Vocês terão que fazer as pazes, Susan. Nunca dá certo ter inimizade com os vizinhos.

– Foi a prima Sophia quem começou a briga, então que parta dela o pedido de reconciliação, querida senhora – disse Susan com altivez. – Se ela o fizer, espero ser uma boa cristã e dar o braço a torcer. Ela nunca foi uma pessoa muito alegre e foi uma estraga-prazeres a vida inteira. Da última vez em que a vi, o rosto dela tinha milhares de rugas... talvez mais, talvez menos... de tanto reclamar e se preocupar. Chorou e gemeu copiosamente no funeral do primeiro marido, mas casou-se de novo em menos de um ano. A próxima nota descreve o serviço especial que tivemos em nossa igreja no domingo passado e diz que a decoração estava muito bonita.

– Por falar nisso, o senhor Pryor é veementemente contra flores na igreja – disse a senhorita Cornelia. – Eu sempre disse que teríamos problemas quando aquele homem se mudasse para cá, em Lowbridge. Ele não deveria ter sido escolhido como um dos anciões da igreja. Foi um erro com o qual viveremos para nos arrepender, acredite em mim! Ouvi dizer que ele ameaçou não ir mais à igreja se as meninas não "pararem de encher o púlpito de grama".

– A igreja estava muito bem antes da chegada do "Bigodinho" em Glen e, na minha opinião, continuará da mesma forma quando ele se for – disse Susan.

– Quem lhe deu esse apelido ridículo? – perguntou a senhora Blythe.

– Ora, os garotos de Lowbridge o chamam assim desde que eu me lembro, querida senhora. Suponho que seja porque tem o rosto redondo e vermelho e aquela franja de bigodes claros. Ninguém se atreve a chamá-lo assim perto dele, entretanto. Pior do que os bigodes, querida senhora, é o fato de ele ser um homem insensato e de ter ideias estranhas. Dizem que é um homem muito religioso, mas eu me lembro muito bem da vez em que foi flagrado levando a vaca para pastar no cemitério de Lowbridge, vinte anos atrás, querida senhora. Sim, eu não me esqueci e sempre penso nisso quando ele faz as orações. Bem, essa foi a última nota, e não há mais nada de importante no jornal. Nunca me interesso pelas notícias internacionais. Quem é esse arquiduque que foi assassinado?

– Isso tem alguma importância para nós? – perguntou a senhorita Cornelia, sem saber que naquele exato momento o destino preparava uma resposta assombrosa àquela pergunta. – Sempre há alguém assassinando ou sendo assassinado naqueles estados balcânicos. É algo comum naquele lugar, e não acho que nossos jornais deveriam publicar essas notícias chocantes. O *Enterprise* está ficando sensacionalista demais. Bem, tenho que ir para casa. Não, querida Anne, não peça para que eu fique para o jantar. Se estou ausente na hora das refeições, Marshall não faz questão de comer, é típico de um homem. Então, preciso partir. Deus misericordioso, Anne, o que deu naquele gato? Está tendo um ataque? – disse quando Doc subitamente saltou no tapete aos pés da senhorita Cornelia, abaixou as orelhas, rosnou para ela e então desapareceu pela janela com um pulo audacioso.

– Ah, não. Ele só está se transformando no Senhor Hyde, o que significa que teremos chuva ou ventos fortes pela manhã. Doc é um ótimo barômetro.

– Bem, estou grata por ele ter ido fazer alvoroço lá fora e não na minha cozinha – disse Susan. – E eu vou preparar o jantar. Com a multidão que temos atualmente em Ingleside, é preciso planejar as refeições de antemão.

# Orvalho da manhã

Lá fora, o gramado de Ingleside estava repleto do poças douradas de luz do sol e sombras sedutoras. Rilla Blythe brincava no balanço sob o pinheiro-escocês, Gertrude Oliver estava sentada nas raízes da árvore enorme ao lado dela, e Walter estava deitado na grama, perdido em um romance de cavaleiros em que heróis e beldades de séculos longínquos reviviam suas aventuras para ele.

Rilla era a "bebê" da família Blythe e vivia em um estado crônico de indignação, porque ninguém acreditava que ela tinha crescido. Faltava tão pouco para completar quinze anos que já se declarava com essa idade, e era tão alta quanto Di e Nan; além disso, era quase tão linda quanto Susan acreditava que ela fosse. Tinha olhos castanhos grandes e sonhadores, uma pele alva cheia de sardas douradas e sobrancelhas delicadamente arqueadas, que lhe conferiam um ar questionador ao qual as pessoas, especialmente os moços adolescentes, tinham vontade de responder. Seus cabelos ondulados eram de um castanho avermelhado, e a pequena fenda em seu lábio superior parecia ter sido marcada pelo dedo de uma fada madrinha na hora do batizado. Rilla, cujos melhores amigos não negavam sua vaidade, achava que não havia nenhum problema com o próprio rosto, mas se preocupava com a silhueta e desejava que a mãe a deixasse usar vestidos mais longos. A menina que fora tão gorducha nos tempos áureos do Vale do Arco-Íris agora era incrivelmente magra, dona de braços e pernas compridos. Jem e Shirley a importunavam chamando-a de "aranha". Todavia, de alguma forma, ela não era desengonçada. Algo em seus movimentos dava a impressão de estar sempre dançando, em vez de caminhar. Ela fora muito mimada e era um tanto caprichosa; ainda assim, a opinião geral era de que Rilla Blythe era uma garota muito doce, mesmo não sendo tão inteligente como Nan e Di.

A senhorita Oliver, que viajaria naquela noite para passar as férias em casa, havia se hospedado por um ano em Ingleside. Os Blythes a acolheram para agradar Rilla, que estava apaixonada pela professora ao ponto de se dispor a compartilhar o próprio quarto, já que não havia outro disponível. Gertrude Oliver tinha vinte e oito anos, e sua vida tinha sido uma luta. Era uma moça de beleza chamativa, com olhos castanhos em formato de amêndoas e um tanto tristes, uma boca inteligente e sarcástica, e cachos maciços que emolduravam seu rosto. Não chegava a ser bonita, mas tinha um charme e um mistério que Rilla achava fascinantes. Até os ocasionais estados de ânimos melancólicos e cínicos eram interessantes para Rilla, que surgiam quando a senhorita Oliver estava cansada. Na maior parte do tempo ela era uma companhia estimulante, e os alegres moradores de Ingleside nunca se lembravam de que ela era muito mais velha que eles. Walter e Rilla eram os seus favoritos, e ela era a confidente dos desejos e das ambições secretas de ambos. Ela sabia que Rilla ansiava por ser "apresentada à sociedade", ir a festas como Nan e Di, ter vestidos de noite deslumbrantes e... sim, pretendentes! No plural! Já Walter, a senhorita Oliver sabia que ele havia escrito uma série de sonetos para "Rosamond", codinome para Faith Meredith, e que sonhava com uma carreira como professor de literatura inglesa em alguma universidade de renome. Ela conhecia sua admiração ardente por tudo que era belo e seu ódio igualmente fervoroso pela feiura, conhecia seus pontos fortes e suas fraquezas.

Walter continuava sendo o rapaz mais garboso de Ingleside. A senhorita Oliver gostava de admirá-lo. Se tivesse um filho, ela gostaria que fosse exatamente como ele. Cabelos negros e brilhantes, olhos cintilantes de um cinza-escuro, traços impecáveis. E a alma de um poeta! Aqueles sonetos eram excepcionais para um rapaz de vinte anos. A senhorita Oliver não era uma crítica parcial e sabia que Walter Blythe tinha um dom maravilhoso.

Rilla amava Walter de todo coração. Ele nunca zombava dela como Jem e Shirley faziam. Nunca a chamava de "aranha". Ele a apelidara de "Rilla-a-Marilla", fazendo um trocadilho com o nome real da irmã, Marilla. Ela fora batizada em homenagem à tia Marilla de Green Gables, que morrera antes que a menina tivesse idade suficiente para conhecê-la bem, e detestava o nome por achá-lo terrivelmente antiquado e puritano. Por que eles nunca a chamavam pelo primeiro nome, Bertha, que era bonito e digno, no lugar daquele nome bobo? Ela não implicava com a versão criada por Walter, todavia ninguém mais podia chamá-la assim, com exceção da senhorita Oliver de vez em quando. "Rilla-a-Marilla" soava muito lindo na voz musical de Walter, como a cadência e as ondulações de um riacho argênteo. Ela morreria pelo irmão se fosse necessário, como havia confessado para a senhorita Oliver. Rilla era chegada a exageros, como a maioria das garotas de quinze anos, e sua maior angústia era a suspeita de que ele compartilhava mais segredos com Di do que com ela.

– Ele acha que não sou madura o suficiente para compreendê--los – lamentou para a senhorita Oliver certa vez, revoltada. – Mas eu sou! E eu nunca os contaria para ninguém, nem mesmo para você, senhorita Oliver. Eu conto todos os meus segredos para você... Eu simplesmente não conseguiria ser feliz escondendo algo de você, minha adorada... só que eu jamais o trairia. Conto tudo para ele... chego até a lhe mostrar o meu diário. E me magoa profundamente quando ele não me conta as coisas. Se bem que ele me mostra os poemas que escreve e são todos maravilhosos, senhorita Oliver. Ah, eu simplesmente vivo com a esperança de algum dia ser para Walter o que foi para

Wordsworth[4] a irmã dele, Dorothy. Wordsworth nunca escreveu nada parecido com os poemas de Walter... e tampouco Tennyson[5].

– Eu não diria isso. Ambos escreveram muita porcaria – disse a senhorita Oliver secamente. Ao ver a expressão de dor nos olhos de Rilla, ela se arrependeu e apressou-se em dizer: – Mas acredito que Walter também será um grande poeta algum dia e que demonstrará mais confiança à medida que você for crescendo.

– Quando Walter ficou internado no ano passado, com febre tifoide, eu quase enlouqueci – suspirou Rilla com ares dramáticos. – Só me contaram a gravidade da situação depois que ele deixou o hospital. O papai não me deixou visitá-lo. Ainda bem que não descobri antes. Não teria suportado. Ainda assim, eu chorei todas as noites até dormir. Enfim, algumas vezes penso que Walter gosta mais do Segunda-feira do que de mim – concluiu com amargura. Às vezes, Rilla gostava de falar com amargura para imitar a senhorita Oliver.

Segunda-feira era o cachorro de Ingleside, chamado assim porque havia entrado para a família em uma segunda-feira, na época em que Walter lia *Robson Crusoé*[6]. Apesar de pertencer a Jem, ele era mais afeiçoado a Walter. Agora mesmo ele estava deitado ao lado de Walter, com o focinho aninhado no braço do garoto, balançando o rabo com entusiasmo cada vez que ele o acaricia distraidamente. O Segunda-feira não era um *collie*, um *setter*, um *hound* e tampouco um terra-nova. Era apenas um "cão comum", como dizia Jem, um cão muito comum, segundo comentários maldosos. De fato, a aparência não era o forte do Segunda-feira. Tinha manchas pretas espalhadas a esmo pela carcaça amarelada, e uma delas dava a impressão de tapar um dos olhos. As orelhas estavam em frangalhos, uma vez que o animal não se saía bem em disputas. Porém, tinha um talismã, pois compreendia que nem todo

---

4   William Wordsworth (1770-1850), um dos maiores poetas ingleses do Romantismo (N. T.)
5   Alfred Tennyson (1809-1892), poeta britânico (N. T.).
6   Lançado em 1719, o livro de Daniel Dafoe é sobre um náufrago que passa vinte e oito anos em uma ilha tropical remota. O personagem-título dá o nome de Sexta-feira a um dos nativos pelo mesmo motivo. (N. T.)

cachorro podia ser lindo, eloquente ou vitorioso, mas que todos tinham a capacidade de amar. Por baixo do pelo pouco atraente, batia o coração mais afetuoso, leal e fiel que um cão já tivera, e através dos olhos castanhos espreitava algo que nenhum teólogo ousaria negar que se tratava de uma alma. Todos em Ingleside gostavam dele, até Susan, embora a desafortunada tendência do cão de entrar de mansinho no quarto de hóspedes e dormir na cama fosse uma provação para o afeto dela.

Naquela tarde em particular, Rilla não tinha nenhuma reclamação a fazer.

– Junho não foi um mês adorável? – perguntou, olhando sonhadoramente para as nuvens prateadas e plácidas sobre o Vale do Arco-Íris. – Nós nos divertimos, e o clima foi ameno. Foi perfeito, em todos os sentidos.

– Não gosto muito disso – disse a senhorita Oliver, com um suspiro. – Soa agourento... por algum motivo. Algo perfeito é uma dádiva dos deuses, uma espécie de compensação pelo que está por vir. Já vi isso acontecer tantas vezes que não gosto de ouvir as pessoas dizer que alguma coisa é perfeita. Mas é verdade, junho foi bem agradável.

– É claro, não foi muito emocionante – disse Rilla. – A única comoção que houve em Glen no último ano foi o desmaio da velha senhorita Mead na igreja. Gostaria que algo dramático acontecesse de vez em quando.

– Não pense assim. Coisas dramáticas sempre são ruins para alguém. Que verão animado terão vocês, jovens! Enquanto eu estarei em Lowbridge, entediada!

– Você nos visitará, não é mesmo? Acho que nos divertiremos bastante neste verão, ainda que eu acredite que assistirei a tudo pelos bastidores, como de costume. Não é horrível quando as pessoas acham que você ainda é uma criancinha, quando você não é?

– Você ainda tem muito tempo pela frente para crescer, Rilla. Não desperdice a sua juventude. Ela passa rápido demais. Logo você provará da vida.

– Provar da vida? Quero devorá-la! – exclamou Rilla, rindo. – Quero tudo, tudo que uma garota pode ter. Farei quinze anos daqui a um mês, e então ninguém mais poderá dizer que sou uma criança. Uma vez me disseram que os melhores anos da vida de uma jovem são dos quinze aos dezenove. Pretendo vivê-los esplendidamente, preenchendo-os de diversão.

– É tolice ficar pensando em como viver. Você acaba não fazendo nada do que planejou.

– Ah, mas é muito divertido – disse Rilla.

– Você só pensa em se divertir, macaquinha – repreendeu-a carinhosamente a senhorita Oliver, refletindo que o queixo da Rilla era a última palavra em queixos. – Ora, o que mais se deve fazer aos quinze anos? Você pretende ir para a faculdade neste outono?

– Não. E em nenhum outro outono. Não quero. Nunca me interessei por todas essas "ologias" e "ismos" que deixam Nan e Di loucas. E cinco de nós já vão para a faculdade. Creio que é o suficiente. Toda família tem o seu ignorante. Estou mais do que disposta a ficar com esse papel se puder ser uma ignorante linda, popular e divertida. Não sou inteligente. Não tenho nenhum talento, e você não imagina como isso é cômodo. Ninguém espera nada de mim, e por isso nada me frustra. Tampouco sou uma criatura caseira, com dotes culinários. Detesto costurar e limpar... Susan até desistiu de tentar me ensinar a fazer biscoitos. O papai disse que eu não trabalho nem fio. Portanto, devo ser um lírio do campo[7] – concluiu, com outra risada.

– Você é jovem demais para abrir mão dos estudos, Rilla.

– Ah, a mamãe vai me colocar em um curso de leitura no próximo inverno. Vai servir para desenferrujar o curso de letras e artes dela. Por sorte eu gosto de ler. Não me olhe com essa expressão de pesar e censura, minha adorada. Não consigo ser recatada e séria... Tudo me parece tão cheio de cor! No mês que vem eu farei quinze anos, e no próximo ano dezesseis, e no seguinte dezessete. Existe algo mais encantador do que isso na vida?

– Bata na madeira – disse Gertrude Oliver, com um misto de riso e seriedade. – Bata na madeira, Rilla-a-Marilla.

---

7　Referência ao Novo Testamento, Mateus 6:28. (N. T.)

# Alegria ao luar

Rilla, que ainda apertava os olhos ao dormir e sempre parecia rir enquanto sonhava, bocejou, espreguiçou-se e sorriu para Gertrude Oliver. A professora tinha vindo de Lowbridge na noite anterior e fora convencida a ficar para o baile que aconteceria no farol de Four Winds.

– O novo dia está batendo na janela. Eu me pergunto o que ele nos trará.

A senhorita Oliver estremeceu sutilmente. Ela nunca dava boas-vindas aos dias com a exultação de Rilla. Ela já tinha vivido o suficiente para saber que um dia podia trazer coisas terríveis.

– Acho que a melhor parte de um novo dia é sua imprevisibilidade – continuou Rilla. – É fantástico despertar em uma manhã dourada e imaginar as surpresas com que o dia nos presenteará. Sempre fico dez minutos perdida em devaneios antes de me levantar, imaginando tudo de esplêndido que pode acontecer antes de a noite chegar.

– Espero que algo muito inesperado aconteça hoje – disse Gertrude. – Tomara que o correio nos traga notícias de que a guerra entre a Alemanha e a França foi evitada.

– Ah... sim – disse Rilla vagamente. – Seria terrível se houvesse uma guerra, suponho. Mas ela não nos afetaria, não é mesmo? Acho que uma guerra seria emocionante. Dizem que a Guerra dos Bôeres[8] foi, mas é claro que não me lembro de nada. Senhorita Oliver, devo usar meu vestido branco nesta noite ou o meu novo vestido verde? O verde é bem mais bonito, obviamente, mas tenho medo de usá-lo em um evento na praia e algo acontecer com ele. E você pode fazer aquele penteado novo em mim? Nenhuma das garotas em Glen o usa ainda. Vai ser a maior sensação.

– Como você convenceu sua mãe a deixar você a ir ao baile?

– Ah, foi Walter quem a convenceu. Ele sabia que eu ficaria muito chateada se não fosse. É a minha primeira festa verdadeiramente de adultos, senhorita Oliver, e faz uma semana que não durmo direito, pensando nela. Quando vi o sol brilhar nesta manhã, tive vontade de pular de alegria. Seria horrível se chovesse nesta noite. Acho que vou me arriscar a usar o verde. Quero me arrumar o máximo possível para a minha primeira festa. Além disso, ele é quase três centímetros mais longo que o branco. Também vou com meus sapatinhos prateados. A senhora Ford me mandou de presente de aniversário no Natal passado e ainda não tive chance de usá-los. São adoráveis. Ah, senhorita Oliver, espero que os meninos me convidem para dançar. Vou morrer de humilhação... de verdade, vou mesmo... se ninguém me chamar e eu passar a noite inteira encostada na parede. É claro que Carl e Jerry não podem dançar, porque são filhos do ministro da igreja, do contrário eu poderia depender deles para me salvar de tamanha desgraça.

– Você terá parceiros suficientes. Todos os garotos das redondezas do porto virão e haverá mais meninos do que meninas.

– Alegro-me por não ser filha do ministro – riu Rilla. – A coitada da Faith está furiosa por não poder dançar nesta noite. Una não se importa, é claro. Ela nunca teve vontade de dançar. Alguém disse a Faith

---

8  A Segunda Guerra dos Bôeres (1899-1902) ocorreu entre o império britânico e as duas nações bôeres, a República Sul-Africana (ou República de Transvaal) e o Estado Livre de Orange, pelo domínio da África do Sul. Como parte do império na época, o Canadá enviou tropas para os campos de batalha. (N. T.)

que haveria jogos na cozinha para aqueles que não dançam, e você deveria ter visto a cara que ela fez. Ela e Jem passarão a maior parte da noite sentados nas pedras, suponho. Sabia que iremos todos caminhando até a enseada próxima à velha Casa dos Sonhos e que então iremos de barco até o farol? Será absolutamente divino!

– Quando tinha quinze anos, eu também falava com exclamações e superlativos – disse a senhorita Oliver com sarcasmo. – A festa promete ser agradável para os jovens. Creio que me sentirei entediada. Nenhum dos garotos vai querer dançar com uma velha solteirona como eu. Jem e Walter dançarão comigo por piedade. Assim, não espere que eu tenha o mesmo entusiasmo juvenil seu.

– Você não se divertiu na sua primeira festa, senhorita Oliver?

– Não. Foi péssima. Eu era uma grosseirona, estava malvestida e ninguém pediu para dançar comigo, exceto um único garoto, que era mais simplório e malvestido do que eu. Era tão desajeitado que eu o detestei, e nem mesmo ele me convidou para dançar novamente. Eu praticamente não tive adolescência, Rilla. É uma pena. É por isso que eu quero que você viva essa fase de maneira esplêndida, feliz. E espero que você se lembre da sua primeira festa com muita alegria.

– Na noite passada eu sonhei que estava no baile e de repente percebi que estava usando meu roupão e minhas pantufas – suspirou Rilla. – Acordei aterrorizada.

– Por falar em sonhos, eu tive um esquisito – comentou a senhorita Oliver, distraída. – Foi um daqueles sonhos vívidos que eu tenho às vezes. Não são sonhos ordinários, vagos e misturados; são claros e realistas.

– O que você sonhou?

– Eu estava parada nos degraus da varanda, aqui em Ingleside, olhando para os campos de Glen. De repente, lá longe, eu vi uma onda comprida e prateada começar a encobri-los. Ela foi se aproximando mais e mais... era uma sucessão de ondas brancas menores, como aquelas que por vezes quebram na praia. O vilarejo estava sendo engolido.

Pensei: "É claro que as ondas não alcançarão Ingleside...". Só que elas foram chegando cada vez mais perto... e tão rápido que, antes que eu pudesse me mover ou gritar, elas arrebentaram aos meus pés... em seguida, tudo desapareceu. No lugar do Vale havia apenas os vestígios das águas turbulentas. Tentei recuar, mas percebi que a barra do meu vestido estava molhada de sangue... e então acordei, tremendo. Não gostei desse sonho. Ele tem algum significado sinistro. Esses tipos de "sonhos vívidos" sempre se tornam realidade.

– Espero que não signifique que há uma tempestade vindo do leste para atrapalhar a festa – murmurou Rilla.

– Ah, esses quinze anos! – disse a senhorita Oliver secamente. – Não, Rilla-a-Marilla, não creio que ele prenuncie algo tão catastrófico.

Uma onda de tensão subjacente vinha dominando Ingleside nos últimos dias. Rilla era a única que não a notava, absorta na própria vida florescente. Taciturno, o doutor Blythe quase não comentava o jornal do dia. Já Jem e Walter tinham um grande interesse pelas notícias que ele trazia. Animado, Jem procurou o irmão naquela tarde.

– Ah, a Alemanha declarou guerra à França. Isso significa que a Inglaterra provavelmente vai lutar também. E, se isso acontecer... bem, o flautista de suas antigas fantasias finalmente virá.

– Não foi uma fantasia – disse Walter lentamente. – Foi um pressentimento... uma visão, Jem. Eu realmente o vi por um momento naquela tarde há muito tempo. E o que vai acontecer se a Inglaterra entrar na guerra?

– Ora, nós teremos que ajudá-la – exclamou Jem alegremente. – Não podemos permitir que a "velha mãe cinzenta do mar do Norte"[9] lute sozinha, não é mesmo? Só que você não vai poder servir ao exército, graças à febre tifoide. É uma pena, não?

Walter não disse se era uma pena ou não. Ele olhou silenciosamente na direção de Glen, para o porto azul cheio de ondas, e além.

---

9  Frase do poema *The Grey Mother*, do britânico Lachlan MacLean Watts (1867-1957), sobre a Guerra dos Bôeres. (N. T.)

– Nós somos seus filhotes, temos que defendê-la com unhas e dentes em uma briga de família – disse Jem ansiosamente, enquanto bagunçava os cachos vermelhos com a mão forte, delgada e sensível... a mão de um cirurgião nato, como pensava o pai dele com frequência. – Que aventura seria! Mas suponho que alguns daqueles velhotes resolverão as coisas antes que cheguem a tal ponto. Contudo, seria vergonhoso se deixassem a França na mão. Se resolverem ajudá-la, vai ser muito divertido. Bem, acho que é hora de nos arrumarmos para a festança no farol.

Jem foi embora assoviando *The Hundred Pipers*[10], e Walter permaneceu por um bom tempo onde estava. Sua testa estava levemente franzida. A notícia chegara com o negrume e a brusquidão de uma tormenta. Ninguém a cogitava até alguns dias atrás. E ainda parecia absurda considerá-la. Alguma solução seria encontrada. A guerra era algo infernal, terrível e hediondo; demasiadamente terrível e hediondo para acontecer no século XX entre nações civilizadas. A mera ideia era abominável e deprimia Walter como uma ameaça à beleza da vida. Ele não pensaria nela, só resolutamente a tiraria da mente. Que lindo era o velho vilarejo de Glen em seu esplendor de agosto, com sua série de casas antigas, pradarias lavradas e jardins silenciosos. O céu do Oeste era como uma grande pérola dourada. Lá embaixo, o porto era iluminado pela lua que surgia. O ar estava repleto de sons primorosos: o silvo indolente dos tordos, os murmúrios maravilhosos, melancólicos e suaves do vento por entre as árvores iluminadas pelo ocaso, o cochichar dos álamos e o farfalhar das folhas delicadas em formato de coração, as risadas vivazes que ecoavam das janelas onde as jovens se preparavam para o baile. O mundo era uma loucura de beleza, sons e cores. Ele pensaria somente nessas coisas e na alegria profunda que lhe proporcionavam.

"De qualquer forma, ninguém se surpreenderá se eu não for", pensou. "Graças à febre tifoide, como disse Jem."

---

10  Canção tradicional popular escocesa, escrita por volta de 1852, que retrata os acontecimentos do Levante Jacobita de 1745. (N. T.)

Rilla surgiu na janela do quarto, pronta para o baile. Um amor-perfeito amarelo desprendeu-se de seus cabelos e pousou sobre o peitoril como uma estrela cadente dourada. Rilla tentou pegá-la, em vão; no entanto, havia muitas outras. A senhorita Oliver havia trançado uma pequena coroa de flores nos cabelos da amiguinha.

– Que tranquilidade esplêndida, não acha? Teremos uma noite perfeita. Ouça, senhorita Oliver... posso ouvir com clareza os velhos sinos no Vale do Arco-Íris. Foram pendurados lá há mais de dez anos.

– O tilintar deles sempre me faz pensar na música celestial que Adão e Eva ouviam no paraíso, segundo Milton[11] – respondeu a senhorita Oliver.

– Costumávamos nos divertir tanto no Vale do Arco-Íris quando éramos crianças – comentou Rilla sonhadoramente.

Ninguém mais brincava no Vale do Arco-Íris. O lugar ficava muito silencioso nas tardes de verão. Walter gostava de ir até lá para ler. Jem e Faith se encontravam sozinhos lá com bastante frequência; Jerry e Nan o visitavam para discutir ininterruptamente sobre assuntos profundos, o que parecia ser a forma preferida de cortejo deles. E Rilla tinha um adorado recôndito em meio às árvores onde ela gostava de sentar-se e sonhar.

– Tenho que ir até a cozinha para que Susan me veja antes de partir. Ela não me perdoará se eu não fizer isso.

Rilla entrou dançando na cozinha escura de Ingleside, onde Susan cerzia meias prosaicamente, iluminando o cômodo com sua beleza. Ela usava o vestido verde com uma guirlanda de pequenas margaridas cor-de-rosa, meias de seda e os sapatinhos prateados. Amores-perfeitos adornavam seus cabelos e o pescoço. Estava tão linda, jovial e radiante que até a prima Sophia Crawford viu-se obrigada a admirá-la, e a prima Sophia Crawford não era dada a admirar coisas mundanas.

---

11 *Paraíso Perdido*, poema épico escrito pelo intelectual inglês John Milton e originalmente publicado em 1667. (N. T.)

As duas haviam superado, ou ignorado, a contenda desde que a senhora Crawford se mudara para Glen, e agora a prima atravessava a estrada com frequência para fazer visitas amigáveis. Nem sempre Susan a recebia calorosamente, já que a prima Sophia não podia ser considerada uma companhia divertida. "Existem visitas e existem visitantes", dissera Susan certa vez, dando a entender que a prima Sophia pertencia à segunda categoria.

A prima Sophia tinha um rosto longo, pálido e enrugado, um nariz longo e fino, uma boca longa e fina e dedos muito longos e finos quase sempre entrelaçados resignadamente sobre o vestido preto. Tudo nela parecia longo, fino e pálido. Ela olhou com pesar para Rilla Blythe e murmurou:

– Todo esse cabelo é seu?

– É claro que sim – exclamou Rilla com indignação.

– Ah! – suspirou a prima Sophia. – Seria melhor se não fosse. Tanto cabelo assim suga as forças da pessoa. É um sinal de tuberculose, ouvi dizer, mas espero que não seja o seu caso. Suponho que todos vocês vão dançar nesta noite, até os filhos do ministro, provavelmente. Creio que as filhas dele, não. Ah, enfim, nunca gostei de dançar. Conheci uma garota que caiu morta enquanto dançava. Como alguém pode continuar dançando depois de algo assim eu não compreendo.

– Ela voltou a dançar? – perguntou Rilla com petulância.

– Já falei que ela caiu morta. É óbvio que nunca voltou a dançar, criatura. Ela era dos Kirkes de Lowbridge. Você vai sair assim, sem nada para proteger as costas?

– Está uma noite agradável – protestou Rilla –, mas vou vestir um xale quando entrarmos no barco.

– Ouvi dizer que, quarenta anos atrás, um barco cheio de jovens partiu do porto em uma noite como essa, exatamente como essa – enfatizou a prima Sophia lugubremente –, virou e todos se afogaram... não sobreviveu ninguém. Espero que nada parecido aconteça com vocês nesta noite. Já tentou usar alguma coisa para tirar essas sardas? Tive bons resultados com suco de banana-da-terra.

– Você certamente tem autoridade para falar de sardas, prima Sophia – disse Susan, correndo em defesa da menina. – Você tinha mais manchas do que um sapo quando era jovem. As da Rilla só aparecem no verão, enquanto as suas permaneciam firmes e fortes durante as quatro estações; e tampouco havia uma cor viçosa por trás delas, diferentemente de Rilla. Você está linda, querida, e este penteado ficou muito bom. Está pensando mesmo em caminhar até o porto com esses sapatinhos?

– Ah, não. Vamos usar sapatos velhos até o porto e carregar os novos. Gostou do meu vestido, Susan?

– Ele me lembra um vestido que usei quando era criança – suspirou a prima Sophia antes que Susan pudesse responder. – Também era verde com florezinhas rosadas e babados que iam da cintura até a barra da saia. Não usávamos esses vestidos sumários das jovens de hoje em dia. Ah, os tempos mudaram, e temo que não tenha sido para melhor. Fiz um rasgo enorme nele sem querer naquela noite e alguém derrubou chá em mim. Ficou completamente arruinado. Espero que nada aconteça com seu vestido. Pensando bem, acho que ele deveria ser um pouco mais comprido... suas pernas são terrivelmente longas e finas.

– A senhora Blythe não aprova que garotinhas se vistam como adultas – disse Susan com firmeza, com a intenção de provocar a prima Sophia. Porém, Rilla sentiu-se insultada. Garotinhas! Ela saiu da cozinha indignada. Da próxima vez ela não iria mostrar o vestido para Susan... a Susan, que achava que ninguém ficava adulto antes dos 60! E aquela desagradável da prima Sophia com seus comentários sobre sardas e pernas! Que direito aquele varapau tinha de falar dos outros? Rilla sentiu que a noite havia sido estragada. Com os dentes cerrados, ela poderia simplesmente sentar-se e chorar.

A jovem recobrou o ânimo quando se juntou à multidão alegre de jovens que se dirigia ao farol de Four Winds.

Os Blythes deixaram Ingleside sob os latidos melancólicos do Segunda-feira, trancado no celeiro por medo de que fizesse uma aparição indesejada no farol. Eles se encontraram com os Merediths no vilarejo, e outros se juntaram a eles conforme percorriam a velha estrada do porto. Mary Vance, deslumbrante no vestido azul de crepe que transbordava de rendas, saiu do portão da casa da senhorita Cornelia e juntou-se a Rilla e à senhorita Oliver, que caminhavam juntas. As duas não a receberam com muito entusiasmo. Rilla não gostava muito de Mary Vance. Ela jamais se esqueceu do dia humilhante em que Mary a perseguiu pela vila com um bacalhau seco. Na verdade, Mary Vance não era muito popular entre os jovens da mesma faixa etária, por mais que sua companhia e sua língua afiada fossem estimulantes. "Mary Vance é meio que um hábito para a gente: mesmo quando estamos furiosos, não conseguimos ficar sem ela", disse Di certa vez.

A maior parte do grupo ia em pares. Jem caminhava com Faith Meredith, é claro, e Jerry Meredith, com Nan Blythe. Di e Walter andavam um ao lado do outro, perdidos em uma conversa profunda e confidencial que Rilla invejava.

Carl Meredith ia ao lado de Miranda Pryor, mais para atormentar Joe Milgrave do que por qualquer outro motivo. Joe era conhecido por ter uma queda abissal pela Miranda, mas a timidez o impedia de aproximar-se dela. Joe talvez conseguisse reunir coragem suficiente para acompanhá-la se a noite estivesse um breu, só que, naquele momento, sob o crepúsculo iluminado pela lua, ele simplesmente não era capaz. Miranda era filha do Bigodinho e não compartilhava da fama do pai, todavia tampouco gozava de popularidade: era uma criatura pálida, neutra, dada a risadinhas nervosas. Tinhas cabelos loiros prateados e olhos grandes e azuis como se fossem de porcelana, que lhe davam a impressão de ter levado um susto quando era pequena do qual nunca se recuperou. Ela preferiria estar ao lado de Joe a estar perto do Carl, com quem não se sentia nem um pouco à vontade. Além disso, era questão de honra estar ao lado de um estudante universitário, ainda mais o filho do ministro da igreja.

Shirley Blythe caminhava ao lado de Una Meredith, e ambos estavam em silêncio, pois esta era a natureza deles. Shirley era um rapaz de dezesseis anos, pacato, sensível, pensativo, dono de um senso de humor sutil. Ainda era o "menininho da Susan", com os cabelos castanhos, os olhos cor de avelã e a pele morena clara. Ele gostava de estar com Una Meredith porque ela nunca tentava fazê-lo falar ou o importunava com tagarelices. Una era tão doce e tímida como fora nos dias do Vale do Arco-Íris, e seus olhos azul-escuros continuavam tão sonhadores e tristonhos como na época. A garota tinha uma queda secreta e cuidadosamente oculta por Walter Blythe de que ninguém suspeitava exceto Rilla, que simpatizava com a situação e desejava que Walter correspondesse. Ela gostava mais de Una do que de Faith, cuja beleza e descontração eclipsavam as outras garotas. E Rilla não gostava de ser eclipsada.

Mas agora ela estava muito feliz. Era delicioso caminhar com os amigos pela estrada escura e cintilante onde pequenos abetos e pinheiros despontavam aqui e ali, enchendo o ar com um perfume resinoso. Os últimos raios de sol coloriam os prados e as colinas ao oeste. O porto reluzia diante deles. O sino tocava na igrejinha do outro lado do porto, e suas notas oníricas vinham morrer na enseada ametista. O golfo ainda exibia um azul prateado sob os resquícios de luz. Ah, era tudo glorioso, o ar puro com seu toque salino, o bálsamo dos pinheiros, a risada dos amigos. Rilla amava a vida; ela amava a música e o murmúrio alegre das conversas; ela queria que a caminhada por aquela estrada cinzenta e argêntea durasse para sempre. Era sua primeira festa, e ela iria se divertir à beça. Não havia nada com que se preocupar no mundo, nem mesmo as sardas e as pernas compridas demais, nada, exceto o medo sutil e persistente de que ninguém iria convidá-la para dançar. Era lindo e gratificante simplesmente estar viva, ter quinze anos, ser bonita. Rilla inspirou profundamente, arrebatada, e prendeu o ar de maneira abrupta. Jem estava contando alguma história para Faith que tinha acontecido na Guerra dos Bálcãs.

– O médico teve as duas pernas destroçadas e foi abandonado no campo para morrer. Mesmo assim, ele rastejou de homem em homem até aonde conseguiu chegar, fazendo o possível para aliviar o sofrimento dos feridos sem pensar em si mesmo. Ele atava uma bandagem no braço de um deles quando foi atingido. E assim o encontraram, com as mãos mortas ainda segurando as bandagens com firmeza. O sangramento havia sido contido, e a vida do outro homem foi salva. Não é um verdadeiro herói, Faith? Quando li isso...

Jem e Faith se afastaram. Gertrude Oliver de repente estremeceu, e Rilla segurou o braço dela com carinho.

– Não é horrível, senhorita Oliver? Não sei por que Jem está contando uma história tão macabra em um momento como este, em que estamos todos nos divertindo.

– Acha mesmo horrível, Rilla? Pois eu achei linda, maravilhosa. É uma história que nos faz sentir vergonha por duvidar da natureza humana. A atitude daquele homem foi divina. Como a humanidade reage à ideia do autossacrifício! Quanto ao meu arrepio, não sei o que o causou. A noite está bem agradável. Talvez alguém esteja andando sobre o lugar que virá a ser meu túmulo, iluminado pelas estrelas. É o que diz uma velha superstição. Bem, não vou pensar nisso nesta noite adorável. Sabe, Rilla, sempre fico contente por morar no campo quando chega a noite. Aqui nós conhecemos o verdadeiro charme da noite, ao contrário dos moradores da cidade. Todas as noites são bonitas aqui no interior, até mesmo quando há tempestades. Adoro admirar uma noite de tormenta nesse golfo. Uma noite como essa é quase bonita demais... ela pertence à juventude e aos sonhos e quase me dá medo.

– Sinto como se eu fizesse parte dela – disse Rilla.

– Ah, sim, você é muito jovem para ter medo das coisas perfeitas. Bem, ali está a Casa dos Sonhos. Parece muito solitária neste verão. Os Fords não vieram para cá?

– O senhor Ford e a esposa Persis não. Só Kenneth, que ficou hospedado com a família da mãe do outro lado do porto. Quase não o vimos esse verão. Ele está mancando, e por isso não saiu muito.

– Mancando? O que aconteceu?

– Ele quebrou o tornozelo em uma partida de futebol americano e passou boa parte do inverno de cama. Ele começou a mancar depois disso, mas está melhorando aos poucos e espera que logo esteja bem. Ele foi a Ingleside só duas vezes.

– Ethel Reese é louca por ele – comentou Mary Vance. – E está completamente iludida. Ele a acompanhou até em casa depois da última reunião da igreja do outro lado do porto, e você não imagina a arrogância dela depois disso. Como se um garoto de Toronto como Ken Ford fosse se interessar por uma garota como Ethel!

Rilla corou. Ela não se importava se Kenneth Ford acompanhasse Ethel Reese até em casa uma dúzia de vezes, nem um pouco! Nada que ele fazia lhe interessava. Ele era muito mais velho que ela. Ken era amigo de Nan, Di e Faith e aparentemente via Rilla como uma criança, pois ele só prestava atenção nela para provocá-la. E ela detestava Ethel Reese, e o sentimento era recíproco, desde a vez em que Walter deu uma surra notória em Dan quando eram crianças. Porém, ela não a considerava inferior a Kenneth Ford por ser uma garota do campo. Quanto a Mary Vance, ela estava se tornando uma verdadeira fofoqueira que só pensava em quem saía com quem!

Havia um pequeno píer na praia próxima à Casa dos Sonhos, onde dois barcos estavam amarrados. Um deles foi conduzido por Jem Blythe, e o outro, por Joe Milgrave, que sabia tudo sobre barcos e ficou orgulhoso por poder demonstrar isso a Miranda Pryor. Eles apostaram corrida, e o barco de Joe venceu. Mais barcos se aproximavam, vindos de Harbour Head e do outro lado do porto. Ouviam-se risadas de todos os lados. A grande torre branca de Four Winds Point estava inteiramente iluminada, enquanto seu facho giratório brilhava em seu extremo. Uma família de Charlottetown, parentes do faroleiro, viera passar o verão e era a anfitriã da festa para a qual todos os jovens de Four Winds, Glen St. Mary e do outro lado do porto tinham sido convidados. Quando o barco de Jem atracou próximo ao farol, Rilla desesperadamente calçou os sapatinhos prateados sob a proteção das costas da senhorita Oliver. Ela viu de relance que os degraus esculpidos nas rochas estavam repletos de garotos e iluminados por lanternas chinesas e decidiu que não iria subi-los com os sapatos pesados que a mãe insistira que usasse no trajeto da estrada. Os sapatinhos apertavam os pés dela, mas ninguém suspeitaria ao vê-la chegar saltitando e sorridente, com os olhos reluzentes e curiosos, e o rico tom rubro nas bochechas alvas e redondas. Assim que chegou ao topo, um garoto que morava do outro lado do porto a convidou para dançar, e no instante seguinte eles foram para o pavilhão de baile que fora construído voltado para o mar. O lugar era adorável, coberto por ramos de pinheiros e iluminado pelas lanternas chinesas. Diante deles estava o mar irradiante; à esquerda, os picos e vales enluarados das dunas de areia; à direita, a praia rochosa com suas sombras e a enseada cristalina. Rilla e seu parceiro deslizavam por entre os convidados, e ela deixou escapar um longo suspiro de prazer. Que música enfeitiçadora o Ned Burr, de Upper Glen, arrancava do violino! Era como a flauta mágica do velho conto, que compelia todos que a ouvissem a dançar. Que brisa fresca soprava do golfo, que maravilhosa era a luz da lua sobre a paisagem! Isso era a vida, a vida encantadora! Rilla sentia como se seus pés e sua alma tivessem asas.

# A música do flautista

A primeira festa de Rilla foi um triunfo... pelo menos de início. Ela recebeu tantos convites que precisou trocar de parceiros no meio das danças. Os sapatinhos prateados pareciam se mover por conta própria e, por mais que machucassem e formassem bolhas nos calcanhares, não atrapalharam a diversão. Ethel Reese lhe deu um susto ao chamá-la misteriosamente para fora do pavilhão e cochichar, com o sorrisinho que lhe era característico, que havia um furo na parte de trás do vestido de Rilla e uma mancha nos babados. Rilla correu para o quarto que fora temporariamente transformado em um espaço para as damas e descobriu que a mancha era apenas uma folha grudada e que o furo era minúsculo, onde um dos ganchos havia se soltado. Irene Howard o colocou no lugar e lhe fez elogios melosos e condescendentes. Rilla sentiu-se lisonjeada pela condescendência de Irene. Ela era uma garota de dezenove anos de Upper Glen que parecia gostar da companhia de meninas mais novas, para que pudesse reinar sem rivais, segundo as más línguas. No entanto, Rilla a achou deslumbrante e amou ganhar a atenção dela. Irene era linda e elegante. Cantava divinamente e passava todos os invernos fazendo aulas de música em Charlottetown. Tinha uma tia em Montreal que lhe mandava roupas maravilhosas; diziam que tinha tido um romance malfadado, ninguém sabia mais do que isso, mas o mistério em si já era fascinante. Os elogios de Irene coroaram a noite de Rilla. Ela correu de volta ao pavilhão e parou um instante na entrada, sob a luz das lanternas, para observar os convidados. De relance, graças a uma breve pausa nos rodopios da multidão, ela avistou Kenneth Ford parado do outro lado.

O coração de Rilla parou por um segundo ou, dada a impossibilidade fisiológica, foi o que ela pensou. Então, ele estava ali. Ela havia concluído que não viria... não que isso importasse, de forma alguma. Será que ele a veria? Será que repararia nela? É óbvio que ele não a convidaria para dançar... seria tolice ter esperanças. Ele achava que ela era uma criança. Ele a chamara de "aranha" três semanas atrás, em uma noite em que visitara Ingleside. Ela chorara por causa disso no andar de cima e o odiara. Contudo, o coração dela parou por um segundo ao perceber que ele se aproximava pela lateral do pavilhão. Será que vinha na direção dela... será?... será?... sim! Ele a viu e parou ao lado dela... Ele a observou com algo nos olhos cinzentos que Rilla nunca tinha visto neles. Ah, ela quase não conseguia suportar! Tudo continuava como antes, os outros convidados dançavam e rodopiavam, os garotos que não conseguiram pares para dançar andavam pelo salão, casais enamorados estavam sentados nas pedras. Ninguém parecia ter percebido que uma coisa estupenda acabara de acontecer.

Kenneth era um rapaz alto, bonito, com um charme displicente que de alguma forma fazia com que todos os outros garotos parecessem desajeitados e canhestros. Diziam que era assombrosamente inteligente, envolto pelo *glamour* de morar em uma cidade cosmopolita e de estudar em uma grande universidade. Também tinha a reputação de ser um galanteador, o que provavelmente vinha do fato de ter uma voz risonha e aveludada, que causava palpitações nas garotas, e do fato de ser um bom ouvinte, de maneira que agia como se tivesse esperado a vida inteirar para ouvir o que estavam lhe dizendo.

– Rilla-a-Marilla, é você? – perguntou em um tom grave.

– Sim – respondeu Rilla com a língua entre os dentes, e imediatamente teve vontade de pular de cabeça do píer do farol ou de desaparecer do mundo de alguma outra forma.

Rilla passara a infância falando com um ceceio, que foi corrigido com o passar do tempo. Só em ocasiões de muita tensão e nervosismo é que ele tendia a voltar. Há um ano isso não acontecia; agora, justamente quando Rilla queria tanto parecer adulta e sofisticada, ela soava como um bebê! Era mortificante. Ela sentiu que estava prestes a chorar. Em um minuto ela estaria soluçando... sim, soluçando... Ela desejou que Kenneth fosse embora, desejou que ele não tivesse vindo. A festa estava arruinada. Tudo havia se transformado em cinzas.

Ele a chamou de "Rilla-a-Marilla", não de "aranha", "pequena" ou "amiguinha", como costumava fazer nas poucas vezes em que a notava. Ela não se incomodou nem um pouco por ele ter usado o apelido de Walter, que soou melodioso nos tons baixos e cadenciados da voz acariciante dele. Teria sido ótimo se ela não tivesse feito papel de boba. Rilla não ousou erguer o olhar, com medo de deparar-se com a zombaria nos olhos dele. Assim, ela olhou para baixo. Seus cílios eram muito longos e negros, e sua tez era alva e imaculada, e o efeito que causaram era charmoso e provocador. Kenneth refletiu que Rilla Blythe iria se tornar a mais bela das garotas de Ingleside. Ele queria que ela o encarasse, para ter outro vislumbre daquele olhar singelo e hesitante. Ela era a mais linda da festa. Não havia dúvida disso.

O que ele estava dizendo? Rilla mal acreditava no que ouvia.

– Gostaria de dançar?

– Sim. – Ela respondeu com tanto afinco, a fim de não cecear dessa vez, que praticamente disparou a palavra. O espírito de Rilla ficou novamente angustiado. Ela soara tão ávida, tão ansiosa, como se estivesse se jogando em cima dele! O que Kenneth pensaria? Ah, por que essas coisas aconteciam justamente quando uma garota tentava mostrar o seu melhor?

Kenneth a guiou por entre os convidados.

– Acho que meu pobre tornozelo aguenta algumas voltas – disse.

– Como está o tornozelo? – perguntou Rilla. Ah, por que ela não pensou em outra coisa? Ela sabia que ele estava cansado de falar sobre o tornozelo. Ela o ouvira comentar com Di em Ingleside que iria usar uma placa no peito anunciando que o tornozelo estava melhorando. Era mesmo necessário fazer aquela pergunta maçante outra vez?

Kenneth não aguentava mais falar do assunto. Só que não era com frequência que a pergunta vinha de lábios com um entalhe tão convidativo e adorável. Talvez tenha sido por isso que o garoto respondeu pacientemente que estava melhor, que não incomodava tanto se ele não andasse ou ficasse muito tempo de pé.

– Os médicos me garantiram que com o tempo ele ficará novinho em folha, só que não poderei jogar futebol neste outono.

Enquanto dançavam, Rilla sabia que todas as garotas ao redor a invejavam. Em seguida, eles desceram os degraus de pedra e atravessaram o canal iluminado pelo luar até a praia em um barquinho a remo que Kenneth encontrou, caminharam na areia até o tornozelo de Kenneth reclamar, e então se sentaram entre as dunas. Kenneth conversou com ela da mesma forma que falava com Nan e Di. Rilla, dominada por uma timidez que não compreendia, não conseguiu falar muito e temeu que ele a achasse uma ignorante. Apesar disso, tudo era maravilhoso: a primorosa noite enluarada, o mar cintilante, as delicadas ondas que quebravam na praia, a brisa fresca e caprichosa murmurando por entre a grama seca no cume das dunas, o doce eco da música que chegava pelo canal.

– "Uma alegre melodia para um festejo das sereias" – citou Kenneth com a voz suave um dos poemas de Walter.

Estavam a sós, em meio ao deslumbre dos sons e de toda aquela beleza! Se ao menos os sapatinhos não machucassem tanto! Quem dera ela pudesse conversar com a mesma eloquência da senhorita Oliver...

ou se ao menos ela conseguisse falar com ele assim como conversava com os outros garotos! Só que as palavras lhe escapavam, e Rilla meramente ouvia e murmurava frases curtas e batidas de vez em quando. Talvez seus olhos sonhadores, a sutil fenda no lábio e o pescoço esguio falassem com eloquência por ela. Em nenhum momento Kenneth demonstrou estar com pressa para voltar, e o jantar estava sendo servido quando regressaram. Ele encontrou um lugar para ela próximo à janela da cozinha e sentou-se no peitoril enquanto ela comia bolo e sorvete. Rilla olhou ao redor e refletiu como sua primeira festa tinha sido incrível. Ela jamais a esqueceria. O cômodo vibrava com as risadas e a animação. Os olhares jovens brilhavam. Do pavilhão vinham a música do violino e os passos rítmicos dos convidados que dançavam.

De repente houve um pequeno alvoroço entre o grupo de garotos parado à porta; um jovem abriu caminho aos empurrões e deteve-se no umbral, olhando ao redor sombriamente. Era Jack Elliott, que morava do outro lado do porto, estudante de medicina de McGill, um rapaz quieto e avesso a eventos sociais. Ele tinha sido convidado para a festa, mas ninguém esperava que fosse comparecer, já que tinha de ir para Charlottetown e só voltaria tarde. Todavia ali estava ele, segurando um pedaço de papel dobrado.

Gertrude Oliver olhou para ele de canto de olho e estremeceu novamente. Ela havia se divertido naquela noite, no fim das contas, tendo reencontrado um conhecido de Charlottetown que, por ser muito mais velho do que a maioria dos outros convidados e praticamente um desconhecido, sentiu-se um tanto deslocado e ficou contente em poder conversar com uma moça sagaz que sabia falar das notícias do mundo e dos acontecimentos com o entusiasmo e o vigor de um homem. No prazer da companhia dele, ela havia se esquecido de algumas das preocupações do dia. Naquele momento, elas voltaram subitamente. Que notícias Jack Elliott trazia? Versos de um antigo poema surgiram na mente dela: "Uma algazarra soava pela noite...". "Silêncio! Escutem!

Um ruído grave como crescentes repiques fúnebres."[12] Por que eles lhe ocorriam agora? Por que Jack Elliott não falava nada, se tinha algo a dizer? Por que estava parado ali, com uma expressão preocupada?

– Pergunte o que aconteceu, pergunte... – ela implorou fervorosamente a Allan Daly, mas outra pessoa já tinha perguntado. De repente, todos ficaram em silêncio na cozinha. Lá fora o violinista fez uma pausa, e também houve silêncio. Eles ouviram o lamento baixo do golfo ao longe: o presságio de uma tempestade que já se aproximava pelo Atlântico. A risada de uma garota ecoou das rochas e morreu, chocada com o silêncio repentino.

– A Inglaterra declarou guerra à Alemanha hoje – disse Jack Elliott lentamente. – A notícia chegou no momento em que eu partia da cidade.

– Deus nos ajude – sussurrou Gertrude Oliver. – Meu sonho... meu sonho! A primeira onda nos atingiu. – Ela olhou para Allan Daly e tentou sorrir. – Será o apocalipse?

– Temo que sim – respondeu com seriedade.

Um coro de exclamações elevou-se ao redor deles, em sua maioria de surpresa e interesse pesaroso. Poucas pessoas entenderam a importância daquela mensagem, e um número menor ainda compreendeu o que ela significava para elas mesmas. Logo a dança recomeçou, e o burburinho da alegria foi tão alto quanto antes. Gertrude e Allan Daly conversaram sobre a notícia em um tom baixo e preocupado. Pálido, Walter Blythe deixou o cômodo. Lá fora ele se encontrou com Jem, que subia correndo os degraus de pedra.

– Ouviu a notícia, Jem?

– Sim. Chegou a flautista. Viva! Eu sabia que a Inglaterra não iria abandonar a França. Pedi para o capitão Josiah hastear a bandeira, mas ele disse que o correto é esperar o amanhecer. Jack disse que começarão a recrutar voluntários a partir de amanhã.

---

12  Versos do poema *The Eve of Waterloo*, do poeta britânico Lord Byron (1788-1824), sobre os acontecimentos precursores à Batalha de Waterloo, em 1815. (N. T.)

– Quanto alvoroço por nada – disse Mary Vance com desdém quando Jem se afastou, correndo. Ela estava sentada com Miller Douglas sobre uma armadilha de lagosta, o que não era romântico, além de ser desconfortável. Entretanto, Mary e Miller estavam absolutamente felizes ali. Miller Douglas era um rapaz grande, rústico, que pensava que Mary Vance tinha uma língua extraordinariamente talentosa e olhos como duas estrelas alvas de primeira magnitude. Nenhum dos dois fazia a mínima ideia de por que Jem queria hastear a bandeira do farol.

– Que importância tem uma guerra que acontecerá lá na Europa? Tenho certeza de que isso não é problema nosso.

Walter olhou para ela e teve uma de suas estranhas profecias.

– Antes de essa guerra terminar – disse ele... ou disse algo através dos lábios dele –, cada homem e cada mulher do Canadá sentirão seu peso. Você, Mary, sentirá... sentirá no fundo do coração. E chorará lágrimas de sangue. O flautista chegou, e ele tocará até que cada canto do mundo tenha ouvido sua música terrível e irresistível. Demorará anos para que a dança da morte termine... Sim, Mary. E, nesses anos, milhões de corações serão partidos.

– Ora essa! – exclamou Mary, que sempre falava isso quando não sabia o que dizer. Ela não sabia o que Walter queria dizer, mas se sentiu perturbada. Walter Blythe sempre dizia coisas esquisitas. Ela não ouvia falar daquele flautista desde a época das brincadeiras no Vale do Arco-Íris; e agora, ali estava ele fantasiando sobre aquela guerra. Ela não gostou nem um pouco, era essa a verdade.

– Você não está exagerando, Walter? – perguntou Harvey Crawford, que se aproximara há pouco. – Essa guerra não durará anos; ela terminará em um mês ou dois. A Inglaterra vai acabar com a Alemanha em pouco tempo.

– Você acredita mesmo que uma guerra para a qual a Alemanha vem se preparando há vinte anos vai acabar em algumas semanas? – perguntou Walter veementemente. – Não se trata de um conflito insignificante em um canto dos Bálcãs, Harvey. É a morte. A Alemanha está pronta para conquistar ou morrer. E sabe o que acontecerá se ela conquistar? O Canadá se tornará uma colônia alemã.

– Bem, algumas coisas precisarão acontecer antes disso – disse Harvey, dando de ombros. – A marinha britânica teria que ser dizimada, em primeiro lugar; em segundo, Miller e eu lutaríamos para valer, não é mesmo, Miller? Nenhum alemão virá reivindicar este velho país.

Harvey desceu correndo os degraus de pedra, rindo.

– Vocês, garotos, falam um monte de maluquices – declarou Mary Vance, enfastiada. Ela se levantou e arrastou Miller para as rochas da enseada. Não era sempre que tinham a chance de conversar; Mary estava decidida que aquela oportunidade não iria ser estragada pelo falatório de Walter Blythe sobre flautistas, alemães e coisas do tipo. Eles deixaram Walter parado no topo dos degraus, olhando na direção de Four Winds com um olhar sombrio, incapaz de contemplar sua beleza.

O melhor da noite também havia acabado para Rilla. Desde o anúncio de Jack Elliott, ela sentia que Kenneth não estava mais focado nela. De repente, ela sentiu-se solitária e infeliz. Era pior do que se ele não a tivesse notado. Será que a vida era assim: alguma coisa maravilhosa acontece e, então, justamente quando estamos aproveitando-a, ela é tirada de nós? Rilla refletiu com tristeza que se sentia anos mais velha do que quando saíra de casa naquela tarde. E talvez estivesse. Quem saberia dizer? Não se pode rir das angústias da juventude; elas são catastróficas porque os jovens ainda não aprenderam que "isso também vai passar". Rilla suspirou e desejou estar em casa, na cama, chorando no travesseiro.

– Está cansada? – perguntou Kenneth com gentileza, ainda perdido em pensamentos. Ele não se importava se ela estava cansada ou não, pensou Rilla.

– Kenneth – arriscou-se com timidez –, você acredita que essa guerra tem alguma importância para nós, aqui no Canadá?

– Importância? É claro que terá importância para os sortudos que participarem dela. Para mim, não... graças a esse tornozelo contundido. Maldita sorte a minha.

– Não entendo por que devemos lutar as batalhas da Inglaterra – disse Rilla. – Ela é forte o bastante para se defender sozinha.

– Não é essa a questão. Nós fazemos parte do Império britânico. É um assunto de família. Temos que defender uns aos outros. O pior é que ela acabará antes que eu possa ser útil.

– Quer dizer que você se voluntariaria se não fosse pelo seu tornozelo? – perguntou Rilla, incrédula.

– Claro que sim. Os alemães virão aos milhares, entende? Jem vai ser mandado para lá, pode apostar. Suponho que Walter não seja forte o bastante. Jerry Meredith também irá, com certeza! E pensar que eu estava preocupado em perder o futebol neste ano!

Rilla estava muito assustada para dizer qualquer coisa. Jem... e Jerry! Que sandice! O papai e o senhor Meredith não iriam permitir. Eles ainda não terminaram a faculdade. Ah, por que Jack Elliott teve que espalhar essa notícia terrível?

Mark Warren se aproximou e a chamou para dançar. Rilla aceitou, sabendo que para Kenneth não fazia diferença se ela fosse ou não. Uma hora atrás, na praia, ele a encarou como se ela fosse a única coisa que importava no mundo. E, agora, ela não era ninguém. Os pensamentos dele estavam focados naquele grande jogo que iria ser decidido nos campos de batalha sangrentos, com os impérios como prêmio; um jogo em que as mulheres não tinham espaço. As mulheres, pensou Rilla desoladamente, tinham que ficar em casa chorando. Não, tudo aquilo tinha que ser uma tolice. Kenneth não podia ir, ele mesmo tinha admitido; Walter também não podia, graças a Deus; e Jem e Jerry seriam sensatos. Ela não iria se preocupar; iria tratar de se divertir. Porém, como Mark Warren era desajeitado! Como tropeçava nos próprios pés! Pelo amor de Deus, por que alguns garotos tentavam dançar mesmo não sabendo os passos mais básicos? E com pés do tamanho de botes! Pronto, ele fez Rilla esbarrar em alguém. Ela nunca mais iria dançar com ele!

Ela dançou com outros, ainda que tivesse perdido o entusiasmo e os sapatinhos estivessem machucando terrivelmente. Kenneth parecia ter ido embora, pois ela não o viu em parte alguma. A primeira festa dela estava arruinada, por mais que tivesse sido ótima em certos momentos. A cabeça dela doía, os dedos dos pés ardiam, mas o pior ainda estava por vir. Ela e mais alguns amigos foram até os rochedos, onde ficaram sentados enquanto o baile continuava lá em cima. Ali estava fresco e tranquilo, e todos estavam cansados. Rilla ficou em silêncio, sem participar do papo animado. Ela ficou contente quando alguém avisou que os barcos estavam partindo para o outro lado do porto. O grupo alegre subiu correndo a escadaria. Alguns casais ainda bailavam no pavilhão, mas a multidão havia diminuído. Rilla procurou pelo pessoal de Glen e não viu ninguém. Ela correu até o farol. Nem sinal dos outros. Aflita, correu até os degraus de pedra, onde o grupo que morava do outro lado do porto se apressava para descer. Ela viu os barcos lá embaixo. Onde estavam os de Jem... e o de Joe?

– Ora, Rilla Blythe, achei que você tinha ido embora há muito tempo – disse Mary Vance, que acenava o lenço vermelho para o barco comandado por Miller Douglas, que atravessava o canal.

– Onde estão os outros? – arfou Rilla.

– Já foram embora... Jem partiu uma hora atrás, pois Una estava com dor de cabeça. E o resto foi embora com Joe há quinze minutos. Lá estão eles, passando por Birch Point. Não fui porque o mar está ficando agitado e sei que eu ficaria mareada. Não me importo de voltar andando. São só dois quilômetros. Achei que você já tinha ido embora. Onde estava?

– Lá embaixo, nas pedras, com Jem e Mollie Crawford. Ah, por que eles não foram me procurar?

– Eles foram, mas não a encontraram. E aí concluíram que você tinha partido em outro barco. Não se preocupe. Você pode passar a noite comigo e nós telefonaremos para Ingleside para avisar.

Rilla percebeu que não tinha escolha. Seus lábios começaram a tremer, e seus olhos se encheram de lágrimas. Ela piscou repetidamente; Mary Vance não a veria chorar. Porém, ser esquecida dessa forma? E pensar que ninguém se preocupou em descobrir onde ela estava, nem mesmo Walter. Então, ela lembrou-se de algo, para o próprio horror.

– Meus sapatos! Eu os deixei no barco.

– Ah, você é a garota mais descuidada que eu conheço – disse Mary. – Vai ter que pedir um par emprestado para Hazel Lewison.

– Não – exclamou Rilla, que detestava Hazel Lewison. – Prefiro ir descalça.

Mary deu de ombros.

– Como quiser. Todo esse orgulho vai lhe ensinar dolorosamente a ser mais cuidadosa. Bem, vamos andando.

E andando foram embora. Contudo, caminhar em uma rua esburacada e cheia de pedregulhos com sapatinhos delicados de salto Luís XV não era uma atividade animadora. Cambaleando, Rilla conseguiu chegar à estrada do porto; só que dali em diante não foi mais possível usar aqueles sapatinhos detestáveis. Ela os tirou, bem como a adorada meia-calça de seda, e continuou descalça. O que também não foi agradável, pois os pés dela eram muito sensíveis, e as pedras os machucaram. Os calcanhares com bolhas doíam muito, mas a dor física não se comparava à da humilhação. Que desastre! Se Kenneth Ford a visse naquele momento, mancando como uma garotinha com o joelho machucado! Ah, que maneira horrível de terminar a noite adorável! Era impossível não chorar, a situação era terrível. Ninguém se preocupava com ela, ninguém se importava com o que tinha acontecido. Bem, se ela pegasse um resfriado por andar descalça em uma estrada molhada pelo orvalho e adoecesse, talvez eles se arrependessem. Ela secou as lágrimas furtivamente com o xale, pois os lenços pareciam ter desaparecido assim como os sapatos! Todavia não conseguiu evitar de soluçar. As coisas só pioravam!

– Vejo que pegou um resfriado – disse Mary. – Também, você ficou sentada nas pedras à mercê do vento. Sua mãe não vai permitir que saia de casa tão cedo, escreva o que estou dizendo. Foi uma noite e tanto. Os Lewison sabem como dar festas, tenho que admitir, embora eu não simpatize com Hazel Lewison. Como ela ficou furiosa quando a viu dançar com Ken Ford! E aquela petulante da Ethel Reese, também. É um verdadeiro namorador!

– Não acho que ele seja um namorador – disse Rilla entre duas fungadas desesperadas.

– Você compreenderá mais sobre os homens quando tiver a minha idade – disse Mary com condescendência. – Sabe, não se pode acreditar em tudo que dizem. Não deixe que Ken Ford pense que tudo que ele precisa fazer para conquistar você é deixar cair um lenço. Seja mais esperta, menina!

Ter que ouvir Mary Vance gabar-se com arrogância era insuportável! E era insuportável andar descalça em uma estrada cheia de pedrinhas, com bolhas nos calcanhares. E era insuportável chorar e não ter nenhum lenço e não conseguir conter as lágrimas!

– Não estou... *snif*... pensando... *snif*... no Kenneth... *snif*... Ford... – exclamou a atormentada Rilla.

– Não precisa ficar irritada, menina. Você deveria ouvir os conselhos dos mais velhos. Eu vi que você e Ken escapuliram para a praia e ficaram um bom tempo por lá. Sua mãe não iria gostar de saber disso.

– Vou contar tudo para minha mãe... e para a senhorita Oliver... e para Walter – arfou Rilla entre fungadas. – Você ficou horas sentada perto da armadilha de lagostas com Miller Douglas, Mary Vance! O que a senhora Elliott pensaria se soubesse?

– Ah, não vou discutir com você – disse Mary, subitamente assumindo ares altivos e defensivos. – Só estou dizendo que você deveria esperar até ficar mais velha antes de fazer essas coisas.

Rilla desistiu de tentar esconder as lágrimas. Tudo estava arruinado. Até mesmo aquela hora linda, romântica e mágica sob o luar com
Kenneth nas dunas de areia tinha sido vulgarizada e envilecida. Ela detestava Mary Vance.

– O que foi? – exclamou Mary, perplexa. – Por que está chorando?

– Meus pés... estão doendo muito – soluçou Rilla, agarrando-se ao
que restava do orgulho. Era menos humilhante admitir que estava chorando por causa da dor nos pés do que admitir que alguém havia se
divertido à custa dela, que os amigos haviam se esquecido dela e que os
outros a tratavam com condescendência.

– Imagino que estejam mesmo – respondeu Mary com certa gentileza. – Mas não se preocupe. Sei onde a Cornelia guarda o pote de
gordura de ganso na despensa imaculada. É melhor do que todos os
cremes chiques do mundo. Vou aplicar um pouco nos seus pés antes
de dormir.

Gordura de ganso nos pés! Então era assim que a primeira festa e o
primeiro encontro ao luar de Rilla terminavam!

Frustrada pela futilidade das lágrimas, Rilla rendeu-se à calmaria do
desespero e adormeceu na cama de Mary Vance. Lá fora, a manhã cinzenta chegava nas asas de uma tempestade; o capitão Josiah, fiel às suas
palavras, hasteou no farol de Four Points, contra o céu nublado, a bandeira do Reino Unido, que tremulou sob o vento forte como um facho
de luz valente e inextinguível.

# O som de uma partida

Rilla correu pelo bosque de bordos ensolarado e glorioso atrás de Ingleside em direção ao seu recanto favorito no Vale do Arco-Íris. Ela sentou-se em uma pedra coberta de musgo em meio às samambaias, apoiou o queixo nas mãos e olhou absortamente para o céu anil deslumbrante da tarde agosto, tão azul, tão sereno, o mesmo céu que encobria o Vale nos dias indolentes do fim de verão desde que conseguia se lembrar.

Ela queria ficar sozinha para refletir e, se possível, ajustar-se ao novo mundo para o qual fora enviada com uma brusquidão que a deixou aturdida, incerta da própria personalidade. Será que ela ainda era a mesma Rilla Blythe que havia dançado no farol de Four Winds seis dias atrás, meros seis dias? Rilla tinha a impressão de ter vivido tanto nos últimos seis dias quanto em toda a sua vida até então; se fosse verdade, ela passaria a contar o tempo pelas batidas do coração. Aquela noite, com todas as esperanças, triunfos e humilhações, parecia pertencer a um passado remoto. Ela realmente chorou porque foi deixada para trás e teve que voltar a pé com a Mary Vance? Ah, como aquilo parecia trivial e incoerente. Agora ela tinha bons motivos para chorar, todavia ela não o faria; ela não podia. O que a mamãe disse mesmo, encarando-a com olhos assustados e lábios pálidos, de um jeito que Rilla jamais tinha visto?

"Quando faltar coragem às nossas mulheres, ainda serão destemidos os nossos homens?"

Sim, era isso. Ela precisava ser corajosa como a mãe, e Nan, e Faith... Faith, que aos prantos lamentara: "Ah, se ao menos eu fosse um homem, para ir também!". No entanto, quando seus olhos ardiam e a garganta queimava, Rilla se refugiava no Vale do Arco-Íris para colocar os pensamentos em ordem e lembrar-se de que não era mais criança, e sim uma adulta, e que as mulheres tinham de enfrentar coisas assim. Era bom escapar de vez em quando e ir para um lugar onde ninguém podia vê-la, onde as pessoas não pensariam que ela era uma covarde se algumas lágrimas lhe escapassem.

Que doce era o perfume das samambaias! Como os ramos macios dos grandes pinheiros acenavam e murmuravam suavemente para ela! Que mágico era o toque dos sinos das "Árvores Enamoradas", tilintando aqui e ali quando soprava uma brisa! Como era azul e elusiva a névoa dos incensos sendo oferecidos nos altares das colinas! Que alvas eram as folhas dos bordos ao vento, dando à alameda a impressão de estar coberta de flores de um delicado prateado! Tudo era igual ao que sempre fora; não obstante, o mundo já não parecia mais o mesmo.

"E pensar que eu desejei que algo dramático acontecesse!", ponderou ela. "Ah, se ao menos pudéssemos voltar para aqueles dias monótonos e aprazíveis! Eu nunca, nunca mais reclamaria deles!"

O mundo de Rilla ruíra no dia após a festa. Estavam todos à mesa na hora do almoço em Ingleside, conversando sobre a guerra, quando o telefone tocou. Era uma chamada de longa distância de Charlottetown para Jem. Assim que terminou de falar e colocou o telefone no gancho, ele virou-se, com o rosto vermelho e os olhos brilhantes. Antes que dissesse qualquer palavra, a mãe, Nan e Di empalideceram. Quanto a Rilla, pela primeira vez ela teve a impressão de que todos podiam ouvir seu coração bater e de que algo apertava sua garganta.

– Estão pedindo por voluntários na cidade, pai – disse Jem. – Muitos já se alistaram. Hoje mesmo eu vou até lá.

– Ah... meu pequeno Jem – lamentou a senhora Blythe, com a voz trêmula. Ela não o chamava assim havia anos, desde o dia em que ele se rebelara contra o apelido. – Ah... não... não... meu pequeno Jem.

– É o meu dever, mãe. Não estou certo, pai?

O doutor Blythe se levantou (ele também estava muito pálido) e falou com um tom grave, sem hesitar:

– Sim, Jem, sim... Se é o que deseja, sim.

A senhora Blythe cobriu o rosto. Walter encarava o prato sombriamente. Nan e Di deram as mãos com força. Shirley tentou não demonstrar preocupação. Susan parecia paralisada, diante do pedaço de torta pela metade. Ela nunca chegou a terminá-lo, o que era um testemunho eloquente de seu tormento interior, uma vez que Susan considerava uma ofensa imperdoável contra a sociedade civilizada não terminar de comer o que se coloca no prato. Era um desperdício premeditado, mesmo que servisse de comida aos animais.

Jem virou-se para o telefone de novo.

– Preciso telefonar para a casa ministerial. Jerry vai querer ir também.

Nan deixou escapar um "ah!" como se tivesse levado uma facada e correu para fora da sala. Di foi atrás da irmã. Rilla virou-se para consolar Walter, mas ele estava perdido em algum devaneio insondável.

– Tudo bem – dizia Jem, com a calma de quem organizava um piquenique. – Achei que iria querer... sim, nesta noite... às sete horas... nós nos encontramos na estação. Até logo.

– Querida senhora – disse Susan –, gostaria que você me acordasse. Estou sonhando ou estou desperta? Aquele menino abençoado tem ideia do que está falando? Ele vai mesmo se alistar como soldado? Quer dizer que eles vão aceitar crianças como ele? É um absurdo. Você e o doutor não podem permitir.

– Não podemos detê-lo – disse a senhora Blythe, com a voz embargada. – Ah, Gilbert!

O doutor Blythe aproximou-se, segurou gentilmente a mão da esposa e encarou os olhos acinzentados e doces que só uma vez havia visto cheios de tanta angústia suplicante como naquele momento. Ambos relembraram aquela época, anos atrás, o dia em que a pequena Joyce morreu, na Casa dos Sonhos.

– Você preferiria que ele ficasse, Anne, enquanto os outros partem, quando ele acha que é o dever dele? Preferiria que ele fosse assim tão egoísta e desalmado?

– Não, não! Ah... nosso primogênito... ele é só um garoto... Gilbert, tentarei ser forte daqui em diante, mas agora não consigo. É tudo muito repentino. Preciso de tempo.

O doutor e a esposa deixaram a sala. Jem tinha saído, Walter também, e Shirley levantou-se da mesa. Rilla e Susan se entreolharam, em lados opostos da mesa deserta. Rilla ainda não tinha chorado, pois estava chocada demais. Então ela viu que Susan chorava. A Susan, que ela nunca vira verter uma lágrima sequer.

– Ah, Susan, será que ele vai mesmo?

– É... é... é simplesmente ridículo, é isso o que é – disse Susan.

Ela secou as lágrimas, engoliu em seco com determinação e levantou-se.

– Vou lavar a louça. É algo que precisa ser feito, ainda que todos tenham enlouquecido. Vamos, querida, não chore. É provável que Jem seja chamado, só que a guerra já terá terminado antes que ele possa partir. Precisamos ser valentes e não preocupar sua pobre mãe.

– O *Enterprise* de hoje publicou que o lorde Kitchener[13] estima que a guerra durará três anos – disse Rilla, hesitante.

– Não conheço esse tal de lorde Kitchener – disse Susan com dignidade –, todavia atrevo-me a dizer que ele comete erros como qualquer

---

13 O marechal-de-campo Horatio Herbert Kitchener (1850-1916), Lorde de Cartum, foi um oficial do exército britânico notório pela participação na Segunda Guerra dos Bôeres e na Primeira Guerra Mundial. (N. T.)

outra pessoa. Seu pai disse que terminará dentro de alguns meses, e eu confio mais na opinião dele do que na desse lorde. Assim, é melhor ficarmos calmas, termos fé no Todo-Poderoso e tirarmos a mesa. Chega de chorar, é uma perda de tempo e deixa todo mundo desanimado.

Jem e Jerry foram para Charlottetown naquela noite e voltaram dois dias depois de uniforme. O vilarejo vibrou com a notícia. De repente, a vida em Ingleside foi tomada pela tensão e pela emoção. Nan e a senhora Blythe mostraram-se corajosas, fortes e sorridentes. A senhora Blythe e a senhorita Cornelia logo organizaram um comitê para a Cruz Vermelha. O doutor e o senhor Meredith reuniram os homens para criar uma sociedade patriota. Depois do choque inicial, Rilla abraçou o romantismo da situação, apesar do aperto no peito. Jem ficava ótimo de farda. Era esplêndido imaginar todos os jovens canadenses atendendo ao chamado do país de forma tão rápida, corajosa e abnegada. Rilla andava com altivez em meio às garotas cujos irmãos não tinham se voluntariado. No diário, ela escreveu com a mais absoluta convicção:

*Ele fará o que eu teria feito*
*Se a filha de Douglas fosse um filho.*[14]

Se ela fosse um garoto, é óbvio que ela iria também! Ela não tinha a menor dúvida.

Ela se perguntou se era maldade alegrar-se por Walter não ter se recuperado tão rápido como o desejado depois da febre tifoide.

"Não suportaria se Walter fosse para a guerra", escreveu. "Eu amo muito Jem, mas Walter é a pessoa mais importante para mim no mundo, e eu teria morrido se ele fosse. Ele parece muito mudado ultimamente. Quase não fala comigo. Suponho que ele também queira ir e se sente mal por não poder. Ele não se junta com Jem e Jerry em

---

14 Referência ao poema *A dama do Lago*, do escritor escocês *sir* Walter Scott (1771-1832). (N. T.)

hipótese alguma. Nunca vou me esquecer da expressão da Susan quando ele chegou de uniforme. O rosto se contorceu como se ela estivesse prestes a chorar, mas tudo que disse foi: 'Com esse uniforme, você até parece um homem feito, Jem'. Ele riu. Jem não se importa com os comentários dela, porque Susan ainda acha que ele é uma criança. Todo mundo parece estar ocupado, menos eu. A mamãe, Di e Nan estão sempre atarefadas, e eu fico vagando por aí como um fantasma solitário. O que me deixa muito triste é que os sorrisos da mamãe e de Nan parecem falsos. Os olhos da mamãe não sorriem mais. Isso me faz sentir como se eu não devesse sorrir, que é erro estar contente. E, para mim, é difícil não rir, mesmo que Jem esteja indo para a guerra. E, quando eu rio, não sinto a satisfação que sentia antes. Há algo por trás de tudo isso que me machuca constantemente, em especial quando acordo no meio da noite. Aí eu choro porque tenho medo de que o Kitchener de Cartum esteja certo, que a guerra durará anos e que Jem... não, eu não escreverei isso. Daria a sensação de que isso vai de fato acontecer. Noutro dia, Nan disse: 'Nada será como antes para nenhum de nós'. Isso me deixou revoltada. Por que as coisas não voltariam mais ao normal, depois que tudo terminar e Jem e Jerry retornarem? Todos seremos felizes de novo, e esses dias parecerão um pesadelo."

"Agora, a chegada do carteiro é o maior acontecimento do dia. O papai simplesmente agarra o jornal. Eu nunca vi o papai agir assim, e todos nos amontoamos e lemos as manchetes por cima do ombro dele. Susan jura que não acredita em uma palavra que sai no periódico, mas sempre fica parada na porta da cozinha, ouvindo, e depois vai embora balançando a cabeça. Passa o dia inteiro terrivelmente indignada, mas prepara as comidas preferidas de Jem, e não falou nada quando encontrou o Segunda-feira dormindo na cama do quarto de hóspedes sobre a colcha que foi presente da senhora Rachel Lynde, com bordados de folhas de maçã. 'Só Deus sabe onde o seu dono vai dormir, pobre animal tolo', disse ela ao colocá-lo para fora com gentileza. Entretanto, ela não tem paciência alguma com o Doc. Segundo Susan, ele se transformou no Senhor Hyde no instante em que viu Jem de uniforme, e que isso é prova suficiente da verdadeira natureza dele. Ela é engraçada, e eu a adoro. Shirley disse que ela é metade anjo e metade boa cozinheira. Se bem que ele é o único em quem ela não dá bronca."

"Faith Meredith é maravilhosa. Acho que Jem e ela estão realmente comprometidos agora. Anda por aí com um brilho especial nos olhos, todavia seus sorrisos são um tanto rígidos, como os da mamãe. Pergunto-me se eu conseguiria ser tão corajosa quanto ela se tivesse um pretendente que estivesse indo para a guerra. Ter um irmão nessas condições já é ruim o suficiente. Bruce Meredith chorou a noite inteira, segundo a senhora Meredith, quando descobriu que Jem e Jerry se alistaram. Ele perguntou ao pai se o "Lorde de Cartum" era o rei de algum país. É um garotinho adorável. Eu simplesmente o amo, por mais que não simpatize muito com crianças. Não gosto nem um pouco de bebês, e as pessoas me olham como se eu tivesse cometido um sacrilégio quando digo isso. Bem, eu não gosto e tenho de ser honesta. Não me incomoda olhar para um bebê fofo e limpinho se outra pessoa o segurar, só que não o seguraria por nada no mundo, não tenho vontade. Gertrude Oliver disse que pensa da mesma forma que eu. (Ela é a pessoa mais honesta que conheço. Nunca finge nada.) Ela diz que só se interessa por crianças depois que começam a falar e, ainda assim, mantendo certa distância. A mamãe, Nan e Di adoram bebês, e tenho a impressão de que me consideram estranha por não sentir o mesmo."

"Não vejo Kenneth desde a noite da festa. Ele veio aqui em uma tarde depois que Jem retornou, mas eu não estava em casa. Acho que nem perguntou por mim, pelo menos ninguém comentou nada, e eu estava decidida a não perguntar, mas isso não me incomoda. Nada disso tem importância agora. A única coisa relevante é que Jem se alistou para servir ao exército e partirá daqui a alguns dias para Valcartier, meu grande e admirável irmão Jem. Ah, estou tão orgulhosa dele!"

"Suponho que Kenneth também se alistaria se não fosse pelo tornozelo. Creio que foi oportuno. Ele é filho único, e a mãe dele se sentiria muito mal se ele fosse para a guerra. Filhos únicos não deveriam sequer pensar em se alistar!"

Walter aproximou-se caminhando pelo Vale, com a cabeça baixa e as mãos entrelaçadas nas costas. Ao notar Rilla sentada ali, ele virou-se abruptamente. Em seguida, com rapidez, deu meia-volta e aproximou-se dela.

– Rilla-a-Marilla, no que está pensando?

– Tudo está tão diferente, Walter – respondeu melancolicamente. – Até você está mudado. Éramos tão felizes uma semana atrás... e... e... agora já não reconheço o mundo à minha volta. Estou perdida.

Walter sentou-se em uma pedra ao lado de Rilla e segurou a mão dela.

– Receio que o nosso velho mundo não exista mais, Rilla. Temos que encarar esse fato.

– É horrível pensar assim – lamentou a garota. – Às vezes eu me esqueço da realidade por trás da guerra e me sinto muito entusiasmada e orgulhosa. Então, seu verdadeiro significado retorna e me atinge como um vento gelado.

– Tenho inveja de Jem! – declarou Walter em um tom sombrio.

– Inveja de Jem? Ah, Walter... você não quer realmente ir.

– Não – disse Walter, olhando para a vista esmeralda do Vale diante dele –, eu não quero ir. É esse o problema. Rilla, tenho medo de ir para a guerra. Sou um covarde.

– Você não é! – exclamou Rilla com indignação. – Ora, qualquer pessoa teria medo. Você poderia... Deus, poderia ser morto.

– Eu não me preocuparia com isso se não fosse doer – murmurou Walter. – Acho que não tenho medo da morte, e sim da dor que vem antes dela. Não seria tão ruim morrer rapidamente, mas morrer lentamente... Sempre tive medo de sentir dor, você sabe. Não posso evitar. Eu tremo só de pensar na possibilidade de ficar aleijado ou... ou cego.

Rilla, não consigo sequer cogitar essa ideia. Ficar cego e nunca mais contemplar a beleza do mundo, o luar sobre Four Winds, as estrelas brilhando através dos pinheiros, a neblina encobrindo o golfo. Eu deveria ir, deveria querer ir, só que não quero... e odeio isso. Estou envergonhado... muito envergonhado.

– Walter, você não poderia ir de qualquer maneira – Rilla tentou consolá-lo. Ela foi tomada por um medo repentino de que Walter acabasse se voluntariando também. – Você não está forte o suficiente.

– Estou. Neste último mês, senti-me saudável como sempre fui. Eu passaria em qualquer exame, tenho certeza. Todo mundo pensa que ainda não me recuperei totalmente e ando me escondendo atrás dessa desculpa. Eu... eu deveria ter nascido uma menina – concluiu Walter com uma explosão de amargura.

– Mesmo se fosse forte o bastante, você não deveria ir – lacrimejou Rilla. – O que seria da mamãe? Ela já está de coração partido por causa de Jem. Ver vocês dois partirem a mataria.

– Ah, eu não vou. Não se preocupe. Já disse que tenho medo. Não tenho por que me enganar. É um alívio poder admitir isso para você, Rilla. Eu não confessaria para mais ninguém... Nan e Di me detestariam. Mas eu odeio tudo relacionado à guerra: o horror, a dor, a feiura. Ela vai muito mais além do que um uniforme cáqui e paradas. As coisas que eu li nos livros de história ainda me assombram. Eu fico acordado de noite e imagino coisas que nunca aconteceram... Vejo o sangue, a sujeira e a miséria. Uma carga de baionetas! Talvez eu até toleraria outras coisas, não isso. Fico enjoado só de pensar... aliás, fico mais enjoado de me imaginar ferindo alguém do que sendo ferido... atravessando outro homem com uma baioneta – Walter estremeceu. – Penso nessas coisas o tempo todo, e me parece que Jem e Jerry nunca pensam nelas. Eles riem e falam de "arrebentar os hunos"[15]! Fico enfurecido de

---

15  Os alemães ganharam a alcunha pejorativa de hunos graças ao discurso do imperador alemão Guilherme II em que comparou a atuação do exército na Rebelião dos Boxers ao povo bárbaro. (N. T.)

vê-los fardados. E eles acham que estou emburrado porque não tenho condições para me alistar. – Walter riu amargamente e prosseguiu. – Não é agradável sentir-se um covarde.

Rilla o abraçou e colocou a cabeça no ombro dele. Estava muito aliviada por Walter não querer ir; por um minuto ela ficou alarmada. E era muito bom vê-lo compartilhar os segredos com ela, e não com Di. Ela já não se sentia mais tão solitária e insignificante.

– Você me odeia, Rilla-a-Marilla? – perguntou Walter com tristeza. Por algum motivo, doía imaginar que Rilla o desprezava, tanto quanto doía imaginar que Di o desprezava. De repente ele percebeu o quanto adorava a irmãzinha, com seus olhos cativantes e atormentados e o rosto pueril.

– Não. Ora, Walter, centenas de pessoas se sentem assim. Você conhece aquele verso de Shakespeare que havia no nosso livro da escola: "Um homem valente não é aquele que não sente medo".

– "É aquele cuja nobre alma seu medo conquista"[16], mas eu não sou assim. Temos que enfrentar a verdade, Rilla. Sou um covarde.

– Você não é. Lembre-se da vez em que enfrentou Dan Reese.

– Um momento de coragem não é suficiente para a vida inteira.

– Walter, uma vez eu ouvi o papai dizer que seu problema era ter uma natureza sensível e uma imaginação vívida. Você sente as coisas antes que realmente aconteçam. Você as sente completamente só, sem nada para ajudá-lo a suportá-las, para aliviá-las. Não é algo para se ter vergonha. Quando você e Jem queimaram as mãos enquanto colocavam fogo na grama seca nas dunas de areia, ele deu muito mais trabalho do que você por causa da dor. Quanto a essa guerra horrível, sua presença não será necessária. Ela não durará muito.

– Gostaria de acreditar nisso. Bem, já está na hora do jantar, Rilla. É melhor você correr. Não estou com fome.

---

16 Na verdade, a frase dita pelos irmãos é de autoria da escritora britânica Joanna Baillie (1762-1851) (N. T.)

– Nem eu. Não consigo comer nada. Deixe-me ficar aqui com você, Walter. É muito bom poder conversar com alguém. Os outros acham que sou pequena demais para entender.

Assim, os dois ficaram no antigo vale até a estrela da noite brilhar por entre as nuvens cinza-claro sobre o bosque de bordos, e a escuridão perfumada e orvalhada recaiu sobre o prado. Aquela era uma das noites que Rilla guardaria como um tesouro na lembrança, a primeira em que Walter conversou com ela como se fosse uma mulher, e não uma criança. Eles confortaram e deram forças um ao outro. Pelo menos naquele momento, Walter sentiu que não era um ato desprezível temer o horror da guerra; e Rilla ficou satisfeita por ser a confidente dos tormentos dele, por acalmá-lo e encorajá-lo. Ela era importante para alguém.

Eles encontraram visitas sentadas na varanda ao retornarem para Ingleside. O senhor e a senhora Meredith tinham vindo da casa ministerial, e o senhor e a senhora Norman Douglas, da fazenda. A prima Sophia também estava presente, sentada ao lado de Susan em um canto na penumbra. A senhora Blythe, Nan e Di haviam saído, mas o senhor Blythe estava em casa, assim como o Doutor Jekyll, sentado com toda a sua magnificência dourada no primeiro degrau. Falavam da guerra, é claro, com a exceção do Doutor Jekyll, que observava a todos com desdém em silêncio. Quando duas pessoas se reuniam, naqueles dias, era para conversar sobre a guerra; e o velho Highland Sandy de Harbour Head falava sozinho, lançando anátemas ao cáiser de todos os acres de sua fazenda. Walter saiu de fininho para não ser visto, e Rilla sentou-se nos degraus da varanda, onde o perfume da menta cultivada no jardim era pungente. Era um fim de tarde plácido, com um sutil vestígio dos raios dourados irradiando sobre o vale. Ela se sentia mais feliz naquela tarde do que em toda aquela semana tenebrosa que havia passado. O medo de que Walter também partisse não a assombrava mais.

– Eu me voluntariaria se fosse vinte anos mais jovem – gritava Norman Douglas. Ele sempre falava alto quando se empolgava.

– Eu daria uma boa lição naquele cáiser! Alguma vez eu disse que o inferno não existe? Claro que existe! Dezenas de infernos, centenas de infernos... que é para onde vão o cáiser e a corja dele.

– Eu sabia que essa guerra estava por vir – comentou a senhora Norman triunfantemente. – Eu a avistei no horizonte. Eu poderia ter avisado a todos aqueles ingleses estúpidos o que lhes esperava. Anos atrás eu lhe contei o que o cáiser estava tramando, John Meredith, mas você não acreditou. Você disse que ele jamais faria o mundo mergulhar em uma guerra. Quem estava certo sobre o cáiser, John? Você ou eu? Diga-me.

– Você, eu admito – disse o senhor Meredith.

– Agora é tarde demais – disse a senhora Norman, balançando a cabeça, como se insinuasse que, se ele tivesse admitido antes, talvez a guerra não estaria acontecendo.

– Graças a Deus a marinha da Inglaterra está preparada – disse o doutor.

– Amém – concordou a senhora Norman. – Mesmo cegos como um morcego, alguém teve o bom senso de preocupar-se com isso.

– Talvez a Inglaterra consiga evitar de se meter em problemas – disse a prima Sophia em tom tristonho. – Não sei. Tenho muito medo.

– A Inglaterra já está metida em problemas até o pescoço, Sophia Crawford – disse Susan. – Sua forma de pensar sempre me deixou embasbacada. Eu acredito que a marinha britânica vai dar um jeito na Alemanha em um piscar de olhos e que estamos nos preocupando por nada.

Susan falava como se tentasse convencer a si mesma, mais do que a qualquer outra pessoa. Ela tinha uma coleção de filosofias rudimentares que a guiava pela vida, contudo nenhuma poderia tê-la protegido da tempestade de raios que foi a semana que terminava. O que uma velha empregada honesta, trabalhadora e presbiteriana de Glen St. Mary tinha a ver com uma guerra a milhares de quilômetros de distância? Susan achava uma ofensa ter de se preocupar com isso.

– O exército britânico é que vai dar um jeito na Alemanha – gritou Norman. – Espere só até ele dar as caras. O cáiser vai descobrir que a verdadeira guerra é bem diferente de um desfile em Berlim com os bigodes empertigados.

– A Inglaterra não tem um exército – disse enfaticamente a senhora Norman. – Não precisa olhar para mim desse jeito, Norman. Isso não fará os soldados brotar do chão. Uma centena de milhares de homens não será páreo para milhões de alemães.

– Mas vão dar muito trabalho, suponho – persistiu Norman com valentia. – A Alemanha vai passar por maus bocados. Não me diga que um inglês não vale mais que dez estrangeiros. Eu mesmo poderia dar conta de uma dúzia deles com as duas mãos amarradas nas costas!

– Ouvi dizer que o velho senhor Pryor não acredita nessa guerra – disse Susan. – Ele diz que a Inglaterra só entrou nessa porque estava com inveja da Alemanha e que ela não se importa de fato com o que aconteceu na Bélgica.

– Dizem que ele anda falando esses disparates por aí – concordou Norman. – Eu não cheguei a escutar nada. Mas, se ouvir, o Bigodinho não vai nem saber o que o atingiu. Aquela preciosa parente minha, a Kitty Alec, pensa da mesma forma, pelo que entendi. Não na minha frente, por algum motivo, as pessoas não se permitem falar essas coisas na minha presença. Eles meio que pressentem, por assim dizer, que não seria seguro.

– Tenho um grande receio de que essa guerra seja uma punição por nossos pecados – disse a prima Sophia, desentrelaçando os dedos sobre o colo para juntá-los solenemente sobre a barriga. – O mundo está muito doente... É o fim dos tempos.

– O pastor aqui pensa da mesma forma – riu Norman –, não é verdade, pastor? Foi por isso que o sermão da noite passada foi baseado no texto "sem derramamento de sangue não há perdão"[17]. Eu não concordei e tive vontade de ir até o púlpito e gritar que aquilo não fazia

---

17 Referência ao Novo Testamento, Hebreus 9:22. (N. T.)

o menor sentido, só que a Ellen aqui me segurou. Depois que me casei, não posso mais me divertir importunando os pregadores.

– Sem derramamento de sangue, não há nada – disse o senhor Meredith com sua gentileza característica, que de alguma maneira era capaz de convencer os ouvintes. – Tudo que conquistamos, a meu ver, vem do autossacrifício. Cada passo da nossa raça rumo à ascensão é manchado de sangue. E, agora, ele precisa ser vertido novamente. Não, senhora Crawford, não acredito que essa guerra foi enviada como punição por nossos pecados. Creio que é o preço que a humanidade deve pagar por algumas bênçãos que talvez não estejamos vivos para testemunhar, mas que nossos filhos herdarão. Avanços bons o bastante para fazer valer tal preço.

– Se Jerry for morto, você continuará pensando assim? – quis saber Norman, que passara a vida inteira dizendo coisas do tipo e não via motivos para parar. – Pare de chutar minha canela, Ellen. Quero saber se o pastor acredita mesmo nisso ou se foi só um afã no púlpito.

O rosto do senhor Meredith estremeceu. Ele havia passado uma hora horrível sozinho no escritório, na noite em que Jem e Jerry foram para a cidade. No entanto, respondeu com tranquilidade:

– Meus sentimentos não importam, não influenciam minha crença, minha certeza de que um país cujos jovens estão dispostos a dar a vida em sua defesa ganhará uma nova visão por causa desse sacrifício.

– Vejo que acredita mesmo nisso, pastor. Posso perceber quando as pessoas estão sendo francas. Nasci com esse dom, o que é um terror para a maioria dos pastores! Contudo, ainda não flagrei o senhor dizendo algo que não fosse sincero, mas nunca perco a esperança, pois é o que me motiva a frequentar a igreja. Seria tão reconfortante para mim... seria uma verdadeira arma contra a minha Ellen, para quando ela tentasse me tornar civilizado. Bem, agora eu preciso atravessar a estrada para falar com Ab. Crawford. Que os deuses acompanhem vocês.

– Velho pagão! – murmurou Susan quando Norman se afastou.

Ela não se importava com o fato de Ellen Douglas poder ouvi-la. Susan não compreendia por que o fogo divino não caía do céu sobre Norman Douglas quando ele insultava os ministros da igreja daquele jeito. Mas o mais surpreendente era o fato de o senhor Meredith parecer gostar de verdade do cunhado.

Rilla desejou que eles mudassem de assunto. Há uma semana ela só ouvia falar da guerra e estava ficando cansada disso. Agora que estava livre do medo de que Walter fosse querer se alistar, a impaciência a consumia. Com um suspiro, ela refletiu que ainda teria de aguentar três ou quatro meses de debates sobre o tema.

# Susan, Rilla
# e Segunda-feira
# tomam uma decisão

A grande sala de estar de Ingleside estava coberta de fiapos de algodão branco. A sede da Cruz Vermelha avisara que precisavam de lençóis e bandagens. Nan, Di e Rilla trabalhavam arduamente. A senhora Blythe e Susan estavam no quarto dos meninos, ocupadas com outras tarefas. Com os olhos angustiados e cansados de tanto chorar, elas arrumavam a mala de Jem, que partiria para Valcartier na manhã seguinte. Elas sabiam que esse momento iria chegar, todavia isso não o tornou menos difícil.

Rilla costurava a bainha de um lençol pela primeira vez na vida. Quando chegou a notícia de que Jem tinha de partir, ela foi chorar em meio aos pinheiros do Vale do Arco-Íris e em seguida procurou a mãe.

– Mãe, quero fazer alguma coisa. Sou apenas uma garota, sei que não posso contribuir para ganharmos a guerra, mas eu preciso fazer alguma coisa para ajudar em casa.

– O algodão acabou de chegar – respondeu a senhora Blythe. – Você pode ajudar Nan e Di a costurar os lençóis. E, Rilla, que tal organizar um comitê júnior da Cruz Vermelha com as outras garotas? Acredito que elas se interessariam e trabalhariam melhor entre si do que junto dos mais velhos.

– Mas, mãe, eu nunca fiz algo do tipo.

– Teremos de fazer muitas coisas nos próximos meses que nunca fizemos antes, Rilla.

– Bem, vou tentar – disse Rilla, aceitando o desafio –, contanto que me mostre por onde começar, mãe. Estive pensando e decidi que preciso ser o mais corajosa, heroica e altruísta possível.

A senhora Blythe não riu da ênfase que Rilla deu àquelas palavras. Talvez não estivesse com ânimo para sorrir ou talvez tivesse detectado um propósito verdadeiro por trás da postura romântica da filha. Assim, Rilla se empenhou em costurar os lençóis enquanto organizava um comitê júnior da Cruz Vermelha em sua mente; ademais, estava se divertindo com a tarefa; a organização do comitê, não a costura. Era interessante, e Rilla surpreendeu-se ao descobrir certa aptidão para isso. Quem seria o presidente? Não ela. As garotas mais velhas não iriam gostar. Irene Howard? Não; por algum motivo, ela não era benquista como deveria ser. Marjorie Drew? Não; Marjorie não tinha a força de carácter necessária e tendia a concordar com quem falava por último. Betty Mead... A calma, competente e prática Betty. Isso mesmo! E Una Meredith seria a tesoureira. E, se insistissem muito, Rilla poderia ser a secretária. Quanto aos vários subcomitês, eles seriam escolhidos após a criação do grupo principal; todavia Rilla já sabia exatamente quem designar para cada um. Seria proibido comer durante as reuniões, e Rilla já previa que teria problemas com Olive Kirk em relação a isso. Não, tudo seria estritamente profissional e formal. O livro de atas seria branco com uma cruz vermelha na capa. E não seria interessante terem algum tipo de uniforme para irem aos eventos que organizariam para arrecadar dinheiro? Algo simples e original?

– Você costurou a bainha de cima daquele lençol de um lado e a de baixo do outro lado – avisou Di.

Rilla desfez os pontos e chegou à conclusão de que detestava costurar. Organizar o comitê júnior da Cruz Vermelha era mais divertido.

A senhora Blythe comentou com Susan no andar de cima:

– Você se lembra da primeira vez em que Jem ergueu os bracinhos e me chamou de "mamã", a primeira palavra que tentou falar?

– Jamais me esqueci e jamais me esquecerei de algo relacionado àquele bebê abençoado – disse Susan em um tom sombrio.

– Susan, ainda me lembro da vez em que ele chorou no meio da noite. Ele tinha só alguns meses de idade. Gilbert não queria que eu fosse até lá, disse que o menino estava bem e agasalhado e que lhe atender o acostumaria mal. Porém eu fui e o peguei no colo... Ainda consigo sentir os bracinhos dele ao redor do meu pescoço. Susan, se eu não tivesse feito isso naquela noite, vinte e um anos atrás, eu não teria conseguido olhar para meu filho na manhã seguinte.

– Não sei como vamos suportar o dia de amanhã, querida senhora. E não me diga que será a despedida final. Ele virá nos visitar antes de ir para a Europa, não é mesmo?

– Espero que sim, porém não temos certeza. Estou tentando me convencer de que não, para não ter que lidar com frustrações. Susan, estou decidida a me despedir do meu menino com um sorriso amanhã. Não quero que ele carregue a lembrança de uma mãe fraca, que não teve a coragem de dizer adeus quando o filho foi corajoso o bastante para partir. Espero que ninguém de nós chore.

– Eu garanto que não vou chorar, querida senhora. Agora, se vou conseguir sorrir ou não, vai depender da Divina Providência e do frio na minha barriga. Tem lugar aí para esse bolo de frutas? E para os biscoitos de manteiga? E a torta de carne? Nosso menino abençoado não vai passar fome naquele lugar, o Quebec. Parece que tudo está mudando ao mesmo tempo, não é mesmo? Até o velho gato da casa ministerial morreu. Deu o último suspiro às quinze para as dez da noite passada, e me contaram que Bruce está arrasado.

– Já estava na hora de aquele bichano ir para onde vão os gatos bons. Ele devia ter pelo menos quinze anos. Ele parecia muito solitário depois que a tia Martha faleceu.

– Eu não lamentaria, querida senhora, se aquela fera do Senhor Hyde também morresse. Desde que Jem chegou de uniforme, ele passa o tempo todo como o Senhor Hyde, e eu volto a afirmar que isso tem algum significado. Não sei o que será do Segunda-feira depois que Jem se for. A pobre criatura anda por aí com um olhar humano tão triste que acaba comigo sempre que o vejo. Ellen West costumava ralhar contra o cáiser e pensávamos que estava maluca, só que agora vejo que há lógica na loucura dela. Terminei de arrumar as coisas, querida senhora. Vou descer e dar o melhor de mim para preparar o jantar. Gostaria de saber quando voltarei a preparar uma refeição para Jem, mas o futuro não nos pertence.

Jem Blythe e Jerry Meredith partiram na manhã seguinte. Era um dia de nuvens cinzentas e pesadas que encobriam o céu em grandes rolos. No entanto, quase todos os habitantes de Glen, Four Winds, Harbour Head, Upper Glen e do outro lado do porto, exceto o Bigodinho, estavam na estação para se despedir deles. A família Blythe e a família Meredith sorriam, até Susan, graças à Providência Divina, ainda que o efeito fosse mais doloroso do que teriam sido lágrimas. Faith e Nan estavam muito pálidas e aprumadas. Rilla sentia que estaria muito bem se não fossem o nó na garganta e os lábios que insistiam em tremer. O Segunda-feira também estava presente. Jem tentara se despedir dele em Ingleside, mas o cão implorou tão eloquentemente que o jovem cedeu e deixou que fosse até a estação. Grudado nas pernas de Jem, estava atento a cada movimento do amado dono.

– O olhar desse cachorro é de cortar o coração – disse a senhora Meredith.

– Esse bicho é mais inteligente do que a maioria dos humanos – disse Mary Vance. – Bem, algum de nós pensou que viveria para ver esse dia? Chorei a noite inteira por causa de Jem e Jerry. Acho que são dois loucos. Miller começou com um papo de querer ir, e eu prontamente o dissuadi. A tia dele também disse algumas coisas a fim de comovê--lo. Pela primeira vez, Kitty Alec e eu concordamos. É um milagre que provavelmente não se repetirá. Ali está o Ken, Rilla.

Rilla sabia que Kenneth estava ali. Estava profundamente ciente disso desde o instante em que descera da charrete de Leo West. Agora, ele vinha na direção dela com um sorriso.

– Conheço esse sorriso-de-irmã-corajosa. Que multidão! Bem, eu partirei daqui a alguns dias também, de volta para casa.

O vento frio da desolação, que nem a partida de Jem havia causado, soprou na alma de Rilla.

– Por quê? Você ainda tem um mês de férias.

– Sim, mas eu não consigo relaxar e desfrutar de Four Winds com o mundo pegando fogo desse jeito. Na boa e velha Toronto, eu encontrarei uma maneira de ajudar, apesar desse maldito tornozelo. Não posso nem olhar para Jem e Jerry que fico doente de inveja. Vocês, garotas, estão sendo ótimas: nada de choro, nada de expressões sorumbáticas. Os garotos vão partir com uma bela recordação. Espero que Persis e a mamãe também sejam compreensivas quando chegar a minha vez.

– Ah, Kenneth... a guerra terminará antes disso.

Pronto! O ceceio voltara. Outro momento crucial da vida arruinado! Bem, era a sina dela. De qualquer forma, nada mais importava. Kenneth já havia se afastado. Ele estava conversando com Ethel Reese, que, às sete da manhã, estava com o mesmo vestido que usara na festa, e chorava. O que aquela detestável da senhora Drew estava falando para a mamãe, naquele tom choroso dela? "Não sei como você consegue suportar, senhora Blythe. Eu não conseguiria se fosse meu pobre garoto." E a mamãe... ah, ela sempre sabia o que dizer! Como seus olhos acinzentados cintilavam! "Poderia ser pior, senhora Drew. Ainda bem que não tive que insistir para que ele fosse." A senhora Drew não compreendeu, mas Rilla, sim. Ela ergueu a cabeça. O irmão dela não teve que ser obrigado a ir.

Rilla descobriu-se sozinha, ouvindo trechos desconexos de conversas conforme as pessoas passavam por ela.

– Eu falei para Mark esperar e ver se eles precisariam de uma segunda leva. Se precisassem, eu o deixaria ir, mas não foi preciso – comentou a senhora Palmer Burr.

– Acho que vou mandar o corselete de veludo – disse Bessie Clow.

– Tenho medo de olhar para o rosto do meu marido e ver que ele também quer ir – externou uma jovem noiva que morava do outro lado do porto.

– Estou apavorada – disse a excêntrica senhora Jim Howard. – Tenho medo de que Jim se aliste, mas também tenho medo de que não se aliste.

– A guerra acabará antes do Natal – afirmou Joe Vickers.

– Que as nações europeias briguem entre si – disse Abner Reese.

– Eu lhe dei uma surra quando era criança – gritou Norman Douglas, que parecia se referir a algum nome proeminente dos círculos militares de Charlottetown. – Sim, senhor, eu o deixei de cara na poeira, aquele figurão.

– A própria existência do Império Britânico está em risco – disse o ministro metodista.

– Não se pode negar que os uniformes têm um certo charme – suspirou Irene Howard.

– É uma guerra comercial, no fim das contas, que não merecia uma gota do sangue canadense – disse um desconhecido hospedado no hotel da praia.

– A família Blythe está enfrentando a situação com serenidade – constatou Kate Drew.

– Esses jovens tolos estão atrás de aventuras – resmungou Nathan Crawford.

– Confio completamente em Kitchener – disse o médico do outro lado do porto.

Em dez minutos, Rilla presenciou uma sucessão vertiginosa de raiva, alegria, desprezo, depressão e inspiração. Ah, como as pessoas eram engraçadas! E como eram incapazes de compreender as coisas. "Enfrentando a situação com serenidade", com certeza... quando até Susan havia passado a noite em claro! Kate Drew sempre foi uma sonsa.

Rilla sentia como se estivesse em um pesadelo fantástico. Aquelas eram as mesmas pessoas que, três semanas atrás, estavam conversando sobre colheitas e preços e fazendo fofocas?

Aí vinha o trem. A mamãe segurava a mão de Jem; o Segunda-feira lambia o dono; todos diziam adeus... o trem chegou! Jem deu um beijo em Faith primeiro; a velha senhora Drew soltou um grito histérico; os homens, liderados por Kenneth, davam gritos animados de encorajamento. Rilla sentiu Jem segurar a mão dela: "Adeus, aranha". Alguém lhe deu um beijo na testa, ela supôs que foi Jerry, sem muita convicção. Jem e Jerry acenavam para a multidão, e todos acenaram de volta. A mamãe e Nan ainda sorriam, como se tivessem se esquecido como não fazê-lo. O Segunda-feira uivava com tristeza e era contido pelo ministro metodista para não correr atrás do trem. Susan agitava no ar a melhor touca que tinha, dando vivas como um homem, será que enlouquecera? O trem desapareceu na curva.

Rilla voltou a si com um suspiro. Houve um súbito momento de silêncio. Não havia mais nada que pudesse ser feito a não ser voltar para casa e esperar. O doutor e a senhora Blythe caminhavam juntos, assim como Nan e Faith, e John Meredith e Rosemary. Walter, Una, Shirley, Di, Carl e Rilla caminhavam em grupo. Susan vestiu novamente a touca com a parte da frente para trás e caminhou sozinha com um ar melancólico. Ninguém deu por falta do Segunda-feira, até que Shirley voltou para buscá-lo. Ele encontrou o cão encolhido em um dos galpões próximos à estação e tentou chamá-lo. O cachorro nem se moveu. Ele apenas abanou o rabo para demonstrar que não estava bravo, mas nada foi capaz de convencê-lo.

– Acho que o Segunda-feira resolveu ficar ali e esperar por Jem – disse Shirley ao alcançar os outros, tentando rir. Era exatamente o que o cão decidira fazer. Seu amado dono tinha ido embora, e, de maneira deliberada, calculada e maldosa, ele fora impedido de acompanhá-lo por um demônio disfarçado de ministro metodista. Portanto ele, o Segunda-feira, aguardaria ali até que o monstro fumegante e bufante que o levou para longe o trouxesse de volta.

Ah, tenha paciência, cãozinho fiel dos olhos doces, tristes e confusos. Muitos dias longos e amargos se passarão até que você se reencontre com seu camarada juvenil.

O doutor teve que se ausentar naquela noite para visitar um paciente, e Susan foi até o quarto da senhora Blythe antes de dormir para se certificar de que a querida senhora estava calma e confortável. Ela parou aos pés da cama e declarou, solene:

– Querida senhora, tomei a decisão de ser uma heroína.

A "querida senhora" sentiu uma vontade violenta de rir, o que seria uma grande injustiça, já que ela não riu quando Rilla demonstrou determinação heroica semelhante. Na ocasião, a jovem magra vestia um robe branco, e seu um rosto lembrava uma flor, com os olhos brilhantes repletos de emoção; já Susan usava uma camisola de flanela cinza bem simplória, e uma faixa vermelha de lã penteada ao redor dos cabelos grisalhos como um amuleto contra a nevralgia. Porém, isso não deveria fazer diferença. Não era a intenção que contava? Entretanto, a senhora Blythe teve dificuldades para não rir.

– Não vou mais lamentar ou questionar a sabedoria do Todo-Poderoso, como venho fazendo ultimamente. Chorar, berrar e culpar a Divina Providência não nos levará a lugar algum. Temos que nos preparar e focar no que tiver de ser feito, seja capinar a horta, seja governar o país. Vou lutar como os demais. Esses garotos abençoados foram para a guerra, e nós, mulheres, devemos esperar aqui e ser fortes.

# Um filho da guerra
# e uma sopeira

– Liège e Namur... e agora Bruxelas! – O doutor balançou a cabeça.
– Não estou gostando disso nem um pouco.

– Não se desespere, querido doutor. Essas cidades estavam sendo
protegidas por estrangeiros – disse Susan com ares de soberba. – Espere
só até os alemães se depararem com os britânicos! Garanto que a história vai ser diferente.

O doutor balançou a cabeça de novo, agora com menos preocupação;
talvez todos compartilhassem inconscientemente a crença de Susan de
que "a fina linha cinza"[18] era imbatível, até para exército alemão vitorioso. Contudo, quando chegou o dia terrível, o primeiro de muitos, com
a notícia de que o exército britânico foi obrigado a retroceder, todos se
entreolharam com uma expressão perplexa de desespero.

– Não, não pode ser – arfou Nan, refugiando-se temporariamente
na incredulidade.

– Tive o pressentimento de que notícias ruins chegariam hoje porque
aquele bicho se transformou no Senhor Hyde pela manhã sem nenhum
motivo aparente – comentou Susan –, o que nunca é um bom sinal.

---

18  Termo que se refere à linha de frente da infantaria. (N. T.)

– Um exército abatido, vencido, mas não desmoralizado – murmurou o doutor, lendo um comunicado de Londres. – Será que isso se refere ao exército inglês?

– Essa guerra ainda vai durar muito tempo – disse a senhora Blythe, desanimada.

A fé de Susan, que fora momentaneamente abalada, ressurgiu triunfante:

– Lembre-se, querida senhora, de que o exército britânico não é a marinha britânica. Nunca se esqueça disso. E os russos também estão a caminho, embora eu não saiba muita coisa deles e, portanto, não possa garantir nada.

– Os russos não chegarão a tempo para salvar Paris – comentou Walter com pesar. – Paris é o coração da França, e todas as vias de acesso estão abertas. Ah, como eu queria... – Ele interrompeu-se abruptamente e saiu.

Depois de passarem um dia paralisados, os habitantes de Ingleside descobriam que era possível "seguir em frente", apesar das notícias cada vez piores. Susan pôs-se a trabalhar incansavelmente na cozinha, o doutor prosseguiu com as visitas aos pacientes, e Nan e Di retomaram as atividades para a Cruz Vermelha. A senhora Blythe foi até Charlottetown para uma convenção da Cruz Vermelha. Rilla, após extravasar os sentimentos com uma turbulenta crise de choro no Vale do Arco-Íris e em seu diário, lembrou-se de que decidira ser corajosa e heroica. E percebeu que tinha sido muito corajosa ao voluntariar-se para percorrer Glen e Four Winds coletando as doações para a Cruz Vermelha com o velho cavalo cinza de Abner Crawford. Um dos cavalos de Ingleside estava manco, e outro era usado pelo doutor, de maneira que a única opção era o pangaré de Crawford, uma criatura mansa e despreocupada que tinha o hábito de parar de tempos em tempos para espantar moscas de uma das patas com a outra. Rilla sentia que isso, além do fato de os alemães estarem a noventa quilômetros de Paris, era quase insuportável. Mesmo assim, partiu com diligência para realizar a tarefa, da qual colheu resultados surpreendentes.

No fim daquela tarde, ela descobriu-se na entrada de uma estradinha esburacada e coberta de grama que levava à enseada do porto, com a charrete lotada de embrulhos, e se perguntou se valeria a pena ir até a casa dos Anderson. A família era muito pobre, e provavelmente a senhora Anderson não tinha nada para doar. Em contrapartida, o marido dela, que nascera na Inglaterra e estava trabalhando em Kingsport quando a guerra estourou, havia embarcado para a terra natal para se alistar sem sequer voltar para casa ou enviar algum dinheiro para a família, segundo diziam. Assim, era possível que a senhora Anderson se sentisse ofendida se fosse ignorada. Rilla decidiu visitá-la. Ela chegou a se arrepender dessa decisão, mas com o passar do tempo acabou ficando do grata por isso.

A casa dos Andersons era uma construção pequena e em ruínas, oculta por uma alameda de abetos velhos próxima da costa, como se estivesse com vergonha de si mesma e ansiosa para se esconder. Rilla amarrou o pangaré cinza na cerca bamba e foi até a porta. Estava aberta, e o que ela viu a privou temporariamente das habilidades de falar ou se mover.

Pela porta aberta do pequeno quarto, Rilla viu que, na cama desarrumada, a senhora Anderson estava deitada e... morta. Não havia dúvida. Tampouco havia dúvida sobre a vitalidade da mulher gorda, macilenta e desalinhada, de cabelos ruivos e rosto avermelhado sentada próxima à porta, fumando um cachimbo. Ela balançava para a frente e para trás indolentemente, alheia à sórdida imundice ao seu redor e aos berros cortantes que vinham do berço no meio do cômodo.

Rilla conhecia aquela mulher de vista e de nome. A senhora Conover morava na vila dos pescadores, era a tia-avó da senhora Anderson, bem como era chegada à bebida e ao cachimbo.

O primeiro impulso de Rilla foi dar meia-volta e fugir. No entanto, isso não seria correto. Talvez aquela mulher, por mais repulsiva que fosse, precisasse de ajuda, embora não demonstrasse nenhuma preocupação.

– Entre – disse a senhora Conover, retirando o cachimbo da boca e encarando Rilla com os olhos pequenos como os de um rato.

– A... a senhora Anderson está mesmo morta? – perguntou Rilla timidamente, ao passar pelo umbral.

– Mortinha da silva – respondeu a senhora Conover tranquilamente. – Bateu as botas uma hora atrás. Mandei Jen Conover telefonar para a funerária e pedir ajuda lá na praia. Você é a filha do médico, não é? Sente-se.

Rilla não viu nenhuma cadeira que não estivesse abarrotada de coisas e permaneceu de pé.

– Foi... de repente?

– Bem, ela começou a definhar depois que aquele imprestável do Jim partiu para a Inglaterra. A verdade é que foi uma lástima ele ter partido. Creio que ela se entregou à morte no dia em que ouviu a notícia. Aquele bebê ali nasceu quinze dias atrás. Desde então ela foi piorando... morreu hoje, sem mais nem menos.

– Há algo que eu possa fazer... para ajudar? – hesitou Rilla.

– Agradeço, mas não. A menos que leve jeito com bebês. Eu não levo. Aquele neném passa dia e noite chorando sem parar. Decidi fazer de conta que não o ouço.

Rilla aproximou-se cuidadosamente do berço e puxou o cobertor sujo com ainda mais cuidado. Ela não tinha intenção de tocar no bebê e nem "levava jeito com bebês". Ela viu uma miniatura de gente horrível com um rosto vermelho e retorcido, enrolado em uma flanela velha e suja. Era o neném mais feio que já tinha visto. No entanto, um sentimento de compaixão pela criaturinha desolada e órfã apoderou-se dela.

– O que vai acontecer com esse bebê?

– Só Deus sabe – disse a senhora Conover com sinceridade. – Min estava muito preocupada com ele antes de morrer. Ficava repetindo:

"Ah, o que vai ser do meu pobre filho?", até que começou a me irritar. Não vou me preocupar com isso, pode ter certeza. Eu criei um menino que a minha irmã deixou e ele deu no pé assim que ficou grande. Com a idade que eu tenho, aquele ingrato nunca me ajuda em nada. Eu disse à Min que teria de mandá-lo para um orfanato até que Jim voltasse e pudesse cuidar dele. Ela não gostou muito da ideia, pode acreditar, mas é a pura verdade.

– Quem cuidará dele até que possa ser levado para um orfanato? – insistiu Rilla. Por algum motivo, o destino daquela criança a preocupava.

– Eu, pelo visto – grunhiu a senhora Conover. – Ela tirou o cachimbo da boca e tomou um longo gole de uma garrafa que pegou de uma estante próxima. – Creio que não viverá muito. É muito fraco. Min nunca teve uma saúde muito boa, e acho que ele também não tem. Provavelmente não dará trabalho para ninguém por muito tempo... e que Deus o tenha.

Rilla puxou o cobertor um pouco mais.

– O bebê está sem roupa! – exclamou, chocada.

– E quem vai fazer roupinhas para ele? Me diga! – disparou a senhora Conover com truculência. – Eu não pude. Passei o tempo inteiro cuidando da Min. Além disso, como já disse, não sei nada de crianças. A velha senhora Billy Crawford lhe deu um banho assim que ele nasceu e o enrolou nessa mantinha de flanela, e Jen vem cuidando dele desde então. Ele está bem confortável. Está um calor de rachar.

Rilla ficou em silêncio e olhou para o bebê que chorava. Era a primeira vez que entrava em contato com as tragédias da vida e sentia um peso no fundo da alma. Era angustiante pensar na pobre mãe adentrando o vale das sombras sozinha, consternada com o filho, sem ninguém por perto a não ser aquela velha abominável. Se ao menos tivesse chegado um pouco antes! E, mesmo se tivesse, o que ela teria feito? O que ela podia fazer naquele momento? Rilla não sabia; todavia, alguma providência tinha que ser tomada. Ela detestava bebês, mas seria incapaz de ir embora e deixar aquela pobre criança com a senhora Conover, que se servia mais uma vez da garrafa preta e provavelmente estaria bêbada antes que alguém chegasse.

"Não posso ficar", pensou Rilla. "O senhor Crawford pediu que eu voltasse antes da hora do jantar porque ele vai precisar do cavalo nesta noite. Ah, o que devo fazer?"

Ela tomou uma decisão impulsiva e desesperada.

– Vou levar o bebê comigo. Posso?

– Claro, se quiser – disse a senhora Conover amavelmente. – Não farei nenhuma objeção. Fique à vontade.

– Eu... não tenho como carregá-lo. Vou ter que dirigir a charrete e tenho medo de derrubá-lo. Por acaso, tem alguma cesta onde eu possa colocá-lo?

– Não que eu saiba. A verdade é que aqui não tem quase nada. Min era pobre e tão preguiçosa quanto Jim. Tem algumas roupinhas de bebê naquela gaveta. É melhor levá-las com você.

Rilla pegou as roupas, peças baratas e malfeitas que a coitada da mãe aprontara da melhor maneira que podia. Porém, ainda havia o problema de como transportaria a criança. Rilla olhou ao redor, impotente. Ah, se a mamãe estivesse ali ou Susan! Seus olhos recaíram na grande sopeira azul em um canto da cômoda.

– Posso levar isso para carregar o bebê? – pediu.

– Bem, não é minha, mas suponho que sim. Só tente não quebrá-la. Jim pode ficar bravo se voltar com vida, o que provavelmente vai acontecer, já que "vaso ruim não quebra". Ele trouxe aquela sopeira da Inglaterra, disse que é herança de família. Min e ele nunca tiveram sopa o bastante para colocar nela, mas ele a estima muito. Ele é meticuloso com muitas coisas, só que não se preocupava muito se tinha o que comer em casa.

Pela primeira vez na vida, Rilla Blythe tocou em um bebê e enrolou-o em uma coberta, tremendo de medo de que fosse derrubar ou... ou... quebrá-lo. Em seguida, ela o colocou dentro da sopeira.

– Ele corre o risco de ficar sufocado?

– Acho improvável – disse a senhora Conover.

Nervosa, Rilla afrouxou um pouco o cobertor ao redor do rosto da criança, que parara de chorar e a encarava, piscando os grandes olhos negros.

– Não deixe que ele tome vento – admoestou a senhora Conover. – Pode deixá-lo sem ar.

Rilla envolveu a sopeira com a mantinha surrada.

– Você poderia entregá-lo para mim depois que eu subir na charrete?

– É claro – disse a senhora Conover, levantando-se com um gemido.

E foi assim que Rilla Blythe, que chegara à casa dos Andersons odiando bebês, voltou para casa com um dentro de uma sopeira!

Rilla achou que nunca iria chegar em Ingleside. Dentro da sopeira havia um silêncio perturbador. De certa forma ela estava feliz pelo fato de o bebê não estar chorando, todavia desejava que ele desse um gritinho ocasional para mostrar que estava vivo. E se tivesse sufocado? Rilla não ousou desembrulhá-lo para ver, ainda mais com o vento forte que soprava, que poderia "deixá-lo sem ar". Ingleside era como um porto seguro quando finalmente chegou em casa.

Rilla carregou a sopeira até a cozinha e a colocou diante de Susan. Ela deu uma olhada dentro e, pela primeira vez na vida, ficou tão chocada que não conseguiu dizer uma palavra.

– O que é isso? – perguntou o doutor, entrando na cozinha.

Rilla contou toda a história.

– Tive que trazê-lo – concluiu. – Não pude deixá-lo lá.

– O que você vai fazer com ele? – perguntou o doutor friamente.

Rilla não esperava esse tipo de pergunta.

– Nós podemos cuidar dele por um tempo... não? Até pensarmos em alguma coisa? – balbuciou, confusa.

O doutor Blythe caminhou pela cozinha por alguns instantes enquanto a criança encarava as paredes brancas da sopeira. Susan demonstrava sinais de ter se recuperado.

Então, o doutor confrontou a filha.

– Um neném implica um monte de trabalho e problemas extras para uma casa, Rilla. Nan e Di partirão para Redmond na semana que vem e nem Susan nem sua mãe podem assumir essa responsabilidade nas atuais condições. Se quiser que este bebê fique aqui, você terá de cuidar dele.

– Eu? – Rilla ficou tão aflita que mal conseguiu falar. – Ora, papai... eu... eu... não posso!

– Garotas mais novas do que você cuidam de bebês. Susan e eu estamos à disposição para conselhos. Caso contrário, ele deverá voltar para Meg Conover. E a expectativa de vida dele será curta se isso acontecer, pois é evidente que esta é uma criança delicada que precisa de cuidados especiais. Duvido que sobreviveria mesmo se fosse para um orfanato. Entretanto, não posso sobrecarregar sua mãe e Susan.

O doutor saiu da cozinha com um ar severo e impassível. Seu coração sabia muito bem que o pequeno ocupante da sopeira iria permanecer em Ingleside, mas ele queria ver se a filha iria se prontificar a resolver a situação.

Rilla sentou-se e encarou o bebê com desânimo. Era um disparate pensarem que ela seria capaz de cuidar dele. Porém, aquela pobre e frágil mãe se preocupara tanto... E só de pensar naquela velha asquerosa da Meg Conover...

– Susan, como se cuida de um bebê? – perguntou apaticamente.

– Ele precisa estar sempre agasalhado e seco, e tomar banho todos os dias. A água não pode estar nem muito quente nem muito fria. E deve comer a cada duas horas. Se tiver cólica, é preciso colocar alguma coisa quente na barriga dele – respondeu Susan sem rodeios.

O bebê começou a chorar.

– Deve estar com fome. Ele precisa ser alimentado – disse Rilla, desesperada. – Diga-me do que ele precisa, que eu prepararei.

Seguindo as orientações de Susan, uma mistura de leite e água foi preparada. Então, Rilla o ergueu de dentro da sopeira e o alimentou com uma mamadeira que havia no escritório do doutor. Ela buscou no sótão o velho cesto que usara quando pequena e colocou nele o bebê, que agora dormia. A sopeira foi guardada na despensa. Em seguida, ela sentou-se para refletir.

O resultado da reflexão foi recorrer a Susan quando o bebê despertou.

– Verei o que posso fazer, Susan. Não posso deixar aquele coitadinho voltar para a senhora Conover. Ensine-me como devo dar banho nele e trocá-lo.

Sob a supervisão da Susan, Rilla deu banho na criança. Ela não ousou oferecer nenhum auxílio além das sugestões, pois o doutor estava na sala e poderia aparecer a qualquer momento. A experiência ensinara Susan que, quando o doutor Blythe decidia alguma coisa, não adiantava bater o pé. Rilla cerrou os dentes e aguentou firme. Deus do céu, quantas dobrinhas tinha um bebê? Ora, ele era tão pequeno que mal dava para segurar. E se ela o derrubasse na água? Ele era tão mole! Se ao menos parasse de berrar! Como uma coisinha daquela podia fazer tanto barulho? Os gritos podiam ser ouvidos de todos os cantos de Ingleside.

– Será que o estou machucando, Susan? – perguntou, receosa.

– Não, querida. A maioria dos bebês detesta tomar banho. Você é até habilidosa, para uma iniciante. Mantenha a mão sob as costas dele, não importa o que faça, e mantenha a calma.

Manter a calma! Rilla transpirava por todos os poros. Depois que o bebê foi seco, vestido e alimentado com outra mamadeira, ela estava exausta.

– O que devo fazer com ele nesta noite, Susan?

Durante o dia, um bebê dava trabalho; durante a noite, era impensável.

– Coloque o cesto sobre uma cadeira ao lado da cama e mantenha-o coberto. Você terá que alimentá-lo uma ou duas vezes, então é melhor levar o aquecedor a gás para o quarto. Pode me chamar se precisar de ajuda, não importa o que diga o doutor.

– Susan, e se ele chorar?

No entanto, o bebê não chorou. Ele foi surpreendentemente bonzinho, talvez porque seu estômago estivesse cheio de comida de verdade. Ele dormiu quase a noite inteira, diferentemente de Rilla. Ela teve medo de adormecer e algo acontecer com o bebê. Às três horas da madrugada, ela preparou mais uma mamadeira, decidida a não chamar Susan. Será que estava sonhando? Ela, Rilla Blythe, havia mesmo se metido naquele apuro absurdo? Ela não se importava se os alemães estavam perto de Paris ou se já estavam em Paris, contanto que o bebê não chorasse, sufocasse ou tivesse convulsões. Bebês podiam ter convulsões, certo? E por que ela havia se esquecido de perguntar para Susan o que fazer caso o bebê tivesse uma convulsão? Ela refletiu com amargor que o pai fora muito atencioso com a saúde da mãe e de Susan, mas e a dela? Ele achava que ela continuaria bem se nunca mais dormisse? Mesmo assim, não iria desistir, não ela. Rilla iria cuidar daquele serzinho ainda que isso a matasse. Arranjaria um livro sobre a higiene dos bebês e não dependeria de ninguém. Ela não iria pedir conselhos ao pai, não iria incomodar a mãe, e só procuraria Susan em caso de extrema necessidade. Eles iam ver só!

Duas noites depois, quando a senhora Blythe voltou para casa e perguntou onde Rilla estava, ela sentiu-se eletrocutada pela resposta casual de Susan:

– Está lá em cima, querida senhora, colocando o bebê dela para dormir.

# Rilla toma
# uma decisão

Tanto as famílias como os indivíduos logo se acostumaram às novas condições e as aceitaram sem questionamentos. Após uma semana, era como se o bebê Anderson sempre tivesse vivido em Ingleside. Depois das três primeiras noites conturbadas, Rilla voltou a dormir, acordando automaticamente de período em período para cuidar do bebê. Ela dava banho e o vestia com a habilidade de quem sempre fez isso. Rilla não gostava do trabalho nem de criança; ela ainda o tratava com cautela, como se o bebê fosse um animalzinho frágil. Ainda assim, não havia um bebê mais bem cuidado em toda Glen St. Mary. Ela chegou até a pesar a criaturinha todos os dias e anotar os resultados em seu diário; às vezes, contudo, ela se perguntava pateticamente por que o destino a levara à casa dos Andersons naquele dia fatídico. Shirley, Nan e Di não zombaram tanto quanto ela esperava. Todos pareciam perplexos pelo fato de Rilla ter adotado um filho da guerra; além disso, talvez o doutor tivesse entrado em contato com as autoridades. Walter, é claro, não a importunou por nada. Certo dia, ele chegou até a falar que ela era uma rocha.

– Foi preciso mais coragem da sua parte para cuidar desse bebezinho de três quilos, Rilla-a-Marilla, do que Jem precisaria para
enfrentar o exército alemão. Queria ter metade da sua bravura – concluiu com pesar.

Rilla ficou muito orgulhosa da aprovação de Walter. Mesmo assim,
ela escreveu no diário:

"Quem dera eu gostasse um pouquinho do bebê. Facilitaria as coisas.
Só que eu não gosto dele. As pessoas dizem que você acaba se afeiçoando
por um bebê ao cuidar dele, mas não é verdade. Não no meu caso, pelo
menos. É um incômodo, atrapalha tudo. Está me prendendo em casa,
logo agora que estou tentando criar o comitê júnior da Cruz Vermelha.
E não pude ir à festa de Alice Clow na noite passada, à qual eu queria
tanto ir. É claro que o papai não é insensato e sempre me dá uma hora
ou duas de folga quando preciso; porém, eu sabia que ele não permitiria
que eu ficasse fora metade da noite e deixasse o bebê aos cuidados da
mamãe ou de Susan. Suponho que foi melhor assim, pois a criaturinha
teve cólica, ou algo do tipo, por volta da uma da manhã. Ele não es-
perneou, então eu percebi que não era manha, de acordo com o livro
*Cuidados com os bebês segundo Morgan*, não estava com fome e não havia nenhum alfinete espetando-o. Gritou até ficar roxo de uma maneira
como nunca fizera antes, erguendo as perninhas magras. Tive medo
de tê-lo machucado, mesmo não acreditando que fosse o caso. Assim,
eu o peguei no colo e andei pelo corredor de um lado para o outro no
quarto, ainda que Morgan dissesse que não era aconselhável. Caminhei
por quilômetros. Ah, como fiquei cansada, desanimada e irritada! Eu
teria lhe dado um chacoalhão se fosse grande o bastante. O papai tinha
ido visitar um paciente, a mamãe estava com dor de cabeça, e Susan, de
mau humor porque eu sempre insisto em fazer o que Morgan recomenda quando Susan e ele discordam; por isso, estava determinada a não a
chamar a menos que eu precisasse."

"Por fim, a senhorita Oliver voltou. Por causa do bebê, agora ela di-
vide o quarto com Nan, e isso me deixa de coração partido. Sinto muito

a falta das nossas longas conversas antes de dormir. Era o único momento em que eu a tinha só para mim. Odeio pensar que os gritos do bebê a acordaram, já que ela está passando por um momento difícil. O senhor Grant também foi para Valcartier, o que a deixou apavorada, por mais que se esteja enfrentando a situação de maneira esplêndida. Ela acha que ele nunca mais retornará, e seu olhar é comovente; tão trágico! A senhorita Oliver disse que o bebê não a acordou, porque ela não conseguira dormir sabendo que os alemães estavam tão perto de Paris. Ela pegou o coitadinho, colocou-o de bruços sobre o joelho e bateu gentilmente nas costas dele. Em pouco tempo a criança parou de chorar e adormeceu, dormindo a noite inteira como um cordeirinho. Eu não preguei os olhos, estava exausta demais."

"Estou tendo muitas dificuldades com o comitê júnior da Cruz Vermelha. Consegui que Betty Mead ficasse com o cargo de presidente e eu com o de secretária, mas o pessoal escolheu Jen Vickers como tesoureira, e eu a desprezo. Ela é o tipo de garota que pega intimidade logo de cara com qualquer pessoa inteligente, bonita ou distinta, mas fala delas pelas costas. É astuciosa e duas caras. Una não se importa, é claro. Está disposta a fazer qualquer coisa que lhe peçam e não faz questão de ter um cargo. É um anjinho perfeito; já eu posso ser angelical em alguns aspectos e demoníaca em outros. Eu gostaria que Walter se interessasse por ela, só que ele não a vê dessa forma, embora tenha dito certa vez que ela é como um botão de rosa delicado, e é mesmo. As pessoas acabam se aproveitando dela por ser tão doce e solícita."

"Como eu esperava, Olive quer que almocemos durante as reuniões. Nós tivemos uma discussão por causa disso. A maioria foi contra, e agora a minoria está de cara feia. Irene Howard estava do lado a favor e tem me tratado com frieza desde então, o que me deixa triste. Pergunto-me se a mamãe e a senhora Elliott também têm problemas no comitê sênior. Imagino que sim, mas seguem adiante com calma, apesar de tudo. Também sigo em frente, mas sem calma, pois eu passo raiva, choro (em particular) e desabafo nesse diário. Depois que tudo passa, juro para mim mesma que vou lhes dar uma lição. Nunca fico de cara feia. Detesto pessoas que fazem isso. Enfim, o comitê está formado, e as reuniões acontecerão uma vez por semana, e vamos todos aprender a tricotar."

"Shirley e eu fomos até a estação de novo para tentar trazer o Segunda-feira de volta, e falhamos. Todos da família já tentaram, sem sucesso. Três dias após a partida de Jem, Walter o trouxe à força na charrete e o trancou em casa por três dias. Só que o cão fez greve de fome e ganiu como uma alma penada dia e noite. Tivemos que soltá-lo, para que não morresse de fome. Assim, decidimos deixá-lo em paz, e o papai combinou com o açougueiro próximo à estação que o alimentasse com ossos e restos. Além disso, algum de nós vai todos os dias até lá levar alguma coisa para ele. O Segunda-feira fica ali, encolhido em um canto do galpão, e cada vez que um trem chega ele corre até a plataforma, balançando o rabo ansiosamente, e se lança sobre todos que descem do trem. E, quando o trem parte e ele percebe que Jem não voltou, ele volta para o galpão de cabeça baixa, com um olhar desapontado, e se deita para esperar pacientemente pelo próximo trem. O senhor Gray, o agente da estação, diz que às vezes é impossível não chorar de simpatia pelo cachorro. Um dia alguns garotos jogaram pedras nele, e o velho Johnny Mead, que parece não se dar conta de nada, pegou o cutelo e correu atrás deles pela vila. Desde então, ninguém mais incomodou o Segunda-feira."

"Kenneth Ford voltou para Toronto. Ele veio se despedir duas noites atrás, mas eu estava na casa ministerial: o bebê precisava de algumas roupas, e a senhora Meredith se ofereceu para me ajudar. Não que isso importe. Kenneth pediu para que Nan se despedisse da "Aranha" e que eu não o esquecesse em meio às desgastantes obrigações maternais. Se ele foi capaz de deixar uma mensagem tão frívola e insultante é porque a hora maravilhosa que passamos na praia não significou nada. Não vou mais pensar nele ou naquela noite."

"Fred Arnold estava na casa ministerial e me acompanhou no caminho de volta. Ele é filho do novo ministro metodista. É muito gentil e inteligente e seria bonito se não fosse pelo nariz. É medonho. Quando fala de coisas banais, isso é irrelevante, mas, quando fala de poesia e ideais, o contraste entre o nariz e o assunto é tão grande que tenho vontade de gargalhar. É uma grande injustiça, porque tudo que ele falou foi absolutamente encantador, e, se alguém como Kenneth tivesse me dito aquilo, eu teria me sentido arrebatada. Quando o ouço com os olhos baixos, fico fascinada; todavia, assim que ergo o olhar e me deparo com aquele nariz, o encanto é quebrado. Ele também queria se alistar e não pôde, porque ainda tem dezessete anos. A senhora Elliott nos encontrou ao passarmos pela vila e ficou horrorizada como se eu estivesse na companhia do próprio cáiser. Ela detesta os metodistas e tudo relacionado a eles. O papai diz que é uma verdadeira obsessão."

Por volta do dia primeiro de setembro, houve um êxodo de Ingleside e da casa ministerial. Faith, Nan, Di e Walter partiram para Redmond, Carl voltou a trabalhar na escola de Harbour Head, e Shirley foi para a Queen's. Rilla ficou sozinha em Ingleside e teria se sentido muito só se tivesse tempo de sobra. Ela sentia muito a falta do Walter. Desde a conversa no Vale do Arco-Íris, eles se tornaram muito próximos; ela discutia problemas com ele que não contava para mais ninguém. Só que o comitê júnior e o bebê exigiam tanto dela que ela raramente tinha um minuto para a solidão. Às vezes, ao deitar-se, Rilla chorava sobre o travesseiro de saudade de Walter, pelo fato de Jem estar em Valcartier e pela mensagem de despedida nada romântica de Kenneth. No entanto, ela geralmente adormecia antes de as lágrimas começarem a fluir.

– Devo tomar as providências para mandar a criança para Hopetown? – perguntou o doutor duas semanas depois da chegada do pequeno a Ingleside.

Por um instante, Rilla ficou tentada a dizer "sim". O bebê receberia cuidados apropriados em Hopetown, e ela teria seus dias livres e suas noites imperturbadas de volta, porém aquela pobre mãe não queria que ele fosse para um orfanato! Rilla não conseguia parar de pensar nisso. Naquela mesma manhã, ela havia descoberto que a criança ganhou duzentos e cinquenta gramas desde que viera para Ingleside. A menina sentiu-se muito orgulhosa.

– Você disse que talvez ele não sobreviva se for para Hopetown – disse ela.

– É possível. Por melhores que sejam, as instituições nem sempre são capazes de cuidar dos bebês delicados. No entanto, você sabe o que terá que fazer se quiser que ele continue aqui, Rilla.

– Ele está sob os meus cuidados há quinze dias e inclusive ganhou duzentos e cinquenta gramas – exclamou Rilla. – Acho melhor esperarmos até termos notícias do pai dele. Talvez ele também não queira que o filho vá para o orfanato, só que agora ele está lutando pelo nosso país.

O doutor e a senhora Blythe trocaram um olhar de satisfação pelas costas da Rilla e nunca mais falaram sobre Hopetown.

Logo o sorriso desapareceu do rosto do doutor, pois os alemães estavam a trinta e dois quilômetros de Paris. Histórias horríveis começavam a pipocar nos jornais sobre o martírio que a Bélgica sofrera. A vida estava muito tensa para os mais velhos em Ingleside.

– Nós devoramos as notícias sobre a guerra – Gertrude Oliver disse à senhora Meredith, falhando ao tentar rir. – Nós estudamos os mapas e derrotamos os hunos com alguns movimentos estratégicos bem direcionados. Só que o Papa Joffre[19] não tem o benefício de nossos conselhos, então Paris provavelmente será tomada.

– Você acha mesmo? Será que um poder maior não intervirá? – murmurou John Elliott.

– Sinto-me uma sonâmbula durante as aulas – continuou Gertrude. – Quando chego em casa, tranco-me no quarto e ando de um lado para o outro. Já estou até abrindo uma trilha no tapete da Nan. Estamos muito próximos do conflito.

---

19 O general Joseph Jacques Césaire Joffre (1852-1931) comandou o exército francês durante a Primeira Guerra Mundial e ganhou esse apelido graças à popularidade na época. (N. T.)

– Os alemães já estão em Senlis. Nada nem ninguém poderá salvar Paris – lamentou a prima Sophia. Ela havia começado a ler os jornais e aprendera mais sobre a geografia do Norte da França e a pronúncia de nomes franceses em seu septuagésimo primeiro ano de vida do que na época da escola.

– Eu não subestimaria o Todo-Poderoso nem o Kitchener – disse Susan obstinadamente. – Um tal de Bernstorff[20], nos Estados Unidos, afirma que a guerra já está ganha pela Alemanha, e dizem que o Bigodinho anda falando a mesma coisa por aí, e com muito gosto, mas eu diria para os dois que é arriscado cantar vitória antes da hora.

– Por que a marinha britânica não está ajudando mais? – queixou-se a prima Sophia.

– A marinha não pode atacar por terra, Sophia Crawford. Todavia ainda não perdi as esperanças e pretendo não perdê-las, apesar de todos esses nomes bárbaros, como Tomascow e Mobbage. Querida senhora, saberia me dizer se a pronúncia do nome R-e-i-m-s é Rimes, Reems, Rames ou Rems? – perguntou Susan.

– Acredito que seja algo como "Rangs", Susan.

– Ah, esses nomes franceses – resmungou Susan.

– Dizem que os alemães arruinaram as igrejas de lá – suspirou a prima Sophia. – Sempre achei que fossem cristãos.

– O que fizeram na Bélgica foi ainda pior – disse Susan em um tom sombrio. – Quando o doutor leu em voz alta que eles mataram bebês com baionetas, querida senhora, eu pensei: "Ah, e se fosse nosso pequeno Jem?". Eu estava mexendo a sopa quando esse pensamento me veio à cabeça e senti que, se pudesse jogar a panela fervente naquele cáiser, minha ida não teria sido em vão.

– Amanhã... amanhã receberemos a notícia de que os alemães chegaram a Paris – disse Gertrude Oliver por entre os lábios tensos. Ela era uma dessas pessoas cujas almas estão sempre padecendo pelo sofrimento do

---

20  Johann Heinrich Graf von Bernstorff (1862-1939) foi embaixador da Alemanha nos Estados Unidos durante o período da Primeira Guerra Mundial. (N. T.)

mundo. Além do interesse pessoal na guerra, ela era atormentada pela ideia de Paris ser tomada pelas hordas cruéis que incendiaram Lovaina e arruinaram as maravilhas de Reims.

Contudo, nos dias seguintes chagaram as notícias do milagre em Marne. Rilla correu enlouquecidamente para casa agitando o *Enterprise* com a manchete em letras grandes e vermelhas. Susan correu para fora e hasteou a bandeira, com as mãos trêmulas. A senhora Blythe chorava e ria.

– Deus estendeu a mão e os tocou, "até aqui virás, e não mais adiante"[21] – disse o senhor Meredith naquela noite.

Rilla cantava enquanto colocava a criança para dormir no segundo andar. Paris estava salva. A Alemanha foi derrotada. A guerra terminaria em breve. Jem e Jerry logo voltariam para casa. As nuvens negras estavam se dissipando.

– Não se atreva a ter cólica nesta noite tão feliz – disse ao bebê. – Senão, vou colocar você na sopeira e mandá-lo para Hopetown no primeiro trem da manhã, no compartimento de carga! Você tem olhos bonitos e já não é mais tão avermelhado e enrugado como antes. Só que não tem um fio de cabelo, e suas mãos parecem garras pequeninas. E eu continuo não gostando nem um pouco de você. Espero que sua finada mãezinha saiba que você está em um cesto confortável com uma garrafa de leite de boa qualidade, como Morgan recomenda, e não definhando aos poucos nas mãos da velha Meg Conover. E espero que ela não saiba que eu quase o afoguei naquele dia em que Susan não estava aqui e você escorregou das minhas mãos direto para a água. Por que você é tão escorregadio? Não, eu não gosto nem um pouco de você e nunca vou gostar, mas estou determinada a lhe dar os cuidados que toda criança merece. Vai ficar tão gorducho quanto qualquer outro neném. Não quero que digam "como é mirrado aquele bebê da Rilla Blythe", como fez a velha senhora Drew na reunião da Cruz Vermelha de ontem. Já que não consigo amar você, quero pelo menos ter orgulho de você.

---

21  Referência ao Antigo Testamento, Jó 38:11. (N. T.)

# Doc tem um acidente

– A guerra não terminará antes da próxima primavera – disse o doutor Blythe quando ficou evidente que a batalha de Aisne resultara em um impasse.

Rilla murmurava "quatro pontos, uma laçada" enquanto balançava o berço com o pé. Apesar de Morgan desaprovar berços para bebês, valia a pena fazer um pequeno sacrifício e concordar com Susan para deixá-la de bom humor. A garota parou a costura por um instante para comentar "Quanto tempo será que conseguiremos aguentar?" e em seguida retomou a meia que tricotava. A Rilla de dois meses atrás teria corrido para o Vale do Arco-Íris para chorar.

A senhorita Oliver suspirou, e a senhora Blythe juntou as mãos por um momento. Então, Susan disse bruscamente:

– Bem, temos que respirar fundo e fazer a nossa parte. "Aos negócios, como sempre" é o lema da Inglaterra, segundo me disseram, e agora também é o meu, na falta de um melhor. Prepararei hoje o pudim que costumo fazer aos sábados, querida senhora. É bem trabalhoso, mas pelo menos isso ocupará a minha cabeça. Terei em mente que o

Kitchener está no comando e que o Joffre está se saindo muito bem para um francês. Mandarei uma caixa com bolo para o pequeno Jem e terminarei aquele par de meias ainda hoje. Uma meia por dia é a minha cota habitual. A velha senhora Albert Mead de Harbour Head consegue fazer um par e meio por dia, só que ela não tem mais nada para fazer. Sabe, querida senhora, ela está acamada há anos e se preocupa muito porque nunca foi bondosa com ninguém, além de dar muito trabalho; parece que nunca vai bater as botas e parar de ser um estorvo. E agora eu ouvi dizer que está muito animada e que se resignou a continuar vivendo porque descobriu algo que pode fazer. Ela tricota roupas para os soldados desde o amanhecer até o anoitecer. Até a prima Sophia começou a tricotar, querida senhora, o que é muito bom, pois com as mãos ocupadas ela não consegue pensar em coisas deprimentes para dizer. Ela acredita que todos seremos alemães daqui a um ano, e eu lhe disse que levará muito mais tempo para fazerem de mim uma alemã. Sabia que Rick MacAllister se alistou, querida senhora? E falam por aí que Joe Milgrave também teria se alistado se não fosse pelo medo de o Bigodinho não permitir que ele namore a Miranda. O Bigodinho alega que só acreditará nas atrocidades cometidas pelos alemães quando as vir com os próprios olhos e que foi bom a catedral de Rangs ter sido destruída, porque era uma igreja católica. Não sou católica, querida senhora, eu nasci presbiteriana e pretendo morrer da mesma forma, mas defendo que os católicos têm o direito de ter igrejas assim como nós, e que os alemães não tinham nada que fazer isso. Imagine só, querida senhora, como nos sentiríamos se os alemães resolvessem derrubar o pináculo da nossa igreja aqui da vila. Tenho certeza de que seria tão ruim quanto foi ver a catedral de Rangs em ruínas – concluiu Susan em tom lamurioso.

Enquanto isso, os rapazes de todos os lugares do mundo, de todas as etnias, ricos e pobres, seguiam o chamado do flautista.

– Até o filho de Billy Andrews vai também, e o filho único da Jane, e o pequeno Jack da Diana – disse a senhora Blythe. – O filho da Priscilla se alistou no Japão, e o da Stella em Vancouver, e os dois garotos do reverendo Jo. Philippa escreveu contando que os filhos dela zarparam de imediato, sem se preocupar com a indecisão dela.

– Jem acha que eles partirão muito em breve e que não terá tempo de tirar uma licença para nos visitar antes – avisou o doutor, passando a carta para a esposa.

– Isso não é justo – disse Susan, indignada. – O *sir* Sam Hughes[22] não tem nenhuma consideração pelos nossos sentimentos? Mandar aquele menino abençoado para a Europa sem permitir que nos despeçamos dele! Se eu fosse você, querido doutor, escreveria uma carta para os jornais.

– Talvez seja melhor assim – disse a mãe, decepcionada. – Creio que eu não suportaria outra despedida, não agora que sabemos que a guerra será mais longa do que achávamos. Ah, se ao menos... não, não direi isso! Estou determinada a ser forte, assim como Susan e Rilla – concluiu a senhora Blythe com uma risada.

– Vocês são exemplares – disse o doutor –, tenho muito orgulho das mulheres da minha casa. Até Rilla, o meu "lírio do campo", está cuidando da Cruz Vermelha e ajudando o Canadá. E está fazendo um ótimo trabalho. Rilla, filha de Anne, já escolheu um nome para seu filho da guerra?

– Estou esperando notícias de Jim Anderson – respondeu Rilla. – Talvez ele queira batizar o próprio filho.

No entanto, as semanas do outono foram passando e não houve sinal de Jim Anderson, de quem nunca mais se ouviu falar depois que deixou Halifax; o destino da esposa e do filho parecia não lhe importar. Por fim, Rilla decidiu chamar o bebê de James, e Susan opinou que "Kitchener" deveria ser acrescentado. E assim foi cunhado o nome James Kitchener Anderson, cuja imponência era maior do que a do próprio dono. A família de Ingleside prontamente o encurtou para Jims,

---

22 Ministro da Defesa do Canadá durante a Primeira Guerra Mundial. (N. T.)

ainda que a obstinada Susan insistisse em chamá-lo apenas de "pequeno Kitchener".

– Jims não é um nome digno para um cristão, querida senhora. A prima Sophia acha que é muito irreverente. É a primeira vez que ela fala algo sensato; ainda assim, eu não lhe daria a satisfação de concordar abertamente com ela. Quanto à criança, ela está começando a se parecer com um bebê, e devo reconhecer que Rilla está fazendo um trabalho maravilhoso. Só não vou admitir isso na frente dela para não alimentar seu ego. Querida senhora, eu nunca, jamais me esquecerei da primeira vez que pus os olhos naquela criança, enrolada em trapos sujos dentro da sopeira. Não é sempre que Susan Baker fica perplexa, e foi exatamente assim que eu fiquei, não tenha dúvida. Por um instante achei que a minha mente estava com defeito e que estava vendo coisas. Aí pensei "Não, eu nunca ouvi falar de alguém que teve alucinações com uma sopeira, então deve ser real" e me recompus. Quando ouvi o doutor dizer para a Rilla que ela deveria cuidar do neném, achei que estivesse brincando e não acreditei nem por um minuto que ela aceitaria ou seria capaz. Mas você viu o que aconteceu e como ela amadureceu. Quando somos obrigadas a fazer algo, querida senhora, somos mais do que capazes.

Susan acrescentou outra prova àquela máxima em um dia de outubro. O doutor e a esposa estavam ausentes. Rilla tricotava obstinadamente no quarto enquanto Jims tirava a soneca da tarde. Susan descascava ervilhas na varanda dos fundos com a ajuda da prima Sophia. A paz e a tranquilidade reinavam sobre Glen. O céu estava repleto de nuvens prateadas e brilhantes. O Vale do Arco-Íris estava encoberto por uma névoa outonal suave e púrpura. O bosque de bordos explodia em cores, e a cerca viva em flor ao redor da cozinha era uma maravilha com seus matizes sutis. Parecia absurdo haver algum conflito no mundo. O coração fiel de Susan desfrutava de um breve momento de esquecimento, embora ela tivesse passado boa parte da noite pensando no pequeno Jem lá longe, no Atlântico, na frota que levava o exército canadense até o outro lado do oceano. Até a prima Sophia parecia menos melancólica do que de costume e não encontrara nenhum motivo para criticar o dia, por mais que fosse evidente que aquela calmaria fosse o prelúdio de uma terrível tempestade.

– Está tudo calmo demais.

Como se para confirmar aquela declaração, um tumulto súbito e estrondoso começou na cozinha. Era quase impossível descrever a confusão de gritos abafados e sons de coisas caindo e se quebrando. Susan e a prima Sophia se entreolharam, consternadas.

– O que diabos está acontecendo? – arfou a prima Sophia.

– O Senhor Hyde deve ter enlouquecido de vez – murmurou Susan. – Sempre suspeitei de que isso aconteceria algum dia.

Rilla veio correndo pela porta lateral.

– O que foi isso? – quis saber.

– Não faço a menor ideia, mas aquela fera possuída deve ser a culpada – disse Susan. – Não se aproxime dele. Vou abrir a porta e espiar. Lá se vai outra parte da louça. Sempre disse que o diabo está dentro daquele gato.

– Sou da opinião de que aquele gato tem hidrofobia – disse a prima Sophia solenemente. – Ouvi falar de um gato que ficou louco e mordeu três pessoas. Elas ficaram pretas feito carvão e tiveram uma morte horrível.

Ignorando a opinião da prima Sophia, ela abriu a porta e entrou. O chão estava coberto de cacos de pratos quebrados. A tragédia parecia ter ocorrido no aparador maior, onde Susan havia disposto as tigelas brilhantes e imaculadas. Um gato frenético corria pela cozinha com a cabeça presa em uma lata de salmão velha. Sem enxergar nada, ele se chocava contra tudo em seu caminho conforme tentava em vão arrancar a lata da cabeça com as patas.

A cena era tão hilária que fez Rilla dobrar o corpo de tanto rir. Susan lhe lançou um olhar de reprovação.

– Não vejo nenhum motivo para rir. A fera quebrou a tigela azul grande que sua mãe trouxe de Green Gables quando se casou. É uma verdadeira tragédia, na minha opinião. Agora, temos que pensar como vamos tirar a lata da cabeça do Senhor Hyde.

– Nem pense em tocá-lo – exclamou a prima Sophia, entrando em ação. – Pode ser a sua morte. Feche a porta e vá chamar o Albert.

– Não tenho o hábito de chamar o Albert por causa de um problema doméstico – disse Susan com orgulho. – Aquele animal está sofrendo e, independentemente do que sinto por ele, não suporto vê-lo nessa situação. Afaste-se, Rilla, pelo bem do pequeno Kitchener. Verei o que posso fazer.

Susan entrou cautelosamente na cozinha, pegou um velho casaco de chuva do doutor e, depois de uma perseguição selvagem e de algumas tentativas infrutíferas, conseguiu jogá-lo sobre o gato e a lata. Em seguida ela tratou de cortar a lata com um abridor enquanto Rilla segurava o bicho, que se contorcia sob o casaco. Ingleside nunca tinha ouvido algo como os gritos do Doc durante o processo. Susan estava morrendo de medo de que os Crawfords os ouvissem e concluíssem que ela estava torturando a criatura. Quando foi solto, Doc estava tomado pela ira e a indignação. Era evidente que achava que tudo tinha sido armado para humilhá-lo. Seu agradecimento foi um olhar enfurecido para Susan antes de correr para fora da cozinha e se refugiar no topo da cerca viva, onde passou o resto do dia emburrado. Susan varreu os pratos quebrados com uma expressão sombria.

– Nem os hunos teriam causado uma devastação tão grande – disse com amargura. – Mas, quando as pessoas mantêm em casa um animal satânico, apesar de todos os avisos, elas não podem reclamar de presentes de casamento quebrados. As coisas chegaram a tal ponto que uma mulher honesta não pode sair da cozinha por um minuto sem que um gato malvado destrua tudo com a cabeça presa em uma lata de salmão.

# Os problemas de Rilla

Outubro passou, e os dias tristes e arrastados de novembro e dezembro chegaram. O mundo estremecia com o ribombar dos exércitos oponentes; a Antuérpia caiu, a Turquia declarou guerra, a pequena e valente Sérvia se uniu para atacar o opressor mortal, e, a milhares de quilômetros dali, em uma vila pacata e cercada de colinas, os corações batiam cheios de esperança e medo enquanto recebiam as notícias dia após dia.

– Alguns meses atrás – disse a senhorita Oliver –, nós conversávamos sobre a vida em Glen St. Mary. Agora, nós conversamos sobre táticas militares e intrigas diplomáticas.

O único acontecimento diário importante era a chegada da correspondência. Até Susan admitia que, desde o instante em que ouvia a carroça do correio cruzar a ponte entre a estação e a vila até o momento em que chegava o jornal, ela não conseguia trabalhar direito.

– Eu pego minha costura e tricoto sem parar até que o jornal chegue em casa, querida senhora. Tricotar é algo que dá para se fazer, mesmo que seu coração esteja disparado, o estômago revirado e os pensamentos desgovernados. Depois que leio as manchetes, boas ou ruins, eu consigo me acalmar e me dedicar aos afazeres. É uma pena o correio chegar justo quando estou na correria para preparar o almoço, e acho que o governo deveria tomar alguma providência. Mas o ataque a Calais foi um fracasso, como eu esperava que fosse, e o cáiser não vai cear em Londres neste Natal. Querida senhora – Susan baixou a voz como se estivesse prestes a transmitir uma informação chocante –, fiquei sabendo por meio de fontes seguras (do contrário não estaria repetindo o que ouvi sobre um ministro, pode ter certeza) que o reverendo Arnold vai a Charlottetown toda semana para tomar um banho turco por causa do reumatismo. Justamente quando estamos em guerra com a Turquia? Um dos próprios diáconos insiste que a teologia do senhor Arnold não é muito sólida, e estou começando a acreditar que é verdade. Bem, tenho que embalar o bolo de Natal que pretendo enviar para Jem ainda nesta tarde. Ele vai adorar, isso se aquele menino abençoado não se afogar na lama antes de recebê-lo.

Jem encontrava-se em um acampamento na Planície de Salisbury, de onde escrevia cartas alegres e animadas para casa, apesar da lama. Walter estava em Redmond, e suas cartas para Rilla eram tudo, menos alegres. Ela sempre as abria temendo descobrir que ele havia se alistado. A infelicidade dele a deixava infeliz. Ela queria abraçá-lo e confortá-lo como fizera naquele dia, no Vale do Arco-Íris. Ela odiava todas as pessoas responsáveis pela tristeza de Walter.

– Ele ainda vai ser chamado – murmurou com pesar para si mesma em uma tarde, sentada no Vale do Arco-Íris, enquanto lia uma carta dele. – Ele ainda vai ser chamado, e eu não suportarei se ele for.

Walter escreveu contando que alguém lhe enviou um envelope contendo uma pluma branca[23].

"Eu mereço, Rilla. Sinto que devo usá-la, mostrando a todos em Redmond o covarde que sou. Os rapazes do meu ano vão para a guerra.

---

23 A pluma branca é um símbolo tradicional de covardia, usado no exército britânico e nos países associados ao Império Britânico desde o século XVIII, especialmente a fim de humilhar os homens que não eram soldados. (N. T.)

Todo dia, dois ou três deles são chamados. Em alguns dias eu quase me convenço a me alistar, então me vejo atravessando outro homem com a baioneta: o marido, o ente querido ou o filho de alguma mulher, talvez um pai; e me vejo caído, ferido ou mutilado, morrendo de sede em um campo de batalha gelado e molhado, cercado por corpos ou homens agonizantes. Então, percebo que jamais seria capaz. Não suporto nem imaginar. Como eu enfrentaria a realidade? Às vezes eu desejo que nunca tivesse nascido. A vida sempre me pareceu tão bonita e agora é algo horrendo. Rilla-a-Marilla, se não fossem suas cartas, tão queridas, inteligentes, cômicas e encorajadoras, acho que desistiria. E as da Una! Ela é realmente uma rocha, não é mesmo? Por baixo daquela personalidade tímida e pueril, há uma finura e uma firmeza excepcionais. Ela não tem o seu talento para escrever de forma engraçada, todavia há algo nas cartas dela, não sei o que é, que me faz sentir que seria capaz até de ir para o front, pelo menos enquanto as leio. Ela nunca diz que eu devo ir nem deixa isso implícito, pois ela não é assim. É só o espírito das cartas, a personalidade delas. Bem, eu não posso ir para a guerra. Você tem um irmão e Una tem um amigo que é um covarde."

– Ah, gostaria que Walter não escrevesse essas coisas – suspirou Rilla. – Elas me machucam. Ele não é um covarde. Não é... não é!

Ela olhou melancolicamente ao redor, para o vale repleto de árvores e os prados cobertos de mato mais além. Tudo fazia com que se lembrasse de Walter! As folhas rubras ainda estavam presas às roseiras silvestres que se sobressaíam na curva do riacho, com os talos ornamentados pelas pérolas da chuva gentil que caíra há pouco. Walter havia escrito um poema sobre elas. O vento suspirava ao farfalhar os galhos marrons e congelados das samambaias, para então diminuírem tristemente e desaparecerem córrego abaixo. Walter comentara certa vez que amava a melancolia do vento do outono em um dia de novembro. As velhas Árvores Enamoradas continuavam enlaçadas em um abraço fiel, e a Dama de Branco, agora um grande espécime de galhos brancos, destacava-se elegantemente contra o céu cinza. Walter a batizara muito tempo atrás. Novembro passado, quando ele e a senhorita Oliver caminhavam pelo vale, ele se deparou com a Dama com os galhos desfolhados sob a lua prateada e disse: "Uma bétula branca é como uma bela virgem pagã, que nunca se esqueceu do segredo do Éden, de como é estar nua e não sentir vergonha". A senhorita Oliver comentou: "Use isso em um poema, Walter", e foi o que ele fez. O garoto o leu para elas no dia seguinte, uma obra curta com imaginação transbordando de cada linha. Ah, como eles eram felizes naquela época!

Rilla levantou-se, pois era hora de ir embora. Jims iria acordar logo, e ela precisava preparar o almoço para ele e passar suas roupinhas. Haveria também uma reunião do comitê júnior da Cruz Vermelha naquela noite. Além disso, ela precisava terminar uma bolsa de tricô; seria a bolsa mais bonita do comitê júnior, mais até que a de Irene Howard. Rilla tinha que voltar para casa e trabalhar. Naqueles dias, ela estava ocupada desde a manhã até o escurecer. Aquele macaquinho do Jims dava muito trabalho, mas ele estava crescendo, certamente estava crescendo. E em certos momentos Rilla tinha certeza de que não era meramente uma vã esperança, e sim um fato: ele estava decididamente ficando mais bonito. Às vezes ela ficava muito orgulhosa dele; e em outras tinha vontade de lhe dar umas palmadas. Entretanto, ela não o beijava e tampouco tinha vontade de fazer isso.

– Os alemães tomaram Lodz hoje – disse a senhorita Oliver em uma noite de dezembro quando a senhora Blythe, Susan e ela estavam ocupadas costurando e tricotando na aconchegante sala de estar. – Essa guerra está aumentando meu conhecimento de geografia, pelo menos. Mesmo sendo professora, até três meses atrás eu não sabia que havia um lugar no mundo chamado Lodz. Se alguma pessoa citasse esse nome, eu não saberia do que ela está falando nem me importaria. Agora, sei tudo sobre essa cidade: o tamanho, o posicionamento, a importância militar. Ontem, quando fiquei sabendo que os alemães a tomaram no segundo ataque a Varsóvia, meu coração parou. Eu acordei no meio da noite e não consegui mais dormir. Agora entendo por que os bebês choram quando acordam no meio da noite. Tudo pesa sobre minha alma e me impede de ver o lado bom das coisas.

– Quando acordo no meio da noite e não consigo voltar a dormir – comentou Susan enquanto lia e tricotava ao mesmo tempo –, eu passo o tempo torturando o cáiser até a morte. Ontem eu o fritei no óleo fervente e foi muito reconfortante para mim, pensando naqueles bebês na Bélgica.

– Se o cáiser estivesse aqui e reclamasse de uma dor no ombro, você seria a primeira a pegar a garrafa de linimento e massageá-lo – riu a senhorita Oliver.

– Ah, é? – exclamou Susan, ultrajada. – É mesmo, senhorita Oliver? Pois eu o massagearia com óleo de carvão e deixaria que criasse bolhas. É o que eu faria, escreva o que estou dizendo. Uma dor no ombro, ora essa! Ele terá dores pelo corpo inteiro quando terminar o que começou.

– Temos que amar nossos inimigos, Susan – disse o doutor, solene.

– Sim, nossos inimigos, e não os inimigos do rei George, querido doutor – retrucou Susan, exaltada. Estava tão satisfeita consigo mesma pela resposta retumbante ao doutor que até sorriu enquanto limpava os óculos. Ela sempre fora avessa a usar óculos, mas foi obrigada a aceitá-los para ler as notícias da guerra. E nenhuma passava despercebida. – Senhorita Oliver, poderia me dizer como se pronuncia M-l-a-w-a, B-z-u-r-a e P-r-z-e-m-y–s-l?

– Esse último é um enigma que ninguém parece ter resolvido ainda, Susan. Quanto aos outros, só posso arriscar um palpite.

– Esses nomes estrangeiros estão longe de ser decentes, na minha opinião – disse Susan, revoltada.

– Atrevo-me a dizer que os austríacos e os russos pensariam a mesma coisa de Saskatchewan e Musquodoboit, Susan – disse a senhorita Oliver. – Os sérvios andam fazendo um ótimo trabalho. Eles libertaram Belgrado.

– E mandaram os austríacos para o outro lado do Danúbio com uma pulga atrás da orelha – disse Susan com satisfação ao examinar o mapa do leste europeu, batendo com a agulha de tricô em cada localização para memorizá-las. – A prima Sophia falou há um tempo que a Sérvia já estava derrotada, mas eu lhe disse para não subestimar a Divina

Providência. Diz aqui que o massacre foi brutal. É horrível imaginar tantos homens sendo mortos, querida senhora, por mais que sejam estrangeiros. O exército deles já é escasso o bastante.

No andar de cima, Rilla descarregava os sentimentos em seu diário.

"Nessa semana as coisas ficaram de pernas para o ar, como diz Susan. Em parte por minha culpa, e em parte não. Mesmo assim, estou infeliz com ambas as partes."

"Fui à cidade dias atrás para comprar um novo chapéu de inverno. Foi a primeira vez que ninguém insistiu em ir comigo para me ajudar a escolher, e pensei que a mamãe finalmente tivesse parado de me enxergar como uma criança. Encontrei um chapéu adorável, simplesmente encantador. Era de veludo, de um rico tom de verde, perfeito para mim. Combina com meus cabelos e minha tez, destacando as mechas avermelhadas e o que a senhorita Oliver chama de 'tom cremoso'. Só uma vez na vida eu havia me deparado com aquela tonalidade exata de verde. Aos doze anos eu tive um gorro de pele de castor exatamente daquela cor, que deixava as outras meninas malucas. Bem, eu simplesmente tive que comprá-lo, porém o preço era exorbitante. Não vou contá-lo aqui porque não quero que meus descendentes pensem mal de mim por ter pagado tão caro por um chapéu, e na época da guerra ainda por cima, quando todos estavam, ou deveriam estar, tentando ser econômicos."

"Quando cheguei em casa e o experimentei de novo no meu quarto, bateu o arrependimento. Ainda o achava muito bonito, mas por algum motivo parecia muito elaborado e extravagante para ir à igreja ou usá-lo na vida cotidiana e pacata de Glen, pois ele era muito chamativo, em suma. Não foi a impressão que tive na loja, porém foi o que senti aqui no meu quartinho branco. E o preço! E os belgas que estavam passando fome! Quando a mamãe viu o chapéu e a etiqueta do preço, ela só me deu uma olhada. A mamãe é especialista em olhares. O papai disse que ela o fez se apaixonar com seus olhares anos atrás na escola de Avonlea e eu acredito piamente, embora eu tenha ouvido uma história esquisita sobre ela ter batido na cabeça dele com uma lousa quando se conheceram. A mamãe foi uma criança peralta, pelo que sei, e uma pessoa que esbanjava energia até o dia em que Jem partiu para a guerra. Mas eu estava falando do meu gorro, quero dizer, do meu novo chapéu de veludo verde.”

“'Rilla, você acha que é certo pagar tudo isso por um chapéu, especialmente quando o mundo inteiro está passando necessidade?', perguntou a mamãe com calma, calma até demais.”

“'Eu paguei com minha mesada, mamãe', exclamei.”

“'Não é essa a questão. Você recebe de mesada uma quantia razoável para suas necessidades. Se gastar muito com uma coisa, terá que cortar outra, e isso não é satisfatório. Contudo, se acha que agiu certo, Rilla, não tenho mais nada a dizer. Sua consciência é que manda.'”

“Quem dera ela não tivesse dito isso antes! E o que eu podia fazer? Eu não podia devolvê-lo porque já o tinha usado para ir a um concerto na cidade. Tive que ficar com ele! Fiquei tão desanimada que entrei em um estado de ânimo frio, calmo e letal.”

“Então eu disse em um tom altivo: 'Mamãe, sinto muito que não tenha aprovado meu chapéu'.”

“Ela explicou então: 'O problema não é o chapéu, embora eu o considere de gosto duvidoso para uma jovem, e sim o preço que pagou por ele'.”

“Ser interrompida me deixou ainda mais contrariada, de maneira que prossegui com mais calma e frieza do que antes, como se a mamãe não tivesse dito nada.”

“'Mas tenho que ficar com ele agora. No entanto, prometo que não comprarei outro durante os próximos três anos ou enquanto a guerra durar. Até você' (olha o sarcasmo que investi nessas palavras) 'precisa admitir que o preço que paguei não é alto demais se o dividirmos por três anos.'”

“'Você enjoará desse chapéu em menos de três anos, Rilla', disse mamãe com um sorriso provocador, que significava que eu não cumpriria com a minha palavra.”

"'Enjoada ou não, eu o usarei até lá.' Aí eu subi para o meu quarto e chorei por achar que tinha sido sarcástica com a mamãe."

"Eu já odeio aquele chapéu, mas eu disse três anos ou a duração da guerra, e então eu o usarei por três aos ou até a guerra acabar. Eu prometi e não quebrarei minha promessa, custe o que custar."

"Esse é um dos meus problemas. O outro é que eu discuti com Irene Howard, ou melhor, ela discutiu comigo. Não, nós brigamos."

"O comitê júnior da Cruz Vermelha se reuniu aqui hoje. A reunião estava marcada para as duas e meia, só que a Irene chegou à uma e meia porque conseguiu uma carona para vir de Upper Glen. Desde o debate sobre a comida ela vem me tratando com hostilidade; além disso, tenho certeza de que se ressente por não ser a presidente. Mas eu estava determinada a lidar com a situação com delicadeza e fingi não perceber nada, e ela foi tão doce comigo quando chegou que eu achei que havia superado o rancor e que voltaríamos a ser amigas como antes."

"Porém, Irene começou a me provocar assim que nos sentamos. Percebi que ela olhou para minha nova bolsa de tricô. Todas as garotas dizem que ela é invejosa, todavia eu nunca acreditei nisso. Agora, tenho a impressão de que talvez seja verdade."

"A primeira coisa que ela fez foi pegar Jims do berço (Irene finge que adora crianças pequenas) e cobrir o rosto dele de beijos. Irene sabe perfeitamente bem que eu não gosto que façam isso com Jims. Não é higiênico. Depois de importunar o bebê até deixá-lo irritado, ela olhou para mim, deu uma risadinha irônica e disse:"

"'Ora, Rilla, não me olhe como se eu estivesse tentando envenenar o bebê.'"

"'Ah, não é isso, Irene', disse eu com a mesma doçura falsa, 'é que Morgan diz que o único lugar que devemos beijar um bebê é na testa, por causa dos germes, e eu sigo isso à risca com Jims'."

"'Querida, acha mesmo que estou cheia de germes?', queixou-se Irene. Eu sabia que ela estava zombando de mim e comecei a ferver por dentro. Por fora, não demonstrei absolutamente nada. Estava decidida a não me deixar levar."

"Então ela começou a balançar Jims para cima e para baixo. O Morgan diz que isso é o pior que se pode fazer com um bebê. Nunca permito que o balancem desse jeito, mas era o que ela estava fazendo, e aquela criança exasperante estava gostando. Ele sorriu; pela primeira vez. Em quatro meses de vida, ele ainda não tinha sorrido. Nem a mamãe e Susan conseguiram arrancar um sorriso dele, por mais que tivessem tentado. E ali estava ele, sorrindo porque Irene o balançava! Quanta ingratidão!"

"Admito que aquele sorriso fez uma grande diferença na fisionomia dele. Duas covinhas adoráveis surgiram nas bochechas, e seus olhos castanhos cintilavam de alegria. O entusiasmo que Irene demonstrou pelas covinhas foi exagerado, na minha opinião. Não era como se ela as tivesse criado. Mas eu continuei costurando e não mostrei entusiasmo, e logo Irene se cansou de balançar Jims e o colocou de volta no berço. A criança não gostou nem um pouco disso depois de ter brincado, de maneira que começou a chorar e passou o resto da tarde irritadiço, o que não teria acontecido se Irene não o tivesse incomodado."

"Irene olhou para ele e perguntou: 'Ele sempre chora assim?', como se nunca tivesse escutado um bebê chorar antes. Eu expliquei pacientemente que os bebês precisam chorar alguns minutos por dia para que seus pulmões se expandam. É o que Morgan explica."

"'Se Jims não chorasse, eu teria que fazê-lo chorar por pelo menos vinte minutos' eu disse."

"'Ah, é claro!', disse Irene, rindo como se não acreditasse em mim. Se o livro *Cuidados com os bebês segundo Morgan* não estivesse lá em cima, eu a teria convencido."

"Aí ela comentou que Jims não tem muito cabelo, que nunca tinha visto um neném de quatro meses tão careca. É óbvio que eu sabia que ele ainda não tem muito cabelo, só que o tom de Irene insinuava que era culpa minha. Eu disse que já tinha visto dezenas de bebês tão carecas quanto Jims. Ela falou 'Ah, tudo bem, então' e que não tivera a intenção de me ofender, quando nem ofendida eu estava."

"As coisas continuaram assim pela hora seguinte, com Irene me dando alfinetadas. As garotas tinham me avisado que ela sempre se comportava dessa maneira quando algo a irritava, mas eu não tinha acreditado. Eu achava que Irene era perfeita e me magoou profundamente descobrir que ela podia agir desse jeito. Apesar disso, eu guardei meus sentimentos lá no fundo e continuei costurando um camisolão para uma pobre criança belga."

"Até que Irene fez o comentário mais maldoso e desprezível que alguém já tinha proferido sobre Walter. Não vou escrevê-lo aqui, não seria capaz. Ela disse que ficou furiosa quando o ouviu, é claro, só que não havia necessidade de Irene me dizer tal barbaridade. Ela só fez isso para me magoar. Eu simplesmente explodi."

"'Como você se atreve a vir aqui e repetir uma coisa dessas sobre meu irmão, Irene Howard?', exclamei. 'Nunca a perdoarei. Jamais. Seu irmão não se alistou e tampouco tem a menor intenção.'"

"'Ora, querida, não fui eu que disse isso. Como já falei, foi a senhora George Burr. E eu lhe disse que...'"

"'Não quero saber o que você disse a ela. Nunca mais fale comigo, Irene Howard.'"

"Sim, sei que eu não deveria ter dito isso. Só que as palavras escaparam por conta própria da minha boca. Em seguida, as garotas chegaram em bando e fui obrigada a me acalmar e bancar a anfitriã da melhor maneira possível. Irene trabalhou junto com Olive Kirk pelo resto da tarde e foi embora sem nem olhar para mim. Creio que ela levou minhas palavras a sério, e eu não me importo, pois não quero ser amiga de uma garota capaz de repetir tamanha calúnia sobre o meu irmão. A verdade é que toda essa situação me entristece. Sempre fomos boas amigas, e até recentemente Irene foi muito afável comigo; agora, outra ilusão foi desfeita diante dos meus olhos, e sinto como se não existisse amizade verdadeira no mundo."

"Hoje o papai pediu para Joe Mead construir um canil para o Segunda-feira no canto do galpão da estação ferroviária. Nós achamos que talvez o Segunda-feira fosse voltar para casa quando chegasse o frio, mas não. Nada é capaz de atrair o cachorro para fora daquele galpão, nem por um minuto. Ele não arreda as patas de lá e recebe todos os trens que chegam. Por isso resolvemos fazer alguma coisa para deixá-lo confortável. Joe o construiu de maneira que ele possa se deitar e ainda ver a plataforma, e esperamos que ele o utilize."

"O Segunda-feira ficou bem famoso. Um repórter do *Enterprise* veio da cidade, tirou uma foto e escreveu toda a história de vigia fiel. Depois que saiu no periódico, a matéria se espalhou por todo o Canadá. Todavia isso não importa para o pobre animal. Jem foi embora, e ele não sabe para onde e nem por quê, mas esperará até que o dono volte. Por alguma razão, isso me conforta. Suponho que seja tolice, mas isso me dá a sensação de que Jem voltará, do contrário o Segunda-feira não estaria aguardando por ele."

"Jims está roncando no berço ao meu lado. É um resfriado que o faz roncar assim, e não as adenoides. Irene estava com um resfriado ontem, e tenho certeza de que passou para ele ao beijá-lo. Já não está mais tão irrequieto como antes. Agora consegue ficar sentadinho e adora tomar banho, espirrando água para todos os lados com uma expressão séria em vez de se debater e gritar. Oh, jamais me esquecerei daqueles dois primeiros meses! Não sei como sobrevivi a eles. Mas aqui estou, e aqui está o Jims, e nós dois vamos seguir em frente. Fiz cosquinhas nele hoje enquanto o vestia. Sei que não devo balançá-lo, todavia Morgan não diz nada sobre cócegas, só para ver se ele sorriria para mim como fez com a Irene. E foi o que ele fez, exibindo as covinhas. É uma pena a mãe dele não poder vê-las!"

"Hoje eu concluí meu sexto par de meias. Tive que pedir para Susan arrumar o calcanhar dos três primeiros pares. Daí pensei que não era correto da minha parte e resolvi aprender a arrumá-los eu mesma. É algo que detesto fazer, mas eu já fiz tantas coisas que odeio desde o dia quatro de agosto que uma a mais ou a menos não faz diferença. Eu penso em Jem fazendo piadas com a lama da Planície de Salisbury e minhas forças se renovam."

# Escuro e claro

Os universitários voltaram para casa no Natal, e por um breve período Ingleside voltou a esbanjar alegria. Só que nem todos estavam lá; pela primeira vez havia uma ausência ao redor da mesa na hora da ceia. Jem, com seus lábios firmes e olhos destemidos, estava longe, e a visão da cadeira vazia era demais para Rilla. Susan encasquetou em arrumar o lugar de Jem como sempre fazia, colocando a pequena argola trançada para o guardanapo que ele usava desde criança, e a taça alta e peculiar dos tempos de Green Gables, presente da tia Marilla, que ele sempre insistia em usar.

– Aquele menino abençoado vai ter um lugar à mesa, querida senhora – avisou Susan com firmeza. – E não se sinta mal, pois tenho certeza de que ele está aqui em espírito e que no próximo Natal estará em pessoa. Espere só o Grande Ataque na primavera, pois a guerra terminará em um piscar de olhos.

Eles tentaram com afinco se divertir, mas uma sombra pairava sobre os festejos. Walter passou o feriado calado e apático. Ele mostrou a Rilla uma carta anônima e cruel que havia recebido em Redmond, que continha mais maldade do que indignação patriótica.

– De qualquer forma, Rilla, tudo que está escrito é verdade.

Rilla a tomou da mão dele e a jogou no fogo.

– Não há uma só palavra verdadeira nela – declarou, exaltada. – Walter, você está deprimido, assim como a senhorita Oliver diz que fica quando passa tempo demais preocupada com alguma coisa.

– Não consigo fugir disso em Redmond, Rilla. A faculdade inteira está em polvorosa por causa da guerra. Um rapaz perfeitamente saudável e maior de idade que não se alista é visto e tratado como um vagabundo. O doutor Mine, o professor de inglês, que sempre me tratou como o preferido, tem dois filhos que se alistaram. Posso sentir a diferença na maneira como ele vem me tratando.

– Não é justo... você não está apto.

– Fisicamente, estou. Saudável como um touro. Meu problema está na alma, e é uma desgraça. Não chore, Rilla. Não vou me alistar, se é isso que a preocupa. Ouço a música do flautista dia e noite, e não posso segui-la.

– Você partiria o coração da mamãe e o meu se a seguisse – soluçou Rilla. – Ah, Walter, uma pessoa já é suficiente na família.

Os feriados foram uma época triste para ela. Não obstante, a presença de Nan, Di, Walter e Shirley ajudou bastante. Ela também recebeu uma carta e um livro de Kenneth Ford. Algumas frases da carta fizeram as bochechas dela corar e o coração disparar, até que chegou ao último parágrafo, que foi como um balde de água fria.

"Meu tornozelo está novinho em folha. Estarei pronto para me juntar às tropas daqui a alguns meses, Rilla-a-Marilla. Vai ser muito bom finalmente vestir o uniforme cáqui. O pequeno Ken vai poder encarar o mundo inteiro com orgulho. Tem sido horrível desde que voltei a andar sem mancar. Pessoas que eu sequer conheço me olham como se dissessem 'frouxo'! Bem, isso mudará em breve."

– Odeio essa guerra – disse Rilla com amargor, contemplando a glória congelada do crepúsculo invernal sobre o bosque de bordo e seus tons dourados e róseos.

– Lá se vai 1914 – disse o doutor Blythe no dia de Ano-Novo. – O sol que o iluminara com integridade se pôs manchado de sangue. O que o próximo ano nos trará?

– A vitória! – disse Susan laconicamente.

– Acha mesmo que venceremos a guerra, Susan? – perguntou a senhorita Oliver com tristeza. Ela viera de Lowbridge para passar o dia e rever Walter e as meninas antes de voltarem para Redmond. Estava com um estado de espírito melancólico e cínico, propensa a ver o lado obscuro da situação.

– Se eu "acredito"? – exclamou Susan. – Não, querida senhorita Oliver, eu sei que vamos vencer. Isso não me preocupa. O que me preocupa são os conflitos e as consequências. Enfim, não se pode fazer uma omelete sem quebrar os ovos, de maneira que devemos acreditar em Deus e construir armas poderosas.

– Às vezes eu acho que as armas são melhores do que confiar em Deus – disse a senhorita Oliver em tom provocador.

– Não, não, querida. Os alemães tinham armas poderosas em Marne, não tinham? Só que a Divina Providência estava do nosso lado, não se esqueça. Lembre-se disso quando estiver em dúvida. Segure-se firme na cadeira e repita: "Armas poderosas são boas, mas o Todo-Poderoso é ainda melhor, e Ele está do nosso lado não importa o que diga o cáiser". Eu teria enlouquecido se não tivesse repetido essa frase para mim mesma ultimamente. Minha prima Sophia é como você, propensa a desesperar-se. "Ah, meu Deus, o que faremos se os alemães chegarem até aqui", ela choramingou para mim ontem. "Vamos enterrá-los", respondi na mesma hora. "Temos espaço suficiente para os túmulos." Ela disse que eu estava sendo impertinente, querida senhorita Oliver, mas eu só demonstrei calma e confiança na marinha britânica e em nossos garotos canadenses. Penso igual ao senhor William Pollock, de Harbour Head. Ele é bem idoso e está doente há muito tempo. Na semana passada estava tão fraco que a nora chegou a sussurrar para alguém que achava que ele havia morrido. "Diabos, ainda não", ele gritou, só que ele não usou um termo tão brando. "Diabos, ainda não, e só pretendo morrer depois que o cáiser levar uma surra." Esse é o tipo de espírito que admiro, querida senhorita Oliver – concluiu Susan.

– Também admiro, só não sou capaz de imitá-lo – suspirou Gertrude. – Antes disso tudo, eu sempre conseguia esquecer momentaneamente das dificuldades da vida ao escapulir para a terra dos sonhos, de onde voltava como uma gigante revigorada. Porém, agora já não consigo mais.

– Nem eu – disse a senhora Blythe. – Detesto dormir. A vida inteira eu gostei de ir para a cama e passar meia hora imaginando coisas alegres, loucas e esplêndidas. Eu ainda faço isso. Só que agora imagino coisas bem diferentes.

– Fico contente quando chega a hora de dormir – disse a senhorita Oliver. – Gosto da escuridão porque posso ser eu mesma nela, sem precisar sorrir ou dizer coisas encorajadoras. Mas às vezes a minha imaginação também sai do controle e eu vejo... coisas terríveis, que acontecerão nos próximos anos.

– Sou muito grata por não ter imaginação – disse Susan. – Fui poupada disso. Vejo aqui no jornal que o Príncipe Herdeiro foi morto de novo. Será que há esperanças de que continue morto desta vez? Vejo também que Woodrow Wilson escreverá outra nota. Eu me pergunto – concluiu Susan, com a ironia cáustica com que começou a referir-se ao pobre presidente norte-americano – se a professora daquele sujeito ainda é viva.

Em janeiro, Jims completou cinco meses de idade, e Rilla celebrou a data pesando o bebê.

– Seis quilos – anunciou com orgulho. – Exatamente o quanto deveria pesar nessa idade, de acordo com Morgan.

Não havia mais dúvida de que Jims estava ficando lindo. Suas bochechas eram redondas, firmes e levemente rosadas, seus olhos eram grandes e brilhantes, e as mãos diminutas tinham covinhas na base de cada dedo. Até os cabelos começavam a crescer, para o alívio velado de Rilla. Havia uma penugem de um dourado sutil sobre sua cabeça que era visível dependendo da luz. Era uma criança doce, que dormia e comia de acordo com as recomendações de Morgan. Sorria ocasionalmente, só que nunca havia dado uma risada, apesar de todos os esforços. Isso preocupava Rilla, pois o livro de Morgan dizia que os bebês costumavam rir a partir do terceiro mês. Jims tinha cinco meses e não sabia como dar risada. Por que não? Havia algum problema?

Uma noite, Rilla voltou para casa depois de uma reunião de recrutamento em que fez declamações patrióticas. Ela nunca gostou de ler em público por medo do ceceio que teimava em reaparecer quando ficava nervosa. Quando foi convidada a recitar na reunião de Upper Glen, de início ela negou, mas a recusa a deixou preocupada. Seria covardia? O que Jem pensaria se soubesse? Depois de dois dias de incerteza, ela telefonou para o presidente da Sociedade Patriótica avisando que aceitava o convite. Durante o evento ela ceceou várias vezes e passou boa parte daquela noite agoniada pelo orgulho ferido. Dois dias depois ela recitou novamente em Harbour Head e foi chamada para declamar em Lowbridge e do outro lado do porto, tendo se resignado ao ocasional ceceio. Ninguém parecia se importar com isso além dela mesma. E Rilla era tão natural, tão cativante e tão entusiasmada! Mais de um jovem se alistou porque os olhos cintilantes da garota pareciam encará-los diretamente ao exclamar com furor que não havia melhor forma de morrer do que lutando pelas cinzas de seus pais e pelos templos de seus deuses, e ao garantir com uma intensidade emocionante que uma hora de vida gloriosa valia mais do que uma existência inteira no anonimato. Até o fleumático Miller Douglas ficou tão entusiasmado que Mary Vance levou uma boa hora para convencê-lo a não se voluntariar. Ela disse com rancor que, se Rilla Blythe estivesse mesmo tão agoniada quanto fingia estar por Jem ter ido para o front, ela não instigaria os irmãos e amigos das outras garotas a se alistarem.

Naquela noite em particular, Rilla chegou cansada e com frio e ficou muito grata ao aninhar-se debaixo dos cobertores quentinhos, ainda que não conseguisse deixar de imaginar com tristeza como Jem e Jerry estariam naquele momento. Ela estava quase pegando no sono quando Jims começou a chorar... ininterruptamente.

Rilla encolheu-se, determinada a esperar que a criança parasse sozinha. Sua justificativa vinha do livro de Morgan. Jims estava agasalhado e confortável; ele não chorava de dor e tampouco de fome. Nessas circunstâncias, ela estaria somente mimando-o se o pegasse no colo. Ele podia muito bem chorar até ficar cansado e voltar a dormir.

Então, a imaginação de Rilla começou a atormentá-la. "Suponhamos que eu seja uma criaturinha indefesa de apenas cinco meses de idade, com meu pai em algum lugar da França e minha pobre mãe, que se preocupava tanto comigo, no cemitério. Suponhamos que eu estivesse dentro de um cesto em um quarto grande e escuro, sem nenhuma luz e ninguém a quilômetros de distância, até onde eu soubesse. Suponhamos que não houvesse nem um ser humano que me amasse, pois um pai que nunca me viu não poderia me amar muito, uma vez que nunca escreveu uma palavra sequer para mim ou perguntando sobre mim. Eu não me sentiria solitária, abandonada e assustada? Eu não choraria?"

Rilla levantou-se, tirou o bebê do cesto e o colocou na cama. As mãos do pobrezinho estavam geladas. Entretanto, ele parou de chorar imediatamente. Quando ela o abraçou em meio à escuridão, Jims de repente riu, foi uma risada gostosa, gorgolejante e sincera.

– Ah, meu pequenino – exclamou Rilla. – Está feliz por saber que não está sozinho neste quarto grande e escuro? – Foi quando ela percebeu que queria beijá-lo, e assim o fez. Ela beijou a cabeça macia e cheirosa do bebê, beijou as bochechas fofas, beijou as mãozinhas frias. Ela queria apertá-lo e acariciá-lo, da mesma forma como fazia com os gatinhos. Um sentimento tenro, delicioso e melancólico apoderou-se dela. Rilla nunca sentira algo parecido.

Em poucos minutos, Jims adormeceu. Enquanto ouvia sua respiração suave e regular e sentia seu corpinho cálido aconchegado junto ao dela, Rilla deu-se conta de que finalmente começara a amar aquele filho da guerra.

– Ele é... tão... adorável – murmurou enquanto também partia para a terra dos sonhos.

Em fevereiro chegou a notícia de que Jem, Jerry e Robert Grant foram mandados para as trincheiras, o que aumentou a tensão e o medo na rotina de Ingleside. Em março, a amargura com que Susan se referia ao presidente intensificou-se. Os jornais passaram a publicar uma lista diária de baixas, e, cada vez que o telefone tocava em Ingleside, era impossível não sentir um calafrio gelado, pois podia ser da estação avisando que um telegrama havia chegado do estrangeiro. Todos acordavam pela manhã e se perguntavam, com uma sensação abrupta e inquietante, o que o dia lhes reservava.

"E pensar que eu recebia as manhãs com alegria", pensou Rilla.

A vida seguia adiante no ritmo de sempre, e quase toda semana um dos rapazes de Glen, que até pouco tempo atrás era um estudante travesso, vestia o uniforme cáqui.

– Hoje está um frio de lascar lá fora, querida senhora – disse Susan ao entrar em casa, em uma noite clara e estrelada do inverno canadense. – Pergunto-me se os garotos estão aquecidos nas trincheiras.

– Tudo nos remete a essa guerra! – exclamou Gertrude Oliver. – Não dá para escapar, nem quando falamos do clima. Não consigo deixar de pensar nos soldados nas trincheiras cada vez que saio nessas noites escuras e frias. Não apenas em nossos homens, mas em todos. Eu pensaria da mesma forma se não houvesse alguém que eu conheço no front. Quando me aconchego na cama, tenho vergonha de me sentir tão confortável. Sinto como se fosse cruel da minha parte, quando tanta gente não tem o mesmo.

– Me encontrei com a senhora Meredith na loja – disse Susan –, e ela me falou que estão muito preocupados com Bruce. O menino leva as coisas muito a sério. Há uma semana ele chora todas as noites até pegar no sono por causa dos belgas que estão passando fome. "Ah, mamãe", suplica ele, "tomara que os bebês não estejam famintos". "Ah, não os bebês, mãe! Diga que eles não estão passando fome, mamãe!" Ela não diz nada porque não seria correto, mas já não sabe mais o que fazer. Eles tentam esconder esse tipo de coisa dele, só que o menino acaba descobrindo e fica inconsolável. Também me parte o coração ler as notícias, querida senhora, e não consigo me consolar imaginando que não são verdadeiras. Quando leio um livro que me faz querer chorar, eu digo severamente a mim mesma: "Susan Baker, você sabe muito bem que isso é um monte de mentiras", mas temos que ser fortes. Jack Crawford diz que vai para a guerra porque está cansado de trabalhar na fazenda. Espero que goste da mudança de ares. E a senhora Richard Elliott, que mora do outro lado do porto, está morrendo de remorso por ter ralhado tanto com o marido para que não enchesse as cortinas da sala de fumaça. Agora que ele se alistou, ela gostaria de jamais ter tocado no assunto. Você conhece Josiah Cooper e William Daley, querida senhora. Costumavam ser amigos, todavia tiveram uma briga vinte anos atrás e nunca mais voltaram a se falar. Bem, dias atrás Josiah procurou William e disse sem rodeios: "Vamos fazer as pazes. Não é hora para guardarmos rancor". William ficou muito contente e estendeu a mão, e os dois se sentaram e tiveram uma boa conversa. Em menos de meia hora discutiram de novo por causa da guerra. Josiah afirma que a campanha de Dardanelos[24] foi um fracasso, e William defende que foi a jogada mais sensata que os Aliados fizeram. Agora estão mais furiosos um com o outro do que nunca. William diz que Josiah é a favor da Alemanha assim como o Bigodinho, que jura que não defende os alemães e se considera um pacifista, seja lá o que isso signifique. Não deve ser algo de bom. Vindo do Bigodinho, não tenho dúvida. Ele diz que a

---

24 Uma das expedições mais custosas e trágicas da Primeira Guerra Mundial, com grandes baixas para ambos os lados. (N. T.)

grande vitória britânica em Neuve-Chapelle nos rendeu mais prejuízos do que vantagens e proibiu Joe Milgrave de se aproximar da casa porque Joe hasteou a bandeira do pai dele ao inteirar-se da notícia. Você percebeu que o czar mudou o nome de Prish para Przemysl? O que demonstra que, apesar de ser russo, não tem um pingo de bom senso. Joe Vickers comentou na loja que viu algo muito estranho no céu, na noite passada, nos arredores de Lowbridge. Acha que pode ser um zepelim, querida senhora?

– Acho improvável, Susan.

– Bem, eu ficaria mais tranquila com relação a isso se o Bigodinho não morasse em Glen. Dizem que ele foi visto fazendo umas manobras estranhas com uma lamparina no quintal, numa noite dessas. Algumas pessoas acham que estava sinalizando.

– Para quem... ou o quê?

– Ah, é esse o mistério, querida senhora. Na minha opinião, o governo deveria ficar de olho naquele sujeito se não quiser que todos nós sejamos assassinados enquanto dormimos. Agora, vou dar uma olhada nos jornais antes de escrever uma carta para o pequeno Jem. Duas coisas que nunca tinha feito antes, querida senhora: escrever cartas e ler sobre política. E agora as faço regularmente. Acabei descobrindo certo interesse pela política. Ainda não compreendo o que Woodrow Wilson diz, mas tenho esperanças de desvendar.

Em seus esforços para entender o presidente e a política, Susan deparou-se com algo que a deixou perturbada.

– Aquele cáiser maldito só teve um furúnculo, afinal.

– Não pragueje, Susan – disse o doutor Blythe, com uma expressão séria.

– "Maldito" não é um xingamento, querido doutor. Sempre achei que blasfemar era usar o nome do Todo-Poderoso em vão.

– Bem, não é, digamos, refinado – disse o doutor, piscando para a senhorita Oliver.

– Não, querido doutor, o diabo e o cáiser, se é que são duas pessoas diferentes, não são dignos de *finesse*. E não é possível referir-se a eles de maneira refinada. Dessa maneira, faço jus às minhas palavras, e talvez vocês tenham reparado que não uso tal expressão quando a jovem Rilla está por perto. E reafirmo que os jornais não têm o direito de dizer que o cáiser tem pneumonia e nos dar esperanças, para então divulgar que ele só teve um furúnculo. Um furúnculo, ora essa! Quem dera estivesse coberto deles.

Susan foi para a cozinha e começou a escrever a carta para Jem. A julgar por certas partes da carta que chegara naquele dia, ele precisava de um pouco de consolo.

"Estamos em uma velha adega nesta noite, papai", ele escreveu, "com água até os joelhos. Há ratos por toda a parte, e nenhuma fogueira. E uma chuva gelada... é tudo muito deprimente. Contudo, poderia ser pior. Recebi a caixa de Susan hoje, estava tudo em ordem, e nós fizemos um banquete. Jerry está no front e diz que a ração é um pouco pior do que aquela mesma comida que a tia Martha costumava preparar todos os dias. Aqui não está tão ruim, só monótono. Diga a Susan que eu pagaria um ano do meu salário por uma fornada dos biscoitos dela, mas não deixe que isso a incentive a fazê-los, pois eles não chegariam em bom estado."

"Estamos sob ataque desde a última semana de fevereiro. Um garoto da Nova Escócia foi morto bem do meu lado ontem. Uma granada explodiu próximo da gente e, quando a poeira abaixou, lá estava ele caído no chão, sem nenhum ferimento, com uma expressão de espanto nos olhos. Foi a primeira vez que estive tão perto de algo assim, e a sensação foi terrível, todavia em pouco tempo as pessoas se acostumam com os horrores por aqui. Estamos em um mundo absolutamente diferente. As únicas coisas que são as mesmas são as estrelas, que não parecem estar nos lugares certos."

"Diga para a mamãe não se preocupar. Estou bem, com uma saúde ótima, e feliz por estar aqui. Há algo do outro lado das linhas inimigas que precisa ser extirpado do mundo, só isso. Uma manifestação maligna que pode envenenar a vida para sempre. Isso precisa ser feito, pai, não importa quanto tempo leve, custe o que custar. Diga isso ao povo de Glen por mim. Eles não fazem ideia do que tem acontecido por aqui. Eu também não fazia, antes de vir para cá. Achei que seria divertido. Bem, não é! Mas estou onde deveria estar, não se preocupe. Quando vi o que fizeram com as casas, os jardins e as pessoas... pai, era como se eu estivesse vendo um grupo de hunos marchar pelo Vale do Arco-Íris, pelo vilarejo, pelo jardim de Ingleside. Havia jardins aqui... jardins lindos e centenários... E o que aconteceu com eles? Foram destruídos, profanados! Estamos lutando para que os lugares queridos onde brincávamos quando éramos crianças continuem seguros para outros meninos e meninas. Estamos lutando pela segurança de todas as coisas doces que são importantes para nós."

"Se algum de vocês passar pela estação, não se esqueça de fazer um carinho especial no Segunda-feira por mim. Imagine só, aquele fiel vagabundo esperando por mim! Sinceramente, pai, em algumas noites frias nas trincheiras, pensar que a milhares de quilômetros existe um cachorrinho malhado me fazendo companhia durante a vigília me reanima e fortalece imensamente."

"Diga para Rilla que estou contente em saber que o filho da guerra dela está cada dia mais esbelto e avise Susan de que estou enfrentando bravamente os hunos e as quiranas."

– Querida senhora – sussurrou Susan solenemente –, o que são quiranas?

A senhora Blythe sussurrou o que eram e respondeu às exclamações horrorizadas:

– É comum nas trincheiras, Susan.

Em silêncio, Susan balançou a cabeça com uma expressão séria e retirou-se para abrir o embrulho que enviaria a Jem e incluir um pente fino.

# Os dias de Langemarck

"Como a primavera pode ser tão bonita em meio a tantos horrores?",
escreveu Rilla em seu diário. "Com o sol brilhando, os amentilhos fofos
e amarelos florescendo ao longo do riacho e o jardim voltando a ficar
exuberante, é difícil imaginar a calamidade que está acontecendo em
Flandres. Mas é verdade!"

"A última semana foi terrível para todos nós desde que chegou a
notícia do conflito em Ypres e das batalhas de Langemarck e St. Julien.
Nossos rapazes se saíram esplendidamente; o general francês disse que
eles 'salvaram a situação' quando os alemães estavam prestes a vencer.
Só que eu não consigo sentir orgulho ou júbilo, apenas uma ansiedade
que me consome por causa de Jem, de Jerry e do senhor Grant. A lista de
baixas sai nos jornais todos os dias. Ah, como são extensas! Não tenho
coragem de lê-las por medo de encontrar o nome de Jem. Houve casos
de pessoas que viram o nome dos entes queridos antes de o telegrama
oficial chegar. Eu me recusei a atender o telefone por um ou dois dias,
pois não suportaria o momento angustiante entre o 'alô' e a resposta.

Isso parece ter sido cem anos atrás; eu temia ouvir 'há um telegrama para o doutor Blythe'. Depois de um tempo, eu fiquei envergonhada de deixar tudo nas mãos da mamãe e de Susan, e agora me forço a atendê--lo. Porém, nunca é fácil. Gertrude dá aula, corrige redações e prepara provas como de costume, mas eu sei que os pensamentos dela estão o tempo todo lá em Flandres. Os olhos dela me assombram."

"Agora Kenneth também está de uniforme. Ele escreveu contando que recebeu a patente de tenente e que espera cruzar o oceano em meados do verão. Eu não vou vê-lo antes de partir. Talvez nunca mais o veja. Às vezes me pergunto se aquela noite no farol foi um mero sonho. Talvez tenha sido. Parece que foi em outra vida de muitos anos atrás e que todos se esqueceram, menos eu."

"Walter, Nan e Di voltaram de Redmond ontem. Quando Walter desceu do trem, o Segunda-feira correu freneticamente para recebê-lo. Creio que ele achou que Jem estivesse com ele. Depois do primeiro instante, ele ignorou as carícias de Walter e ficou parado ali, olhando as outras pessoas que desciam do trem com um olhar que me deixou com um nó na garganta. Não pude deixar de pensar que talvez o Segunda-feira nunca mais veja Jem saltar do trem outra vez. Então, quando não havia mais ninguém, ele deu uma lambida na mão de Walter como se dissesse 'Sei que não é culpa sua ele não ter voltado. Desculpe-me por ter ficado decepcionado' e voltou para o galpão com o jeito de andar engraçado, como se as patas traseiras fossem na direção oposta às da dianteira."

"Tentamos trazê-lo para casa conosco. Di chegou até a lhe dar um beijo no meio da testa e dizer 'Segunda-feira, meu velho, por que não volta para casa só por esta noite?', e ele respondeu (eu juro!) 'Sinto muito, mas não posso. Tenho que aguardar por Jem aqui, sabe, e às oito chegará outro trem'."

"É ótimo ter Walter aqui em casa novamente, embora ele esteja calado e cabisbaixo, como no Natal. Vou amá-lo, animá-lo e fazê-lo rir como antes. Sinto que, a cada dia que passa, ele significa mais e mais para mim."

"Em uma tarde, Susan comentou por acaso que as anêmonas estavam florescendo no Vale do Arco-Íris. Eu estava olhando para a mamãe nesse exato momento. Sua expressão alterou-se, e ela refreou um soluço. Na maior parte do tempo a mamãe é tão alegre e animada que é impossível adivinhar o que está sentindo, só que de vez em quando alguma coisinha a afeta e nós vemos o que há sob a superfície. 'Anêmonas', ela disse, 'como as que Jem trouxe para mim no ano passado!', e em seguida saiu da sala. Eu teria corrido até o vale e lhe trazido um imenso buquê de anêmonas, mas eu sabia que não era isso que ela queria. Na noite passada, depois que chegou em casa, Walter foi até o vale e trouxe para a mamãe todas as anêmonas que pôde encontrar. Ninguém havia dito nada a ele. Walter simplesmente lembrou-se de que Jem costumava colher para ela as primeiras anêmonas da estação. Isso mostra o quão gentil e atencioso ele é. Ainda assim, há pessoas que lhe mandam cartas cruéis!"

"É estranho sermos capazes de dar prosseguimento à vida cotidiana como se nada estivesse acontecendo do outro lado do mundo, como se notícias ruins não pudessem chegar a qualquer momento. Todavia podemos e devemos. Susan está arrumando o jardim, a mamãe e ela estão faxinando a casa, e o comitê júnior da Cruz Vermelha está organizando um concerto em prol dos belgas. Estamos ensaiando há um mês e enfrentando um mar de problemas com pessoas caprichosas. Miranda Pryor prometeu ajudar com um diálogo, e, quando ela já tinha decorado todas as falas, o pai dela voltou atrás e a proibiu de participar. Não culpo Miranda; no entanto, acho que ela poderia ser mais assertiva às vezes. Se ela se impusesse mais, talvez ele cedesse. Miranda é a única que cuida da casa. O que ele faria se ela 'entrasse em greve'? Se eu fosse ela, encontraria algum jeito de dobrar o Bigodinho. Eu lhe daria uma cintada ou até mesmo uma mordida, em último caso. Só que Miranda é uma filha submissa e obediente, que merece ter seus dias na terra prolongados[25]."

---

25  Referência ao Antigo Testamento, Êxodo 20:12. (N. T.)

"Como ninguém mais se interessou pelo papel, eu acabei tendo que substituí-la. Olive Kirk está no comitê do concerto e vai contra tudo que proponho. Apesar disso, eu consegui que a senhora Channing venha da cidade para cantar para nós. Ela é uma excelente cantora e atrairá tanta gente que arrecadaremos mais do que vamos pagar para ela. Olive Kirk achou que nosso talento local seria bom o bastante para o *show* de talentos. Minnie Clow decidiu que não vai mais participar do coral por medo de ficar nervosa demais diante da senhora Channing. E ela é a única contralto boa que temos! Há momentos em que fico tão exasperada que tenho vontade de lavar as mãos, mas, depois de algumas voltas pelo meu quarto para extravasar a raiva, eu me acalmo e retomo o trabalho. Neste momento, atormenta-me a possibilidade de que a família de Isaac Reese esteja com coqueluche. Todos pegaram um resfriado horrível, e cinco membros do clã são partes importantes do programa. Se estiverem com coqueluche, o que vou fazer? O solo de violino de Dick Reese é uma das nossas melhores apresentações, Kit Reese aparece em todos os quadros vivos, e as três meninas pequenas fazem um número adorável com bandeiras. Passei semanas ensaiando-as, e agora parece que foi tudo em vão."

"O primeiro dentinho de Jims apareceu hoje. Estou muito contente, pois ele tem quase nove meses de idade, e Mary Vance anda insinuando que ele está atrasado nesse quesito. Também já começou a engatinhar, mas não como a maioria dos bebês. Ele fica de quatro e carrega as coisas na boca como um cachorrinho. Ninguém pode dizer que não começou na hora certa, e está até adiantado, já que Morgan afirma que as crianças entram nessa fase aos dez meses, em média. Está tão fofo! Seria uma pena se o pai dele nunca o conhecesse. O cabelo também está crescendo muito bem, e tenho esperanças de que fique encaracolado."

"Por alguns minutos, enquanto escrevo sobre Jims e o concerto, pude esquecer-me sobre Ypres, o gás venenoso e a lista de baixas. E agora tudo voltou de uma só vez, e ainda pior! Ah, se ao menos pudéssemos ter certeza de que Jem está bem! Eu costumava ficar furiosa quando Jem me chamava de Aranha. Agora, se ele entrasse assoviando pelo corredor e dissesse "olá, Aranha" como antes, eu acharia que é o nome mais adorável do mundo."

Rilla guardou o diário e saiu para o jardim. Era um lindo fim de tarde primaveril. O vale grande e verdejante voltado para o oceano estava mergulhado na escuridão, e mais adiante o crepúsculo encobria as pradarias. O porto estava radiante, com tons púrpura aqui, tons anis ali e opala por todo o firmamento. Uma névoa esverdeada envolvia o bosque de bordos. Rilla olhou ao redor com um olhar melancólico. Quem disse que a primavera era a época mais alegre do ano? Era a mais angustiante. As manhãs lilases, os narcisos estrelados e o lamento do vento por entre os velhos pinheiros eram formas diferentes de ferir o coração. Será que algum dia a vida voltaria a ser como era antes?

– É bom poder rever o pôr do sol da Ilha do Príncipe Eduardo – disse Walter ao aproximar-se dela. – Não me lembrava de que o mar era tão azul, as estradas de terra tão vermelhas e as matas tão viçosas e repletas de fadas. Sim, elas continuam por aqui. Juro que sou capaz de encontrar um monte delas escondidas sob as violetas no Vale do Arco-Íris.

Naquele momento, Rilla estava feliz. Aquele era o Walter de antigamente. Ela torcia para que ele tivesse se esquecido de certas coisas que o afligiam.

– E veja como o céu sobre o Vale do Arco-Íris é azul – comentou ela, inspirada pelo estado de espírito do irmão. – Azul de verdade, azul. Eu teria que repetir "azul" centena de vezes para expressar o quão azul realmente é.

Susan passou por eles, com os cabelos enrolados em um lenço, carregando ferramentas de jardim. Doc, furtivo e de olhos arregalados, seguia os passos dela escondido nos arbustos de grinalda-de-noiva.

– O céu pode estar azul – disse Susan –, mas aquele gato passou o dia inteiro como o Senhor Hyde, então provavelmente teremos chuva hoje à noite. Além disso, o reumatismo está incomodando meu ombro.

– Pode ser que chova, mas não pense no reumatismo, Susan. Pense nas violetas – disse Walter com alegria... alegria até demais, refletiu Rilla.

Porém, Susan achou que ele estava sendo insensível.

– Querido Walter, não sei o que quer dizer com "pensar nas violetas" – respondeu com rigidez –, e reumatismo não é motivo para piadas, como talvez você descubra por si só algum dia. Não quero ser o tipo de pessoa que está sempre reclamando das dores, especialmente nestes tempos difíceis em que vivemos. O reumatismo é horrível, mas acredito que não é nada se comparado com o gás venenoso dos hunos.

– Ah, meu Deus, não! – exclamou Walter antes de entrar em casa.

Susan balançou a cabeça. Ela condenava tais interjeições. "Espero que a mãe dele não o ouça", pensou enquanto recolhia as enxadas e os ancinhos.

Rilla continuou ali, entre os botões de narcisos, com os olhos marejados. A noite dela fora arruinada, ela detestava Susan, que de alguma maneira havia magoado Walter. Quanto a Jem... ele havia morrido envenenado por gás? Havia sido torturado até a morte?

– Não aguento mais esse suspense – disse, desesperada.

Entretanto, ela aguentou firme assim como as outras pessoas por mais uma semana. Até que chegou uma carta de Jem. Ele estava bem.

"Cheguei até aqui sem nenhum arranhão, pai. Não sei como eu ou qualquer um de nós conseguimos. Vocês sabem pelos jornais o que vem acontecendo. Não sou capaz de escrever sobre isso. O importante é que os hunos não conseguiram passar por nós, nem passarão. Jerry foi derrubado por uma granada, mas foi pelo choque do impacto. Ele melhorou em alguns dias. Grant também está seguro."

Nan recebeu uma carta de Jerry Meredith.

"Recobrei a consciência nesta manhã. Na hora eu não entendi o que tinha acontecido, mas achei que era o fim. Estava sozinho e com medo, muito medo. Cercado de mortos, caído no campo de batalha cinzento e lamacento. Sentia muita sede e pensei em Davi e na água de Belém[26] e no velho riacho do Vale do Arco-Íris sob os bordos. Era como se estivesse diante dos meus olhos e você estivesse do outro lado dele, rindo... e achei que tudo estava perdido. Nada mais importava. Honestamente, nada mais me importava. Eu sentia apenas um medo infantil e paralisante da solidão e daqueles mortos ao meu redor e me perguntava como aquilo podia ter acontecido comigo. Então eles me encontraram e me levaram em segurança. De início eu não percebi que não havia nada de errado comigo. Voltarei para as trincheiras amanhã. Eles precisam da maior quantidade possível de homens."

– Não existe mais felicidade no mundo – disse Faith Meredith quando visitou Ingleside para falar sobre as cartas. – Lembro-me de ter dito para a velha senhora Taylor, muito tempo atrás, que o mundo é repleto de felicidade. Só que já não é mais.

– O mundo é um grito de angústia – disse Gertrude Oliver.

– Temos que manter o bom humor, meninas – disse a senhora Blythe. – Uma boa risada às vezes é melhor do que uma oração... só às vezes – acrescentou baixinho. Tinha sido muito difícil manter o bom humor nas últimas três semanas, em que apenas existira. Logo ela, Anne Blythe, conhecida pelo riso fácil e espontâneo. E o que mais a machucava era pensar que o riso de Rilla se tornara algo raro. Logo Rilla, que ela costumava achar que ria demais. Por que a adolescência dela tinha de ser tão sombria? Não obstante, que mulher forte e sagaz ela estava se tornando! Quanta paciência tinha para tricotar, costurar e cuidar do comitê júnior da Cruz Vermelha! E como era maravilhosa com Jims!

– É como se ela tivesse cuidado de uma dúzia de crianças antes, querida senhora – declarara Susan solenemente. – Eu jamais teria imaginado no dia em que ela chegou aqui com aquela sopeira.

---

26  Referência ao Antigo Testamento, Crônicas 11:17. (N. T.)

# Uma dose
# de humildade

– Estou com muito medo de que algo terrível tenha acontecido, querida senhora – disse Susan, que havia peregrinado até a estação para levar alguns ossos de primeira para o Segunda-feira. – O Bigodinho desceu do trem que veio de Charlottetown todo satisfeito. Não me lembro de já tê-lo visto sorrir em público. É claro que ele pode simplesmente estar feliz por ter levado a melhor em uma venda de gado. Porém, estou com um terrível pressentimento de que os hunos fizeram progresso.

Talvez Susan estivesse sendo injusta ao associar o sorriso do senhor Pryor com o naufrágio do *Lusitania*[27], cuja notícia circulava desde a chegada do correio, há uma hora. Naquela noite, os garotos de Glen saíram em bando e quebraram todas as janelas da casa dele em um frenesi de indignação pelos feitos do cáiser.

– Não acho que eles agiram certo nem errado – disse Susan quando se inteirou do ocorrido. – Mas digo que eu não teria me importado de jogar algumas pedras. Uma coisa é certa: no dia em que chegou a

---

27 O *RMS Lusitania* foi um navio de passageiros britânico que naufragou após ser atingido por um torpedo de um submarino alemão. (N. T.)

notícia, o Bigodinho disse no correio, diante de testemunhas, que as pessoas que não ficaram em casa depois de terem sido avisadas mereceram tal destino. Norman Douglas está espumando de raiva. "Se o diabo não der um jeito nos homens que afundaram o *Lusitania*, é porque ele não existe", gritou na loja do Carter na noite passada. Norman Douglas sempre acreditou que qualquer pessoa que esteja contra ele está do lado do diabo, só que até um homem desses tem seus momentos de razão. Bruce Meredith não para de pensar nos bebês que foram afogados. E parece que ele orou pedindo por algo muito especial na sexta-feira passada e sua prece não foi atendida, o que o deixou muito enfadado. Porém, quando ouviu sobre o *Lusitania*, ele falou para a mãe que compreendia por que Deus não tinha realizado seu pedido: Ele estava ocupado demais cuidando das almas das pessoas que morreram afogadas. A mente daquela criança é cem anos mais velha do que o corpo, querida senhora. Quanto ao navio, foi uma tragédia em todos os sentidos. Mas Woodrow Wilson vai escrever uma nota a respeito, então por que se preocupar? Que belo presidente! – Susan bateu as panelas com fúria. O presidente Wilson estava se transformando em um anátema na cozinha da Susan.

Mary Vance foi até Ingleside em uma tarde para avisar que não se opunha mais ao alistamento de Miller Douglas.

– Essa história do naufrágio foi a gota d'água – disse Mary bruscamente. – Quando o cáiser decide afogar bebês inocentes, é hora de alguém colocá-lo no devido lugar. Isso precisa acabar. Demorei um pouco para compreender, mas agora estou decidida. Por isso, eu disse para Miller que, por mim, ele pode ir. Já a velha Kitty Alec é irredutível. Se todos os navios do mundo fossem atacados e todos os bebês afogados, ela ainda assim não mudaria de opinião. Apesar disso, sinto-me lisonjeada por Miller ter continuado aqui todo esse tempo por minha causa, e não por Kitty. Eu já me decidi! Agora, veremos o que vai acontecer...

E eles viram. No domingo seguinte, Miller Douglas entrou na igreja ao lado de Mary Vance trajando o uniforme cáqui. Mary estava tão orgulhosa que seus olhos quase faiscavam. Joe Milgrave, no fundo da galeria, olhou para o casal e depois para Miranda Pryor e suspirou tão profundamente que todos sentados em um raio de três bancos o ouviram e compreenderam o motivo. Walter Blythe não suspirou. Preocupada, Rilla estudou o rosto dele e ficou desolada com o olhar do irmão. Aquilo a assombrou durante a semana inteira, infligindo à alma dela uma angústia que se misturou à ansiedade e aos problemas referentes ao *show* de talentos da Cruz Vermelha que se aproximava. O resfriado dos Reeses não se transformou em coqueluche, de maneira que isso estava resolvido. Porém, ainda havia outros problemas, e na véspera do concerto chegou uma carta muito pesarosa da senhora Channing informando que não poderia se apresentar. O filho dela, que se encontrava em Kingsport com o batalhão, estava com uma pneumonia gravíssima e precisava da ajuda dela.

Os membros do comitê se entreolharam, desanimados. E agora?

– É o que se ganha por depender de pessoas de fora – queixou-se Olive Kirk.

– Temos que fazer alguma coisa disse Rilla, desesperada demais para se importar com a atitude de Olive. – Anunciamos o concerto por toda a parte, uma multidão estará presente, até um grupo grande de pessoas virá da cidade, e não temos números musicais suficientes. Precisamos de alguém para cantar no lugar da senhora Channing.

– Não sei quem podemos chamar de última hora – disse Olive. – Talvez Irene Howard, mas duvido que ela aceitará depois da maneira como o nosso comitê a insultou.

– Como nós a insultamos? – perguntou Rilla, em um tom frio e seco. Todavia, nem ele intimidou Olive.

– Você a insultou. Irene me contou tudo. Ela ficou literalmente de coração partido. Você falou para ela nunca mais dirigir a palavra a você, e ela simplesmente não consegue imaginar o que disse ou fez para merecer esse tratamento. Foi por isso que ela nunca mais veio às nossas reuniões e se juntou à Cruz Vermelha de Lowbridge. Não a culpo de forma alguma. Eu é que não vou pedir para que ela se rebaixe para nos ajudar.

– Vocês esperam que eu lhe peça? – riu Amy MacAllister. – Irene e eu não nos falamos há centenas de anos. Ela está sempre "ofendida" por algum motivo, mas tenho de admitir que é uma ótima cantora, e as pessoas que virão pela senhora Channing se interessariam ao ouvi-la cantar.

– Não adiantaria se você pedisse – argumentou Olive. – Assim que começamos a planejar esse concerto, lá em abril, eu encontrei Irene na cidade e perguntei se ela podia nos ajudar. Ela disse que adoraria, mas que não sabia como, depois da maneira estranha com que Rilla Blythe a tratou, uma vez que ela é que estava cuidando da programação. Então, é isso. Nosso *show* de talentos vai ser um belo fracasso.

Rilla foi para casa e trancou-se no quarto, com a alma em um turbilhão. Ela não iria se humilhar desculpando-se com Irene Howard! Irene estava tão errada quanto a própria Rilla; além disso, ela havia contado uma versão maliciosa e distorcida da discussão, posando de desentendida e de mártir. Rilla jamais conseguiria contar sua versão da história; o fato de envolver uma injúria contra Walter a impedia. Assim, a maioria das pessoas acreditava que Irene tinha sido ofendida, exceto algumas garotas que não gostavam dela e estavam do lado de Rilla. Contudo, o *show* pelo qual ela se esforçara tanto seria um desastre. Os quatro solos da senhora Channing eram a grande atração do programa.

– Senhorita Oliver, qual é a sua opinião? – perguntou, desesperançada.

– Acho que é a Irene quem deveria pedir desculpas – respondeu a senhorita Oliver. – Infelizmente, a minha opinião não vai tapar o buraco na programação.

– Se eu me desculpasse, tenho certeza de que ela aceitaria cantar
– suspirou Rilla. – Ela realmente adora cantar em público. Porém, sei
que ela ficaria intratável depois disso. Eu faria qualquer coisa para não
ter de me sujeitar a isso. Enfim, acho que é o que devo fazer. Se Jem e
Jerry podem enfrentar os hunos, com certeza eu posso encarar Irene
Howard, engolir meu orgulho e lhe pedir um favor pelo bem dos belgas. Neste momento eu sinto que não sou capaz, todavia estou com o
pressentimento de que depois do almoço vocês me verão atravessar humildemente o Vale do Arco-Íris em direção à estrada para Upper Glen.

O pressentimento de Rilla estava correto. Depois do almoço, ela colocou o vestido azul de crepe com contas, pois a vaidade é mais difícil
de reprimir do que o orgulho, e Irene era do tipo que sempre reparava
nos defeitos da aparência das outras meninas. Além disso, como Rilla
dissera para a mãe quando tinha nove anos: "É mais fácil comportar-se
bem quando estamos com nossas melhores roupas".

Rilla fez um penteado primoroso e vestiu uma longa capa de chuva
por precaução. Ela não conseguia parar de pensar na conversa desagradável que estava por vir, por isso ensaiava incessantemente o que
iria dizer. Ela desejava que tudo já tivesse acabado, desejava nunca ter
tentado organizar um concerto beneficente para a Bélgica, desejava não
ter discutido com Irene. Afinal, o silêncio desdenhoso teria sido uma
resposta muito mais eficiente ao insulto contra Walter. Foi tolice e in-
fantilidade reagir daquele jeito. Bem, ela seria mais madura dali para
a frente; naquele momento, porém, ela era obrigada a tomar uma boa
dose de humildade, que, por mais saudável que fosse, Rilla Blythe achava intragável como o resto de nós.

Ao entardecer, Rilla chegou à residência dos Howards, uma casa
pretenciosa, com madeira entalhada ao redor dos caibros e janelas que
se projetavam para fora por todos os lados. A senhora Howard, uma
dama corpulenta, recebeu Rilla efusivamente e a deixou na sala de estar enquanto foi chamar Irene. Rilla tirou a capa de chuva e examinou

seu reflexo no espelho acima da lareira. O cabelo, o chapéu e o vestido estavam satisfatórios, não havia nada de que a senhorita Irene pudesse caçoar. Rilla recordou que achava os comentários sarcásticos de Irene sobre as outras garotas divertidos e inteligentes. Bem, agora ela poderia ser alvo deles.

– Como vai, senhorita Blythe? – perguntou com doçura. – Ora, que prazer inesperado.

Rilla levantou-se para apertar a mão fria de Irene e, ao sentar-se, viu algo que a deixou temporariamente atordoada. Irene também viu e esboçou um sorrisinho impertinente que continuou fixo nos lábios durante toda a conversa.

Rilla estava com um lindo sapatinho de fivela de ferro e uma fina meia de seda azul em um dos pés. No outro, estava com uma botina grosseira e uma meia de algodão!

Pobre Rilla! Ela havia trocado... ou melhor, começado a trocar de sapatos depois de colocar o vestido. Isso era o resultado de se fazer uma coisa com as mãos e outra com o cérebro. Ah, que situação constrangedora; justamente na presença de Irene Howard, que encarava os pés de Rilla como se nunca tivesse visto sapatos antes! E pensar que ela chegou a considerar os modos de Irene perfeitos! Tudo que Rilla havia preparado para dizer desapareceu da memória. Tentando em vão esconder o pé infeliz debaixo da cadeira, ela disparou:

– *Fim* aqui pedir um *fafor*, Irene.

Lá estava ela ceceando de novo! Ah, ela havia se preparado para a humilhação, mas tudo tinha limite!

– Sim? – perguntou Irene em um tom frio. Ela ergueu os olhos insolentes por um momento e encarou o rosto vermelho de Rilla antes de baixá-los novamente, como se estivesse fascinada com a bota velha e o sapatinho elegante.

Rilla respirou fundo. Ela não iria cecear. Ela iria agir com calma e compostura.

– A senhora Channing não pode vir porque o filho dela está doente em Kingsport, e eu estou aqui em nome do comitê para perguntar se você não faria a gentileza de cantar no lugar dela. – Rilla pronunciou cada palavra com tanto cuidado e precisão que parecia estar recitando um texto decorado.

– Está meio em cima da hora, não acha? – disse Irene com um de seus sorrisos desagradáveis.

– Olive Kirk pediu sua ajuda quando começamos a planejar o concerto, e você recusou – disse Rilla.

– Ora, e como eu poderia ter aceitado? – perguntou Irene em um tom queixoso. – Depois que você ordenou que eu nunca mais falasse com você? Teria sido embaraçoso para nós duas, não acha?

E agora, a dose de humildade.

– Gostaria de pedir desculpas, Irene – declarou Rilla. – Eu não deveria ter dito aquilo e estou arrependida. Você poderia me perdoar?

– E cantar no *show* de talentos? – disse Irene em um tom piegas e ofensivo.

– Talvez você ache que eu não estaria aqui pedindo desculpas se não fosse pelo concerto, e talvez seja verdade. Mas também é verdade que desde o acontecido eu sinto que não deveria ter dito aquilo e que passei o inverno todo arrependida. É isso. Se sente que não pode me perdoar, então não tenho mais nada para dizer.

– Ah, Rilla, querida, não fale assim – suplicou Irene. – É claro que eu a perdoo. Embora eu tenha me sentido muito mal, de um jeito que espero que você nunca se sinta. Chorei durante semanas. E eu não falei e não fiz nada!

Rilla refreou uma resposta. Afinal, era inútil argumentar com Irene, e os belgas estavam morrendo de fome.

– Acha que conseguiria nos ajudar? – obrigou-se a dizer. Ah, se ao menos Irene parasse de olhar para a bota! Rilla já podia ouvi-la fofocar com Olive Kirk.

– Não sei como, de última hora – protestou Irene. – Não daria tempo de preparar algo novo.

– Você sabe muitas canções adoráveis que ninguém em Glen ouviu ainda – disse Rilla, ciente de que Irene passara o inverno tendo aulas de canto na cidade e que aquilo era só um pretexto. – Todas serão novidade por aqui.

– Mas quem faria o acompanhamento? – insistiu Irene.

– Una Meredith, talvez.

– Ah, eu não poderia pedir a ela – suspirou Irene. – Não nos falamos desde o outono passado. Ela foi tão grosseira comigo no concerto da escola dominical que simplesmente tive de desistir dela.

Deus, será que Irene estava brigada com todo mundo? Era tão absurdo imaginar Una Meredith sendo rude com qualquer pessoa que Rilla precisou se segurar para não rir na cara de Irene.

– A senhorita Oliver é uma ótima pianista e pode fazer o acompanhamento para qualquer música – disse Rilla, desesperada. – Vocês podem passar as músicas amanhã à tarde em Ingleside antes da apresentação.

– Mas eu não tenho o que vestir. Meu novo vestido de festa ainda não chegou de Charlottetown, e eu simplesmente não posso usar o meu antigo em um evento como esse. Ele é muito modesto e fora de moda.

– Nosso *show* de talentos é em prol das crianças da Bélgica que estão morrendo de fome – explicou Rilla lentamente. – Você não acha que conseguiria usar um vestido fora de moda só dessa vez, pelo bem delas, Irene?

– E você não acha que essas histórias sobre as condições dos belgas são um pouco exageradas? Não creio que eles estejam de fato passado fome em pleno século XX, sabe? Os jornais sempre dramatizam as notícias.

Rilla concluiu que já tinha se humilhado o suficiente. Existia uma coisa chamada amor-próprio. Chega de bajulação, com ou sem concerto. Ela levantou-se, sem se importar com a bota.

– É uma lástima não poder nos ajudar, Irene. Faremos o que for possível.

Aquilo não agradou nem um pouco Irene. Ela desejava muito cantar no concerto, e suas hesitações eram meramente uma forma de ressaltar o impacto de seu consentimento final. Além disso, ela queria muito que as duas voltassem a ser amigas. A adoração sincera de Rilla tinha sido um doce incenso para ela. E Ingleside era um lugar muito charmoso para se visitar, especialmente quando um jovem estudante universitário como Walter estava em casa. Ela parou de olhar para os pés de Rilla.

– Querida, não se vá assim, tão abruptamente. Realmente quero ajudar se puder. Sente-se e vamos conversar.

– Sinto muito, mas não posso. Tenho que voltar logo para casa e cuidar de Jims.

– Ah, sim, o bebê que você está cuidando de acordo com os livros. Acho muito tocante da sua parte, sendo que odeia tanto crianças. Como você ficou brava só porque eu o beijei! Vamos esquecer isso e sermos amigas de novo, o que acha? Agora, sobre o concerto... creio que posso pegar o trem da manhã para buscar o meu vestido na cidade e voltar à tarde com tempo de sobra antes da apresentação, se você pedir para a senhorita Oliver me acompanhar. Eu não conseguiria. Ela é tão arrogante e presunçosa que simplesmente fico paralisada perto dela.

Rilla não perdeu tempo ou saliva defendendo a senhorita Oliver. Ela agradeceu com frieza a Irene, que de repente se tornara muito afável, e foi embora. Estava muito feliz pelo fato de a conversa ter terminado. Agora ela sabia que Irene e ela não poderiam voltar a ser amigas como antes. Colegas, sim, mas amigas, não. E tampouco desejava que pudessem. Ela passara o inverno inteiro com um sentimento constante de pesar pela perda da amiga que pairava sob as outras preocupações. Agora, ele subitamente havia desaparecido. Irene não pertencia ao povo que conhece José, como diria a senhora Elliott. Rilla não admitiria que se sentia mais experiente do que Irene. Ela teria achado tal pensamento ilógico, sendo que ainda nem tinha dezessete anos e Irene já estivesse com vinte. Porém, era verdade. Irene ainda era a mesma de um ano atrás, a mesma que sempre seria. A natureza de Rilla Blythe havia mudado e amadurecido naquele ano. Ela descobriu-se enxergando Irene com uma clareza desconcertante por trás de toda a doçura superficial, da mesquinhez, do rancor e da mediocridade essencial. Irene havia perdido para sempre a fiel seguidora.

Rilla só recobrou o ânimo após atravessar a estrada de Upper Glen e adentrar a tranquilidade enluarada do Vale do Arco-Íris. Então ela parou sob uma ameixeira silvestre alta encoberta pela florada alva e etérea e riu.

– A única coisa que importa agora é que os Aliados vençam a guerra – disse em voz alta. – Assim, o fato de eu ter visitado Irene Howard com sapatos e meias diferentes é da mais absoluta irrelevância. De todo modo, eu, Bertha Marilla Blythe, juro solenemente com a lua por testemunha – a jovem ergueu a mão dramaticamente para o ar – que jamais deixarei o meu quarto de novo sem prestar atenção nos meus pés.

# O vale da decisão

No dia seguinte, Susan manteve a bandeira hasteada até o anoitecer em honra à declaração de guerra da Itália.

– Já era hora, querida senhora, considerando como estão as coisas no front russo. Diga o que quiser, mas aqueles russos não são flor que se cheire, ainda que o grão-duque Nicholas[28] seja diferente. A Itália teve a sorte de apoiar o lado certo. Agora, só poderei dizer se isso será bom para os Aliados quando souber mais sobre os italianos. No entanto, eles vão dar bastante trabalho para aquele velho patife do Francisco José[29]. Que belo imperador! Está com um pé na cova e ainda quer tramar um verdadeiro massacre – Susan sovava e golpeava a massa do pão com a mesma energia que teria usado para dar um soco no próprio Francisco José se ele tivesse o azar de cair nas garras dela.

Walter tinha ido para a cidade no trem da manhã, e Nan se ofereceu para cuidar de Jims enquanto Rilla ajudava a decorar o salão de Glen, entre outras centenas de tarefas. Era uma tarde linda, apesar de o senhor Pryor supostamente ter dito que "esperava que chovesse

---

28 Nicolau Nikolaevich (1856-1929) foi um general russo durante a Primeira Guerra Mundial. (N. T.)

29 Francisco José I (1830-1916) foi o Imperador da Áustria e Rei da Hungria, da Croácia e da Boêmia. (N. T.)

canivetes", ao mesmo tempo em que dava um chute no cachorro da filha. Tudo estava indo surpreendentemente bem. Irene estava na sala, ensaiando as músicas com a senhorita Oliver; Rilla estava animada e feliz, tendo até se esquecido do que se passava no front ocidental por ora. Era uma sensação de triunfo e vitória ver os esforços de semanas darem frutos. Ela sabia que não foram poucas as pessoas que acharam que Rilla Blythe não tinha o tato ou a paciência para elaborar o programa de um *show* de talentos. E agora elas iriam ver só! Ela cantarolava enquanto se vestia e estava se sentindo muito bonita. A empolgação produzia um leve brilho róseo em suas bochechas redondas e sedosas que quase ofuscava as sardas esparsas, e seus cabelos ruivos acastanhados brilhavam. O que ficaria melhor neles: pequenas flores de macieira ou o cordão de pérolas? Depois de um momento de dúvida agonizante, ela decidiu colocar um pequeno ramo de flores brancas atrás da orelha. Por fim, uma última olhada nos pés. Sim, ela estava com os dois sapatinhos. Rilla deu um beijo no adorável rostinho quente e acetinado do bebê que dormia e apressou-se colina abaixo até o salão. O concerto seria um sucesso.

Correu tudo bem com os primeiros três números. Rilla encontrava-se no pequeno camarim atrás da plataforma, olhando para o porto iluminado pelo luar enquanto ensaiava as próprias falas. Estava sozinha, pois os outros participantes estavam na sala maior do outro lado. De repente ela sentiu dois braços macios e nus abraçar sua cintura, e então Irene Howard lhe deu um beijo na bochecha.

– Querida, você está simplesmente angelical nesta noite. Que dedicação! Achei que estaria arrasada com a notícia de Walter ter se alistado, mas olha só para você, absolutamente tranquila. Quem dera eu tivesse metade da sua coragem.

Rilla ficou imóvel. Ela não sentiu nenhuma emoção. Era incapaz de sentir qualquer coisa. O mundo dos sentimentos havia se apagado.

– Walter... se alistou... – Ela ouviu as palavras sair dos próprios lábios e em seguida ouviu a risadinha afetada de Irene.

– Ora, você não sabia? Achei que sim, do contrário não teria dito nada. Estou sempre enfiando os pés pelas mãos, não é mesmo? Sim, foi por isso que ele foi à cidade hoje. Ele me contou ao sair do trem nesta tarde. Fui a primeira pessoa a ficar sabendo. Ele ainda não está com o uniforme porque todos acabaram, mas daqui a um dia ou dois vai estar. Sempre disse que Walter era tão corajoso quanto qualquer outra pessoa. Senti muito orgulho dele quando eu soube, Rilla. Ah, o Rick MacAllister terminou a leitura. Preciso me apressar. Prometi que tocaria no próximo número, pois Alice Clow está com uma dor de cabeça horrível.

Ela saiu. Graças a Deus, ela saiu! Rilla ficou sozinha novamente, encarando a beleza imutável e onírica do luar sobre Four Winds. As sensações começavam a voltar, uma agonia tão aguda que quase se manifestava fisicamente a dilacerou.

– Não vou aguentar – disse. E então ocorreu-lhe que talvez pudesse aguentar e que anos de sofrimento a aguardavam.

Ela precisava sair dali, correr para casa e ficar sozinha. Ela não tinha condições de atuar, fazer leituras e participar de diálogos. Metade do concerto seria arruinado; porém, isso não importava, nada mais importava. Aquela criatura atormentada era mesmo ela, Rilla Blythe, que alguns minutos atrás estava tão feliz? Lá fora, um quarteto cantava "Jamais deixaremos a velha bandeira arriar". A música parecia vir de algum lugar remoto. Por que ela não conseguia chorar, como havia chorado quando Jem contou que iria servir ao exército? Se conseguisse, talvez aquela coisa horrível que havia se apoderado da vida dela a libertaria. Só que as lágrimas não vinham! Onde estavam o lenço e o casaco dela? Ela precisava fugir e se esconder como um animal prestes a morrer.

Seria covardia fugir daquele jeito? A pergunta surgiu de supetão como se outra pessoa a tivesse feito. Ela pensou no front em Flandres, pensou no irmão e no amigo ajudando a defender as trincheiras sob o fogo cruzado. O que eles pensariam se ela desertasse seu dever ali, a simples tarefa de fazer o *show* dar certo em prol da Cruz Vermelha?

Entretanto, ela não podia ficar ali. Não podia. O que a mãe dela dissera mesmo quando Jem partiu? "Quando faltar coragem às nossas mulheres, ainda serão destemidos os nossos homens?" Só que aquilo... aquilo era insuportável.

Ela parou antes de chegar à porta e voltou para a janela. Irene estava cantando agora. Sua bela voz, a única coisa verdadeira que tinha, ecoava com clareza e doçura pelo salão. Rilla sabia que a próxima apresentação era das meninas com a cena das fadas. Será que ela conseguiria ir até lá e tocar? A cabeça dela doía, e a garganta ardia. Ah, por que Irene teve de contar isso logo agora? Ela foi muito cruel. Rilla lembrou-se de ter flagrado a mãe olhando para ela com uma expressão estranha mais de uma vez naquele dia. Ela estava ocupada demais para perguntar o motivo. Agora, ela compreendia. A mamãe sabia por que o Walter tinha ido para a cidade e não queria contar nada até que o *show* terminasse. Que fortaleza ela era!

– Tenho que ficar aqui – disse Rilla, juntando as mãos geladas.

O resto da noite foi como um sonho febril. O corpo dela estava cercado de pessoas, mas a alma estava sozinha em uma câmara de tortura. Ainda assim, ela tocou durante as cenas e fez suas leituras sem hesitar. Ela até vestiu a fantasia grotesca de uma velha irlandesa e fez o papel do qual Miranda Pryor havia desistido. Só que ela não conseguiu reproduzir o sotaque inimitável que fizera nos ensaios, e suas declamações não tinham o ímpeto e o charme de sempre. Parada diante do público, ela conseguia enxergar apenas um rosto: o do belo rapaz de cabelos negros sentado ao lado da mãe, o mesmo rosto que viu nas trincheiras. Ela o viu morto sob as estrelas; ela o viu definhar na prisão; ela viu a chama apagar-se de seus olhos arregalados; ela viu centenas de coisas horrendas parada ali, de pé, no palco do salão de Glen, com o próprio rosto mais branco do que as flores no cabelo. Entre os números, ela caminhou de um lado para outro no camarim diminuto. O concerto nunca terminava!

Por fim, terminou. Olive Kirk correu até ela para avisar que tinham angariado cem dólares.

– Que bom – disse Rilla mecanicamente.

Então, ela afastou-se de todos. Ah, Graças a Deus, ela estava longe de todos. Walter a esperava na porta. Ele juntou o braço ao dela em silêncio e caminharam pela estrada sob o luar. Os sapos cantavam nos pântanos, e os campos prateados familiares os cercavam. Era uma noite de primavera adorável e atraente. Rilla sentia que toda aquela maravilha era um insulto à dor dela.

– Você já sabe? – perguntou Walter.

– Sim. Irene me contou – arfou Rilla.

– Não queríamos que você soubesse antes do fim da noite. No momento em que você saiu do camarim, eu percebi que já sabia. Irmãzinha, eu tive que fazer isso. Desde que o *Lusitania* afundou, não consigo viver em paz. Quando imaginava aquelas mulheres e crianças flutuando à deriva na água gelada e impiedosa... bem, de início eu senti apenas uma espécie de náusea com a vida. Eu queria escapar do mundo onde coisas assim acontecem, deixando para trás até a poeira em meus sapatos. Foi quando soube que tinha de me alistar.

– Eles já são muitos... sem você.

– Não é essa a questão, Rilla-a-Marilla. Estou fazendo isso por mim mesmo, para salvar minha alma. Ela minguará se eu não for. Isso seria pior do que ficar cego ou mutilado, ou qualquer outro dos meus temores.

– Você pode... acabar... morrendo. – Rilla se detestou por dizer aquilo, ela sabia que era fraqueza e covardia, mas ela estava esgotada depois de toda a tensão da noite.

– "Seja depressa ou devagar, a morte nunca deixa de chegar"[30] – citou Walter. – Não é a morte que eu temo, eu já lhe expliquei isso há muito tempo. Às vezes é alto demais o preço que pagamos para viver,

---

30 Trecho de *Marmion*, romance histórico em verso do autor escocês Walter Scott (1771-1832), publicado em 1808. (N. T.)

irmãzinha. Há tanta barbaridade nessa guerra... Eu preciso ajudar a erradicá-la do mundo. Vou lutar pela beleza da vida, Rilla-a-Marilla; é o meu dever. Talvez existam deveres mais nobres, mas esse é o meu. Devo isso à vida e ao Canadá e tenho que honrá-los. Rilla, desde que Jem partiu, é a primeira vez que sinto o meu amor-próprio. Poderia até escrever um poema. – Walter riu. – Não consigo escrever uma linha desde agosto. Nesta noite, minha mente está transbordando. Seja corajosa, irmãzinha. Você foi muito forte quando Jem partiu.

– Isso... é... diferente. – Rilla teve que parar a cada palavra para conter os soluços selvagens. – É claro que... amo... Jem... porém, nós... achamos que... a guerra... iria... acabar logo... e... você... é... tudo para mim, Walter.

– Você precisa ser corajosa para me ajudar, Rilla-a-Marilla. Estou exaltado nesta noite. Ébrio de orgulho de mim mesmo, mas nem todos os momentos serão assim, e é aí que eu precisarei da sua ajuda.

– Quando você... partirá? – Era melhor saber a pior parte o quanto antes.

– Ainda tenho uma semana. Então irei para o treinamento em Kingsport. Creio que partiremos para o estrangeiro no meio de julho. Ainda não sabemos a data.

Uma semana. Só mais uma semana com Walter! Sua mente jovem não era capaz de imaginar como continuaria vivendo sem Walter.

Quando chegaram ao portão de Ingleside, Walter parou sob a sombra dos velhos pinheiros e trouxe Rilla para mais perto.

– Rilla-a-Marilla, havia garotas doces e puras como você na Bélgica e em Flandres. Você, até mesmo você, sabe o que aconteceu com elas. Temos de impedir que isso volte a acontecer enquanto o mundo ainda existir. Você vai me ajudar, não vai?

– Vou tentar, Walter – disse ela. – Ah, eu vou tentar.

Ao abraçar o irmão e colocar a cabeça no ombro dele, Rilla compreendeu que tinha de ser assim. Foi ali, naquele momento, que ela aceitou. Ele precisava ir. Seu adorado Walter, com sua bela alma, seus sonhos e ideais. Ela sempre soube que isso viria a acontecer, cedo ou tarde. Rilla pressentira que algo se aproximava, pouco a pouco, como alguém que observa uma nuvem chegando cada vez mais perto, rápida e inexoravelmente. Ela estava ciente de uma sensação de alívio em meio à dor, oculta em alguma parte da alma onde uma angústia obscura espreitara durante todo o inverno. Ninguém mais poderia chamar Walter de covarde.

Rilla não dormiu naquela noite. Talvez ninguém em Ingleside tenha conseguido, com exceção de Jims. Seu corpinho se desenvolvia lenta e progressivamente. Contudo, a alma cresce aos trancos e barrancos. Ela pode alcançar seu auge em uma hora. Naquela noite, a alma de Rilla Blythe transformou-se na de uma mulher no ápice de sua força e resiliência.

Quando o amargo amanhecer despontou no horizonte, ela se levantou e foi até a janela. Lá embaixo havia uma grande macieira, um enorme cone de flores rosadas. Walter a plantara muitos anos atrás, quando ainda era um garotinho. Além do Vale do Arco-Íris, o céu parecia um mar de nuvens, com pequenas ondas de raios de sol. Uma estrela solitária brilhava acima dele, distante e gélida. Por que, em meio a todo aquele deslumbre primaveril, os corações tinham de sofrer?

Rilla sentiu um abraço amoroso e protetor. Era a mamãe, pálida e de olhos aflitos.

– Ah, mamãe, como consegue suportar? – chorou, desconsolada.

– Querida, faz vários dias que percebi as intenções de Walter. Eu tive tempo para me rebelar e me reconciliar com elas. Temos que deixá-lo ir. Há um chamado muito mais insistente do que o chamado do nosso amor, e ele o ouviu. Não devemos intensificar o amargor do sacrifício dele.

– Nosso sacrifício é maior do que o dele – exclamou Rilla. – Nossos rapazes se voluntariam. Nós renunciamos a eles.

Antes que a senhora Blythe pudesse responder, Susan enfiou a cabeça pelo vão da porta sem bater, indiferente às firulas de etiqueta. Seus olhos estavam suspeitamente vermelhos, e tudo que disse foi:

– Vou trazer o seu café da manhã, querida senhora.

– Não, não, Susan. Vamos descer daqui a pouco. Você sabe que... Walter se alistou?

– Sim, querida senhora. O doutor me contou na noite passada. Creio que o Todo-Poderoso tem lá seus motivos para permitir tais coisas. Temos que aceitar e nos esforçar para ver o lado bom. Talvez ele se cure do sonho de ser poeta. – Susan continuava achando que poetas e vagabundos eram farinha do mesmo saco. – Seria bom. Agradeço a Deus por Shirley não ser grande o bastante para ir – murmurou baixinho.

– Isso não é o mesmo que agradecer pelo filho de outra mulher estar indo no lugar dele? – perguntou o doutor, que passava pelo corredor naquele momento.

– Não, não é, querido doutor – disse Susan em tom de desafio enquanto pegava no colo Jims, que havia aberto os olhos grandes e negros e estendido as mãozinhas rechonchudas. – Não ponha palavras na minha boca que eu jamais sonharia em dizer. Sou uma mulher simplória que não saberia discutir com você, mas eu não agradeço por alguém ter que ir à guerra. Só sei que eles precisam ir, a menos que desejemos ser dominados pelo cáiser. Não creio que a doutrina Monroe seja muito confiável, seja lá o que for, mesmo com o apoio de Woodrow Wilson. Os hunos, querido doutor, não serão derrotados por meio de notas. E, agora que já chorei o que tinha de chorar e disse o que tinha para dizer – concluiu Susan, carregando Jims nos braços magros em direção à escada –, vou me recompor e tentar ficar o mais apresentável possível.

# Até o amanhecer

– Os alemães tomaram Przemysl novamente – disse Susan em desespero, erguendo os olhos do jornal –, e agora suponho que teremos de chamá-la por algum outro nome bárbaro. A prima Sophia estava aqui quando o correio chegou e, ao ouvir a notícia, deixou escapar um suspiro do fundo do âmago, querida senhora, e falou: "Ah, eles vão tomar São Petersburgo em seguida, não tenho dúvida". Eu disse: "Meus conhecimentos de geografia não são tão profundos quanto eu gostaria, mas tenho a impressão de que é uma boa caminhada de Przemysl até São Petersburgo". Ela suspirou de novo e respondeu: "O grão-duque Nicholas não é o homem que achei que fosse". "Que ele a ouça", eu comentei. "Ele já tem preocupações suficientes." É impossível alegrar a prima Sophia, querida senhora, por mais sarcástica que você seja. Ela suspirou pela terceira vez e resmungou: "Mas os russos estão recuando depressa". Eu falei: "Ora, e qual é o problema? Eles têm espaço de sobra para recuar, não têm?". Ao mesmo tempo, querida senhora, por mais que eu jamais admitiria para a prima Sophia, não estou gostando nem um pouco da situação no front oriental.

Ninguém estava gostando da situação. Os russos continuaram a retroceder ao longo do verão, uma prolongada agonia.

– Imagino se algum dia voltarei a esperar pelo correio com tranquilidade ou com expectativa – disse Gertrude Oliver. – A dúvida que me assombra dia e noite é: se os alemães derrotarem os russos completamente, eles voltarão seus exércitos inflamados pela vitória contra o front ocidental?

– Não, querida senhorita Oliver – respondeu Susan, exercendo o papel de profetisa. – Em primeiro lugar, o Todo-Poderoso não permitirá; em segundo, apesar de o grão-duque ter sido uma decepção em alguns aspectos, ele sabe como bater em retirada estrategicamente e com dignidade, o que é muito útil quando se está sendo perseguido pelos alemães. Norman Douglas afirma que ele está atraindo os russos enquanto mata dez deles para cada homem que perde. Sou da opinião de que ele não tem outra escolha e está só fazendo o melhor que pode, assim como nós. Por isso, tome cuidado para não inventar preocupações, querida senhorita Oliver, quando já temos o suficiente bem à nossa porta.

Walter foi para Kingsport no dia 1º de junho. Nan, Di e Faith também se foram para ajudar a Cruz Vermelha. Em meados de julho, Walter voltou para passar uma semana antes de partir para o estrangeiro. Rilla viveu os dias de ausência dele na expectativa daquela semana, e agora sorvia cada minuto dela com avidez, odiando até as horas gastas para dormir, como se estivesse desperdiçando momentos preciosos. Apesar da tristeza latente, foi uma semana emocionante e inesquecível, em que Walter e ela compartilharam longas caminhadas, conversas e silêncios. Ela teve o irmão só para si e sabia que ele encontrava forças e alento em sua simpatia e compreensão. Era maravilhoso saber que ela era tão importante para ele, pois isso a ajudou em momentos que de outro modo seriam intoleráveis e lhe deu a ânimo para sorrir e até rir um pouco. Quando Walter partisse, ela se entregaria às lágrimas, mas não enquanto ele estivesse ali. Ela não se permitia chorar nem à noite, com medo de que seus olhos a delatassem pela manhã.

Na última semana dele em casa, eles foram até o Vale do Arco-Íris e se sentaram à margem do riacho, sob a Dama de Branco, onde haviam passado dias alegres que pertenciam a uma época mais simples. O Vale do Arco-Íris estava encoberto por um crepúsculo de esplendor incomum naquele fim de tarde; em seguida veio o maravilhoso anoitecer estrelado; e então chegou o luar, iluminando pequenos vales e recôncavos aqui e ali, deixando outros na penumbra aveludada.

– Quando eu estiver em algum lugar da França – disse Walter, observando com olhos famintos toda a beleza ao seu redor –, eu me lembrarei desse lugar sereno, banhado pelo orvalho e pela lua; do bálsamo dos pinheiros; da paz daquelas piscinas prateadas de luar; do "cume dos montes"[31], que frase bíblica mais linda. Rilla, veja as velhas colinas ao nosso redor! Olhávamos para elas quando crianças e imaginávamos o que nos aguardava no imenso mundo além delas. Como são pacatas e resilientes, como são pacientes e imutáveis iguais ao coração de uma mulher bondosa. Rilla-a-Marilla, sabe o quanto você foi importante para mim? Quero que saiba antes que eu parta. Eu não teria conseguido sem seu coraçãozinho gentil e todo o seu apoio.

Rilla não se atreveu a falar. Ela apertou com força a mão de Walter.

– E, quando eu estiver lá, Rilla, naquele inferno na Terra causado por homens que se esqueceram de Deus, sua lembrança será o meu maior refúgio. Sei que você será tão corajosa e paciente quanto foi no último ano. Não me preocuparei com você. Sei que não importa o que acontecer, você será a Rilla-a-Marilla. Não importa o que acontecer.

Rilla segurou as lágrimas e os suspiros, mas não conseguiu reprimir um pequeno tremor, e Walter soube que já tinha dito o suficiente. Depois de um momento de silêncio, falou:

– Bem, chega de tanta seriedade. Olhemos para além dos anos, para o dia em que a guerra acabar e Jem, Jerry e eu voltarmos marchando para casa, e todos seremos felizes.

---

31 Referência ao Antigo Testamento, Salmos 95:4. (N. T.)

– Nós não seremos felizes da mesma forma – disse Rilla.

– Não, não da mesma forma. Aqueles que foram tocados por essa guerra nunca mais serão felizes como antes. Porém, acho que teremos uma felicidade maior, irmãzinha, uma felicidade que conquistamos. Fomos muito felizes antes da guerra, não fomos? Com um lar como Ingleside, um pai e uma mãe como os nossos, não tinha como não sermos felizes. Só que aquela felicidade era uma dádiva da vida e do amor, não era realmente nossa. A vida podia tirá-la de nós a qualquer momento. Ela jamais tirará de nós a felicidade que ganhamos por conta própria ao cumprirmos nosso dever. Percebi isso quando coloquei o uniforme. Apesar da melancolia que sinto quando antecipo situações, tenho sido feliz desde aquela noite em maio. Rilla, seja muito gentil com a mamãe enquanto eu estiver ausente. Deve ser horrível ser mãe durante a guerra. Mães, irmãs, esposas e namoradas são as que mais sofrem. Rilla, sua criaturinha adorável, você não tem nenhum pretendente? Se tiver, conte-me quem é antes de eu partir.

– Não – disse Rilla. Então, impelida pelo desejo de ser absolutamente franca com Walter durante aquela que poderia ser a última conversa que teriam, ela acrescentou, corando bruscamente à luz da lua: – Bom, se Kenneth Ford quisesse...

– Entendo – disse Walter. – E ele também se alistou. Pobrezinha, como deve estar sendo difícil para você. Bem, eu não vou deixar nenhuma garota de coração partido, graças a Deus.

Rilla olhou para a casa ministerial no topo da colina. Ela podia ver uma luz acesa no quarto de Una Meredith. Ela ficou tentada a dizer alguma coisa, mas sabia que não devia. Não era um segredo dela. Além disso, Rilla não tinha certeza, era apenas uma suspeita.

Walter olhou ao redor lentamente, com ternura. Aquele sempre fora um lugar muito especial para ele. Como eles tinham se divertido nos bons e velhos tempos. Fantasmas das recordações pareciam caminhar pelas trilhas ao luar e espreitar por trás dos ramos oscilantes.

Jem e Jerry, dois moleques de calças curtas e morenos de sol, pescando no riacho e fritando as trutas na fogueira; Nan, Di e Faith com sua beleza pueril e olhar inocente; Una, doce e tímida; Carl, debruçado sobre formigas e insetos; a pequena Mary Vance, com sua língua afiada e o bom coração; e o Walter que ele mesmo fora, deitado na grama lendo poesia e imaginando palácios fantásticos. Todos estavam ali, ao redor. Ele os via praticamente com a mesma clareza com que via Rilla, com que vira o flautista naquela vez, tocando contra o poente. E todos diziam para ele, os fantasminhas alegres de outrora: "Somos as crianças de ontem, Walter. Lute dignamente pelas crianças de hoje e de amanhã".

– Onde você está, Walter? – chamou Rilla, rindo um pouco. – Venha, volte.

Walter regressou com um longo suspiro. Ele se levantou e admirou os arredores, como se quisesse gravar na mente e no coração cada encanto do lindo vale prateado, os ramos emplumados e escuros das samambaias contra o céu argênteo, a garbosa Dama de Branco, o riacho mágico e cintilante, as fiéis Árvores Enamoradas, as veredas convidativas e intrincadas.

– É o que verei em meus sonhos – disse, ao dar meia-volta.

Os irmãos voltaram para Ingleside. O senhor e a senhora Meredith estavam lá e também Gertrude Oliver, que viera de Lowbridge para se despedir. Todos estavam contentes e animados, e ninguém comentou que a guerra logo terminaria, como fizeram quando Jem partiu. Ninguém sequer mencionou a guerra, mas ninguém conseguia pensar em algo além da guerra. Por fim eles se reuniram ao redor do piano e cantaram o velho hino:

"Oh Deus, nosso amparo em épocas passadas
Nossa esperança para os anos vindouros
Nosso refúgio da tempestade violenta
E o nosso lar eterno."

– Todos nos voltamos para Deus nesses tempos de provação – disse Gertrude para John Meredith. – Muitos foram os dias no passado em que não acreditei em Deus... digo, não Deus, mas a impessoal Grande Primeira Causa dos cientistas. Agora eu acredito Nele. Tenho que acreditar. Não há a quem recorrermos senão Deus, com humildade, incondicionalmente.

– Nosso amparo em épocas passadas. O mesmo de ontem, de hoje e de sempre – disse o ministro com gentileza. – Quando nos esquecemos de Deus, Ele se lembra de nós.

Não havia uma multidão na estação de Glen na manhã seguinte para se despedir de Walter. Estava se tornando corriqueiro ver um rapaz de uniforme cáqui embarcar no primeiro trem da manhã. Além dos moradores de Ingleside, estavam presentes os da casa ministerial e Mary Vance, que despachara Miller na semana anterior, com um sorriso determinado, e agora se considerava especialista em despedidas.

– O importante é sorrir e agir como se nada estivesse acontecendo – informou ao grupo de Ingleside. – Os garotos detestam cenas lacrimosas. Miller falou que eu não deveria nem me aproximar da estação se não fosse capaz de me segurar. Por isso chorei tudo que tinha para chorar de antemão e na hora disse para ele: "Boa sorte, Miller. Se você voltar, verá que eu não mudei nada; se não voltar, saiba que sempre terei orgulho por ter se voluntariado. Em todo caso, não se apaixone por uma garota francesa". Miller jurou que não faria isso, mas não se pode confiar naquelas garotas estrangeiras fascinantes. Enfim, a última lembrança dele será a do meu maior sorriso. Ah, eu passei o resto do dia com o rosto dolorido, como se tivesse sido engomado e passado a ferro.

Apesar do conselho e do exemplo de Mary Vance, a senhora Blythe, que havia se despedido de Jem com um sorriso, não foi capaz de fazer o mesmo por Walter. Pelo menos ninguém chorou. O Segunda-feira saiu da toca no galpão e sentou-se ao lado de Walter, batendo o rabo vigorosamente nas tábuas da plataforma quando Walter lhe dirigia a palavra, encarando-o com um olhar confiante como se dissesse: "Eu sei que você encontrará Jem e o trará de volta".

– Até logo, velho camarada – disse Carl Meredith alegremente quando chegou o momento das despedidas. – Diga aos outros para não desanimarem, pois logo eu estarei lá.

– Eu também – disse Shirley em tom lacônico, estendendo a mão morena de sol. Susan o encarou e ficou pálida.

Una apertou a mão dele em silêncio, encarando-o com os olhos azul-escuros cheios de tristeza; olhos que sempre foram melancólicos. Walter abaixou a cabeça de fartos cabelos pretos, tirou o quepe e lhe deu um beijo quente e fraternal. Ele nunca a tinha beijado antes, e por um breve momento inconspícuo a expressão de Una a traiu. Porém, ninguém notou. O condutor gritou "todos a bordo", então todo mundo tentou parecer contente. Walter virou-se para Rilla; ela segurou as mãos dele. Ela só voltaria a vê-lo quando o dia raiasse e as sombras esvanecessem. E ela não sabia se o sol nasceria deste lado do túmulo ou além dele.

– Adeus – disse ela.

Nos lábios de Rilla a palavra perdeu todo o amargor dos séculos de despedidas, ganhando a doçura dos amores eternos e de todas as mulheres que já amaram e rezaram pelos entes queridos.

– Escreva com frequência e cuide bem de Jims, de acordo com o evangelho de Morgan – brincou Walter, tendo dito todas as coisas sérias na noite anterior no Vale do Arco-Íris. No último instante, todavia, ele segurou o rosto dela entre as mãos e olhou no fundo dos olhos galantes da irmã. – Deus a abençoe, Rilla-a-Marilla – disse ternamente. Afinal, não era difícil lutar por uma terra com filhas como ela.

De pé na plataforma traseira, ele acenou enquanto o trem partia. Rilla estava sozinha, mas então Una Meredith se aproximou, e as duas garotas que mais amavam o rapaz deram as mãos geladas conforme o trem desaparecia na curva da colina verdejante.

Rilla passou uma hora no Vale do Arco-Íris naquela manhã, sobre a qual nunca comentou com ninguém. Ela sequer escreveu sobre isso no diário. Depois, voltou para casa e fez roupinhas para Jims. No fim da tarde ela ocupou-se com uma reunião do comitê júnior da Cruz Vermelha.

– Ninguém diria que Walter partiu para o front nesta manhã – comentou Irene Howard com Olive Kirk mais tarde. – Algumas pessoas realmente são insensíveis. Gostaria de lidar com as coisas com a leviandade de Rilla Blythe.

# Realismo e romance

– Varsóvia foi tomada – disse o doutor Blythe com um ar resignado, ao entrar em casa com a correspondência em um dia quente de agosto.

Gertrude e a senhora Blythe se entreolharam com tristeza. Rilla, que dava a Jims uma papinha feita de acordo com os preceitos dietéticos de Morgan, colocou a colher meticulosamente esterilizada sobre a bandeja sem se importar com os germes e disse "Ah, meu Deus" em um tom trágico como se a notícia fosse um choque, e não a conclusão lógica dos acontecimentos da semana anterior. Eles achavam que haviam se resignado com a queda de Varsóvia, mas agora sabiam que tinham, como sempre, alimentado falsas esperanças.

– Bem, não podemos desanimar – disse Susan. – Não é o fim do mundo. Li uma matéria de três colunas no *Montreal Herald* de ontem que mostrava que Varsóvia não era tão importante assim, do ponto de vista militar. Então, vamos nos ater ao ponto de vista militar, querido doutor.

– Também li a matéria, que me encorajou imensamente – disse Gertrude. – Tive a impressão de que era uma mentira do começo ao fim, e agora tenho certeza. Mas eu estou em um estado de ânimo em que até uma mentira me conforta, desde que seja uma mentira otimista.

– Neste caso, querida senhorita Oliver, os informes alemães oficiais são tudo de que você precisa – disse Susan com sarcasmo. – Eu não os leio mais porque fico tão furiosa que não consigo focar no trabalho em seguida. Essa notícia de Varsóvia acabou com os meus planos para a tarde. Desgraça pouca é bobagem. Hoje eu arruinei a massa do pão, e agora Varsóvia caiu, e aqui está o pequeno Kitchener decidido a morrer engasgado.

Jims tentava engolir a colher, com germes e tudo. Rilla o resgatou mecanicamente e estava prestes a prosseguir com a tarefa quando um comentário casual do pai lhe causou tamanho espanto que pela segunda vez ela deixou a desafortunada colher cair.

– Kenneth Ford está na casa de Martin West, do outro lado do porto – dizia o doutor. – O regimento dele estava a caminho do front quando teve que fazer uma parada de alguns dias em Kingsport por algum motivo, e Ken conseguiu uma licença para vir até a Ilha.

– Espero que ele venha nos visitar – exclamou a senhora Blythe.

– Ele só tem um dia ou dois de folga, eu acredito – disse o doutor distraidamente.

Ninguém notou o rubor e as mãos trêmulas de Rilla. Nem mesmo os pais mais zelosos e atentos percebem tudo que acontece debaixo do próprio nariz. Rilla tentou pela terceira vez terminar de dar o almoço para o coitado do menino, mas tudo que conseguia era pensar: será que Ken a visitaria antes de partir? Ela não recebia notícias dele há muito tempo. Será que tinha se esquecido completamente dela? Se ele não viesse, era porque tinha. Talvez houvesse... outra garota em Toronto. Claro que havia. Ela era uma tola por pensar nele. Rilla decidiu parar de pensar nisso. Se ele viesse, tudo bem. Seria uma cortesia da parte dele fazer uma visita de despedida a Ingleside, onde fora recebido tantas vezes. Se não viesse, tudo bem, também. Não importava tanto assim. Ninguém iria se incomodar. Estava tudo confortavelmente resolvido, aquilo não faria a menor diferença. Enquanto isso, Jims era alimentado com uma afobação e um descuido que teriam deixado Morgan horrorizado. Jims não gostou nem um pouco. Ele era um bebê metódico, acostumado a receber colheradas com um intervalo decente entre uma e outra para respirar. Ele protestou, todavia suas reclamações de nada adiantaram. Rilla, no que dizia respeito aos cuidados com os bebês, estava completamente desmoralizada.

Foi quando o telefone tocou. Não havia nada de incomum nisso. Em média, ele tocava a cada dez minutos em Ingleside. Todavia Rilla derrubou a colher de novo, no tapete, dessa vez, e correu para o telefone como se sua vida dependesse de atendê-lo antes de qualquer outra pessoa. Jims, com a paciência esgotada, elevou a voz e chorou.

– Alô, é de Ingleside?

– Sim.

– Rilla, é você?

– Sim, sim... – respondeu ceceando. Ah, por que Jims não podia parar de chorar por pelo menos um minuto? Por que ninguém tentava calar a boca daquela criança?

– Sabe quem está falando?

Sim, ela sabia! Ela reconheceria aquela voz em qualquer lugar, a qualquer momento.

– É o Ken, não?

– Eu mesmo. Estou na Ilha de passagem. Posso fazer uma visita a Ingleside nesta noite?

– É claro.

Será que ele queria rever todo mundo ou alguém em especial? Ela não tinha dúvida de que queria estrangular Jims, mas o que ele quis dizer?

– E, Rilla, eu gostaria que não houvesse muitas pessoas de fora presentes. Seria possível? Está me entendendo? Não posso ser mais explícito do que isso nesta linha rural. Há uma dúzia de pessoas nos ouvindo neste exato momento.

Se ela entendia? Era óbvio que sim.

– Vou tentar – respondeu.

– Chegarei por volta das oito. Até logo.

Rilla desligou o telefone e correu até Jims. Só que ela não torceu o pescoço da criança. Ela o tirou da cadeirinha, abraçou-o com força, cobriu o rostinho sedoso dele de beijos e dançou animadamente com ele pela sala. Depois disso, o bebê ficou aliviado ao perceber que ela recobrou a sanidade. Rilla lhe deu o resto do almoço da maneira correta e cantou sua cantiga de ninar favorita na hora da soneca da tarde. Ela passou o resto do dia costurando camisas para a Cruz Vermelha e construindo um castelo de cristal de sonhos e arco-íris. Ken queria vê-la. Sozinha. Isso podia ser facilmente arranjado. Shirley não os incomodaria, o papai e a mamãe iriam para a casa ministerial, a senhorita Oliver não era bisbilhoteira, e Jims sempre dormia das sete às sete. Rilla receberia Ken na varanda, aquela seria uma noite de luar, e usaria o vestido georgette branco com um belo penteado. Sim, é o que ela provavelmente faria: um coque na altura da nuca. Com certeza a mamãe não iria se opor. Ah, que maravilhoso e romântico seria! O que será que Ken queria lhe falar? Ele devia ter algo a dizer; senão, por que insistiria em vê-la a sós? E se chovesse? Susan havia reclamado do Senhor Hyde naquela manhã! E se alguma garota intrometida da Cruz Vermelha aparecesse para falar dos belgas e das camisas? Ou, pior ainda, e se Fred Arnold resolvesse fazer uma visita? Ele ia a Ingleside com frequência para vê-la.

Por fim chegou o entardecer, sem deixar nada a desejar. O doutor e a esposa foram para a casa ministerial, Shirley e a senhorita Oliver desapareceram da vista, Susan foi até a loja comprar mantimentos e Jims encontrava-se na terra dos sonhos. Rilla colocou o vestido georgette e prendeu os cabelos, adornando-os com o cordão de pérolas. Em seguida, colocou um pequeno ramo de botões de rosa na cintura. Será que Ken pediria uma das flores de recordação? Ela sabia que Jem havia levado para as trincheiras em Flandres uma rosa murcha que Faith Meredith beijou e lhe deu antes de partir.

Rilla estava encantadora quando se encontrou com Ken sob o lusco--fusco e as sombras das vinhas na grande varanda. A mão que estendeu para ele estava gelada, e tamanho era o desespero para não cecear que sua saudação foi clara e precisa. Que lindo Kenneth ficava no uniforme de tenente! Ele também parecia mais velho, o que fez com que Rilla se sentisse uma tola. Teria sido um imenso absurdo supor que aquele esplêndido oficial tinha algo especial para dizer a ela, Rilla Blythe, de Glen St. Mary? Talvez ela tivesse entendido tudo errado, pois ele só quis dizer que não queria uma multidão fazendo alvoroço e então transformando--o em um herói, como provavelmente tinha acontecido do outro lado do porto. Sim, é óbvio, foi isso que ele quis dizer. E ela, como uma idiota, havia fantasiado que ele não queria mais ninguém ali. E ele pensaria que Rilla tramara aquele encontro a dois e riria dela.

– Não achei que teria tanta sorte – disse Ken, reclinando-se na cadeira e encarando-a com franca admiração nos olhos eloquentes. – Achei que haveria mais pessoas por perto, e eu só queria ver você, Rilla-a-Marilla.

O castelo dos sonhos de Rilla voltou a surgir no horizonte. Não havia mais muitas dúvidas sobre o que ele queria dizer.

– Não há mais muitos de nós aqui em Ingleside como antes – disse suavemente.

– Não, é verdade – disse Ken com gentileza. – Com Jem, Walter e as garotas longe, isso deixa um grande vazio, não é mesmo? Mas... – ele inclinou-se para a frente, e os cachos negros dele quase roçaram os cabelos dela – Fred Arnold tenta preencher esse espaço de vez em quando, não? Foi o que fiquei sabendo.

Naquele momento, antes que Rilla pudesse responder, Jims começou a chorar com todas as forças no quarto cuja janela estava aberta logo acima deles; o Jims, que raramente chorava à noite. Ademais, Rilla sabia por experiência que ele estava chorando com um vigor e uma energia que indicavam que ele já tinha choramingado por um bom tempo até ficar exasperado. Quando Jims chorava desse jeito, ele não brincava em serviço. Ela sabia que não adiantaria ignorá-lo, pois ele não pararia, e qualquer tipo de conversa estava fora de questão em meio àqueles berros. Além disso, ela temia que Kenneth achasse que ela era insensível por deixar um bebê chorando tanto assim. Era improvável que ele estivesse familiarizado com a obra inestimável de Morgan. Ela se levantou.

– Acho que Jims teve um pesadelo. Às vezes isso acontece, e ele fica muito assustado. Com licença.

Rilla subiu as escadas, desejando que as sopeiras jamais tivessem sido inventadas. Quando o menino a viu, ele estendeu os bracinhos adoravelmente e engoliu vários soluços, enquanto as lágrimas escorriam pelas bochechas, e o ressentimento desapareceu do coração dela. Afinal, o pobrezinho estava assustado. Ela o pegou no colo com gentileza e o ninou até os soluços cessarem e seus olhos se fecharem. Quando ela ensaiou colocá-lo de volta no berço, Jims abriu os olhos e gritou em protesto. A performance repetiu-se duas vezes. Rilla começou a ficar desesperada. Ela subira há quase meia hora, e não podia deixar Ken sozinho por mais tempo. Com um ar resignado, ela desceu as escadas carregando o menino e sentou-se na varanda. Sem dúvida, era ridículo acalentar um filho da guerra mal-humorado quando o rapaz de que ela mais gostava estava se despedindo, mas não havia alternativa.

Jims ficou extremamente feliz. Dava chutes por baixo do camisolão branco e até soltou uma de suas raras risadas. Estava começando a se mostrar um bebê muito lindo; seus cabelos dourados formavam cachinhos macios por toda a cabeça redonda, e seus olhos eram admiráveis.

– É um verdadeiro tesouro, não é mesmo? – disse Ken.

– Ele é muito bonito – disse Rilla com amargura, como se insinuasse que era o melhor que ele tinha a oferecer. Jims, sendo um bebê astuto, sentiu a tensão na atmosfera e percebeu que era seu dever aliviá-la. Ele ergueu o rosto para Rilla, abriu um doce sorriso e disse:

– Will... Will.

Era a primeira vez que ele tentava falar. Rilla ficou tão encantada que se esqueceu do rancor e lhe deu um beijo, abraçando-o. Jims, compreendendo que tudo estava bem, aninhou-se sobre o peito dela exatamente sob um facho de luz que vinha através da janela da sala, criando um halo dourado sobre seus cabelos.

Kenneth permaneceu muito quieto, observando Rilla: a delicada silhueta, os longos cílios, o queixo adorável. Sentada em meio à penumbra e o luar, com a cabeça inclinada sobre Jims e as pérolas que refletiam a luz da sala e criavam uma aura dourada, ele achou que ela era igualzinha à madona pendurada sobre a escrivaninha da mãe dele. Ele levou aquela imagem em seu coração para os horrores dos campos de batalha da França. Kenneth desenvolvera uma forte afeição por Rilla Blythe desde a noite do baile em Four Winds, mas foi só quando a viu ali, com o pequeno Jims nos braços, que percebeu que a amava. Enquanto isso, a pobre Rilla sentia-se desapontada e humilhada, como se sua última noite com Ken estivesse arruinada, e se perguntava por que as coisas sempre davam errado. Ela sequer conseguia falar. Era evidente que Ken também estava completamente ultrajado, já que estava sentado ali em um silêncio pétreo.

A esperança se reacendeu quando Jims adormeceu tão profundamente que ela pensou que seria seguro colocá-lo no sofá da sala. Todavia, ao voltar para a varanda, ela se deparou com Susan, desatando os laços da touca com ares de quem pretendia ficar sentada ali por um bom tempo.

– Colocou seu bebê para dormir? – perguntou ela com gentileza.

Seu bebê! De fato, Susan era uma mulher de pouco tato.

– Sim – respondeu Rilla secamente.

Susan colocou os embrulhos sobre a mesa de bambu, decidida a cumprir com seus deveres. Estava muito cansada, mas precisava ajudar Rilla. Kenneth Ford tinha vindo visitar a família e infelizmente todos estavam ausentes, e a "pobre criança" teve que entretê-lo sozinha. Porém, ali estava Susan; a Susan, que cumpriria seu papel não importasse o quão exausta estivesse.

– Céus, como você cresceu! – disse, contemplando os um metro e oitenta de uniforme cáqui sem se impressionar. Susan havia se acostumado com os uniformes, e aos sessenta e quatro anos a farda de um tenente era apenas uma roupa e nada mais. – É incrível como as crianças crescem rápido. Rilla está com quase quinze anos.

– Quase dezessete, Susan – exclamou Rilla com veemência. Fazia um mês que tinha completado dezesseis. A atitude de Susan era intolerável.

– Parece que até esses dias vocês eram todos bebês – disse Susan, ignorando os protestos de Rilla. – Você era o bebê mais lindo que eu já vi, Ken, embora sua mãe tenha tido muito trabalho para que parasse de chupar o dedão. Lembra-se do dia em que eu lhe dei umas palmadas?

– Não – disse Ken.

– Bem, acho que você era muito pequeno, tinha uns quatro anos de idade, e estava aqui com sua mãe. Você provocou tanto a Nan que a fez chorar. Tentei várias formas de fazer você parar, só que nenhuma deu certo, e percebi que a única seriam umas boas palmadas. Então eu o coloquei de bruços nos meus joelhos e lhe dei uma lição. Você berrou a plenos pulmões, mas deixou Nan em paz depois disso.

Rilla se contorcia. Susan não percebia que estava falando com um oficial do exército canadense? Aparentemente, não. Ah, o que Ken estaria pensando?

– Suponho que também não se lembre da vez em que sua mãe bateu em você – continuou Susan, que parecia empenhada em reviver doces lembranças naquela noite. – Nunca vou me esquecer, nunquinha. Ela veio visitar certa noite quando você tinha uns três anos, e Walter e você estavam brincando no quintal com um filhote de gato. Havia um grande tonel com água da chuva perto da calha que eu estava guardando para fazer sabão. Vocês dois começaram a brigar por causa do gatinho. Walter estava de um lado do tonel em cima de uma cadeira, segurando o filhote, e você estava em cima de uma cadeira, do outro lado. Você se inclinou sobre o tonel, agarrou o gato e o puxou. Você nunca fez cerimônia para conseguir o que quer. Walter segurou com firmeza e o coitadinho gritou, mas você puxou o menino e o bicho para a frente até que ambos perderam o equilíbrio e caíram na água, com gato e tudo. Se eu não estivesse por perto, teriam se afogado. Eu corri e puxei os três antes que algo acontecesse. Sua mãe, que viu tudo pela janela de cima, desceu e deu uma boa sova em você, que estava encharcado. Ah – exclamou Susan –, aqueles foram dias muito felizes de Ingleside.

– Devem ter sido – disse Ken. Sua voz parecia estranha, tensa. Rilla supôs que a paciência dele havia se esgotado. A verdade é que ele não disse mais nada por medo de não aguentar e cair na gargalhada.

– Já Rilla nunca apanhou – disse Susan, olhando afeiçoadamente para a dama infeliz. – Ele foi uma criança muito bem-comportada, na maior parte do tempo. Só levou uma surra do pai uma vez. Ela pegou dois frascos de comprimidos no escritório do pai e apostou com Alice Clow quem conseguiria engolir todos primeiro, e, se o pai dela não tivesse aparecido bem na hora, elas não teriam chegado ao anoitecer vivas. Acabaram ficando muito doentes pouco tempo depois. Mas, enfim, o doutor lhe deu uma lição tão boa que ela nunca mais ousou xeretar o escritório dele. Fala-se muito hoje em dia de uma coisa chamada "persuasão moral", só que eu acho que é muito melhor uma coça bem dada... e sem choradeira.

Rilla se perguntou com raiva se Susan pretendia contar todas as surras da família.

– E me lembro de que o pequeno Tod MacAllister, que morava do outro lado do porto, matou-se desse jeito. Ele comeu uma caixa inteira de laxantes achando que eram balas. Foi muito triste. Foi o cadáver mais bonitinho que já vi – disse Susan com franqueza. – Foi muita imprudência da mãe deixar os remédios onde ele pudesse pegá-los, se bem que ela era conhecida por ser avoada. Um dia ela achou um ninho com cinco ovos enquanto atravessava os campos para ir à igreja com um vestido azul de seda novo. Ela colocou os ovos nos bolsos da anágua, mas, quando chegou à igreja, ela acabou se esquecendo e se sentou em cima deles. O vestido dela ficou arruinado, sem falar na anágua. Por acaso o Tod não é parente seu? Sua bisavó West era uma MacAllister. O irmão dela, Amos, era um religioso fervoroso. Só que você se parece mais com seu avô West do que com os MacAllisters. Ele morreu de derrame quando ainda era jovem.

– Você encontrou algum conhecido no armazém? – perguntou Rilla em desespero, na esperança de direcionar a conversa de Susan para assuntos mais agradáveis.

– Ninguém, exceto Mary Vance – disse Susan –, que estava mais feliz que a pulga de um irlandês!

Que expressões terríveis Susan usava! Será que Kenneth acharia que ela aprendeu com a família?

– Quem a ouve falar de Miller Douglas chega a acreditar que ele foi o único jovem de Glen que se alistou – continuou Susan. – É claro que ela sempre foi de se gabar, e tenho de admitir que tem boas qualidades, o que teria sido difícil de acreditar na vez em que ela perseguiu Rilla pela vila com um bacalhau seco até que a pobrezinha caiu de cara em uma poça de lama na frente do armazém do Flagg Carter.

Rilla congelou de fúria e de vergonha. Havia mais alguma história infame do passado dela que Susan pudesse resgatar? Quanto a Ken, ele poderia ter gritado para que Susan se calasse, no entanto ele jamais insultaria a governanta de sua amada e por isso mantinha uma expressão sobre-humana e solene, que para a pobre Rilla parecia desdenhosa e ofendida.

– Paguei onze centavos por um frasco de tinta – reclamou Susan. – Está o dobro do preço do ano passado. Talvez seja porque Woodrow Wilson anda escrevendo muitas notas. Minha prima Sophia diz que o presidente Wilson não é o homem que ela achava que fosse (o que ela fala de todos os homens). Não sei muito sobre os homens e nunca fingi saber, sendo uma solteirona, mas minha prima Sophia é muito dura com eles, ainda que tenha se casado com dois, o que é o suficiente no meu entender. A chaminé de Albert Crawford desmoronou durante a tempestade que tivemos na semana passada. Ao ouvir o barulho dos tijolos caindo no telhado, Sophia achou que fosse um ataque aéreo de zepelins e ficou histérica. A senhora Crawford disse que um ataque aéreo teria sido menos ruim.

Rilla continuava sentada como se estivesse hipnotizada. Ela sabia que Susan só pararia de falar quando estivesse pronta e que nada neste mundo a faria se calar antes. Ela sempre gostou muito de Susan, mas naquele momento ela a odiava mortalmente. Eram dez horas. Ken logo teria de ir embora, os outros logo voltariam para casa, e ela sequer teve a chance de explicar para Ken que Fred Arnold não preenchia nenhum vazio na vida dela e nunca o faria. O castelo de arco-íris ruía ao redor dela.

Kenneth levantou-se por fim, percebendo que Susan não iria embora enquanto ele estivesse ali. Era uma caminhada de cinco quilômetros até a casa de Martin West, do outro lado do porto. Ele se perguntou se Rilla havia armado aquilo com Susan para não querer ficar a sós com ele, por medo de que ele dissesse algo que a namorada de Fred Arnold não podia ouvir. Rilla também se levantou e o acompanhou até os degraus da varanda. Ali ficaram parados por um momento, Ken no degrau mais baixo. A madeira estava quase enterrada na terra, e um arbusto de hortelã crescia ao redor das beiradas. Com frequência, as folhas eram pisoteadas pelas pessoas que iam e vinham e liberavam sua essência pungente, que envolvia os dois como uma nuvem invisível de bênção. Ken olhou para Rilla, cujo cabelo reluzia sob o luar. Os olhos dela eram como poças de fascinação. De repente, ele soube que as fofocas sobre Fred Arnold eram infundadas.

– Rilla – disse ele com um sussurro repentino e intenso. – Você é uma verdadeira doçura.

Rilla corou e olhou para Susan. Ken também olhou, e viu que ela estava de costas. Ele então abraçou Rilla e a beijou. Foi o primeiro beijo dela. Rilla pensou que talvez devesse ficar aborrecida, mas não foi o que ela sentiu. Em vez disso, ela olhou timidamente dentro dos olhos ávidos de Kenneth; o olhar dele era como um beijo.

– Rilla-a-Marilla – disse Ken –, promete que não beijará mais ninguém até que eu volte?

– Sim – disse Rilla, tremendo de emoção.

Susan virou-se. Ken a soltou e afastou-se.

– Tchau – disse casualmente. Rilla ouviu-se respondendo o mesmo com a mesma casualidade. Ela ficou ali parada observando-o sair pelo portão e tomar a estrada. Quando os pinheiros o ocultaram, ela de súbito soltou um murmúrio com a voz embargada e correu até o portão, enroscando a saia nos arbustos em flor. Inclinando-se por cima do portão, ela viu a figura ereta e iluminada pela lua de Kenneth caminhar depressa. Ao aproximar-se da curva, ele parou, olhou para trás e a viu parada entre os lírios. Kenneth acenou, ela acenou de volta, e então ele desapareceu na curva.

Rilla ficou ali parada por um tempo, contemplando os campos prateados e enevoados. Ela tinha ouvido a mãe dizer certa vez que adorava curvas em estradas porque eram misteriosas e instigantes. Rilla concluiu que as detestava. Ela testemunhara Jem e Jerry sumirem ao dobrarem a estrada, e então Walter, e agora Ken. Irmãos, colegas e um namorado, todos se foram, talvez para nunca mais voltar. O flautista continuava tocando, e a dança da morte continuava.

Rilla voltou sem pressa para casa. Susan ainda estava na varanda e fungava suspeitamente.

– Estive pensando nos velhos tempos da Casa dos Sonhos, querida Rilla, quando os pais de Kenneth ainda se cortejavam, Jem era só um neném e você ainda nem estava nos planos. Foi tudo muito romântico, e a mãe dele e a sua eram boas amigas. E pensar que eu vivi para vê-lo ir para o front. Como se ela já não tivesse tido problemas suficientes na vida! Mas temos que respirar fundo e ser valentes.

Toda a raiva de Rilla por Susan evaporou-se. Com o beijo de Kenneth ainda ardendo nos lábios e o profundo significado da maravilhosa promessa que ele pediu a ela vibrando no coração e na alma, ela não era capaz de ficar brava. Ela colocou a mão branca e esguia sobre a mão morena e calejada dela e a apertou carinhosamente. Susan era uma amiga antiga e fiel, que daria a vida por qualquer um deles.

– Você está exausta, querida Rilla. É melhor ir para a cama – disse Susan, dando tapinhas na mão dela. – Notei que estava cansada demais para conversar. Ainda bem que cheguei a tempo para ajudá-la. É muito extenuante fazer sala para rapazes quando não se tem o costume.

Rilla levou Jims para o quarto e foi para a cama, mas antes ela passou um bom tempo na janela reconstruindo o castelo de arco-íris, acrescentando vários domos e torres.

– Eu me pergunto – disse para si – se estou comprometida com Kenneth Ford ou não.

# As semanas passam

Rilla leu sua primeira carta de amor em seu recanto à sombra dos pinheiros no Vale do Arco-Íris. Não importa o que pensem os adultos tediosos, a primeira carta de amor de uma garota é extremamente importante.

Duas semanas de ansiedade e marasmo se passaram depois que o regimento de Kenneth deixou Kingsport, e, quando a congregação entoava na igreja, aos domingos, a canção "Oh, Senhor, ouça nosso pranto, por aqueles que perecem no mar", a voz de Rilla sempre falhava, uma vez que as palavras conjuravam imagens horríveis e vívidas de um navio sendo tragado pelas ondas implacáveis em meio ao desespero e o choro de homens que se afogavam. Então veio a notícia de que o regimento de Kenneth havia desembarcado em segurança na Inglaterra; e agora, finalmente, ali estava uma carta dele. Ela começava com algo que deixou Rilla muito feliz e terminava com um parágrafo maravilhoso e emocionante que fez as bochechas dela corar. Os escritos eram alegres e informativos como os de uma epístola que ele poderia ter dirigido a qualquer pessoa, mas o início e a conclusão fizeram com que Rilla dormisse com ela debaixo do travesseiro durante semanas, acordando muitas vezes no meio da noite para tocá-la, e olhasse com pena para as outras garotas cujos namorados não seriam capazes de escrever algo tão incrível e primoroso. Kenneth não era o filho de um escritor famoso à toa. Ele "levava jeito" para se expressar por meio de palavras sucintas e significativas que sugeriam muito mais do que seus meros significados. Por mais que Rilla as relesse com frequência, elas nunca perdiam o encanto e o frescor. Ela voltou para casa como se estivesse caminhando sobre as nuvens.

Entretanto, tais momentos revigorantes foram escassos naquele outono. Certo dia chegou a notícia de uma importante vitória dos Aliados que fez com que Susan corresse para hastear a bandeira. Foi a primeira vez desde que os russos haviam recuado, e a última por muitas luas angustiantes.

– Parece que o Grande Ataque finalmente começou, querida senhora – exclamou ela –, e em breve veremos a derrocada dos hunos. Nossos garotos voltarão a tempo do Natal. Viva!

Susan se sentiu envergonhada pelo grito de felicidade e imediatamente desculpou-se pelo comportamento juvenil.

– Eu me deixei levar por essa boa notícia depois do verão terrível que tivemos, com os recuos da Rússia e as baixas em Galípoli.

– Boas notícias, ora essa! – exclamou a senhorita Oliver. – Eu me pergunto se as mulheres dos homens que foram mortos concordariam. Só porque os nossos não estão naquela parte do front, estamos festejando como se a vitória não tivesse custado nenhuma vida.

– Querida senhorita Oliver, não pense assim – censurou Susan. – Não tivemos motivos para comemorar nos últimos tempos, e mesmo assim o número de mortes não parou de aumentar. Não se deixe abater como a pobre prima Sophia. Quando chegou a notícia, ela comentou: "Ah, é só um momento fugaz de felicidade. Nesta semana estamos no topo, mas na próxima voltaremos a despencar". Como sou incapaz de lhe dar o braço a torcer, tive que responder: "Bem, Sophia Crawford, nem Deus é capaz de criar duas montanhas sem um vale entre elas, mas isso não significa que não devemos celebrar quando alcançamos o cume". Só que a prima Sophia continuou resmungando. "A campanha de Galípoli foi um fracasso. Todo mundo sabe que o czar da Rússia é a favor dos alemães, os Aliados não têm munição suficiente, e a Bulgária está contra nós. O fim da guerra ainda está longe, pois a Inglaterra e a França precisam ser punidas pelos pecados mortais até que se arrependam cobrindo-se de pano de saco e cinzas"[32]. Eu disse: "Creio que eles pagarão de uniforme e com a lama das trincheiras, e acho que os hunos também têm lá os seus pecados". "Eles são instrumentos nas mãos de Deus, para limpar a eira"[33], argumentou Sophia. Aí eu perdi a paciência, querida senhora, e falei que não acreditava que Deus se valeria de instrumentos tão ímpios sob hipótese alguma e que considerava indecente da parte dela usar as Escrituras Sagradas levianamente em uma conversa trivial, já que ela não era um ministro da igreja e tampouco uma anciã. Por ora eu consegui calá-la. A prima Sophia não tem força de espírito. Ela é muito diferente da minha sobrinha que mora do outro lado do porto, a senhora Dean Crawford. Eles têm cinco meninos, e o bebê que está a caminho também é um menino. Todos da família ficaram muito desapontados porque queriam uma menina, especialmente Dean Crawford. No entanto, ela apenas riu e disse: "Em todos os lugares a que fui neste verão eu me deparei com a placa 'Precisa-se de homens'. Acha mesmo que eu teria uma menina nessas circunstâncias?". Eis aí um exemplo de força de espírito, querida senhora. A prima Sophia diria que a criança é só mais uma bucha de canhão.

A prima Sophia chegou ao ápice do pessimismo naquele outono sombrio, e até a otimista incorrigível da Susan teve dificuldade para lidar com ela. Quando a Bulgária se aliou à Alemanha, Susan comentou com sarcasmo: "Mais uma nação pedindo para apanhar". Porém, a situação da Grécia a deixou em um estado que sua filosofia de vida não foi capaz de atenuar.

---

32  Referência ao Antigo Testamento, Ester 4:1. (N. T.)
33  Referência ao Novo Testamento, Mateus 3:12. (N. T.)

– O rei da Grécia tem uma esposa alemã, querida senhora, e isso acaba com todas as minhas esperanças. Quem diria que eu viveria para me incomodar com a nacionalidade da esposa do rei Constantino! Aquele miserável está comendo nas mãos da esposa, o que é um péssimo hábito para qualquer homem. Nós, solteironas, temos que ser independentes se quisermos sobreviver. Mas, se fosse casada, querida senhora, eu seria obediente e humilde. Acho que aquela Sophia da Grécia é uma atrevida.

Susan ficou furiosa quando chegou a notícia de que Venizélos[34] tinha fracassado.

– Se pudesse, eu daria uma surra nesse Constantino e em seguida o esfolaria vivo – exclamou.

– Susan, estou surpreso com você – disse o doutor, fingindo preocupação. – Você não tem nenhum respeito pelos protocolos reais? Esfolá-lo vivo, tudo bem, mas não a surra.

– Ele teria mais juízo se tivesse levado uma surra quando era mais novo – retrucou Susan. – Suponho que príncipes nunca apanhem, o que é uma pena. Vejo que os Aliados lhe deram um ultimato. Eu teria lhes dito que é preciso mais do que ultimatos para lidar com uma víbora como Constantino. Talvez o bloqueio dos Aliados coloque um pouco de bom senso na cabeça dele. Só que eu acho que isso levaria um bom tempo, e o que seria da pobre Sérvia enquanto isso?

Eles viram o que aconteceu com a Sérvia, e durante o processo Susan ficou insuportável. Ela implicava com tudo e todos, menos o Kitchener, e caía com unhas e dentes no pobre presidente Wilson.

– Se ele tivesse cumprido com o dever e entrado na guerra antes, a Sérvia não estaria nessa bagunça – declarou.

– Mergulhar um país grande como os Estados Unidos na guerra, com sua população mista, seria muito sério – disse o doutor. Por vezes

---

34 Eleasténos Venizélos (1864-1936) era o primeiro-ministro da Grécia quando teve início a Primeira Guerra. Ele tentou persuadir o rei Constantino I a apoiar os Aliados, mas o rei optou pela neutralidade. (N. T.)

ele saía em defesa do presidente, não por achar que Wilson precisasse, e sim por pura vontade de provocar Susan.

– Talvez, querido doutor... talvez! Isso me faz lembrar da velha história da garota que disse à avó que iria se casar. "O casamento é algo sério", disse a idosa. "Sim, mas é ainda mais sério não se casar", respondeu a garota. E posso garantir por experiência própria, querido doutor. E acho que foi mais prudente os ianques se manterem fora da guerra do que entrar nela. Contudo, embora eu não saiba muito sobre os norte-americanos, acredito que eles ainda vão se envolver, com ou sem Woodrow Wilson, quando perceberem que essa guerra não é um curso por correspondência. Então – concluiu Susan energicamente, brandindo uma frigideira em uma das mãos e uma concha de sopa na outra –, o orgulho não os impedirá mais de lutar.

Em um fim de tarde amarelento e ventoso de outubro, Carl Meredith partiu. Ele se alistou no décimo oitavo aniversário. Então, John Meredith despediu-se dele com uma expressão resoluta. Seus dois filhos tinham ido para a guerra, e só lhe restava o pequeno Bruce. Ele amava Bruce e a mãe do menino imensamente. Todavia, os rapazes eram filhos de sua noiva da juventude, e Carl era o único com os olhos de Cecilia. Quando eles encararam o pai por cima do uniforme com um carinho profundo, o pálido ministro lembrou-se da primeira e última vez em que tentou bater em Carl, pela brincadeira com a enguia. Foi a primeira vez que ele percebeu o quanto os olhos do garoto se pareciam com os de Cecilia. Agora, ele via a semelhança mais uma vez. Será que ele voltaria a ver o olhar da esposa falecida na expressão do filho? Que rapaz belo e esbelto ele havia se tornado! Era mais do que difícil vê-lo partir. John Meredith imaginou uma planície destruída e repleta de corpos de "homens saudáveis entre dezoito e quarenta e cinco anos". Até alguns dias atrás Carl era só um garotinho caçando insetos no Vale do Arco-Íris, levando lagartos para a cama e escandalizando o vilarejo ao trazer sapos à escola dominical. Era quase uma injustiça ele ser um "homem saudável" de cáqui. Mesmo assim, John Meredith não disse uma palavra para tentar dissuadir o filho.

Rilla encarou a partida do Carl com muito pesar. Os dois sempre foram muito amigos. Ele era um pouco mais velho do que ela, e passaram a infância no Vale do Arco-Íris. Ela se recordou das antigas brincadeiras e escapadas enquanto caminhavam devagar para casa. A lua cheia espiou pelo céu nublado, lançando uma torrente repentina e estranha de luz, os fios dos telefones faziam um som estridente ao vento, e os cachos murchos e acinzentados de solidago nos cantos das cercas se agitavam e acenavam para ela como bruxas velhas sussurrando feitiços profanos. Em noites como essa, muito tempo atrás, Carl vinha até Ingleside e assoviava do portão. "Vamos fazer uma farra sob a lua", ele dizia, e os dois escapuliam para o Vale do Arco-Íris. Rilla nunca teve medo de besouros e outros bichos, com uma grande exceção das cobras. Costumavam conversar sobre quase tudo e eram alvo de provocações na escola; porém, quando tinham cerca de dez anos, eles juraram solenemente às margens do velho riacho do Vale do Arco-Íris que nunca se casariam um com o outro. Alice Clow escrevera por brincadeira na lousa que os dois iriam formar um casal. Eles não gostaram da ideia de forma alguma, e por isso fizeram o juramento naquela mesma noite. Um pouco de prevenção não faria mal algum. Rilla riu da velha lembrança e então suspirou. Naquele dia, um jornal de Londres publicara que "aquele era o momento mais sombrio desde o começo da guerra". E era mesmo. Rilla desejou desesperadamente poder fazer algo além de esperar e trabalhar em casa enquanto os garotos que ela conhecia iam para a guerra. Quem dera ela fosse um rapaz, correndo de uniforme em direção ao front lado a lado com Carl! Ela havia desejado o mesmo em um impulso romântico quando Jem partiu, talvez sem uma intenção verdadeira. Agora, tinha certeza. Havia momentos em que aguardar em casa, com segurança e conforto, parecia impossível.

A lua passou por uma nuvem especialmente escura, fazendo com que ondas de sombras e luar encobrissem Glen. Rilla lembrou-se de uma noite enluarada da infância em que disse para a mãe que a lua parecia estar muito, muito triste. Rilla achou que ela ainda parecia ter um rosto angustiado e embrutecido pela preocupação, como se fosse testemunha de coisas horríveis. O que será que ela via no front? Na Sérvia destruída? Na devastação de Galípoli?

– Estou cansada dessa avalanche de emoções, em que cada dia traz novos horrores ou a expectativa deles – dissera a senhorita Oliver naquele dia, em uma rara demonstração de impaciência. – Ah, não me olhe com esse olhar de reprovação, senhora Blythe. Não há nada de heroico em mim hoje. Sinto-me arrasada. Gostaria que a Inglaterra tivesse deixado a Bélgica à própria sorte, que o Canadá nunca tivesse enviado um homem sequer, que pudéssemos amarrar nossos garotos no avental e nunca deixá-los partir. Sim, eu sei que terei vergonha de mim mesma daqui a meia hora, mas neste minuto defendo cada uma das minhas palavras. Os Aliados nunca terão uma vitória?

– Com paciência se chega longe – disse Susan.

– Enquanto os cavaleiros do apocalipse galopam como trovões em nossos espíritos – retrucou a senhorita Oliver. – Diga-me, Susan, você nunca... você nunca tem momentos em que precisa gritar, ou praguejar, ou quebrar alguma coisa simplesmente porque seu sofrimento chegou a um nível insustentável?

– Eu nunca praguejei ou tive vontade de praguejar, querida senhorita Oliver, mas tenho de admitir que já passei por ocasiões em que foi um alívio bater em algo – respondeu Susan com toda a franqueza.

– Você não acha que isso é parecido com praguejar? Qual é a diferença entre bater uma porta com toda a força e dizer...

– Querida senhorita Oliver – interrompeu Susan, desesperada para salvar Gertrude de si mesma da maneira mais humana possível –, você está exausta e sem energia. E não é por menos, depois de passar o dia ensinando aqueles jovens desregrados e ainda ter que ouvir notícias ruins da guerra. Vá para seu quarto e deite-se, que eu levarei uma xícara de chá quente e uma torrada. Logo você não desejará mais bater portas ou esbravejar.

– Susan, você é uma alma boa. Uma joia! Porém, seria um alívio poder dizer um mísero...

– Também levarei uma garrafa de água quente para seus pés – interpôs Susan com firmeza. – E acrescento que não traria nenhum alívio dizer o que você está pensando, senhorita Oliver, escreva o que estou dizendo.

– Bem, vou tentar a garrafa de água, então – disse a senhorita Oliver, arrependida de ter provocado Susan, antes de subir as escadas. Aliviada, Susan balançou a cabeça enquanto enchia a garrafa. A guerra certamente estava mudando os padrões de comportamento para pior. Ali estava a senhorita Oliver, a ponto de proferir blasfêmias.

– É preciso diminuir a circulação de sangue na cabeça – disse Susan –, e, se a garrafa não der certo, verei o que posso fazer com um emplastro de mostarda.

Gertrude recobrou o ânimo e seguiu em frente. Lorde Kitchener foi para a Grécia, e Susan previu que logo Constantino teria uma mudança de atitude. Lloyd George[35] começou a importunar os Aliados a respeito de equipamentos e armas, e Susan teve um presságio de que ainda voltariam a ouvir falar daquele sujeito. As Forças Armadas da Austrália e da Nova Zelândia se retiraram de Galípoli, o que Susan aprovou com ressalvas. O cerco de Kut El Amara teve início, e Susan debruçou-se sobre os mapas da Mesopotâmia e insultou os turcos. Henry Ford partiu para a Europa, e Susan o criticou com sarcasmo. *Sir* Douglas Haig substituiu *sir* John French no comando da Força Expedicionária Britânica, e Susan opinou que era uma má estratégia trocar de cavalo no meio da batalha. "Para ser sincera, Haig é um nome que soa bem, enquanto French parece estrangeiro, digam o que quiser." Nenhuma jogada no tabuleiro de xadrez escapava de Susan, que antes lia apenas a coluna social de Glen St. Mary. "Houve uma época em

---

35  David Lloyd George (1863-1945), estadista britânico. Tornou-se Ministro das Munições em 1915 e Secretário da Guerra em 1916. (N. T.)

que eu não me importava com o que acontecia fora da Ilha do Príncipe Edward", lamentou, "e agora um rei não pode ter uma dor de dente na Rússia ou na China sem me deixar preocupada. Pode ser muito bom para a mente expandir os horizontes, como diz o doutor, mas é muito doloroso para o coração".

Quando o Natal chegou mais uma vez, Rilla não colocou nenhum prato nos lugares dos ausentes na mesa. Duas cadeiras vazias eram demais para Susan, que em setembro havia achado que não teria nenhum.

"É o primeiro Natal que Walter não passa em casa", escreveu Rilla em seu diário naquela noite. "Jem costumava passar o Natal em Avonlea, mas Walter sempre estava aqui. Recebi cartas dele e de Ken hoje. Eles ainda estão na Inglaterra e esperam ser enviados para as trincheiras em breve. E aí... bem, espero ser forte o bastante de alguma forma. Para mim, a coisa mais estranha desde 1914 é como aprendemos a aceitar coisas que nunca achamos que poderíamos e seguir vivendo apesar de tudo. Sei que Jem e Jerry estão nas trincheiras, que Ken e Walter logo estarão também, que se algum deles não voltar meu coração se partirá. Ainda assim, continuo trabalhando e fazendo planos. Sim, até aproveito a vida às vezes. Há momentos em que nos divertimos para valer porque, só por aquele instante, não estamos pensando em nada, e então nos lembramos, o que é pior do que pensar na guerra o tempo inteiro."

"Hoje foi um dia sombrio e nublado, e a noite está propícia para um escritor em busca de inspiração para uma história sobre um assassinato ou um rapto, como diria a senhorita Oliver. As gotas de chuva escorrendo pelos vidros se parecem com lágrimas, e o vento uiva pelo bosque de bordos."

"Esse não foi um bom Natal. Nan estava com dor de dente, e Susan, com os olhos vermelhos, fazendo de tudo para nos convencer do contrário; Jims passou o dia com um forte resfriado, e temo que esteja com crupe de novo, o que ele já teve duas vezes desde outubro. Na primeira vez eu quase morri de preocupação, porque o papai e a mamãe não estavam em casa. Tenho a impressão de que eles nunca estão aqui quando alguém da família fica doente. Mas Susan soube o que fazer, com calma e frieza, e pela manhã Jims já estava melhor. Aquela criança é uma mistura de pato com um diabrete. Ele está com um ano e quatro meses, engatinha por todos os lados e pronuncia algumas palavras. É adorável a forma como me chama de "Willa-will". Sempre me faz lembrar daquela noite absurda e deliciosa quando Ken veio se despedir, em que eu fiquei tão furiosa e feliz. Jims tem a pele rosada e branca, olhos grandes, cabelos cacheados, e vez ou outra eu descubro uma nova covinha nele. Mal posso acreditar que ele é a mesma criaturinha feia, birrenta, mirrada e anêmica que eu trouxe para casa dentro de uma sopeira. Nunca mais se ouviu falar de Jim Anderson. Mesmo se retornar, pretendo ficar com Jims para sempre. Todo mundo aqui de casa o venera e o mima ou mimaria se Morgan e eu não o protegêssemos incansavelmente. Susan diz que Jims é a criança mais inteligente que ela já viu e que nota certa malícia nele. Isso porque Jims empurrou o pobre Doc para fora de uma janela no segundo andar um dia desses. Ele se transformou no Senhor Hyde durante a queda e aterrissou em um arbusto de groselha, rosnando e xingando. Tentei consolar o gatinho interior dele com um pires de leite, mas ele nem se interessou e passou o resto do dia como o Senhor Hyde. A última arteirice de Jims foi pintar com melaço a almofada de uma grande poltrona da sala de estar. Antes que alguém pudesse perceber, a senhora Fred Clow chegou para uma reunião da Cruz Vermelha e sentou-se nela. O vestido de seda novo dela ficou arruinado, e ninguém pôde culpá-la por ter ficado irritada. Aí ela teve um de seus chiliques e disse coisas horríveis, além de ter me dado uma bronca sobre estar 'estragando' Jims, o que quase me fez perder a paciência. Só que eu segurei até ela ir embora antes de explodir."

"'Aquela velha grosseira e horrível', eu exclamei. Que satisfação foi dizer isso."

"'Os três filhos dela estão no front', repreendeu-me a mamãe."

"'Suponho que isso justifique a falta de educação dela', retruquei. Porém, eu me arrependi em seguida. Era verdade que todos os filhos dela tinham ido para a guerra e que ela vinha enfrentando a situação com valentia; além disso, era um dos pilares da Cruz Vermelha. É difícil lembrar-se de todas as heroínas. Aquele também era seu segundo vestido em um ano, justo quando todos estavam, ou deveriam estar, tentando 'poupar e colaborar'."

"Tive que voltar a usar meu chapéu de veludo verde novamente, pois o de palha azul já está mais do que gasto. Como eu odeio aquele chapéu verde! É muito elaborado e chamativo. Não entendo por que gostei dele de início. Todavia eu jurei que o usaria e vou cumprir com a minha palavra."

"Shirley e eu fomos até a estação nesta manhã levar um almoço de Natal de arrasar para o Segunda-feira. O cachorro continua lá, vigiando e aguardando com a mesma esperança e determinação de sempre. Algumas vezes ele passeia pela estação e conversa com as pessoas, e o resto do tempo ele passa na casinha dele, sem tirar os olhos dos trilhos. Paramos de tentar trazê-lo para casa, e se Jem... nunca mais voltar... o Segunda-feira continuará esperando por ele até quando seu coração canino aguentar."

"Fred Arnold veio aqui na noite passada. Ele fez dezoito anos em novembro e se alistará assim que a mãe dele se recuperar de uma operação. Ultimamente ele me visita com frequência, e isso me deixa desconfortável. Embora goste muito dele, tenho medo de que ele ache que talvez eu queira algo mais. Não posso contar sobre Ken para ele. Afinal, o que eu contaria? Ainda assim, não quero ser fria e distante sabendo que ele partirá em breve. Eu costumava achar que seria divertido ter vários namorados, e agora tenho um dilema porque dois já são demais."

"Estou aprendendo a cozinhar. Susan está me ensinando. Tentei aprender há muito tempo. Não, verdade seja dita: Susan tentou me ensinar, o que é completamente diferente. Porém, eu não conseguia fazer nada direito, e isso me desencorajou. Mas, depois que os garotos partiram, eu resolvi aprender a fazer bolos e coisas do tipo para eles por conta própria, e dessa vez estou indo surpreendentemente bem. Susan fala que o segredo é ficar de boca fechada, e o papai afirma que meu cérebro está ávido para aprender agora. Atrevo-me a dizer que ambos estão certos. De qualquer forma, aprendi a fazer biscoitos amanteigados e bolo de frutas. Senti-me ousada na semana passada e tentei fazer profiteroles, mas foi um fracasso total. Eles saíram do forno chatos como panquecas. Pensei que o creme os preencheria e os deixaria fofos, mas não deu certo. Acho que Susan ficou secretamente feliz. Ela é mestre na arte de fazer profiteroles e ficaria frustrada se alguém mais soubesse fazê-los. Eu me pergunto se ela deixou de ensinar algum dos passos... não, ela não faria isso."

"Miranda Pryor passou a tarde aqui alguns dias atrás, ajudando-me a fazer um tipo de roupa para a Cruz Vermelha conhecido pelo nome charmoso de 'camisa de praga'. Susan considera esse nome indecente, então eu sugeri 'roupão de quirana', que é como o velho Highland Sandy o chama. Ela só balançou a cabeça. Eu a ouvi comentar com a mamãe que 'roupão' e 'quirana' não são assuntos para uma moça jovem. Ela ficou especialmente horrorizada quando Jem escreveu em uma carta para a mamãe: 'Diga a Susan que fiz uma caça aos piolhos com o pente fino nesta manhã e peguei cinquenta e seis!' Ela ficou verde. 'Querida senhora', comentou, 'quando eu era pequena, se as pessoas tinham a infelicidade de pegar... esses insetos... elas mantinham o mais absoluto segredo. Por mais que não queira parecer antiquada, ainda acho melhor não mencionar esse tipo de coisa.'"

"Miranda resolveu me contar todos os problemas dela enquanto costurávamos. Ela se sente profundamente infeliz. Ficou noiva de Joe Milgrave, que se alistou em outubro e desde então está em treinamento em Charlottetown. O pai de Miranda ficou furioso quando ele se voluntariou e a proibiu de manter qualquer tipo de comunicação com ele. O coitado do Joe pode ser enviado para o estrangeiro a qualquer momento e quer se casar com Miranda antes de partir, o que mostra que houve comunicação entre eles apesar das ordens do Bigodinho. Ela quer se casar com ele e não pode e declarou que está inconsolável."

"Eu perguntei: 'Por que você não foge e se casa com ele?'. Não senti nenhum peso na consciência por lhe dar esse conselho. Joe Milgrave é um rapaz esplêndido, e o senhor Pryor o admirava até a guerra começar. Assim, acredito que ele perdoará Miranda rapidamente quando tudo isso acabar e ele precisar de alguém para cuidar da casa. No entanto, Miranda balançou a cabeça com tristeza. 'Foi o que Joe me pediu, mas não posso. A última coisa que a mamãe me disse no leito de morte foi 'Nunca, nunca fuja de casa, Miranda', e eu lhe prometi'."

"A mãe dela morreu dois anos atrás e, de acordo com Miranda, o pai e a mãe dela fugiram para se casar. Não sou capaz de imaginar o Bigodinho como o herói de uma aventura romântica, mas foi assim que aconteceu, e a senhora Pryor arrependeu-se ainda em vida. Ela teve uma vida difícil ao lado do senhor Pryor que considerava uma punição por ter se casado às escondidas. Por esse motivo fez a filha prometer que nunca faria o mesmo."

"É evidente que não se pode persuadir uma garota a quebrar uma promessa feita à mãe à beira da morte, de maneira que não me ocorreu nenhuma ideia a não ser dizer para que se casassem na casa dela quando o Bigodinho estivesse fora. Miranda alegou que isso não seria possível. O pai dela suspeitava de que ela pudesse fazer algo do tipo e nunca se ausentava por muito tempo. Além do mais, Joe não conseguiria uma licença em tão pouco tempo. 'Terei que simplesmente deixá-lo partir, e ele será morto, tenho certeza, e meu coração se partirá', disse Miranda com lágrimas que escorriam e pingavam copiosamente nas camisas de praga."

"Não escrevo assim por falta de compaixão pela pobre Miranda. Desenvolvi o hábito de dar um ar cômico às coisas sempre que posso quando escrevo ao Jem, ao Walter e ao Ken para fazê-los rir. Tenho muita pena de Miranda, que está perdidamente apaixonada por Joe e profundamente envergonhada pelo fato de o pai simpatizar com os alemães. Acho que ela sabe disso, pois disse que queria desabafar comigo porque eu tinha me tornado muito mais compreensiva no último ano. Sei que eu costumava ser uma criatura egoísta e imprudente, e sinto vergonha ao me lembrar de como era. Assim, creio que não sou tão ruim como era antes."

"Gostaria de poder ajudar Miranda. Seria muito romântico planejar um casamento em plena guerra, e eu adoraria dar uma lição no Bigodinho. Entretanto, o oráculo ainda não se pronunciou."

# Um casamento de guerra

– Vou falar uma coisa para você, querido doutor – disse Susan, lívida de tanta ira –, a Alemanha chegou ao extremo do ridículo.

Estavam todos na grande cozinha de Ingleside. Susan preparava pãezinhos para a hora do almoço. A senhora Blythe fazia biscoitos amanteigados para Jem, e Rilla embrulhava guloseimas para Ken e Walter. Antes ela se referia mentalmente a eles como "Walter e Ken", mas de maneira inconsciente o nome de Ken passou a vir antes. A prima Sophia também estava lá, tricotando fiel e melancolicamente. Ela sentia no fundo do âmago que todos os garotos seriam mortos, todavia era melhor que morressem com os pés aquecidos.

A cena pacata foi interrompida pela chegada abrupta do doutor, encolerizado e afoito por causa do incêndio do parlamento em Ottawa. Susan automaticamente ficou tão furiosa quanto ele.

– O que os hunos farão depois disso? – quis saber. – Ora essa, vir até aqui para incendiar o edifício do nosso parlamento! Que ultraje!

– Não sabemos se os alemães são os responsáveis – disse o doutor, por mais que achasse que fossem. – Incêndios acontecem mesmo sem a participação deles. O celeiro do tio Mark MacAllister pegou fogo na semana passada. Nesse caso não dá para acusar os alemães, Susan.

– Concordo, querido doutor – Susan assentiu com a cabeça de maneira lenta e portentosa –, o Bigodinho esteve lá naquele mesmo dia. E o fogo começou meia hora depois que foi embora. São fatos, mas não vou acusar um ancião da igreja presbiteriana de incendiar o celeiro de alguém sem provas. Só que todo mundo sabe que o tio Mark discursa em todas as reuniões de recrutamento e que os dois garotos dele se alistaram, querido doutor. Não resta dúvida de que a Alemanha está ansiosa para se vingar dele.

– Eu não conseguiria falar em uma reunião de recrutamento – disse a prima Sophia solenemente. – Minha consciência não permitiria que eu pedisse ao filho de outra mulher para ir à guerra, para matar e ser morto.

– Será? – perguntou Susan. – Bem, Sophia Crawford, depois de descobrir que não restou nenhuma criança com menos de oito anos viva na Polônia, eu seria capaz de pedir para qualquer pessoa. Pense nisto, Sophia Crawford – Susan apontou um dedo cheio de farinha para ela –, nenhuma... criança... com... menos... de... oito... anos!

– Suponho que os alemães as devoraram – suspirou a prima Sophia.

– Bem, não! – disse Susan relutantemente, como se odiasse admitir que havia crimes dos quais os hunos não eram culpados. – Até onde eu saiba, os alemães não viraram canibais. As pobres criaturinhas morreram de fome e frio. Isso é assassinato, prima Sophia Crawford. Só de imaginar, perco o apetite.

– Fred Carson, de Lowbridge, ganhou uma medalha de Conduta Distinta – comentou o doutor, lendo o jornal local.

– Ouvi falar disso na semana passada – disse Susan. – Ele é mensageiro do batalhão e demonstrou muita valentia. Ele escreveu uma carta contando o feito, que chegou quando a avó dele estava no leito de morte. A senhora Carson tinha só mais alguns minutos de vida, e o ministro episcopal perguntou se ela gostaria que ele rezasse. "Ah, sim, sim, pode rezar", foi a resposta impaciente. Ela era uma Dean, querido doutor, e eles sempre foram enérgicos. "Pode rezar, mas, pelo amor de Deus, reze baixinho para não me incomodar. Quero saborear essa notícia esplêndida, e não tenho muito tempo." Essa era Almira Carson. Fred era seu maior orgulho. Aos setenta e cinco anos de idade, ela não tinha um fio grisalho sequer na cabeça, segundo contam.

– Por falar nisso, hoje eu encontrei meu primeiro fio grisalho – disse a senhora Blythe.

– Já faz algum tempo que eu o notei, querida senhora, só não falei nada. Pensei comigo mesma que você já tem muito o que suportar. Agora que o notou, permita-me dizer que cabelos grisalhos são símbolos de dignidade.

– Devo estar ficando velha, Gilbert. – A senhora Blythe riu com pesar. – As pessoas estão começando a comentar que pareço muito jovem. Ninguém diz isso quando se é de fato jovem. Só que não vou me preocupar com esse fio grisalho. Nunca gostei dos meus cabelos ruivos. Gilbert, eu lhe contei da vez em que tingi o cabelo, quando ainda morava em Green Gables? Ninguém mais além da Marilla soube o que realmente aconteceu.

– Foi quando você cortou os cabelos bem curtinhos?

– Sim. Eu comprei um frasco de tintura de um mascate alemão e, na minha inocência, achei que ela deixaria os meus cabelos pretos. Só que eles ficaram verdes. Aí, fui obrigada a cortá-los.

– Você teve sorte, querida senhora – exclamou Susan. – É claro, você era jovem demais para saber quem são os alemães. Graças à misericórdia da Divina Providência, era tinta verde, e não veneno.

– Parece que foi há centenas de anos – suspirou a senhora Blythe. – Os dias de Green Gables pertencem a outro mundo. O abismo da guerra separou a vida em duas partes. Não sei o que o futuro nos reserva. Só sei que não será igual ao passado. Pergunto-me se nós, que vivemos metade de nossa vida no velho mundo, conseguiremos nos sentir em casa no novo mundo.

A senhorita Oliver olhou por cima do livro que lia e perguntou:

– Já notaram que tudo que foi escrito antes da guerra parece ser tão antigo quanto a *Ilíada*? Como este poema de Wordsworth (a classe sênior o tem fixado na porta de entrada) que li recentemente. A calma, a serenidade clássica e a beleza dos versos parecem oriundas de outro planeta e não lembram em nada o caos do mundo atual.

– A única leitura que me conforta hoje em dia é a da Bíblia – disse Susan, colocando os biscoitos no forno. – Há muitas passagens que parecem descrever com exatidão os hunos. O velho Highland Sandy afirma com toda a certeza que o cáiser é o anticristo descrito no livro do Apocalipse, mas acho que não chega a tanto. Na minha humilde opinião, seria uma honra grande demais para ele.

Vários dias depois, Miranda Pryor chegou bem cedinho a Ingleside decidida a costurar para a Cruz Vermelha, quando na verdade sua intenção era desabafar com Rilla os problemas que não era capaz de suportar sozinha. Ela trouxe junto seu cachorro, um animalzinho roliço e de pernas curvadas que lhe era muito querido por ter recebido de presente, quando ainda era filhote, de Joe Milgrave. O senhor Pryor não gostava de cães; porém, como naquela época ainda considerava Joe um bom partido para a filha, ele permitiu que o cachorro ficasse. Miranda ficou tão grata que resolveu agradar ao pai batizando o animal de estimação em homenagem ao ídolo político dele, o grande chefe liberal, *sir* Wilfrid Laurier[36], título que logo foi abreviado para Wilfy. *Sir* Wilfrid foi crescendo e ficando cada vez mais gordo. Miranda o mimava absurdamente, e ninguém mais gostava dele. Rilla o detestava em especial por causa do hábito de deitar-se de costas e abanar as patinhas para que fizessem carinho na barriga lisa. Rilla notou que a jovem trazia nos olhos a prova incontestável de ter chorado a noite inteira e a convidou para irem até o quarto, mas pediu que o *sir* Wilfrid permanecesse ali embaixo.

---

36  *Sir* Henri Charles Wilfrid Laurier (1841-1919) foi o primeiro-ministro do Canadá de 1896 até 1911. (N. T.)

– Ah, ele não pode vir também? – pediu Miranda em tom lacrimoso.
– O coitadinho não vai incomodar, e eu limpei com cuidado as patas dele antes de entrarmos. Ele sempre se sente muito solitário em um lugar estranho sem mim... e em breve será... tudo que me resta de Joe.

Rilla consentiu, e o *sir* Wilfrid saltitou pela escada na frente delas, com o rabo atrevido encurvado sobre as costas malhadas.

– Ah, Rilla – soluçou Miranda quando chegaram ao santuário.
– Estou tão infeliz. Não consigo nem descrever o quanto. Sinto que meu coração está literalmente estilhaçado.

Rilla sentou-se na cadeira ao lado dela. O *sir* Wilfrid sentou-se sobre as patas traseiras, com a língua rosa impertinente para fora, e ouviu com atenção.

– O que aconteceu, Miranda?

– Joe está de licença pela última vez e chegará nesta noite. Recebi uma carta dele no sábado. Ele escreve para mim por intermédio de Bob Crawford, sabe, por causa do papai. Ah, Rilla, ele ficará aqui apenas quatro dias e irá embora na sexta-feira de manhã, e talvez nunca mais nos veremos.

– Ele ainda quer se casar com você? – perguntou Rilla.

– Ah, sim. Na carta ele implora para fugirmos e nos casarmos, mas não posso fazer isso, Rilla, nem por Joe. Meu único alento é saber que poderei vê-lo brevemente amanhã de tarde. O papai irá para Charlottetown a negócios. Pelo menos vamos poder nos despedir adequadamente. Só que depois... ora, Rilla, sei que o papai não me deixará ir até a estação para me despedir dele.

– E por que diabos vocês não se casam amanhã de tarde na sua casa? – exclamou Rilla.

Miranda ficou tão espantada que engoliu um soluço e quase se engasgou.

– É que... é que... seria impossível, Rilla.

– Por quê? – insistiu a organizadora do comitê júnior da Cruz Vermelha e transportadora de bebês em sopeiras.

– Porque... bom, nunca pensamos nisso. Joe não tem uma licença, eu não tenho um vestido apropriado. Não posso me casar de preto. Eu... eu... você... você... – Miranda desmoronou por completo. O *sir* Wilfrid, percebendo a aflição da dona, jogou a cabeça para trás e soltou um ganido melancólico.

Rilla Blythe refletiu intensamente por alguns minutos. Em seguida, disse:

– Miranda, se confiar em mim, você e Joe estarão casados antes das quatro da tarde de amanhã.

– Ah, você não pode estar falando sério.

– Eu posso e estou. Mas você terá que fazer exatamente o que eu disser.

– Ah, não acho que... ai, o papai vai me matar...

– Que bobagem. Ele vai ficar muito bravo, eu acho. Ainda assim, enfrentar seu pai é mais assustador do que nunca mais ver Joe?

– Não – respondeu Miranda com uma determinação repentina. – Não é.

– Você seguirá as minhas instruções?

– Sim, seguirei.

– Pois então telefone para Joe e peça a ele que traga uma licença e uma aliança nesta noite.

– Ah, não posso – lamuriou Miranda, horrorizada. – Rilla, seria tão... indelicado.

Rilla cerrou os dentes brancos.

– Deus, dai-me paciência – murmurou. – Eu telefono para ele. Enquanto isso, vá para casa e faça os preparativos que puder. Quando eu telefonar para sua casa pedindo que me ajude com a costura, venha imediatamente.

Quando Miranda foi embora, pálida, assustada, ainda que desesperadamente decidida, Rilla correu até o telefone e fez uma chamada de longa distância para Charlottetown. A ligação foi completada tão depressa que ela teve a certeza de que a Divina Providência aprovava sua intervenção. Não obstante, ela levou uma hora para conseguir falar com Joe Milgrave no campo de treinamento. Nesse meio tempo, ela caminhou impacientemente de um lado para o outro, rezando para que ninguém mais estivesse na linha e que a notícia não chegasse até os ouvidos do Bigodinho.

– Joe, é você? Aqui é Rilla Blythe. Rilla... Rilla... ah, não tem importância. Ouça com atenção. Consiga uma licença para se casar antes de voltar para casa hoje à noite, uma licença de casamento... sim, uma licença de casamento... e uma aliança. Entendeu? Está de acordo? Muito bem, e não se esqueça de nada. Esta pode ser sua única chance.

Corada e triunfante, pois seu único medo era de não conseguir localizar Joe a tempo, Rilla telefonou para os Pryors. Dessa vez ela não teve tanta sorte, pois quem atendeu foi o Bigodinho.

– Miranda? Ah, senhor Pryor! Bem, por gentileza, o senhor poderia pedir para Miranda vir aqui nesta tarde me ajudar com a costura? É muito importante, do contrário eu não a incomodaria. Ah, obrigada.

O senhor Pryor concordou, um tanto a contragosto, mas concordou. Ele não queria ofender o doutor Blythe e também sabia que, se impedisse Miranda de ajudar a Cruz Vermelha, a opinião pública de Glen não o perdoaria. Rilla foi para a cozinha, fechou todas as portas com uma expressão misteriosa que alarmou Susan e disse com seriedade:

– Susan, você pode fazer um bolo de casamento nesta tarde?

– Um bolo de casamento! – Susan a encarou. Sem nenhum aviso prévio, a jovem havia trazido um filho da guerra para casa. Será que agora iria surgir com um marido?

– Sim, um bolo de casamento. Um bolo de casamento saboroso. Um bolo de casamento lindo, com ameixas, raspas de limão, ovos e tudo o mais. Também temos que preparar outras coisas. Eu a ajudarei amanhã de manhã, pois hoje tenho que fazer um vestido de noiva e não posso perder nem um minuto.

Susan concluiu que estava velha demais para levar sustos tão grandes.

– Com quem você vai se casar? – perguntou ela debilmente.

– Susan, querida, a noiva não sou eu. Miranda Pryor vai se casar com Joe Milgrave amanhã à tarde enquanto o pai dela estiver na cidade. Um casamento de guerra, Susan. Não é romântico? Nunca fiquei tão animada em toda a vida.

Em pouco tempo, a animação espalhou-se por Ingleside, contagiando inclusive a senhora Blythe e Susan.

– Vou começar a preparar o bolo agora mesmo – disse Susan, olhando para o relógio. – Querida senhora, você poderia colher as frutas e bater os ovos? Assim eu conseguirei colocar o bolo no forno ao anoitecer. Amanhã de manhã podemos preparar saladas e outras coisas. Trabalharei a noite inteira, se precisar, para dar uma lição no Bigodinho.

Miranda chegou, com os olhos marejados e sem fôlego.

– Temos que fazer alguns ajustes no meu vestido branco – disse Rilla. – Vai servir certinho em você.

E então as garotas colocaram as mãos na massa, cortando, provando, alinhavando e cosendo como se fosse caso de vida ou morte. Graças aos esforços ininterruptos, o vestido ficou pronto às sete da noite, e Miranda o provou no quarto da Rilla.

– É lindo, mas... como eu queria ter um véu – suspirou Miranda. – Sempre sonhei em me casar com um véu adorável branco.

Evidentemente, há uma fada madrinha para atender os desejos das noivas da guerra. A porta abriu-se, e a senhora Blythe entrou, trazendo um tecido etéreo.

– Querida Miranda, quero que use amanhã o véu com que me casei. Faz vinte e quatro anos que fui uma noiva lá em Green Gables, a noiva mais feliz que já existiu, e dizem que o véu de uma noiva feliz traz boa sorte.

– Ah, é muito bondade sua, senhora Blythe – disse Miranda com lágrimas a ponto de brotar novamente.

O véu foi provado e drapeado. Susan entrou para dar sua aprovação, mas não se atreveu a demorar-se.

– O bolo está no forno e não posso descuidar dele. Agora à tarde chegou a notícia de que o grão-duque tomou a cidade de Erzurum. Bem-feito para os turcos. Quem dera eu pudesse mostrar para o czar o erro que ele cometeu ao dar as costas para o Nicholas.

Susan desapareceu e foi para a cozinha, de onde veio um estrondo e um grito cortante. Todos correram para a cozinha: o doutor, a senhorita Oliver, a senhora Blythe, Rilla e Miranda com o véu. Susan estava sentada no meio da cozinha com um olhar desconcertado, enquanto o Doc, evidentemente encarnando o Senhor Hyde, encarava-a do aparador com as costas arqueadas, os olhos flamejantes e o rabo eriçado como um espanador.

– Susan, o que aconteceu? – exclamou a senhora Blythe, alarmada. – Você caiu? Está machucada?

Susan se recompôs.

– Não – respondeu em tom sombrio –, não estou machucada, ainda que esteja com os nervos à flor da pele. Não se assustem. Eu tentei chutar aquele maldito gato com os dois pés. Foi isso que aconteceu.

Todo mundo gargalhou. O doutor mal conseguiu falar.

– Ah, Susan, Susan – arfou ele. – Eu vivi para ver você praguejar.

– Sinto muito ter usado um termo desses na frente de duas garotas – disse Susan, verdadeiramente aflita. – Mas eu disse que aquela fera é maldita, e é mesmo. Tem pacto com o tinhoso.

– Você espera que algum dia desses ele desapareça em uma nuvem de enxofre, Susan?

– Ele logo irá para onde merece estar, escreva o que estou dizendo – disse Susan de mau humor sacudindo os velhos ossos ao se aproximar do fogão. – Creio que minha queda tirou o bolo do lugar, que sairá pesado como chumbo.

Não foi o que aconteceu. Ele ficou do jeito que o bolo de uma noiva deveria ficar, e Susan o decorou belamente. No dia seguinte, Susan e Rilla trabalharam a manhã inteira preparando quitutes para o casamento, e, assim que Miranda telefonou avisando que o pai havia saído, tudo foi posto em uma grande cesta e levado para a casa dos Pryors. Joe chegou em seu uniforme e com animação acompanhado do padrinho, o sargento Malcolm Crawford. Havia muitos convidados, uma vez que todos os moradores da casa ministerial e de Ingleside foram chamados, além de uma dúzia de parentes de Joe, incluindo a mãe dele, a "senhora do falecido Angus Milgrave", como era chamada cordialmente para não ser confundida com outra mulher cujo Angus ainda estava vivo. A senhora do falecido Angus tinha um ar de reprovação e não parecia muito entusiasmada com a aliança com a família do Bigodinho.

Enfim, Miranda Pryor casou-se com o soldado Joseph Milgrave em sua última licença. Deveria ter sido um casamento romântico, mas não foi. Havia muitos fatores atuando contra o romantismo, como até Rilla teve de admitir. Em primeiro lugar, apesar do vestido e do véu, Miranda foi uma noiva inexpressiva, comum e desinteressante. Em segundo, Joe chorou amargamente durante toda a cerimônia, o que causou em Miranda uma irritação injustificada. Muito tempo depois, ela comentou com Rilla:

– Tive vontade de dizer para ele, ali mesmo: "Se você se sente tão mal assim por se casar comigo, é melhor não nos casarmos", mas ele só estava triste porque teria de partir muito em breve.

Em terceiro lugar, Jims, que costumava se comportar muito bem em público, teve um acesso de timidez e irritação e começou a gritar com todas as forças pela "Willa". Ninguém quis levá-lo para fora e acabar perdendo o casamento, de maneira que Rilla, a dama de honra, teve de segurá-lo no colo durante toda a cerimônia.

Em quarto lugar, o *sir* Wilfrid Laurier teve um ataque. Ele estava entrincheirado em um canto atrás do piano de Miranda e começou a fazer barulhos esquisitos e assustadores, a princípio com uma série de sons espasmódicos como se estivesse engasgado, em seguida com um gorgolejar pavoroso, encerrando com ganido estrangulado. Ninguém conseguia ouvir uma palavra do que o senhor Meredith dizia, exceto quando o *sir* Wilfrid parava para respirar. A única pessoa que olhava para a noiva era Susan, que não desviou o olhar fascinado do rosto de Miranda em nenhum momento; todos os outros encaravam o cachorro. Miranda tremia de nervosismo desde o início, mas, quando o *sir* Wilfrid começou com a performance, tudo que conseguiu pensar foi que seu cão estava morrendo e ela não podia acudi-lo. Ela não guardou na lembrança nenhuma palavra dita pelo ministro.

Rilla, que apesar de Jims esforçou-se ao máximo para parecer compenetrada e emocionada, como uma madrinha de guerra deve ser, deu-se por vencida e concentrou todas as forças para sufocar a vontade de rir. Ela não se atreveu a olhar para nenhum dos convidados, especialmente para a senhora do falecido Angus, por medo de que todas as risadas suprimidas explodissem em uma gargalhada indigna para uma dama.

Por fim, os noivos se casaram e, em seguida, houve um jantar de casamento tão abundante e generoso que mais parecia o fruto de um mês de trabalho. Todo mundo contribuiu com alguma coisa. A senhora do falecido Angus trouxe uma grande torta de maçã, que colocou sobre uma cadeira na sala de jantar onde acabou se sentando por distração. O temperamento e o vestido de seda preto dela foram completamente arruinados, mas a torta não fez falta durante o alegre banquete. A senhora do falecido Angus levou o que sobrou para casa; os porcos do Bigodinho pacifista não ficaram com nenhuma migalha.

Naquela noite, o senhor e a senhora Joe, acompanhados do *sir* Wilfrid recuperado, partiram para passar a curta lua de mel no farol de Four Winds, que estava sendo cuidado pela família de Joe. Una Meredith, Rilla e Susan lavaram os pratos, arrumaram a sala e deixaram sobre a mesa a janta e o bilhete compassivo de Miranda para o senhor Pryor antes de caminharem para casa, sob os encantos místicos e oníricos do crepúsculo invernal que encobria Glen.

– Eu não teria me importado de ser uma noiva da guerra – comentou Susan sentimentalmente.

Contudo, Rilla sentia-se um tanto deprimida, talvez em reação a toda a euforia das últimas trinta e seis horas. Ela estava desapontada.

O evento todo fora absurdo e cômico, e os noivos estavam lacrimosos e deselegantes.

– Se a Miranda não tivesse dado tanta comida para aquele cachorro, ele não teria passado mal – comentou, irritada. – Eu a avisei, mas ela disse que não podia deixar o pobrezinho passar fome, porque logo ele seria tudo que lhe restava e blá-blá-blá. Tive vontade de lhe dar um chacoalhão.

– O padrinho estava mais animado do que o próprio Joe – disse Susan. – Ele desejou muitos dias felizes como o de hoje para a Miranda. Ela não parecia muito contente, o que é de se esperar, dadas as circunstâncias.

– De qualquer forma, vou fazer um relato detalhado para os garotos de tudo que aconteceu. Jem vai se acabar de tanto rir da parte do *sir* Wilfrid!

Apesar de ter ficado decepcionada com o casamento, Rilla não teve do que reclamar na sexta-feira de manhã, quando Miranda foi despedir-se do noivo na estação de Glen. A alvorada tinha a brancura de uma pérola e a translucidez de um diamante. Atrás da estação, os jovens pinheiros estavam envoltos pela neblina e salpicados pela geada. A lua pairava sobre os campos nevados a oeste, enquanto os raios dourados do sol despontavam sobre o bosque de bordos de Ingleside. Joe segurou a mão delicada e alva da noiva; ela olhou no fundo dos olhos dele. Rilla sentiu um súbito nó na garganta. Não importava que Miranda era insignificante, simplória e desprovida de atrativos. Não importava que fosse filha do Bigodinho. A única coisa importante era a expressão de êxtase e sacrifício nos olhos dela; a chama perpétua e sagrada de devoção, lealdade e encorajamento que ela jurava em silêncio manter viva em casa juntamente com milhares de outras mulheres, enquanto os maridos protegiam o front ocidental. Rilla afastou-se, percebendo que não deveria atrapalhar um momento tão importante. Ela foi até o fim da plataforma, onde o *sir* Wilfrid e o Segunda-feira estavam sentados olhando um para o outro.

O *sir* Wilfrid perguntou com condescendência:

– Por que você assombra esse velho galpão, quando poderia estar deitado no tapete da lareira de Ingleside, desfrutando da fartura? É uma questão de estilo? Ou uma obsessão?

Ao que o Segunda-feira respondeu laconicamente:

– É uma promessa que tenho de cumprir.

Depois que o trem partiu, Rilla aproximou-se da pequena e trêmula Miranda.

– Bem, ele se foi – disse Miranda –, quiçá para nunca mais voltar. Mas eu sou a esposa dele e vou honrá-lo. Tenho que ir para casa.

– Não acha melhor ir para casa comigo? – perguntou Rilla, preocupada. Ninguém sabia ainda como o senhor Pryor havia reagido à novidade.

– Não. Se Joe pode enfrentar os hunos, eu posso encarar meu pai – disse Miranda em tom de desafio. – A esposa de um soldado não pode ser covarde. Venha, Wilfy. Vou direto para casa enfrentar o pior.

No entanto, ela não se deparou com nada muito espantoso. Talvez o senhor Pryor tivesse ponderado que empregadas eram difíceis de se achar e que Miranda encontraria muitos lares dos Milgraves de portas abertas para ela e que existia algo chamado subsídio de separação familiar[37]. Em todo caso, ele meramente resmungou que ela havia agido como uma tola e que viveria para se arrepender disso. A senhora Joe então colocou o avental e foi trabalhar como de costume, enquanto o *sir* Wilfrid, que não tinha gostado da estadia no farol em pleno inverno, foi dormir em seu cantinho ao lado do fogão, grato por aquela questão do casamento de guerra ter se encerrado.

---

37 Benefício pago quando um militar é separado de seus dependentes por mais de trinta dias, devido a ordens militares. (N. T.)

# "Não passarão"[38]

Em uma manhã cinzenta de fevereiro, Gertrude Oliver despertou com um arrepio e foi para o quarto de Rilla deitar-se ao lado dela.

– Rilla, estou assustada... assustada como um bebê. Tive outro dos meus sonhos estranhos. Algo terrível nos aguarda. Eu sei.

– Com o que você sonhou? – perguntou Rilla.

– Eu estava nos degraus da varanda, como naquele sonho que tive na véspera do baile no farol, e uma imensa nuvem preta, trovejante e ameaçadora se aproximava pelo leste. A sombra dela vinha à frente, e eu estremeci de frio quando me envolveu. Então a tempestade começou, uma tempestade profusa e intensa repleta de raios ofuscantes e trovões ensurdecedores. Eu entrei em pânico e tentei me abrigar, assim como um homem, um soldado vestindo o uniforme do exército francês, que correu em disparada e parou na minha frente. O uniforme estava empapado de sangue por causa de um ferimento no peito. Ele parecia fraco e exausto, mas tinha os olhos vidrados e uma expressão decidida no rosto magro. "Eles não passarão", disse em um tom baixo e veemente

---

38 Lema que expressa determinação de defender uma posição contra o inimigo, popularizado durante a Primeira Guerra Mundial. (N. T.)

que eu pude ouvir com clareza em meio ao turbilhão da tempestade. Foi quando eu acordei. Rilla, estou assustada. A primavera não nos trará a grande vitória pela qual ansiamos tanto, e sim um golpe duro contra a França. Tenho certeza. Os alemães tentarão abrir caminho a todo custo.

– Mas o sujeito falou que eles não passarão – disse Rilla em um tom sério. Ela nunca ria dos sonhos de Gertrude como o doutor.

– Não sei se foi uma profecia ou um ato de desespero, Rilla. Ainda estou petrificada de horror por causa do sonho. Vamos precisar de toda a coragem que tivermos.

O doutor Blythe riu na mesa do café da manhã, porém foi a última vez que zombou dos sonhos da senhorita Oliver, pois naquele dia chegou a notícia de que se iniciava a ofensiva de Verdun. Ingleside passou toda a primavera em um transe angustiante. Havia dias em que aguardavam em desespero pelo fim, enquanto os alemães pouco a pouco se aproximavam da França.

As tarefas de Susan se concentravam na cozinha impecável de Ingleside, mas seus pensamentos estavam nas colinas ao redor de Verdun. Antes de dormir, ela enfiava a cabeça pela porta do quarto da senhora Blythe e comentava "Espero que os franceses tenham retomado Bois des Corbeaux hoje". Ela acordava de manhãzinha se perguntando se Le Mort Homme[39], que indubitavelmente tinha sido batizada por um profeta, ainda estava sob a proteção dos *poilus*[40]. Ela seria capaz de desenhar um mapa da região de Verdun que deixaria um chefe de gabinete satisfeito.

– Se os alemães tomarem Verdun, o espírito da França será destruído – disse a senhorita Oliver com amargura.

– Isso não vai acontecer – retrucou fervorosamente Susan, que não tinha conseguido almoçar naquele dia por medo de que isso acontecesse.

---

39  Conhecida como a Colina do Homem Morto em inglês (N. T.)

40  *Poilu* é um termo informal utilizado para indicar membros da infantaria francesa da Primeira Guerra Mundial. (N. T.)

– Em primeiro lugar, você sonhou com a frase que os franceses estão dizendo antes mesmo de começarem a usá-la: "Eles não passarão". Eu lhe asseguro, querida senhorita Oliver, que fiquei arrepiada e perplexa quando a li nos jornais. Parece algo dos tempos bíblicos, quando as pessoas tinham sonhos desse tipo com frequência.

– Eu sei, eu sei – disse Gertrude, andando de um lado para o outro. – Eu me apego à fé quando tenho esses sonhos, mas ela falha sempre que chegam notícias ruins. Aí digo para mim mesma que foi "mera coincidência", "uma lembrança inconsciente" e coisas do tipo.

– Não vejo como alguém poderia guardar no inconsciente algo que ainda nem foi dito – insistiu Susan –, embora eu não seja instruída como você e o doutor. E prefiro não ser, se isso impedir que eu acredite em algo tão simples assim. Em todo caso, não precisamos nos preocupar com Verdun, mesmo que os alemães a invadam. Joffre diz que a cidade não tem importância militar.

– Essas mesmas palavras já foram ditas inúmeras vezes, sempre que encontramos dificuldades – retrucou Gertrude. – Elas já perderam o poder de nos confortar.

– O mundo já viu uma guerra como essa antes? – perguntou o senhor Meredith, em uma noite de meados de abril.

– É algo tão titânico que escapa à nossa compreensão – disse o doutor. – O que foram as batalhas dos tempos de Homero perto disso? Se a Guerra de Troia fosse travada nos arredores de Verdun, nenhum correspondente internacional gastaria mais do que algumas frases com ela. Não tenho o domínio de forças ocultas – o doutor olhou de soslaio para Gertrude –, mas sinto que o desfecho de toda a guerra vai depender da situação em Verdun. Ela não tem nenhuma importância do ponto de vista militar, como disseram Joffre e Susan, todavia tem um tremendo significado ideológico. Se a Alemanha vencer essa batalha, vencerá também a guerra. Se perder, a sorte dela sofrerá um revés.

– E ela vai perder – disse o senhor Meredith enfaticamente. – Não se pode conquistar uma ideologia. A França é maravilhosa, sem dúvida. Vejo nela uma figura branca que representa o posicionamento firme da civilização contra as forças obscuras da barbárie. Creio que o mundo inteiro já percebeu isso, e é por esse motivo que estamos aguardando o desenlace com tanta ansiedade. Não se trata da mera questão de alguns poucos fortes sendo tomados e nem de alguns quilômetros de campos ensanguentados.

– Eu me pergunto se seremos dignos de alguma bênção grande o suficiente para compensar o preço que estamos pagando e todo o nosso sofrimento – divagou Gertrude com ares sonhadores. – Será que toda essa agonia com que o mundo estremece é a dor do parto de uma era nova e sublime? Ou é apenas uma luta fútil entre formigas sob o calor de milhões e milhões de sóis? Nós falamos com muita leviandade, senhor Meredith, de uma calamidade que está destruindo o formigueiro e metade de seus habitantes. Será que o poder que rege o universo nos considera mais importantes do que consideramos as formigas?

– Você esquece que um poder infinito deve ser infinitamente pequeno e, ao mesmo tempo, infinitamente grande – respondeu o senhor Meredith, com um brilho nos olhos negros. – Não somos nem um nem outro, de maneira que há coisas que são muito pequenas e outras que são grandes demais para compreendermos. Uma formiga é tão importante quanto um mastodonte. Somos testemunhas das dores do nascimento de uma nova era, que chegará frágil e indefesa a este mundo, como todas as outras formas de vida. Não sou desses que esperam um novo paraíso e uma nova terra como resultados imediatos da guerra. Não é assim que Deus age, mas Ele age, senhorita Oliver, e no final o propósito Dele se cumprirá.

– Palavras sensatas e ortodoxas... sensatas e ortodoxas – murmurou Susan da cozinha com aprovação. De vez em quando, ela gostava de ver a senhorita Oliver ser amedrontada pelo ministro. Apesar de gostar muito dela, Susan achava que a senhorita Oliver tinha o hábito de dizer heresias na presença dos ministros e que merecia um lembrete ocasional de que tais assuntos estavam fora de sua jurisdição.

Em maio, Walter escreveu contando que havia ganhado uma medalha de Conduta Distinta. Ele não revelou o motivo, mas os outros garotos se encarregaram de informar o ato de bravura dele a toda a vila. "Em qualquer outra guerra, ele teria ganhado uma Cruz Vitória[41]", escreveu Jerry Meredith. "Só que eles não podem dá-las para todos os atos de bravura realizados diariamente por aqui".

– Ele deveria ter recebido uma Cruz Vitória – disse Susan, muito indignada. Ela não sabia ao certo de quem era a culpa, mas, se fosse do general Haig, ela começaria a duvidar seriamente da capacidade dele como comandante-chefe.

Rilla não cabia em si de tanta felicidade. Foi seu adorado Walter, o mesmo Walter que havia recebido uma pluma branca em Redmond, que deixou a segurança da trincheira para arrastar um companheiro ferido que caíra na terra de ninguém. Ela podia ver o belo rosto alvo e os olhos maravilhosos dele em ação! Que orgulho ser irmã de um herói! E ele achou que não valia a pena escrever sobre isso. A carta dele estava repleta de pequenezas íntimas que ambos haviam conhecido e estimado nos dias despreocupados de uma vida atrás.

"Tenho pensado nos narcisos do jardim de Ingleside. Quando esta carta chegar, eles já terão florescido, agitando-se sob o céu rosado. Eles continuam de um dourado intenso, Rilla? Eles deveriam tingir-se de vermelho-sangue como as papoulas daqui. E cada sussurro da primavera corresponde a uma violeta do Vale do Arco-Íris."

"Há uma lua crescente, fina e prateada pairando sobre os abismos de tormento nesta noite. Será que você também consegue vê-la sobre o bosque de bordos?"

---

41 A mais alta condecoração militar concedida por bravura para os membros das forças armadas de vários países da Commonwealth e do Reino Unido. (N. T.)

"Estou enviando também alguns versos, Rilla. Eu os escrevi em uma noite na trincheira sob a luz de um toco de vela, ou melhor, eles vieram até mim, pois sinto que algo me usou como instrumento. Já tive essa sensação uma ou duas vezes antes, mas não com a mesma intensidade de agora. Foi por isso que os enviei para o *Spectator* de Londres. Eles os publicaram, e a última edição chegou hoje. Espero que goste. É o único poema que escrevi desde que vim para o estrangeiro."

O poema era curto e pungente. Em um mês, ele fez o nome de Walter ficar conhecido em todos os cantos do globo ao ser reproduzido por todo tipo de publicação: diários metropolitanos e periódicos de pequenas vilas, editoriais críticos e colunas exaltadas, informes da Cruz Vermelha e propagandas de recrutamento do governo. Mães e irmãs choraram, jovens rapazes se inspiraram, e o imenso coração da humanidade se emocionou com a epítome da dor e da esperança imortalizada naqueles três versos breves. Um jovem canadense nas trincheiras de Flandres havia escrito o grande poema da guerra. "O Flautista", do soldado Walter Blythe, foi um clássico desde a primeira impressão.

Rilla o copiou no diário no início do relato da dura semana que tivera.

"Esta semana foi péssima", escreveu, "e, embora já tenha terminado e nós saibamos que foi tudo um erro, ainda permanecem as marcas. Em certos aspectos foi maravilhosa, e tive alguns vislumbres de coisas que nunca havia notado antes, de como pessoas boas e corajosas podem se comportar em meio ao mais terrível sofrimento. Eu jamais conseguiria ser como a senhorita Oliver."

"Uma semana atrás ela recebeu uma carta da mãe do senhor Grant, de Charlottetown, dizendo que um oficial havia acabado de lhe informar que o major Robert Grant tinha sido morto em ação alguns dias antes."

"Oh, pobre Gertrude! De início ela ficou arrasada. Ainda assim, depois de apenas um dia ela se recompôs e voltou a dar aulas. Ela não chorou. Eu nunca a vi derramar uma lágrima sequer. Mas seu rosto e seu olhar..."

"'Tenho que voltar ao trabalho', disse, 'é o meu dever agora'."

"Eu nunca conseguiria ser tão forte."

"Ela só demonstrou ressentimento uma vez, quando Susan comentou que a primavera havia finalmente chegado. Gertrude disse: 'Será que a primavera chegará mesmo neste ano?'. Então ela deu uma risadinha horrível, como a que alguém lançaria diante da morte, eu acho, e disse: 'Observem o meu egoísmo. Só porque eu, Gertrude Oliver, perdi um amigo, é possível que a primavera não ocorra como de costume. A primavera nunca falhou por causa da dor de milhões de outras pessoas, mas por minha causa... ah, o que será do universo?'"

"'Não seja tão amarga consigo mesma, querida', disse a mamãe. 'É muito natural achar que a vida não continuará seguindo seu curso quando um golpe inesperado tira nosso mundo do lugar. Todos se sentem assim.'"

"Foi quando aquela velha ranzinza da prima Sophia se intrometeu. Ela estava sentada ali perto, tricotando e grasnando como 'pássaro de mau agouro', como diria Walter. 'Seu caso nem é tão ruim assim, senhorita Oliver. Você deveria ser um pouco mais sensata. Algumas mulheres perderam os maridos; isso é um golpe duro. Já outras perderam os filhos. Você não perdeu nenhum dos dois.'"

"'Não', disse Gertrude com ainda mais rancor. 'É verdade que não perdi um marido, somente o homem que poderia ter sido meu marido. Não perdi nenhum filho, apenas os filhos e as filhas que eu poderia ter tido, e que agora não vão mais nascer.'"

"'Uma dama não deveria falar assim', disse a prima Sophia em um tom chocado. Aí Gertrude riu bem alto, com tamanho desvario que deixou a prima Sophia realmente assustada. Quando a pobre coitada não aguentou mais e correu para o quarto, ela perguntou à mamãe se a notícia havia afetado a mente da senhorita Oliver. 'Eu perdi dois grandes companheiros, e isso não me afetou desse jeito.'"

"Não me admira! Aqueles pobres coitados devem ter ficado agradecidos por morrerem."

"Ouvi Gertrude caminhar pelo quarto quase a noite inteira. Isso se repetiu a semana toda, mas não tanto quanto naquela noite. E em uma ocasião ela soltou um gritinho repentino e dolorido como se tivesse sido esfaqueada. Não consegui dormir por pena dela e não havia o que pudesse fazer por ela. Achei que o dia nunca raiaria. Porém, ele raiou; e 'a alegria veio com a manhã', como diz na Bíblia. Não exatamente de manhã, e sim lá pela tarde. O telefone tocou e eu o atendi. Era o velho senhor Grant, de Charlottetown, avisando que ocorrera um engano. Robert não tinha sido morto, ele só havia sofrido um ferimento leve no braço e por ora estava em um hospital, longe do perigo. Eles não sabiam a causa do erro; provavelmente existia outro Robert Grant."

"Eu desliguei o telefone e corri para o Vale do Arco-Íris. Tenho certeza de que voei, não me lembro de os meus pés tocarem o chão. Encontrei Gertrude voltando da escola na clareira de abetos onde costumávamos brincar e contei a notícia, quase sem fôlego. Eu deveria ter pensado melhor, é claro. Só que estava tão louca de alegria e emoção que nem parei para refletir. Gertrude desmaiou entre as samambaias douradas como se tivesse levado um tiro. O susto que levei me ensinou uma lição, pelo menos nesse aspecto, pelo resto da vida. Pensei que a tinha matado. Lembrei-me de que a mãe dela morreu de ataque cardíaco bem jovem. Anos pareceram se passar até descobrir que o coração dela ainda batia. Que sufoco! Nunca alguém havia desmaiado na minha frente, e eu sabia que todo mundo de casa tinha ido até a estação para receber Di e Nan, que chegavam de Redmond. Mas eu sabia, em teoria, como cuidar de uma pessoa desmaiada; agora também sei na prática. Por sorte estávamos perto do riacho, e, depois de muitas tentativas frenéticas, Gertrude recobrou a consciência. Ela não disse uma palavra sobre a novidade, e eu tampouco ousei mencioná-la. Eu a ajudei a atravessar o bosque de bordos e a chegar até o quarto, onde ela disse 'Rob... está... vivo', como se as palavras estivessem sendo arrancadas, antes de jogar-se na cama e chorar e chorar e chorar. Foi a primeira vez que vi alguém chorar daquele jeito. Todas as lágrimas que não chorara a semana toda vieram de uma vez. Ela chorou quase a noite passada inteira, eu acho, todavia sua expressão nesta manhã era a de alguém que havia tido uma revelação, e ficamos tão felizes que chegamos a até ficar preocupados."

"Di e Nan vieram passar algumas semanas em casa. Depois elas voltarão a trabalhar no campo de treinamento da Cruz Vermelha em Kingsport. Eu as invejo. O papai diz que, aqui, ajudo tanto quanto, com Jims e o comitê júnior. Mas não tem a mesma emoção que a vida delas deve ter."

"Kut foi tomada. Foi quase um alívio quando a notícia chegou, e fazia muito tempo que temíamos que isso acontecesse. Ficamos cabisbaixos por um dia, e então seguimos em frente. A prima Sophia, agourenta como sempre, veio até aqui e reclamou que os britânicos estavam sofrendo derrotas por toda a parte."

"'Eles são bons perdedores', respondeu Susan secamente. 'Quando perdem alguma coisa, continuam procurando até encontrá-la! Agora, meu rei e meu país precisam que eu plante algumas mudas de batatas na horta dos fundos. Pegue uma faca e venha me ajudar, Sophia Crawford. Assim você vai parar de se preocupar com uma campanha que ninguém a chamou para comandar.'"

"Susan é uma rocha, e a maneira como ela acaba com a prima Sophia é linda de se ver."

"Quanto a Verdun, a batalha segue sem previsão de acabar, e nós oscilamos entre a esperança e o medo. Entretanto, sei que aquele sonho estranho da senhorita Oliver significa que a França vai vencer. 'Eles não passarão.'"

# Norman Douglas
# se pronuncia durante
# a reunião

– Por onde andas, minha Anne? – perguntou o doutor. Mesmo depois de vinte e quatro anos de casados, ocasionalmente ele chamava a esposa assim quando ninguém estava por perto. Anne estava sentada nos degraus da varanda, absorta, contemplando o mundo desabrochar na primavera. Atrás da alvura do pomar havia um arvoredo verde-escuro de jovens pinheiros e cerejeiras silvestres de flores sedosas, onde os tordos cantavam com regozijo. Anoitecia, e as primeiras estrelas ardiam sobre o bosque de bordos.

Anne voltou com um leve suspiro.

– Estava descansando um pouco da realidade intolerável, Gilbert, em um sonho em que todos os nossos filhos eram crianças de novo, e todos estavam em casa de novo, brincando no Vale do Arco-Íris. Agora tudo é tão silencioso... Estava relembrando as vozes e os gritos alegres que vinham do vale antigamente. Pude ouvir o assovio de Jem e o canto tirolês de Walter e as risadas das gêmeas. Por alguns benditos minutos eu me esqueci das armas no front ocidental e senti uma felicidade doce e falsa.

O doutor não respondeu. Às vezes o trabalho também o fazia esquecer por alguns momentos o front ocidental, mas não com frequência. Seus cachos espessos exibiam um bom tanto de fios grisalhos que não estavam ali há dois anos. Ele olhou dentro dos olhos estrelados que amava tanto, os olhos que já foram abundantes em alegria, que agora pareciam sempre prestes a transbordar de lágrimas.

Susan passou por ali com um ancinho nas mãos e a segunda melhor touca na cabeça.

– Acabei de ler no *Enterprise* a notícia de um casal que se casou em um avião. Acha que isso está dentro da lei, querido doutor? – perguntou, aflita.

– Creio que sim – respondeu ele seriamente.

– Bem – começou ela em tom de incerteza –, sou da opinião de que o casamento é algo solene demais para ser celebrado em um lugar tão excêntrico. Mas, enfim, nada é mais como antes. Bom, falta meia hora para o encontro do grupo de oração da igreja. Vou aproveitar para aliviar a tensão com as ervas daninhas da horta. Vou estar o tempo inteiro pensando nesse problema que surgiu em Trento. Creio que esses austríacos estão aprontando uma, querida senhora.

– Eu também – disse a senhora Blythe com pesar. Passei toda a manhã fazendo compota de ruibarbo enquanto esperava notícias da guerra. Quando chegaram, eu estremeci. Bem, também preciso me arrumar para o grupo de oração.

Cada vilarejo tem suas histórias orais, passadas boca a boca através das gerações, que narram eventos trágicos, cômicos e dramáticos. São casos contados em casamentos, festividades e ao redor de uma fogueira no inverno. E o grupo de oração daquela noite estava destinado a ocupar um espaço permanente nos registros orais de Glen St. Mary.

A reunião da igreja tinha sido ideia do senhor Arnold. O batalhão do condado, que passara o inverno inteiro treinando em Charlottetown, estava prestes a partir para o estrangeiro. Os garotos do porto de Four Winds, de Glen, de Harbour Head e do outro lado do porto estavam em casa pela última vez, e o senhor Arnold teve a ideia sensata de organizar um grupo de oração em homenagem a eles antes da partida. Com o aval do senhor Meredith, a reunião foi marcada na igreja metodista. As reuniões de Glen não costumavam atrair muitas pessoas, mas naquela noite em particular a igreja ficou lotada. Até a senhorita Cornelia esteve presente, pois foi a primeira vez que ela pisou em uma igreja metodista. Tudo que foi preciso foi um conflito mundial.

– Eu costumava odiar os metodistas – disse a senhorita Cornelia calmamente quando o marido expressou surpresa diante da decisão dela –, porém não agora. Não faz sentido odiar os metodistas quando há um cáiser e um Hindenburg[42] no mundo.

Assim, a senhorita Cornelia compareceu à reunião. Norman Douglas e a esposa também foram. O Bigodinho desfilou pomposamente pelo corredor central até um dos bancos da frente, crente de que sua presença era uma honra. As pessoas ficaram surpresas ao vê-lo ali, uma vez que ele evitava qualquer evento de alguma forma relacionado à guerra. Todavia o senhor Meredith havia dito que esperava que a sessão dele fosse bem representada, palavras que o senhor Pryor levou para o coração. Ele usava seu melhor terno preto com uma gravata branca, seus cachos fartos e prateados estavam penteados com esmero, e seu rosto redondo e avermelhado parecia, como Susan pensou impiedosamente, mais "santimonial" do que nunca.

– No minuto em que vi aquele homem entrar na igreja, vestido daquele jeito, percebi que teríamos problemas, querida senhora – disse ela mais tarde. – Eu não sabia como, mas percebi na expressão dele que o Bigodinho não estava ali com boas intenções.

A reunião começou como de costume. O senhor Meredith falou primeiro com sua eloquência e emoção usuais, e em seguida o senhor Arnold fez um discurso que até a senhorita Cornelia teve de admitir que tinha sido impecável.

---

42 Paul Von Hindenburg, comandante do exército imperial alemão durante a Primeira Guerra Mundial. (N. T.)

Então, o senhor Arnold pediu ao senhor Pryor que iniciasse as orações.

A senhorita Cornelia sempre disse que o senhor Arnold não tinha muito bom senso. Não era de se esperar que ela fosse caridosa em seu julgamento dos ministros metodistas, mas nesse caso ela não exagerou. O senso crítico certamente não era uma das qualidades do reverendo Arnold, do contrário ele não teria pedido para o Bigodinho iniciar a reunião de oração em homenagem aos soldados. Ele achou que estava retribuindo a gentileza ao senhor Meredith, que, ao concluir, pediu que um membro da igreja metodista desse início às preces.

Algumas pessoas esperavam que o senhor Pryor recusasse o convite de mau grado, o que já teria sido escandaloso. Só que ele se levantou prontamente e falou "oremos" em tom bajulador e começou a rezar. Ele despejou um oceano de palavras fluentes com uma voz potente que alcançou cada canto da igreja lotada e falou por um bom tempo até a congregação confusa perceber com horror que estavam ouvindo uma espécie de apelo pacifista. Ele pelo menos tinha a coragem de suas convicções; ou talvez, como as pessoas comentaram mais tarde, ele achou que estava seguro em uma igreja e que aquela era uma ótima hora para expressar certas opiniões que não ousava expor em outros lugares por medo de ser linchado. Ele rezou para que a guerra profana cessasse, para que os exércitos iludidos sendo levados para o matadouro no front ocidental despertassem para os pecados que cometeram e se arrependessem enquanto ainda havia tempo, para que os jovens de uniforme ali presentes sendo instigados ao assassinato e ao militarismo fossem resgatados...

O senhor Pryor conseguiu chegar até aí sem nenhum obstáculo: os ouvintes estavam tão paralisados pelo princípio profundamente arraigado de que não se deve causar distúrbio algum dentro de uma igreja que parecia que iria continuar assim até o final. Contudo, pelo menos um homem entre o público não se sentia preso pela reverência herdada ou adquirida por aquele local sagrado. Norman Douglas era, como Susan dizia com frequência e veemência, nada menos que um "pagão".

No entanto, era um pagão ferrenhamente patriota, que, quando compreendeu o significado das palavras do senhor Pryor, teve um acesso de fúria. Ele pôs-se de pé com um verdadeiro rugido, encarando a congregação, e gritou com toda a força:

– Pare! Pare! PARE com essa prece abominável! Seu pregador abominável!

Todas as cabeças na igreja se ergueram. Um rapaz de uniforme no fundo comemorou com timidez. O senhor Meredith ergueu a mão em protesto, mas Norman já havia passado do limite da paciência. Escapando das mãos da esposa que tentava contê-lo, ele saltou como um louco por cima do banco e agarrou o infeliz do Bigodinho pelo colarinho. Já que a súplica não foi suficiente para fazê-lo parar, ele teve que usar da força: Norman, com a grande barba ruiva literalmente eriçada de raiva, sacudia o senhor Pryor fazendo com que até os ossos dele chacoalhassem enquanto pontuava cada movimento com uma variedade escabrosa de epítetos abusivos.

– Sua besta quadrada! – E sacudia... –Abutre maligno! – E sacudia... – Verme inútil! – E sacudia... – Filhote de cruz-credo! – E sacudia... – Parasita pestilento! – E sacudia... – Escória germânica! – E sacudia... – Réptil indecente! Seu... seu... – Norman então se conteve. Todo mundo acreditou que o próximo impropério que estava prestes a dizer, estando ou não na igreja, teria de ser escrito com asteriscos, mas naquele instante ele se deparou com os olhos da esposa e lembrou-se de onde estava. – Seu decrépito! – berrou antes de soltá-lo com um vigoroso chacoalhão final que impeliu o pacifista infeliz até a entrada do coro. O rosto corado do senhor Pryor estava agora cinzento. Mesmo assim, ele não se deixou intimidar.

– Eu vou denunciar você às autoridades! – arfou.

– Faça isso – rugiu Norman, levantando-se mais uma vez. Todavia o senhor Pryor não ficou ali para cair pela segunda vez nas garras do militarista vingador. Norman voltou-se para a plataforma por um instante triunfal.

– Não fiquem assim, diáconos – vociferou. – Ninguém esperava que algum de vocês tomasse uma atitude, só que alguém precisava fazer alguma coisa. Sei que estão contentes por eu tê-lo expulsado, pois ele não podia continuar tagarelando e disseminando insubordinação e traição. Insubordinação e traição! Alguém tinha que dar um jeito nele. Eu nasci para este momento. Finalmente estou quite com a igreja. Posso ficar sentado em silêncio por mais sessenta anos! Prossigam com a reunião, diáconos. Creio que não serão mais importunados por orações pacifistas.

Entretanto, o espírito da devoção e da reverência havia evaporado. Os dois ministros concluíram que o melhor a fazer era encerrar a reunião sem alarde e deixar que as pessoas exaltadas fossem embora. O senhor Meredith disse algumas palavras sinceras para os rapazes de uniforme, que provavelmente pouparam as janelas do senhor Pryor de um segundo ataque, e o senhor Arnold deu uma bênção incongruente. Pelo menos ele achou que estava sendo incongruente, pois foi impossível tirar da mente a cena do gigantesco Norman Douglas sacudindo o baixinho e pomposo Bigodinho como um imenso mastim teria feito com um filhote rechonchudo. E ele sabia que a mesma imagem estava gravada na memória das pessoas. No geral, a reunião foi um fracasso, mas ela entrou para a história de Glen St. Mary enquanto centenas de outras reuniões ortodoxas e pacíficas foram completamente esquecidas.

– Você nunca, jamais me ouvirá chamar Norman Douglas de pagão outra vez, querida senhora – disse Susan quando chegaram em casa. – Se Ellen Douglas não ficou orgulhosa do marido, deveria ficar.

– O que Norman Douglas fez é indefensável – disse o doutor. – Deveriam ter deixado Pryor em paz até o fim da reunião. Só então é que o ministro e a sessão dele deveriam ter tomado alguma providência. Teria sido o procedimento mais adequado. A atitude dele foi absolutamente imprópria, escandalosa e ultrajante. No entanto... – o doutor jogou a cabeça para trás e riu – por Deus, Anne, como foi gratificante!

# Problemas amorosos são horríveis

Ingleside
20 de junho de 1916.

"Estivemos tão ocupados e tão cheios de notícias emocionantes, boas e más, que por várias semanas não tive tempo nem compostura para escrever em meu diário. Gosto de atualizá-lo regularmente, pois o papai disse que um diário dos anos da guerra é uma coisa muito interessante para se deixar para os filhos. O problema é que eu também gosto de escrever sobre alguns assuntos pessoais neste bendito livro que eu não gostaria que meus filhos lessem. Acho que vou ser muito mais severa com eles em relação a decoro do que sou comigo mesma!"

"A primeira semana de junho foi outra repleta de aflição. Os austríacos pareciam a ponto de dominar a Itália, e então vieram as primeiras notícias ruins da batalha de Jutlândia, que os alemães consideraram uma grande vitória. Susan foi a única que não se deixou abater. 'Não me diga que o cáiser derrotou a marinha britânica', declarou com desdém. 'É mentira dos alemães, escreva o que estou dizendo.' Alguns dias depois, descobrimos que ela estava certa, que tinha sido uma vitória dos britânicos, e não uma derrota, e ouvimos inúmeros 'eu avisei' que foram muito bem-vindos."

"Foi a morte do Kitchener que derrubou Susan. Pela primeira vez eu a vi desanimada e sem esperanças. Apesar de todos nós termos sofrido com o golpe, Susan mergulhou em um poço de desespero. A notícia chegou à noite pelo telefone, todavia Susan só acreditou quando viu a manchete no *Enterprise* do dia seguinte. Ela não chorou nem desmaiou ou ficou histérica, mas se esqueceu de colocar sal na sopa, que é algo que eu não me lembro de já ter acontecido antes. A mamãe, a senhorita Oliver e eu choramos; Susan apenas nos encarou e disse com um sarcasmo pétreo: 'O cáiser e os seis filhos dele continuam sãos e salvos, de maneira que o mundo não está totalmente perdido. Para que chorar, querida senhora?'. Ela passou 24 horas nesse estado inconsolável e sardônico, até que a prima Sophia apareceu com seu ponto de vista lúgubre."

"'Que notícia terrível, não é mesmo, Susan? É melhor nos prepararmos para o pior, que será inevitável. Você disse uma vez, e eu me lembro bem de suas palavras, que tem total confiança em Deus e no Kitchener. Muito bem, Susan Baker, agora só nos resta Deus.' Ela levou o lenço aos olhos pateticamente, como se o mundo estivesse em péssimas mãos. Todavia ela foi a salvação de Susan, que voltou à vida com um sobressalto."

"'Sophia Crawford, cale a boca!', disse severamente. 'Você pode ser uma idiota, mas não precisa ser uma idiota irreverente. É imoral chorar e lamentar pelo fato de o Todo-Poderoso ser o único apoio dos Aliados agora. Quanto ao Kitchener, é indiscutível que a morte dele foi uma grande perda. Só que o desfecho da guerra não depende da vida de um único homem, e, agora que os russos estão voltando ao ataque, logo veremos mudanças positivas.' Susan falou com tanto ímpeto que se animou imediatamente. Porém, a prima Sophia balançou a cabeça."

"'A esposa de Albert quer batizar o bebê de Brusiloff. Eu disse que seria melhor esperarmos para ver o que vai acontecer. Esses russos têm o hábito de sumir.'"

"Os russos estão se saindo esplendidamente e inclusive salvaram a Itália. Mesmo com as notícias diárias de seus avanços, não temos mais vontade de correr e hastear a bandeira como antes. Como Gertrude disse, Verdun acabou com nosso júbilo. Ficaríamos muito motivados se as vitórias fossem no front ocidental. 'Quando os britânicos atacarão? Já esperamos muito, muito', suspirou Gertrude nesta manhã."

"O maior acontecimento local nas últimas semanas foi a parada que o batalhão do condado fez pela região antes de partir para o estrangeiro. Eles marcharam de Charlottetown até Lowbridge, em seguida deram a volta por Harbour Head e passaram por Upper Glen a caminho da estação. Todos foram vê-los, exceto a velha tia Fannie Clow, que está acamada, e o senhor Pryor, que não é visto em público desde aquela noite na igreja, na semana passada."

"Foi maravilhoso e emocionante ver a parada do batalhão. Havia homens jovens e de meia-idade. Entre eles estava Laurie McAllister, que mora do outro lado do porto e tem dezesseis anos, mas que jurou ter dezoito para poder se alistar, e Angus Mackenzie, de Upper Glen, que tem pelo menos cinquenta e cinco e jurou ter quarenta e quatro anos. Também estavam presentes dois veteranos da guerra na África do Sul, Lowbridge, e os trigêmeos de dezoito anos da família Baxter. Todos aplaudiram quando o batalhão passou, em especial quando viram Foster

Booth, de quarenta anos, que marchava ao lado do filho Charley, de vinte anos. A esposa do senhor Booth faleceu durante o parto do filho, e, quando Charley se alistou, ele declarou que nunca permitia que o filho fosse a algum lugar em que não pudesse ir junto e que não iria começar com as trincheiras de Flandres. Na estação, o Segunda-feira quase surtou. Ele corria de um lado para o outro, mandando mensagens a Jem por meio de cada um dos soldados. O senhor Meredith leu um discurso, e Reta Crawford recitou 'O Flautista'. Os soldados deram vivas enlouquecidamente e gritaram 'Avante! Avante! Não perderemos a fé', e me senti muito orgulhosa de meu irmão, por ter escrito algo tão maravilhoso e tocante. Ao olhar para as filas de uniformes cáqui, eu me perguntei se aqueles rapazes eram os garotos com quem brinquei, dei risada, dancei e me diverti a vida inteira. Pareciam ter sido escolhidos, pois eles tinham ouvido o chamado do flautista."

"Fred Arnold estava no batalhão, e eu me senti muito mal porque percebi que era por minha causa que ele partia com uma expressão tão angustiada. Não era culpa minha, mas senti como se fosse."

"Na última noite de sua licença, Fred veio até Ingleside e disse que me amava. Ele perguntou se eu prometeria me casar com ele algum dia, se ele regressasse. Sua franqueza era desesperadora. Eu nunca me senti tão miserável em toda a vida. Eu não podia prometer aquilo. Mesmo se não fosse por Ken, eu não amo Fred e nunca poderei corresponder a seus sentimentos. Entretanto, parecia muito cruel mandá-lo para o front sem nenhuma esperança ou consolo. Chorei feito um bebê, porém... ah, devo ser uma pessoa irremediavelmente frívola porque, enquanto eu chorava e Fred me encarava com um olhar vidrado e trágico, ocorreu-me que seria insuportável sentar-me à mesa diante daquele nariz todas as manhãs pelo resto da vida. Esse é um dos trechos que eu não gostaria que meus descendentes lessem. Por mais humilhante que seja, é a verdade; e talvez tenha sido melhor assim, senão o dó e o remorso poderiam ter me obrigado a lhe dar falsas esperanças. Se o nariz de Fred fosse tão bonito quanto os olhos e a boca, talvez isso tivesse acontecido. E em que enrascada eu teria me metido!"

"Quando o coitadinho se convenceu de que eu não poderia fazer tal promessa, ele se comportou como um cavalheiro, o que piorou ainda mais as coisas. Se ele tivesse reagido mal, eu não teria me sentido de coração partido e com remorso, embora eu não entenda o motivo de tanta culpa, já que eu nunca encorajei Fred. Mesmo assim, fiquei, e ainda estou, com um peso na consciência. Se Fred Arnold não voltar da guerra, isso me assombrará pelo resto da vida."

"Então Fred disse que, como não podia levar o meu amor consigo para as trincheiras, ele gostaria de pelo menos sentir que tinha minha amizade e perguntou se eu não poderia lhe dar pelo menos um beijo antes de partir, quiçá para sempre."

"Não sei como pude achar que problemas amorosos eram encantadores e interessantes. Eles são horríveis. Não pude sequer dar um beijinho no pobre Fred por causa da promessa que fiz a Ken. Que situação cruel. Tive de dizer que ele podia contar com minha amizade, era claro, mas que eu não podia beijá-lo porque havia feito uma promessa a outra pessoa."

"Ele perguntou: 'Essa pessoa é Ken Ford?'"

"Confirmei balançando a cabeça. Foi horrível ter de revelar o segredo que somente Ken e eu deveríamos conhecer."

"Quando Fred foi embora, subi para o meu quarto e chorei tanto que a mamãe veio até aqui e insistiu em saber o motivo. Eu contei. Ela ouviu tudo com uma expressão que dizia claramente: 'Será possível que alguém queira se casar com esse bebê?'.

Todavia foi tão compreensiva e carinhosa, como uma legítima pertencente ao povo que conhece José, que eu me senti indescritivelmente reconfortada. As mães são as melhores."

"'Ah, mamãe, ele me pediu um beijo de despedida e tive de negá-lo. Isso me doeu mais do que tudo', eu solucei."

"'Bem, e por que você não lhe deu um beijo? Dadas as circunstâncias, acho que não haveria nenhum problema', ponderou a mamãe com calma."

"'Prometi ao Ken que não beijaria mais ninguém até que ele voltasse.'"

"Isso foi outro choque para a coitada da mamãe. Ela indagou, com um tom peculiar e sutil na voz: 'Rilla, você e Kenneth Ford estão namorando?'"

"'Eu... não... sei', solucei."

"'Você não sabe?', repetiu ela."

"Fui obrigada a lhe contar mais essa história e, cada vez que a conto, parece mais e mais ridículo imaginar que Ken teve intenções sérias. Senti-me tola e envergonhada ao final do relato."

"A mamãe ficou alguns instantes em silêncio. Então ela sentou-se ao meu lado e me abraçou."

"'Não chore, minha querida Rilla-a-Marilla. Você não agiu errado com Fred. E, se o filho de Leslie West pediu para você guardar seus lábios só para ele, acho que podemos considerá-lo seu namorado. Ah, meu bebê, meu último bebezinho, eu a perdi! A guerra fez de você uma mulher cedo demais.'"

"Eu nunca serei adulta demais para os abraços reconfortantes da mamãe. Ainda assim, quando vi Fred marchar na parada dois dias depois, senti uma dor dilacerante no coração."

"No fim, fico feliz porque a mamãe acha que estou mesmo namorando Ken!"

# O Segunda-feira sabe

– Faz dois anos desde o baile no farol, quando Jack Elliott trouxe a notícia da guerra. Você se lembra, senhorita Oliver?

A prima Sophia respondeu pela senhorita Oliver.

– Ah, com certeza, Rilla, eu me lembro bem daquela noite, de você desfilando por aqui para mostrar o vestido de festa. Eu não lhe avisei que não podemos prever o que nos espera? Mal sabia você naquela noite o que estava prestes a acontecer.

– Nenhuma de nós sabia – disse Susan secamente –, já que não somos profetas. Não é preciso ter o poder da clarividência, Sophia Crawford, para dizer a uma pessoa que ela enfrentará problemas antes do fim da vida. Eu mesma posso fazer isso.

– Nós achamos que a guerra duraria alguns meses – disse Rilla com pesar. – Quando me lembro disso, parece tão ridículo!

– E agora, dois anos depois, ela continua tão longe de acabar como naquela época – disse a senhorita Oliver em um tom melancólico.

Susan fez as agulhas de tricô estalar bruscamente.

– Querida senhorita Oliver, você sabe que esse não é um comentário sensato. Você sabe que estamos dois anos mais próximos do fim da guerra, seja lá quando for.

– Albert leu em um jornal de Montreal que um especialista em guerras acredita que ela durará mais cinco anos – foi a alegre contribuição da prima Sophia.

– Não pode ser – exclamou Rilla e então suspirou. – Dois anos atrás nós teríamos dito "ela não pode durar dois anos". Mas cinco anos!

– Se a Romênia entrar na guerra, o que eu espero muito que aconteça, a guerra terminará em cinco meses, em vez de cinco anos – comentou Susan.

– Não confio nos estrangeiros – suspirou a prima Sophia.

– Os franceses são estrangeiros. Veja só o caso de Verdun – retrucou Susan. – E pense nas vitórias no Somme nesse bendito verão. E os russos continuam indo bem. Ora, o general Haig disse que os oficiais alemães que ele capturou admitiram que já perderam a guerra.

– Não se pode acreditar em uma palavra que os alemães dizem – protestou a prima Sophia. – Não faz sentido acreditar em alguma coisa só porque você quer que seja verdade, Susan Baker. Os britânicos perderam milhões de homens no rio Somme, e o que ganharam com isso? Encare os fatos com coragem, Susan Baker, encare os fatos!

– Eles estão exaurindo os alemães e, contanto que as coisas continuem assim, não importa se avancem alguns quilômetros para o Leste ou para o Oeste. Não sou uma especialista militar, Sophia Crawford – admitiu Susan com tremenda humildade –, mas até eu consigo ver isso, e você também poderia se não estivesse tão determinada a ver o lado ruim de tudo. Os hunos não são os seres mais espertos do planeta. Já ouviu o que aconteceu com Rick, filho de Alistair MacCallum, de Upper Glen? Foi feito prisioneiro na Alemanha, e a mãe recebeu uma carta dele na semana passada. Ele escreveu que estava sendo tratado bem, que todos os prisioneiros tinham bastante comida e por aí vai, dando a entender que estava tudo às mil maravilhas. Só que, ao assinar o nome, entre o Roderick e o MacCallum, ele escreveu duas palavras em gaélico que significam "mentiras", que os censores alemães não entenderam e acharam que faziam parte do nome do rapaz. Eles nem sonham que foram ludibriados. Bem, vou deixar que Haig cuide da guerra e vou fazer uma cobertura para o meu bolo de chocolate. E, quando estiver tudo pronto, vou colocá-lo na última prateleira. Da última vez, o pequeno Kitchener entrou escondido na despensa e comeu toda a cobertura. Tivemos visitas para o chá naquela noite, e levei o maior susto quando fui buscá-lo!

– Vocês nunca tiveram notícias do pai do pobre órfão? – perguntou a prima Sophia.

– Sim, recebi uma carta dele em julho – respondeu Rilla. – Ele conta que escreveu para mim assim que recebeu a carta do senhor Meredith contando sobre a morte da esposa e que o filho dele estava sob meus cuidados, mas, como não recebeu nenhuma resposta, concluiu que a carta dele havia sido extraviada.

– Ele levou dois anos para dar-se conta disso – disse Susan com sarcasmo. – Algumas pessoas raciocinam muito devagar. Jim Anderson não sofreu um arranhão sequer, apesar de estar há dois anos nas trincheiras. Vaso ruim não quebra fácil, como diz o ditado.

– Ele escreveu com carinho sobre o filho e disse que adoraria conhecê-lo – disse Rilla. – Então eu escrevi de volta contando tudo sobre o pequenino e mandei duas fotografias. Jims vai fazer dois anos na semana que vem e é uma preciosidade.

– Você não costumava gostar de bebês – disse a prima Sophia.

– E continuo não gostando, nem os teria – disse Rilla com franqueza. – Todavia amo Jims e não fiquei tão contente como deveria quando descobri que Jim Anderson estava são e salvo.

– Não me diga que desejou que ele estivesse morto! – exclamou a prima Sophia, horrorizada.

– Não, não, não! Eu só esperava que ele tivesse se esquecido do filho, senhora Crawford.

– E aí o seu pai teria que arcar com todos os gastos para criá-lo – disse a prima Sophia em tom de reprovação. – Vocês, jovens, são muito insensatos.

Nesse momento o garotinho adorável de cachos entrou correndo, arrancando elogios até da prima Sophia.

– Ele realmente aparenta estar muito saudável agora, ainda que pareça um tanto avermelhado. Dizem que é sinal de tuberculose. Não achei que você iria cuidar bem dele quando o trouxe para cá. Não achei que levasse jeito, como comentei com a esposa de Albert. E ela disse: "Rilla Blythe é mais capaz do que você imagina, tia Sophia". "Mais capaz do que você imagina" foram as palavras dela. A esposa de Albert sempre gostou de você.

A prima Sophia suspirou, como se sugerisse que a patroa estava sozinha contra o mundo a esse respeito. Só que não foi o que a prima Sophia realmente quis dizer. Ela gostava muito de Rilla à sua maneira melancólica. No entanto, ela acreditava que os jovens deveriam ser tratados com firmeza; do contrário, a sociedade caminharia para a imoralidade.

– Você se lembra da caminhada de volta para casa depois da festa no farol, dois anos atrás? – sussurrou Gertrude Oliver para Rilla, sorrindo.

– Pode apostar – Rilla sorriu de volta; então, seu sorriso tornou-se maior, e seus olhos ganharam ares sonhadores, então ela lembrou-se de outra coisa, da conversa com Kenneth na praia.

Onde ele estaria naquele exato momento? E Jem, Jerry, Walter e todos os outros garotos que dançaram sob o luar no velho farol de Four Winds naquela noite de celebração, a última noite de alegria e tranquilidade? Estariam nas trincheiras imundas no front do Somme, sob o estrondo das armas e dos gritos agonizados no lugar do violino de Ned Burr e do clarão das explosões no lugar do cintilante golfo azul? Dois deles jaziam sob as papoulas de Flandres: Alec Burr, de Upper Glen, e Clark Manley, de Lowbridge. Outros estavam feridos nos hospitais. Contudo, nada havia acontecido ainda com os rapazes da casa ministerial e de Ingleside. Eles pareciam ter sido tocados pela sorte. Não obstante, o suspense continuava insuportável à medida que as semanas e os meses da guerra se acumulavam.

– Não é como se eles fossem imunes a algum tipo de febre – suspirou Rilla. – O perigo continua tão grande e tão real depois de dois anos como foi no primeiro dia nas trincheiras. Isso me tortura todos os dias, o que não me impede de torcer para que, já que chegaram até agora ilesos, eles continuem assim até o final. Ah, senhorita Oliver, como seria acordar pela manhã e não ter medo das notícias do dia? Já não consigo imaginar. Há exatamente dois anos, eu despertei e me perguntei que dádivas o novo dia traria. Eu pensava que os últimos dois anos seriam repletos de felicidade.

– Você os trocaria, agora, por dois anos repletos de felicidade?

– Não – disse Rilla lentamente –, não os trocaria. É esquisito, não acha? Foram dois anos péssimos, todavia sinto uma estranha gratidão por eles, como se tivessem me proporcionado algo muito precioso além de toda a dor. Não gostaria de voltar a ser a garota que fui dois anos atrás nem se pudesse. Não que eu ache que evoluí muito; no entanto, não sou mais aquela bonequinha frívola e autocentrada de antes. Creio que naquela época eu não estava ciente de ter uma alma, senhorita Oliver. Agora estou, e isso é muito valioso, vale todo o sofrimento dos últimos dois anos. O que não quer dizer que desejo continuar sofrendo – Rilla deu uma risadinha apologética –, mesmo que em nome de uma alma mais madura. Talvez daqui a dois anos eu olhe para trás e fique grata pela evolução que eles me trouxeram; agora, porém, não faço questão disso.

– Nunca alguém faz questão – disse a senhorita Oliver. – É por isso que não nos cabe escolher a forma como evoluímos, creio eu. Não importa o quanto valorizemos nossas lições, ninguém quer aprender do jeito mais difícil. Bem, o que nos resta é torcer pelo melhor. As coisas estão indo realmente bem agora e, se a Romênia entrar na guerra, talvez a guerra termine antes do que esperamos.

A Romênia por fim entrou na guerra, e Susan comentou que o rei e a rainha formavam o casal real mais bonito que ela já viu. E, assim, o verão passou. No início de setembro chegou a notícia de que os canadenses foram remanejados para o front do Somme, e a ansiedade geral se intensificou. Pela primeira vez a senhora Blythe demonstrou sinais de abatimento, e com o passar dos dias de tensão o doutor começou a se preocupar com a esposa, vetando este ou aquele empenho extra na Cruz Vermelha.

– Deixe-me trabalhar, deixe-me trabalhar, Gilbert – ela suplicava com fervor. – O trabalho impede que eu pense demais. Quando estou ociosa, imagino de tudo. O descanso é uma tortura para mim. Meus dois meninos estão naquele front terrível no rio Somme, e Shirley estuda dia e noite aviação e não fala nada. Vejo brilhar o propósito nos olhos dele. Não, eu não posso descansar, não me peça isso, Gilbert.

Mas o doutor foi irredutível.

– Não posso permitir que se mate, minha Anne. Quero que a mãe daqueles meninos esteja aqui para recebê-los quando voltarem. Você está ficando transparente. Isso não pode continuar, pergunte a Susan.

– Vocês dois devem ter se unido contra mim! – protestou Anne, impotente.

Em um dia glorioso chegou a notícia de que os canadenses haviam tomado Courcelette e Martinpuich, com muitos prisioneiros e armas. Susan hasteou a bandeira e disse que obviamente Haig sabia quais soldados escolher para os trabalhos mais árduos. Os outros não ousaram comemorar. Quem sabia qual tinha sido o preço?

Rilla acordou naquele dia ao amanhecer e foi até a janela, com os olhos ainda pesados de sono. A alvorada confere ao mundo encantos que não se igualam a nenhum outro momento do dia. O ar estava gelado por causa do orvalho, e o pomar, o bosque e o Vale do Arco-Íris estavam envoltos em mistérios. As colinas a oeste exibiam picos dourados e vales róseos e prateados. Não havia vento, e ela pôde ouvir o uivo melancólico de um cachorro vindo da estação. Era o Segunda-feira? Se fosse, por que estava uivando assim? Rilla estremeceu. O som tinha algo de agourento e sinistro. Ela lembrou-se do que a senhorita Oliver disse uma vez, quando voltavam para casa na escuridão e ouviram o ulular de um cão. "Quando um cachorro uiva desse jeito, o Anjo da Morte está por perto." Rilla o ouviu com o coração aflito. Ela não tinha dúvida de que era o Segunda--feira. Quem ele homenageava com aquele hino fúnebre, qual espírito ele saudava, de quem despedia com toda aquela angústia?

Rilla voltou para a cama e não conseguiu dormir. Ela passou o dia ansiosa e atenta, com uma inquietação que não demonstrou a ninguém. Quando foi ver como o Segunda-feira estava, o chefe da estação disse:

– Seu cachorro uivou de um jeito esquisito da meia-noite até o nascer do sol. Não sei o que deu nele. Eu levantei e dei um grito, mas ele nem prestou atenção. Estava sentado sozinho sob o luar no fim da plataforma, e de tempos em tempos o pobre coitado erguia o focinho e uivava como se estivesse com o coração partido. Foi a primeira vez que fez isso. Ele sempre dorme calmamente na casinha entre as chegadas dos trens. Com certeza alguma coisa estava incomodando-o na noite passada.

O Segunda-feira estava deitado no canil. Ele balançou o rabo e lambeu a mão da Rilla, todavia não tocou na comida que ela trouxe.

– Receio que esteja doente – disse com preocupação. Ela detestava ter que deixá-lo ali, mas nenhuma notícia ruim chegou naquele dia, ou no seguinte nem no próximo. O medo de Rilla esmoreceu. O Segunda--feira não voltou mais a uivar e voltou à rotina de receber e esperar pelos trens. Passados cinco dias, os moradores de Ingleside sentiram que podiam ficar tranquilos de novo. Rilla ajudava Susan na cozinha com o café da manhã e cantava com tamanha doçura e clareza que a prima Sophia ouviu do outro lado da estrada e comentou com a senhora Albert:

– Cante antes de comer e chorarás antes de dormir, é o que diz o ditado.

Rilla não derramou nenhuma lágrima antes do anoitecer. Quando o pai dela, com o rosto cinzento, tenso e alquebrado, contou a ela, naquela tarde, que Walter tinha sido morto em ação em Courcelette, a jovem desmoronou nos braços dele em um estado abençoado de inconsciência e levou muitas horas para despertar para a dor.

# Então, boa noite

A chama implacável da agonia consumiu-se, e suas cinzas se espalharam pelo mundo. A jovem Rilla recuperou-se fisicamente mais rápido do que a mãe. A senhora Blythe passou semanas prostrada por causa do luto e do choque. Rilla descobriu que era possível continuar existindo, já que a vida não ia parar. Havia trabalho a ser feito, pois Susan não daria conta de tudo. Pelo bem da mãe, durante o dia ela ficava envolta de calma e tolerância como se fossem um manto, mas noite após noite ela vertia as lágrimas amargas e rebeldes da juventude até que se esgotassem, e uma dor sutil e constante instalou-se em seu coração, uma dor que duraria até o dia de sua morte.

Ela se aferrou à senhorita Oliver, que sabia o que dizer e o que não dizer. Poucas pessoas sabiam. Visitas gentis e bem-intencionadas por vezes faziam Rilla passar por momentos difíceis.

– Com o passar do tempo você vai superar – disse a senhora William Reese em um tom alegre. Ela era mãe de três rapazes saudáveis e robustos que não tinham ido para a guerra.

– Ainda bem que foi Walter, e não Jem – disse a senhorita Sarah Clow. – Walter era um membro da igreja, mas Jem não é. Eu falei

muitas vezes para o senhor Meredith que ele deveria conversar seriamente com Jem antes de o menino ir para a guerra.

– Pobre, pobre Walter – suspirou a senhora Reese.

– Não venha aqui chamar Walter de pobre – disse Susan com indignação ao aparecer na porta da cozinha, para o alívio da Rilla, que
achava que não aguentaria mais. – Ele não era pobre; era mais rico do
que qualquer uma de vocês. São vocês, que ficam em casa e impedem
os filhos de irem à guerra, que são pobres. Pobres, desnudas, mesqui-
nhas e pequenas. Paupérrimas, assim como seus filhos, com todas as
fazendas prósperas, as cabeças de gado e alma menor do que uma pulga,
quando muito.

– Vim aqui para confortar a família, e não para ser insultada – disse
a senhora Reese antes de ir embora, sem que alguém tentasse impedi-la.
Então o fogo se apagou em Susan e ela voltou para a cozinha, encostou
a cabeça leal sobre a mesa e chorou copiosamente por algum tempo. Em seguida ela voltou ao trabalho e passou as roupinhas de Jims.
Quando percebeu, Rilla disse com gentileza que ela mesma podia fazer
aquela tarefa.

– Não vou deixar que você se mate de trabalhar por nenhum filho da
guerra – insistiu Susan.

– Ah, quem dera eu conseguisse trabalhar initerruptamente – chorou a coitadinha da Rilla. – E gostaria de não ter que dormir. É horrível
adormecer e se esquecer por algumas horas, só para a realidade voltar
com toda a força na manhã seguinte. Como as pessoas se acostumam
com isso, Susan? Será que Walter sofreu muito? Ele era tão sensível à
dor. Ah, Susan, se eu tivesse a certeza de que ele não sofreu, acho que
conseguiria ter um pouco mais de coragem e força.

Rilla teve sua confirmação misericordiosa. Eles receberam uma carta
do comandante de Walter afirmando que ele foi morto instantanea-
mente por uma bala durante um ataque em Courcelette. No mesmo dia,
ela recebeu uma carta do próprio Walter.

Rilla a levou até o local do Vale do Arco-Íris, onde os dois haviam conversado pela última vez. Era estranho ler uma carta sabendo que seu autor havia morrido. Era uma mistura peculiar de dor e reconforto. Pela primeira vez desde que recebera o duro golpe, Rilla sentiu que Walter ainda estava vivo, com o mesmo dom glorioso e os mesmos ideais esplêndidos. Era uma sensação diferente da esperança e da fé. Tudo que ele fora jamais seria eclipsado. A personalidade que havia se expressado naquela carta derradeira, escrita na véspera de Courcelette, não podia ser destruída por uma bala alemã. Ela continuaria viva, ainda que sem sua conexão com as coisas terrenas.

"Atacaremos amanhã, Rilla-a-Marilla", escreveu Walter. "Enviei uma carta para a mamãe e para Di ontem, só que por algum motivo sinto que devo escrever para você nesta noite. Eu não pretendia escrever nada hoje, mas é preciso. Lembra-se da velha senhora Crawford, que morava do outro lado do porto e sempre dizia que "algo a obrigava" a fazer isso ou aquilo? Bem, é como me sinto. "Algo me obriga" a escrever para você nesta noite, a você, minha irmã e grande amiga. Tenho que lhe dizer algumas coisas antes, bem, antes de amanhã."

"Sinto você e Ingleside estranhamente próximos de mim hoje. É a primeira vez que tenho essa impressão desde que vim para cá. Meu lar sempre me pareceu muito distante, desmesuradamente distante desse caos medonho de sujeira e sangue. Todavia, nesta noite, ele está próximo de mim. É como se eu pudesse ver, ouvir e falar com você. Posso ver o luar cintilante sob as antigas colinas do meu lar. Quando vim para cá, pareceu-me impossível que houvesse noites calmas e gentis e luar em qualquer outro lugar do mundo. Nesta noite, de algum modo, todas as coisas bonitas que sempre amei parecem ser possíveis novamente, o que me faz sentir uma felicidade profunda e rara. Deve ser outono em casa agora. O porto parece um sonho, as colinas de Glen estão encobertas por uma névoa celeste, e o Vale do Arco-Íris continua o mesmo lugar delicioso repleto de ásteres silvestres, nossas 'despedidas-de-verão'. Sempre gostei mais desse nome do que 'áster'; é um verdadeiro poema."

"Rilla, você sabe que sempre tive premonições. Lembra-se do flautista de Hamelin? Não, é claro que não. Você era jovem demais. Uma tarde, muito tempo atrás, Nan, Di, Jem, os Merediths e eu estávamos no Vale do Arco-Íris e eu tive uma visão ou pressentimento esquisito, chame como quiser. Eu vi o flautista atravessar o vale com uma fila de sombras atrás. Os outros acharam que eu estava fingindo, mas eu o vi de relance. E, Rilla, eu o vi de novo na noite passada. Eu estava de vigia e o vi atravessar a terra de ninguém, das nossas trincheiras em direção às trincheiras dos alemães, a mesma figura alta e obscura, tocando uma música sinistra, e atrás dele vinha uma fileira de garotos de uniforme. Rilla, estou afirmando que o vi, não foi uma fantasia ou uma ilusão. Eu ouvi sua música, e então ele desapareceu. Assim como da outra vez, eu entendi o que isso significa: que eu estarei entre seus seguidores."

"Rilla, o flautista vai me levar para o 'Oeste' amanhã. Não tenho dúvida. Rilla, não estou com medo. Quando receber a notícia, lembre-se disso. Eu me tornei livre aqui; livre de todos os meus medos. Jamais terei receio de algo outra vez; nem da morte nem da vida, caso eu continue vivo. E acho que, entre as duas, a vida seria a mais difícil de encarar, porque eu nunca voltarei a enxergar sua beleza. Haverá sempre coisas horríveis para se lembrar, coisas que sempre tornarão a vida feia e dolorosa para mim. Jamais as esquecerei. Da vida ou da morte não tenho medo, Rilla-a-Marilla, e não me arrependo de ter vindo para cá. Estou satisfeito. Nunca escrevi os poemas que sonhei em criar, todavia ajudei a tornar o Canadá seguro para os poetas do futuro, para os trabalhadores do futuro, ah, e para os sonhadores também, pois, sem os sonhos, os trabalhadores não teriam motivos para trabalhar. O futuro não apenas do Canadá, e sim do mundo inteiro; quando a 'chuva vermelha' de Langemarck e Verdun produzir uma colheita dourada, não em um ano ou dois, como alguns tolos imaginam, mas daqui a uma geração, quando as sementes plantadas agora tiverem tempo para germinar e crescer. Sim, estou feliz por ter vindo para cá, Rilla. Não é somente o destino de uma ilha pequena que amo tanto que está em risco, tampouco do Canadá e da Inglaterra. É o destino da humanidade. É por ele que estamos lutando. E nós venceremos. Nunca duvide disso nem por um instante, Rilla. Porque não são apenas os vivos que estão lutando; os mortos também estão. Um exército desses não pode ser derrotado."

"Você já voltou a sorrir, Rilla? Espero que sim. O mundo precisará de risadas e de coragem mais do que nunca nos próximos anos. Não estou pregando, pois não é hora para isso. Só quero dizer algo que pode ajudá-la a superar o pior quando chegar a notícia de que eu parti para o 'Oeste'. Também tive uma visão relacionada contigo. Creio que Ken voltará para você e que o futuro lhe reserva longos anos de felicidade. E você contará aos seus filhos sobre o ideal pelo qual lutamos e morremos e ensinará que é preciso viver por ele além de protegê-lo com a vida, do contrário o preço que pagamos terá sido em vão. Isso será parte do seu trabalho, Rilla. E, se você e todas as garotas de nossa terra natal o realizarem, aqueles que não voltarem saberão que vocês não perderam a fé em nós."

"Eu pretendia escrever também para Una nesta noite, mas não terei tempo. Leia esta carta para ela e diga que eu a enviei para vocês duas, minhas garotas queridas e leais. Amanhã, quando chegarmos ao topo da colina, estarei pensando em vocês, na sua risada, Rilla-a-Marilla, e na firmeza dos olhos azuis de Una. De alguma forma, também posso vê-los com clareza nesta noite. Sim, vocês duas não perderão a fé, não tenho dúvida. Então, boa noite. Partiremos pela manhã."

Rilla releu a carta inúmeras vezes. Havia um brilho diferente no rosto pálido dela quando finalmente se levantou, em meio aos ásteres que Walter tanto amava e sob o brilho do sol outonal. Naquele momento, pelo menos, ela se sentia acima da dor e da solidão.

– Não perderei a fé, Walter – disse, resoluta. – Vou trabalhar e ensinar, e aprender, e rir, sim, eu darei risadas, durante toda a minha vida, graças a você e ao que conquistou ao seguir seu chamado.

Rilla pretendia guardar a carta de Walter como um tesouro sagrado. Porém, diante da expressão de Una Meredith ao lê-la e entregá-la de volta, ela refletiu. Será que deveria? Ah, não, ela não podia abrir mão da carta de Walter, a última carta. Com certeza não seria egoísmo ficar com ela. Uma cópia seria algo tão desumano. Entretanto, Una tinha tão pouco, e os olhos dela eram os de uma mulher ferida no âmago, que sabe que não deve chorar nem pedir comiseração.

– Una, você gostaria de ficar com essa carta? – perguntou lentamente.

– Sim. Se puder me dá-la – respondeu Una com a voz embargada.

– Então, pode ficar com ela – apressou-se Rilla em dizer.

– Obrigada. – Foi tudo que Una disse, todavia algo na voz dela compensou o sacrifício de Rilla.

Depois que Rilla foi embora, Una pegou a carta e a levou até os lábios solitários. Agora ela sabia que o amor nunca entraria em sua vida: ele estava enterrado para sempre nos campos manchados de sangue "em algum lugar da França". Ninguém além dela mesma (talvez Rilla) estava a par disso. Aos olhos do mundo, ela não tinha o direito de ficar de luto. Era preciso esconder e suportar a dor da melhor maneira possível, sozinha, mas ela também não perderia a fé.

# Mary chega a tempo

O outono de 1916 foi uma estação amarga para Ingleside. A senhora Blythe recuperou a saúde lentamente, e todos os corações estavam carregados de pesar e solidão. Eles tentavam esconder isso um do outro e "seguir em frente" com alegria. Rilla ria bastante, todavia sua risada não enganava ninguém na casa; todos sabiam que vinha apenas dos lábios, e não do coração. Mas os de fora diziam que algumas pessoas se recuperavam com muita facilidade, e Irene Howard comentou que estava surpresa por ter descoberto o quão superficial Rilla Blythe era.

– Ora, apesar de toda a pose de quem era devota ao irmão, ela não parece se importar tanto assim com a morte dele. Nunca alguém a viu verter uma lágrima ou mencionar o nome de Walter. Evidentemente, já se esqueceu dele. Coitado... era de se esperar que a família dele ficasse mais abalada. Na última reunião da Cruz Vermelha, eu comentei com Rilla o quanto Walter era bondoso, corajoso e esplêndido e falei que a minha vida nunca seria como era antes, agora que ele se foi. Nós éramos muito amigos, sabia? Fui a primeira pessoa para quem ele contou que havia se alistado. E Rilla respondeu com a frieza e a indiferença de quem fala de um completo desconhecido: "ele foi só mais um dos muitos rapazes bons e esplêndidos que deram tudo pelo país". Bem, eu gostaria de encarar os fatos com a mesma calma, só que não é da minha natureza. Sou muito sensível, as coisas me machucam muito e nunca me recupero por completo. Eu perguntei por que ela não estava de luto por Walter, e ela respondeu que a mãe não queria. Todo mundo está comentando.

– Rilla não usa cores, somente branco – protestou Betty Mead.

– É a cor que mais a favorece – ressaltou Irene. – E nós sabemos que preto não combina com a complexidade dela. Não estou dizendo que é por isso que ela não usa a cor, é claro. Só acho curioso. Se meu irmão tivesse morrido, eu estaria profundamente de luto. Não conseguiria pensar em mais nada. Confesso que estou desapontada com Rilla Blythe.

– Pois eu não – exclamou Betty Meade. Acho Rilla uma garota maravilhosa. Admito que, alguns anos atrás, eu a achava muito orgulhosa e infantil, mas agora está bem diferente. Creio que não há uma garota em Glen mais altruísta e destemida do que Rilla ou que cumpra com seus deveres com tanto empenho e paciência. Nosso comitê júnior da Cruz Vermelha teria implodido dezenas de vezes se não fosse pelo tato, pela perseverança e pelo entusiasmo dela, e você sabe disso muito bem, Irene.

– Ah, não estou falando mal de Rilla – disse Irene, arregalando os olhos. – Só estou criticando a frieza dela. Suponho que seja mais forte do que ela. É claro, Rilla é uma líder nata, todo mundo sabe disso. E adora administrar as coisas. Tenho de admitir que pessoas assim são indispensáveis. Então, não me olhe como se eu tivesse dito algo horrível, Betty, por favor. Estou admitindo que Rilla Blythe é a personificação de todas as virtudes, se quiser. E sem dúvida é uma virtude ser imune a coisas que destruiriam a maioria das pessoas.

Alguns dos comentários de Irene chegaram até Rilla, todavia eles não a magoaram como teria acontecido em outros tempos. Eles não tinham a menor relevância. A vida era grande demais para dar ouvidos a mesquinharias. Rilla tinha uma promessa a cumprir e trabalho a fazer e, durante os dias e as semanas longas e difíceis daquele outono desastroso, ela manteve-se fiel a eles. As notícias da guerra eram consistentemente ruins, uma vez que a Alemanha marchava de vitória em vitória contra a Romênia.

– Estrangeiros... estrangeiros... – murmurava Susan em tom de incerteza. – Sejam russos, sejam romenos, não se pode confiar neles. Mas, depois de Verdun, não perderei as esperanças. Querida senhora, você saberia me dizer se Dobruja é um rio, uma montanha ou uma condição atmosférica?

As eleições presidenciais dos Estados Unidos aconteceram em novembro, e então Susan ficou vermelha de raiva por causa delas, desculpando-se aos demais pela exaltação.

– Nunca pensei que algum dia eu iria me interessar pelas eleições ianques, querida senhora. Isso só mostra que não dá para saber o que enfrentaremos nesta vida e, portanto, não devemos ser orgulhosos.

Susan ficou acordada até tarde no dia 7, supostamente para terminar de tricotar um par de meias, e telefonou de tempos em tempos para o armazém do Carter Flagg. Quando chegou a notícia de que Hughes fora eleito, ela foi até o quarto da senhora Blythe e sussurrou em tom solene a novidade aos pés da cama.

– Achei que estaria interessada em saber, caso não estivesse dormindo. Creio que é uma coisa boa. Talvez ele também só sirva para escrever notas, querida senhora, todavia tenho esperanças. Nunca gostei de bigodes, mas não se pode ter tudo na vida.

Pela manhã, ao ficar sabendo que na verdade Wilson tinha sido reeleito, ela tentou manter o otimismo.

– Bem, é melhor um tolo que já conhecemos do que um desconhecido – comentou com alegria. – Não que eu considere Woodrow um tolo, de forma alguma, embora às vezes ele aparente não ter muito juízo. Pelo menos escreve boas cartas, o que não podemos falar desse tal de

Hughes. Apesar de tudo, felicito os ianques. Eles demonstraram bom senso, e não me importo em admitir isso. A prima Sophia queria que o Roosevelt fosse eleito e ficou muito contrariada por não terem lhe dado uma chance. Eu também teria ficado contente se ele tivesse sido eleito, mas temos de acreditar que a Divina Providência rege esses assuntos e ficar satisfeitos, embora eu não faça a mínima ideia de quais sejam as intenções do Todo-Poderoso em relação à Romênia, e digo isso com todo o respeito.

Susan teve um vislumbre, ou achou que teve, quando o ministro Asquith caiu e Lloyd George se tornou o primeiro-ministro do Reino Unido.

– Querida senhora, Lloyd George finalmente está no comando. Estou rezando por isso há muitos dias. Logo veremos grandes mudanças. Foi necessário o desastre da Romênia para que isso acontecesse. Agora eu compreendo que esse era o propósito Dele. Chega de lenga-lenga. Na minha opinião, a guerra está praticamente ganha, mesmo se Bucareste cair.

Bucareste não caiu, e a Alemanha propôs negociações de paz. Susan se fez de surda e recusou-se dar ouvidos às propostas. Quando o presidente Wilson lançou seu famoso tratado de paz em dezembro, o sarcasmo de Susan tornou-se violento.

– Woodrow Wilson vai conseguir o cessar-fogo, pelo que entendi. O primeiro a tentar foi Henry Ford, e agora é a vez de Wilson. Só que a paz não é selada com tinta, Woodrow, escreva o que estou dizendo – disse Susan, dirigindo-se ao desafortunado presidente pela janela da cozinha mais próxima dos Estados Unidos. – O discurso de Lloyd George vai mostrar ao cáiser como as coisas realmente são, então é melhor guardar suas notas de paz e poupar os selos.

– É uma pena o presidente Wilson não poder ouvir você, Susan – disse Rilla, sorrindo.

– É verdade, querida Rilla. É uma pena que não haja uma pessoa entre todos aqueles democratas e republicanos para lhe dar bons conselhos

– respondeu Susan. – Não sei qual é a diferença entre os dois partidos; a política dos ianques é um mistério que não consigo solucionar. Mas, em termos de insensatez, temo que sejam todos farinha do mesmo saco. – Susan balançou a cabeça, inconformada.

"Estou feliz pelo fato de o Natal ter passado", escreveu Rilla em seu diário na última semana daquele mês tempestuoso. "Temíamos tanto o primeiro Natal desde Courcelette... Ainda bem que convidamos os Merediths e ninguém tentou animar o ambiente. Foi um almoço sereno e amigável, e isso ajudou muito. Também fiquei muito grata por Jims ter melhorado, tão grata que quase fiquei contente. Pergunto-me se algum dia voltarei a ficar realmente feliz com alguma coisa. É como se a alegria em mim tivesse morrido, atravessada pela mesma bala que perfurou o coração de Walter. Talvez algum dia nasça um novo tipo de felicidade na minha alma, já que a antiga não existe mais."

"O inverno chegou muito cedo neste ano. Dez dias antes do Natal, nós tivemos uma grande tempestade de neve, pelo menos nós pensamos que fosse grande na época. Na realidade, era apenas o prelúdio da verdadeira performance. O dia seguinte foi lindo. As árvores de Ingleside e do Vale do Arco-Íris estavam cobertas de neve e havia montes brancos por toda a parte, talhados nas formas mais fantásticas pelo cinzel do vento nordeste. O papai e a mamãe foram para Avonlea. Ele achou que a mudança de ares faria bem para ela, e eles também queriam visitar a pobre tia Diana, cujo filho Jock tinha sido gravemente ferido em combate. Eles deixaram Susan e eu tomando conta da casa, e o papai esperava regressar no dia seguinte. Porém, eles só voltaram depois de uma semana. Naquela noite começou outra tempestade que durou quatro dias inteiros. Foi a pior e a mais longa tormenta a atingir a ilha do Príncipe Edward em anos. Foi o maior caos: as estradas ficaram completamente bloqueadas, todos os trens pararam de circular, e os telefones ficaram mudos."

"Foi quando Jims ficou doente."

"Ele estava com um leve resfriado antes de o papai e a mamãe viajarem e piorou nos dias seguintes. Em nenhum momento me ocorreu que poderia ser algo sério. Nunca vou me perdoar por não ter sequer checado a temperatura dele, foi puro descuido. A verdade é que eu desabei. Com a mamãe longe, deixei-me levar pelo desânimo. De repente me senti exausta de fingir alegria e valentia e passei alguns dias deitada na cama, chorando. Eu negligenciei Jims, essa é a verdade horrível. Fui covarde e traí a promessa que fiz a Walter. Se Jims tivesse morrido, eu jamais me perdoaria."

"Na terceira noite, o estado de saúde de Jims teve uma piora repentina. E que piora! Susan e eu estávamos completamente sozinhas, pois Gertrude tinha ido para Lowbridge antes de a tempestade começar. De início, não ficamos alarmadas. Ele já tinha tido vários ataques de crupe que Susan, Morgan e eu enfrentamos sem grandes problemas. Só que não demorou muito para ficarmos aflitas."

"'Nunca vi uma tosse como essa', disse Susan."

"Quanto a mim, percebi tarde demais que tipo de tosse era aquela. Eu sabia que não era um crupe comum, ou 'crupe falso', como chamam os médicos, e sim um 'crupe verdadeiro', que podia ser perigosa e até fatal. O papai estava longe, e o médico mais próximo ficava em Lowbridge, e não podíamos telefonar ou mandar alguém a cavalo para buscá-lo em meio à nevasca."

"O valente menino lutava com todas as forças pela vida. Susan e eu tentamos todos os tratamentos que conhecíamos ou que encontramos nos livros do papai, mas ele continuou a piorar. Vê-lo e ouvi-lo partia o meu coração. O pobrezinho ofegava sofregamente, e seu rosto exibia um tom azulado e uma expressão agoniada, enquanto agitava as mãozinhas como se implorasse para que o ajudássemos. Eu me flagrei imaginando que os rapazes mortos pelas bombas de gás deviam ter aquele mesmo aspecto, e a ideia passou a me assombrar, apesar do medo e do sofrimento por causa de Jims. Uma membrana não parava de crescer na garganta diminuta do bebê, impedindo-o de respirar."

"Quase enlouqueci! Foi só naquele instante que percebi o quanto ele era importante para mim. Eu me sentia completamente impotente."

"Então, Susan deu-se por vencida. 'Não podemos salvá-lo! Ah, se ao menos seu pai estivesse aqui... olhe só para o coitadinho! Não sei o que fazer.'"

"Olhei para Jims e achei que ele estava morrendo. Susan havia erguido o berço para facilitar a respiração do garoto, mas ele parecia não conseguir mais respirar. Meu filho da guerra, com seu jeitinho adorável e seu sorriso doce e faceiro, estava morrendo asfixiado diante dos meus olhos, e eu não podia fazer nada. Eu joguei no chão o pano que estava usando para aplicar emplastros. De que adiantava? Jims estava morrendo, e a culpa era minha. Eu não tinha sido cuidadosa o bastante!"

"Nesse exato momento, às onze da noite, escutamos a campainha. O toque ressoou por toda a casa, fazendo-se ouvir por cima do rugido da tempestade. Susan não se atreveu a reclinar o berço, de maneira que eu corri para atender a porta. No corredor eu me detive por um minuto, acometida por um temor absurdo. Eu me lembrei da história que a Gertrude me contou certa vez. Uma tia dela estava sozinha em casa com o marido adoecido, quando ouviu uma batida na porta. Ao abri-la, não havia nada lá fora, nada que pudesse ser visto, pelo menos. Contudo, um vento gelado e mortal passou por ela e subiu as escadas, embora fosse uma noite serena e quente de verão. Imediatamente ouviu-se um grito. Ela voltou às pressas para o quarto e encontrou o marido morto. Gertrude disse que a tia sempre acreditou que havia deixado a Morte entrar."

"Era ridículo sentir-me tão assustada, mas eu estava aflita e esgotada, e por um instante pensei que não deveria abrir a porta, que a morte espreitava ali fora. Aí me lembrei de que não tinha tempo a perder, que aquilo era tolice, e resolvi abri-la."

"Um vento gelado entrou correndo, deixando um rastro de neve pelo vestíbulo. Só que a presença parada no umbral era de carne e osso: Mary

Vance, coberta de neve da cabeça aos pés, trazendo consigo a vida, e não a morte, como vim a descobrir. Fiquei ali parada, encarando-a."

"'Não me expulsaram de casa', Mary sorriu ao entrar e fechar a porta. 'Eu fui ao armazém do Carter Flagg dois dias atrás e fiquei presa lá por dois dias. Hoje o velho Abbie Flagg finalmente me tirou do sério e eu decidi vir para cá. Pensei que conseguiria chegar aqui sem problemas, mas quase que fiquei pelo caminho. Que noite horrível, não?'"

"Ao recobrar o juízo, eu expliquei rapidamente a situação para Mary e subi correndo as escadas, mas ela ficou ali, tentando se livrar da neve. Encontrei Jims preso em outro paroxismo. Tudo que consegui fazer foi gemer e chorar. Sinto vergonha só de me lembrar. E, afinal, o que eu poderia ter feito? Já tínhamos tentado tudo que sabíamos. Então eu ouvi Mary Vance dizer em alto e bom som: 'Essa criança está morrendo!'"

"Eu me virei. É claro que o meu pequeno Jims estava morrendo! Eu poderia ter arremessado Mary Vance pela porta, a janela ou qualquer outro lugar naquele momento. Ali estava ela, calma e composta, encarando o meu bebê com aqueles olhos brancos e esquisitos como se fosse um filhote de gato engasgado. Nunca gostei muito de Mary Vance, e naquele instante simplesmente a detestei."

"A pobre Susan disse: 'Tentamos de tudo. Não é um crupe comum.'"

"'Não, é difteria', retrucou Mary na mesma hora, colocando um avental. 'Temos muito pouco tempo, mas sei o que fazer. Quando eu morava com a senhora Wiley, do outro lado do porto, anos atrás, o filho de Will Crawford morreu de difteria, apesar da assistência de dois médicos. Assim que a velha tia Christina MacAllister ficou sabendo (foi ela que me ajudou quando eu quase morri de pneumonia, sabe? Ela era uma mulher maravilhosa, do tipo que não se fazem hoje em dia, mais sábia do que muitos médicos), ela falou que poderia tê-lo salvado com o remédio da avó dela. Ela contou à senhora Wiley como prepará-lo, e eu nunca me esqueci. Tenho uma memória incrível. As informações ficam guardadas lá no fundo até eu precisar usá-las. Vocês têm enxofre, Susan?'"

"Sim, nós tínhamos enxofre. Susan foi buscá-lo com Mary enquanto eu segurava a criança no colo. Minha esperança já tinha se esgotado. Mary Vance podia se gabar o quanto quisesse (como sempre fazia), só que eu não acreditava que um remédio de avó pudesse salvar Jims. Mary voltou com um pedaço de pano grosso amarrado sobre a boca e o nariz e com uma velha frigideira de Susan cheia de brasas."

"'Observem', disse com arrogância. 'Nunca fiz isso, mas, como essa criança está à beira da morte, agora é matar ou curar.'"

"Ela espalhou uma colherada de enxofre sobre as brasas e colocou Jims de bruços sobre a fumaça sufocante. Não sei como não o arranquei dali no mesmo instante. Susan diz que foi por intervenção divina, e acho que ela está certa, pois eu realmente me senti paralisada. A própria Susan parecia transfixada enquanto assistia a tudo da porta. Jims se contorcia nas mãos grandes, firmes e habilidosas de Mary – sim, ela é habilidosa, não há como negar – enquanto tossia e engasgava e depois tossia e engasgava de novo. Era como se estivesse sendo torturado até a morte. Então, depois do que pareceu ser uma hora, apesar de não ter sido tanto tempo assim, ele expeliu a membrana que o estava asfixiando. Mary o colocou de costas no berço. Estava branco como um lençol, e lágrimas escorriam de seus olhos castanhos, todavia já estava recobrando a cor e conseguia respirar com facilidade."

"'Não foi uma cena e tanto?', comentou Mary com animação. 'Eu não fazia a mínima ideia se iria funcionar, mas resolvi arriscar. Vou fumegá-lo mais uma ou duas vezes antes do amanhecer, só para matar os germes. Enfim, acho que ele está bem agora.'"

"Jims dormiu, de verdade, e não entrou em coma, como eu temi de início. Mary o 'fumegou' duas vezes naquela noite. Pela manhã a garganta dele estava perfeitamente limpa, e a temperatura havia voltado ao normal. Depois que me certifiquei disso, virei-me e olhei para Mary Vance. Ela estava sentada no sofá, dando uma palestra para Susan cujo assunto a ouvinte provavelmente entendia quarenta vezes mais do que ela.

Porém, isso não me incomodou. Mary tinha o direito de se gabar. Ela se atreveu a fazer algo que eu jamais teria ousado e salvou Jims de uma morte horrível. Já não importava mais se ela havia me perseguido pela vila com um bacalhau seco; já não importava mais se ela havia besuntado meu sonho romântico naquela noite no farol com gordura de ganso; já não importava mais se ela achava que sabia mais do que todo mundo sobre qualquer assunto. Eu nunca mais iria implicar com Mary Vance. Eu me aproximei dela e lhe dei um beijo."

"'O que foi?', perguntou ela."

"'Nada... Só estou muito grata, Mary.'"

"'Bem, pois deveria estar, mesmo. Vocês teriam deixado o bebê morrer se eu não tivesse aparecido', disse Mary, reluzindo de complacência. Ela preparou um café da manhã de primeira e nos obrigou a comer, e nos 'deu ordens a torto e a direito', como diz Susan, durante dois dias até as estradas serem desobstruídas e ela conseguir ir para casa. A essa altura Jims já havia se recuperado. Quando o papai voltou, ele ouviu o nosso relato sem opinar muito. Ele geralmente menospreza o que chama de 'remédios de comadres'. Ele riu e comentou: 'Agora Mary Vance vai esperar que eu a consulte sobre os meus casos mais difíceis'."

"Por fim, o Natal não foi tão duro como eu esperava. Agora o Ano-novo se aproxima e ainda estamos esperando pelo grande avanço que colocará um fim na guerra. O Segunda-feira está ficando doente e reumático por causa das vigílias ao relento, mas continua 'seguindo em frente', e Shirley continua lendo sobre as façanhas dos ases do ar. Ó 1917, o que você nos trará?"

# A partida de Shirley

– Não, Woodrow, não haverá paz sem vitória – disse Susan, enfiando a agulha de tricô no nome do presidente Wilson no jornal. – Nós, canadenses, pretendemos ter paz e vitória. Se preferir, Woodrow, você pode ficar somente com a paz. – Susan foi para a cama com a reconfortante sensação de ter levado a melhor na discussão com o presidente. Alguns dias depois, porém, ela procurou a senhora Blythe em um estado de grande agitação.

– Querida senhora, o que acha? Acaba de chegar uma mensagem de Charlottetown pelo telefone dizendo que Woodrow Wilson fez com que o embaixador alemão recuasse. Falaram que isso é um ultimato. Começo a achar que o coração de Woodrow está no lugar certo, onde quer que esteja a cabeça dele, e vou conseguir um pouco de açúcar para celebrar a ocasião com um pouco de *fudge*, apesar das reclamações do Conselho Alimentar. Achei que aquela questão dos submarinos provocaria uma crise. Foi o que eu disse para a prima Sophia quando ela falou que esse era o começo do fim para os Aliados.

– Não deixe o doutor saber do *fudge*, Susan – disse Anne, sorrindo. – Você sabe que ele estipulou regras muito rígidas aqui em casa para respeitarmos a economia proposta pelo governo.

– Sim, querida senhora, e um homem deve ser o mestre em sua própria casa, e todos devem obedecer a suas regras. Eu me orgulho por estar me tornando muito eficiente em economizar – Susan criara o hábito de usar os termos que lia nos jornais –, mas um pouco de celebração de vez em quando não faz mal a ninguém. Shirley me pediu dias atrás, "do jeito que Susan faz", como ele diz, e eu prometi que faria um pouco na primeira vitória que tivéssemos. Considero essa notícia praticamente uma conquista, e o que o doutor não descobrir não o incomodará. Assumo total responsabilidade, querida senhora, não precisa ficar com a consciência pesada.

Susan mimou Shirley desmesuradamente naquele inverno. Ele vinha da Queen's todos os fins de semanas, e Susan preparava os pratos favoritos dele sempre que podia esquivar-se do doutor, além de servi-lo como uma escrava. Embora falasse da guerra o tempo todo e com todo mundo, ela evitava mencionar o assunto com ele ou perto dele, ainda que o vigiasse como um gato à espreita de um rato, e, quando a Alemanha começou a retirada de Bapaume, a alegria de Susan veio de algo muito mais profundo do que qualquer coisa que poderia expressar: o fim da guerra estava próximo e chegaria antes que qualquer outro jovem precisasse se alistar.

– A sorte finalmente está do nosso lado. Colocamos os alemães na defensiva – vangloriou-se. – Os Estados Unidos enfim declararam guerra, como sempre acreditei que fariam, apesar do talento de Woodrow para escrever cartas, e vão entrar na briga com força total, como costumam fazer quando decidem participar de eventos do tipo, pelo que sei.

– Os Estados Unidos têm boas intenções – murmurou a prima Sophia –, mas nem toda a energia do mundo seria capaz de colocá-los na linha de frente ainda nesta primavera. Até lá, os Aliados já terão sido derrotados. Os alemães só estão ludibriando-os. Aquele tal de Simonds[43] disse que a retirada deles colocou os Aliados em um buraco.

---

43 George S. Simonds (1874-1938), general do exército norte-americano. (N. T.)

– Aquele sujeito já falou o suficiente para uma vida inteira – retrucou Susan. – Não me importo com a opinião dele, contanto que Lloyd George continue sendo o primeiro-ministro da Inglaterra. Ele não vai ser passado para trás, escreva o que estou dizendo. As coisas me parecem bem. Os Estados Unidos entraram na guerra, nós recuperamos Kut e Bagdá, e eu não ficaria surpresa em ver os Aliados em Berlim em junho, e os russos, também, agora que se livraram daquele czar. Foi uma ótima decisão, a meu ver.

– O tempo nos dirá – disse a prima Sophia, que ficaria muito indignada se alguém dissesse que ela preferia ver Susan desmoralizada como profeta a assistir à queda da tirania, ou ainda a marcha dos Aliados pela avenida Unter den Linden. A prima Sophia não conhecia o sofrimento do povo russo, enquanto a irritante e otimista Susan era uma constante pedra no sapato dela.

Naquele mesmo instante, Shirley estava sentado na beirada da mesa da sala, balançando as pernas. O rapaz moreno de sol, corado e robusto disse com tranquilidade:

– Mãe, pai, eu fiz dezoito anos na segunda passada. Vocês não acham que já é hora de me alistar?

Lívida, a mãe olhou para ele.

– Dois filhos meus já foram para a guerra, e um nunca voltará. Será que eu terei de ver você partir também?

O lamento dos velhos tempos: "Já fiquei sem José, agora sem Simeão e ainda querem levar Benjamim"[44]. Como as mães da Grande Guerra reiteraram o protesto do antigo patriarca de muitos séculos atrás!

– Você preferiria que eu fosse um covarde, mãe? Eu posso entrar para o corpo aéreo. O que acha, pai?

As mãos do doutor tremeram enquanto preparavam o remédio para reumatismo do Abbie Flagg. Ele sabia que aquele momento logo chegaria, e mesmo assim não estava preparado. Ele respondeu lentamente:

---

44 Referência ao Antigo Testamento, Gênesis 42:36. (N. T.)

– Se acha que esse é o seu dever, não vou impedi-lo. Mas você só deveria ir com a aprovação da sua mãe.

Shirley não disse mais nada. Ele não era um rapaz de muitas palavras. Anne não se pronunciou. Ela estava pensando no túmulo da pequena Joyce, no cemitério do outro lado do porto: a pequena Joyce, que já seria uma mulher caso tivesse vivido; na cruz branca na França e nos esplêndidos olhos cinzentos do garotinho que aprendera as primeiras lições sobre dever e lealdade no colo dela; em Jem, nas terríveis trincheiras; em Nan, Di e Rilla, que esperavam e esperavam enquanto os anos dourados da juventude passavam. Perguntou-se, então, se conseguiria suportar. Anne achava que não, ela não tinha dúvida de que já havia renunciado a muita coisa.

Entretanto, naquela noite ela disse a Shirley que ele poderia ir.

Eles não contaram para Susan de imediato. Ela só descobriu alguns dias depois, quando Shirley apareceu na cozinha com o uniforme do corpo aéreo. Susan não aprontou nem metade do estardalhaço que fizera quando Jem e Walter partiram. Ela disse, em um tom pétreo:

– Então eles vão levar você também.

– Levar-me? Não. Eu que preciso ir, Susan.

Susan sentou-se à mesa, entrelaçou as mãos velhas, nodosas e embrutecidas pelos anos de dedicação às crianças de Ingleside para conter o tremor e disse:

– Sim, você precisa. Eu não compreendia por que as coisas têm de ser assim, mas agora compreendo.

– Você é uma rocha, Susan – disse Shirley. Ele ficou aliviado por ela ter reagido com tanta serenidade, pois, como todo garoto, ele temia que ela fizesse um "espetáculo". Shirley saiu assoviando alegremente. Meia hora depois, quando uma pálida Anne Blythe entrou na cozinha, Susan continuava no mesmo lugar.

– Querida senhora, estou me sentindo muito velha. – Era uma confissão que, em outra época, ela teria preferido morrer a fazê-la. – Jem e Walter eram seus meninos, mas Shirley sempre foi meu. Não suporto imaginá-lo pilotando, o avião caindo, a vida esvaindo de seu corpo, o corpinho do qual cuidei e o qual mimei quando era um bebê.

– Susan, basta – implorou Anne.

– Ah, querida senhora, perdoe-me. Não deveria ter dito isso em voz alta. Às vezes me esqueço de que jurei ser uma heroína. Isso... isso me abalou um pouco. Todavia não me esquecerei mais. Contanto que não haja problemas na cozinha nos próximos dias, ficarei bem. Pilotar um avião é um serviço limpo, pelo menos. – A pobre Susan forçou um sorriso na tentativa desesperada de recuperar-se. – Ele não vai ficar imundo como se estivesse nas trincheiras, o que é ótimo, já que ele sempre foi um menino asseado.

E assim partiu Shirley: sem os ares radiantes de quem embarca em uma aventura, como Jem, tampouco envolto pela chama branca do sacrifício, como Walter. Sua atitude era fria e profissional, como se estivesse realizando um trabalho sujo e desagradável que precisava ser feito. Ele deu um beijo em Susan pela primeira vez desde que tinha cinco anos de idade e disse:

– Tchau, Susan... mamãe Susan.

– Meu menininho moreno, meu menininho moreno – disse Susan. Ela olhou para o rosto triste do doutor e pensou com amargura: "Será que você se recorda da vez em que lhe deu umas palmadas, quando ele ainda era um bebê? Sou grata por não ter nenhum peso na consciência agora."

O doutor não se lembrou do velho método disciplinar. Porém, antes de colocar o chapéu e sair para fazer sua ronda de visitas, ele deteve-se na grande e silenciosa sala de estar que já estivera repleta de risadas de crianças.

– Nosso filho, nosso último filho – disse em voz alta. – Um rapaz bom, forte e sensato. Ele sempre me fez lembrar do meu pai. Creio que deveria estar orgulhoso por ele se voluntariar. Eu fiquei orgulhoso quando Jem se foi e até quando Walter partiu, mas... "eis a nossa casa deserta[45]".

– Estive pensando, doutor – dissera o velho Sandy, de Upper Glen, naquela tarde –, que logo sua casa parecerá muito grande.

O comentário inesperado de Highland Sandy pareceu perfeitamente adequado para o doutor. Ingleside de fato parecia muito grande e vazia, por mais que Shirley tivesse passado o inverno inteiro fora, com exceção dos fins de semana, e fosse um garoto quieto quando estava em casa. Será que o fato de ser o último a partir fazia com que o vazio parecesse ainda maior? Era isso que tornava cada cômodo ainda mais deserto? Era por esse motivo que as árvores pareciam tentar consolar umas às outras com os ramos recém-nascidos, a partida do último rapazote que passou a infância sob seus galhos?

Susan trabalhou duro o dia inteiro, até tarde da noite. Depois de dar corda no relógio da cozinha e colocar o Doutor Jekyll para fora, sem muita gentileza, ela parou na porta do quintal por alguns instantes e olhou para Glen, banhada pela luz prateada de uma lua jovem. Só que ela não viu as colinas familiares e o porto. Ela enxergava o campo de aviação em Kingsport, onde Shirley passaria aquela noite.

"Ele me chamou de mamãe Susan", pensava ela. "Bem, agora todos os nossos homens se foram: Jem, Walter, Shirley, Jerry e Carl. Nenhum deles teve de ser convencido. Assim, temos o direito de ficar orgulhosos." Susan suspirou com pesar. "No entanto, o orgulho é definitivamente uma companheira frívola."

A lua escondeu-se atrás de uma nuvem negra a oeste, e o vilarejo desapareceu sob um eclipse momentâneo. A milhares de quilômetros dali, os garotos canadenses de uniforme cáqui, os vivos e os mortos, tomaram a colina de Vimy.

Vimy é o nome escrito em rubro e dourado nos anais canadenses da Grande Guerra. "Nem os britânicos nem os franceses conseguiram

---

45 Referência ao Novo Testamento, Mateus 23:38. (N. T.)

conquistá-la", disse um dos prisioneiros alemães, "mas vocês, canadenses, são tão tolos que nem sabem quando um lugar pode ser atacado ou não".

Por isso, os "tolos" a conquistaram e pagaram o preço.

Jerry Meredith foi seriamente ferido na batalha. "Um tiro nas costas", informava o telegrama.

– Pobre Nan – disse a senhora Blythe quando a notícia chegou. Ela pensou na própria infância feliz em Green Gables. Não houve nenhuma grande tragédia naquela época. Quanto sofrimento as garotas de hoje tinham que enfrentar! Quando Nan veio de Redmond, seu semblante exibia o peso das duas semanas anteriores. John Meredith também parecia ter envelhecido muito em pouco tempo. Faith não veio para casa, pois estava a caminho da Europa como enfermeira voluntária. Di escreveu para o pai pedindo permissão para ir também, mas, pelo bem da mãe dela, ele não autorizou. Então, depois de uma rápida visita a Ingleside, ela voltou para o trabalho na Cruz Vermelha em Kingsport.

As anêmonas desabrocharam nos recantos secretos do Vale do Arco-Íris. Rilla aguardava por elas. Jem costumava levar as primeiras para a mãe deles; Walter as colheu quando Jem partira; na primavera passada, Shirley as buscara. Agora, Rilla considerava seu dever assumir o lugar dos garotos. Só que, antes que pudesse encontrá-las, Bruce Meredith fez uma visita a Ingleside em um anoitecer e levou um buquê de delicadas flores rosadas. Ele subiu os degraus da varanda e o colocou sobre o colo da senhora Blythe.

– Shirley não está aqui para colhê-las – explicou com sua timidez encantadora.

– E você se lembrou, meu querido – disse Anne com os lábios trêmulos ao olhar para o rapaz robusto e de sobrancelhas negras parado diante dela com as mãos enfiadas nos bolsos.

– Eu escrevi para Jem hoje e disse que ele não precisava se preocupar porque eu iria cuidar disso – disse Bruce com seriedade. – E contei que vou completar dez anos logo, o que significa que não vai demorar muito para eu fazer dezoito, e aí eu poderei ajudá-lo a lutar. Ou talvez eu fique no lugar de Jem para que ele venha para casa descansar. Também escrevi para Jerry. Ele está se recuperando, sabia?

– É mesmo? Vocês tiveram boas notícias dele?

– Sim. A mamãe recebeu uma carta hoje, dizendo que ele está fora de perigo.

– Oh, graças a Deus – sussurrou a senhora Blythe.

Bruce olhou para ela com curiosidade.

– Foi o que o papai disse quando a mamãe contou para ele. Mas, quando eu falei isso noutro dia, quando descobri que o cachorro do senhor Mead não tinha machucado o meu gatinho, pois eu achei que ele o tinha chacoalhado até a morte, sabe, o papai me encarou com um olhar sério e disse que eu jamais deveria falar aquilo de um gato. Só que eu não entendi por quê, senhora Blythe. Eu me senti muito agradecido, e deve ter sido Deus que salvou o Malhadinho, pois aquele cachorro dos Meads tem dentes imensos e, olha, ele chacoalhou muito o Malhadinho! Então, por que eu não pude agradecer a Deus? É claro – acrescentou Bruce, recordando-se –, talvez eu tenha dito alto demais porque fiquei muito contente e animado ao ver que o Malhadinho estava bem. Eu quase gritei, senhora Blythe. Talvez, se eu tivesse sussurrado, como você e o papai, não teria tido nenhum problema. Sabe o que eu gostaria de fazer com o cáiser, senhora Blythe? – sussurrou Bruce, aproximando-se de Anne.

– O que você gostaria de fazer, rapazinho?

– Hoje, na escola, Norman Reese disse que ele gostaria de amarrar o cáiser em uma árvore e soltar cachorros bravos para assustá-lo – contou Bruce. – E Emily Flagg disse que gostaria de trancá-lo em uma jaula e espetá-lo com lanças. Todos disseram coisas desse tipo. Mas, senhora Blythe – Bruce tirou uma das mãos gorduchas do bolso e a apoiou com veemência no joelho de Anne –, eu gostaria de transformar o cáiser em um homem bom, um homem muito bom. É isso que eu faria. Você não acha que seria o pior castigo de todos?

– Criança abençoada – disse Susan –, o que o faz pensar que isso seria uma punição para aquele ser maligno?

– Você não percebe? – Bruce olhou fixamente para Susan com os olhos azul-escuros. – Se ele se tornasse um homem bom, acabaria compreendendo as maldades que fez e se sentiria tão mal que seria mais infeliz e miserável do que poderia ser de qualquer outra forma. Ele se sentiria péssimo, e essa sensação duraria para sempre. Sim – Bruce cerrou os punhos e balançou a cabeça enfaticamente –, eu gostaria de transformar o cáiser em um homem bom, é o que eu faria. É exatamente o que ele merece.

# Susan é pedida
# em casamento

Um avião sobrevoava Glen St. Mary como um enorme pássaro contra o céu oeste. Era um céu tão limpo e de um tom de amarelo-claro e prateado tão impressionante que passava a sensação de uma imensa liberdade. O pequeno grupo no gramado de Ingleside olhou para ele com fascínio, embora isso tivesse se tornado algo comum naquele verão. Susan sempre ficava muito animada. Quem sabe aquele não era Shirley lá nas alturas, sobrevoando a Ilha vindo de Kingsport? Só que Shirley já tinha atravessado o Atlântico, então ela não ficou muito entusiasmada com aquela aeronave em particular e seu piloto. Mesmo assim, ela olhou para cima com admiração.

– Eu me pergunto, querida senhora – disse Susan em tom solene –, o que os velhos habitantes do cemitério pensariam se pudessem levantar de suas tumbas por um instante e contemplar aquela visão. Tenho certeza de que meu pai a reprovaria, pois ele não acreditava em ideias modernas de nenhuma espécie. Ele usou uma foice de mão até o dia de sua morte. Não queria nem ouvir falar de máquinas na hora da colheita. "O que era bom para o meu pai é bom para mim", costumava dizer.

Espero que não seja desrespeitoso dizer isso, todavia acho que ele estava errado nesse aspecto, ainda que eu não simpatize muito com aviões, por mais que sejam uma necessidade militar.

– Você não vai se recusar a dar algumas voltas no carro novo do papai quando chegar, não é mesmo, Susan? – provocou Rilla.

– Também não confio muito em automóveis – retrucou Susan. – Mas não os vejo com maus olhos, como algumas pessoas. O Bigodinho disse que o governo deveria se envergonhar por permiti-los na Ilha. Dizem que ele espuma de raiva quando vê um. Outro dia, ao avistar um se aproximando pela estradinha estreita que passa do lado do campo de trigo dele, ele pulou a cerca e ficou parado no meio da estrada, com um forcado. O motorista era uma espécie de agente, e o Bigodinho detesta agentes tanto quanto detesta automóveis. Ele fez o carro parar, já que não havia espaço para desviar, e o agente tampouco podia passar por cima dele. Aí ele ergueu o forcado e gritou: "Saia já daqui com essa máquina diabólica ou eu o atravessarei com esse forcado!". Acredite se quiser, querida senhora. O pobre agente teve que dar ré por quase dois quilômetros até voltar para a estrada de Lowbridge, com o Bigodinho em seu encalço enquanto sacudia o forcado e berrava insultos. Acho essa uma conduta despropositada. Ainda assim – acrescentou Susan com um suspiro –, com todos esses automóveis e aviões, essa ilha já não é mais a mesma.

O avião voou mais alto, mergulhou no ar, deu uma guinada e voltou a subir antes de virar um pontinho sobre as colinas ao entardecer.

– "Com a magnificência das águias de Tebas que singram com supremo domínio os campos azul-celeste[46]" – citou Anne com ares sonhadores.

– Eu imagino se os aviões trarão mais felicidade à humanidade – disse a senhorita Oliver. – Tenho a impressão de que a felicidade humana continua a mesma desde sempre, não importa como sua distribuição

---

46 Trecho de *O Progresso da Poesia*, do poeta inglês Thomas Gray (1716-1771). (N. T.)

possa mudar, e que todas as "muitas invenções" não a aumentam nem a diminuem.

– Afinal, "o reino do céu está dentro de vós"[47] – disse o senhor Meredith, observando o pontinho que simbolizava a mais recente vitória da humanidade em uma luta tão antiga quanto o mundo. – Ele não depende de conquistas materiais e triunfos.

– De qualquer forma, um avião é algo fascinante – disse o doutor. – Voar sempre foi um dos sonhos favoritos da humanidade. Todos os sonhos podem se tornar realidade... ou melhor, podem ser realizados com perseverança. Eu adoraria viajar de avião.

– Shirley escreveu contando que ficou muito decepcionado no primeiro voo – disse Rilla. – Ele esperava ter a sensação de alçar voo como um pássaro; em vez disso, só sentiu como se a terra estivesse se afastando. E ficou extremamente enjoado na primeira vez em que voou sozinho. Ele escreveu que nunca tinha se sentido daquele jeito antes: de repente, era como se estivesse vagando pelo espaço e subitamente teve o desejo de voltar para o velho planeta e para a companhia dos outros seres humanos. Ele contou que logo se acostumou, mas que seu primeiro voo foi um pesadelo por causa da sensação pavorosa de solidão.

O avião desapareceu. O doutor abaixou a cabeça com um suspiro.

– Quando vejo um desses homens-pássaros se perder no céu, volto para a terra com uma sensação estranha de ser um mero inseto rastejante. Anne – disse, voltando-se para a esposa –, lembra-se da primeira vez em que levei você para passear de charrete em Avonlea, na noite em que fomos ao concerto em Carmody, no primeiro outono em que você deu aula em Avonlea? Fomos com aquela eguinha preta com a estrela branca na testa e uma charrete nova em folha. Eu era o rapaz mais orgulhoso do mundo. Suponho que nosso neto levará a namorada para uma "voltinha" em um avião com a maior naturalidade.

---

47  Referência ao Novo Testamento, Lucas 17:21. (N. T.)

– Um avião não será tão charmoso como a pequena Silverspot – disse Anne. – Uma máquina é somente uma máquina, mas a Silverspot... ora, ela tinha personalidade, Gilbert. Um passeio com ela tinha algo que nem mesmo um voo entre as nuvens do pôr do sol seria capaz de proporcionar. Não, eu não invejo a namorada do meu neto, no fim das contas. O senhor Meredith está certo. O "reino do céu", o amor e a felicidade não dependem de coisas externas.

– Além disso – disse o doutor com seriedade –, nosso neto terá que dedicar toda a atenção ao avião. Ele não vai poder se descuidar das rédeas enquanto admira os olhos da amada. E tenho a terrível suspeita de que não é possível pilotar com um braço só. Não – o doutor balançou a cabeça –, creio que ainda prefiro a Silverspot.

A defesa russa foi derrotada mais uma vez naquele verão, e Susan disse com ressentimento que esperava que isso fosse acontecer desde que Kérensky[48] teve a brilhante ideia de se casar.

– Longe de mim condenar o sagrado matrimônio, querida senhora, todavia acredito que, quando um homem está liderando uma revolução, suas mãos estão ocupadas e ele deve adiar o casamento para um momento mais propício. Os russos estão em um mato sem cachorro, não há como negar. E você viu a resposta de Woodrow Wilson às propostas de paz do papa? Foi magnífica. Eu não teria conseguido me expressar melhor. Sinto que poderia perdoar Wilson por tudo graças a ela. Ele sabe como usar as palavras, não tenha dúvida. E, por falar nisso, querida senhora, você ouviu a última do Bigodinho? Parece que ele foi até a escola da estrada para Lowbridge dias atrás e resolveu avaliar o quarto ano. Eles ainda têm aulas no verão, sabe, com períodos de férias na primavera e no outono. São pessoas muito antiquadas. Minha sobrinha, Ella Baker, estuda lá e me contou tudo. A professora estava com uma terrível dor de cabeça e decidiu sair para tomar um pouco de ar fresco enquanto o senhor Pryor avaliava a sala. As crianças se

48 Alexander Fyódorovich Kérensky foi o segundo e último primeiro-ministro do Governo Provisório Russo, exercendo o cargo entre 21 de julho e 8 de novembro de 1917. (N. T.)

saíram bem na soletração, mas, quando o Bigodinho começou a perguntar o significado das palavras, elas ficaram perdidas porque ainda não o conheciam. Ella e os outros se sentiram muito mal. Eles amam a professora, e parece que o irmão do senhor Pryor, Abel Pryor, que é um dos membros do conselho escolar, não gosta muito dela e vem tentando fazer a cabeça dos outros membros do conselho. Minha sobrinha e os colegas de classe estavam com medo de que o Bigodinho contasse para Abel que eles não sabiam o significado das palavras e isso acarretasse uma advertência para a professora. Porém, o pequeno Sandy Logan salvou o dia. Ele é um menino do orfanato muito esperto e não deixou barato para o Bigodinho. "O que significa 'anatomia'?", perguntou o Bigodinho. "Uma dor no estômago", respondeu Sandy sem pestanejar. O Bigodinho é um homem muito ignorante, querida senhora. Ele mesmo não sabia o significado da palavra e disse "muito bem, muito bem". A classe percebeu de imediato, pelo menos os mais sagazes, e entrou na brincadeira. Jean Blane disse que "acústico" significa "uma querela religiosa", Muriel Baker disse que "agnóstico" é "uma pessoa com indigestão", e Jim Carter, que "azedume" quer dizer "alguém que só come vegetais", e por aí foi. O Bigodinho engoliu tudo enquanto repetia "muito bem, muito bem", até que Ella achou que iria morrer de tanto segurar a risada. Quando a professora voltou, o Bigodinho a cumprimentou pelos alunos esplêndidos e disse que pretendia contar ao conselho que tesouro tinham no corpo docente. Comentou, ainda, que era "muito raro" encontrar um quarto ano que pudesse dizer tão prontamente o significado das palavras. E foi embora radiante. Ella me contou essa história em segredo, querida senhora, e devemos mantê-la como tal pelo bem da professora. Ela provavelmente perderia o cargo se o Bigodinho descobrisse que foi tapeado.

Mary Vance foi até Ingleside naquela tarde para contar que Miller Douglas, que tinha sido ferido quando os canadenses conquistaram a Colina 70, teve de amputar a perna. Todos se comoveram por Mary. Seu patriotismo fervoroso levara algum tempo para se acender, mas desde então ele inflama da mesma maneira que uma chama firme e radiante, como a de qualquer outra pessoa.

– Alguns têm feito comentários sarcásticos por eu ter um marido de uma perna só – disse Mary, elevando-se às alturas –, mas eu prefiro o meu Miller com uma perna a qualquer outro homem no mundo com uma dúzia delas. A menos... – acrescentou, ponderando – a menos que fosse Lloyd George. Bem, tenho que ir. Achei que gostariam de saber sobre Miller e por isso vim correndo da loja. Agora tenho que voltar para casa porque prometi ao Luke MacAllister que iria ajudá-lo com os montes de feno. Já que os rapazes são tão escassos, cabe a nós, garotas, cuidarmos da colheita. Arranjei um macacão e até que fico bem nele. A senhora Alec Douglas diz que são indecentes e que deveriam ser proibidos. Até a senhora Elliot me olha com reprovação. Enfim, a vida não pode parar; além disso, eu adoro escandalizar Kitty Alec.

– Por falar nisso, papai – disse Rilla –, vou ficar no lugar de Jack Flagg no armazém do pai dele por um mês. Prometi hoje que faria isso, se você não se opuser, para que ele possa ajudar os fazendeiros. Não acho que eu seria de grande serventia na colheita, embora muitas garotas sejam, mas posso ficar no lugar de Jack. Jims já não dá mais tanto trabalho de dia, e eu estarei em casa todas as noites.

– Você acha que vai ser divertido pesar açúcar e grãos e vender manteiga e ovos? – gracejou o doutor.

– Provavelmente não, mas a questão não é essa. Esse é mais um jeito de poder fazer a minha parte.

Assim, Rilla ficou atrás do balcão do senhor Flagg por um mês. Susan foi para os campos de aveia de Albert Crawford.

– Ainda sou tão boa quanto qualquer outro trabalhador – disse com orgulho. – Nenhum homem faz um monte de feno como eu. Quando ofereci meus serviços, Albert me encarou com um olhar duvidoso. "Receio que seja um trabalho pesado demais para você", ele disse. "Deixe-me trabalhar por um dia e veremos", respondi. "Diabos, eu darei o melhor de mim".

Todos em Ingleside ficaram atônitos por um momento. O silêncio significava que eles achavam o empenho de Susan admirável. Contudo, Susan o interpretou mal, e seu rosto queimado de sol ficou ainda mais vermelho.

– Estou criando a hábito de praguejar, querida senhora – desculpou--se Susan. – E logo na minha idade! É um péssimo exemplo para as mais jovens. Creio que seja de tanto ler os jornais. Eles publicam muitas profanidades e nem sequer utilizam asteriscos, como faziam antigamente. Essa guerra está desmoralizando todo o mundo.

Susan, parada em cima de um monte de feno, com os cabelos grisalhos ao vento e a saia amarrada à altura dos joelhos por questão de segurança e conveniência – nada de macacões para a Susan, por favor –, não era uma imagem bonita ou romântica, mas o espírito que movia seus braços magrelos era o mesmo que havia conquistado a colina de Vimy e mantido as legiões alemãs fora de Verdun.

Entretanto, é improvável que tenha sido isso que mais chamou a atenção do senhor Pryor ao passar por ali em uma tarde e ver Susan empilhando feixes com um forcado.

– Que mulher eficiente – refletiu. – Vale mais do que duas dessas jovens de hoje. Nada mal, nada mal. Se Milgrave voltar vivo para casa, eu perderei Miranda, e empregadas custam mais do que uma esposa e podem deixar um homem na mão a qualquer momento.

Uma semana depois, ao voltar da vila em um fim de tarde, uma cena inesperada fez a senhora Blythe deter-se no portão de Ingleside e ficar temporariamente imóvel: pela porta da cozinha, saía o corpulento e pomposo senhor Pryor, correndo como não corria há anos, com o terror impresso em cada traço do rosto. Era um terror justificável, pois atrás dele vinha Susan como um anjo vingador brandindo uma imensa panela de ferro fumegante, com um olhar que não prometia nada de bom para o objeto de sua indignação caso o alcançasse. A perseguidora e o perseguido atravessaram o jardim. O senhor Pryor chegou ao portão antes de Susan, escancarou-o e desapareceu pela estrada sem olhar para a perplexa senhora de Ingleside.

– Susan – arfou Anne.

Susan interrompeu a caçada raivosa, abaixou a panela e sacudiu o punho para o senhor Pryor, que, achando que ela ainda estava em seu encalço, ainda corria.

– Susan, o que significa isso? – Anne exigiu saber, preocupada.

– Que bom que perguntou, querida senhora – respondeu Susan, irada. – Não me sinto tão furiosa há anos. Aquele... aquele... aquele pacifista teve a audácia de vir aqui, na minha própria cozinha, e me pedir em casamento. ELE!

Anne segurou a risada.

– Mas, Susan! Você não podia ter usado um método menos espetacular de recusá-lo? Imagine as fofocas que isso teria gerado se alguém estivesse passando por aqui e visse sua performance.

– É mesmo, querida senhora, você está certa. Não pensei nisso porque não fui capaz de usar a razão. Eu simplesmente enlouqueci. Vamos entrar, e eu contarei tudo.

Susan pegou a panela e marchou para a cozinha, ainda tremendo de raiva. Ela a colocou sobre o fogão com um baque ruidoso.

– Espere um instante, querida senhora, vou abrir as janelas para ventilar a cozinha. Pronto, assim é melhor. E também tenho que lavar as mãos, pois eu cumprimentei o Bigodinho quando ele chegou. Não que eu quisesse, mas ele estendeu a mão gorda e oleosa, e eu não tive escolha. Ainda bem que eu já tinha terminado a limpeza da tarde e estava tudo impecável. Eu pensei: "Ainda falta tingir os retalhos de tapete, mas posso fazer isso antes do jantar". Foi quando uma sombra surgiu no chão, e ao erguer o olhar eu me deparei com o Bigodinho parado na porta, todo aprumado. Eu o cumprimentei e disse que a senhora e o doutor não estavam em casa. Aí ele falou: "Vim aqui ver você, senhorita Baker".

– Eu o convidei para se sentar por educação e fiquei parada no meio da cozinha, encarando-o com o máximo de desprezo possível. Isso pareceu perturbá-lo um pouco, apesar da atitude confiante. Então ele começou a me encarar com sentimentalismo, com aqueles olhinhos porcinos, e uma suspeita terrível surgiu na minha mente. Algo me disse que eu estava prestes a receber meu primeiro pedido de casamento. Eu sempre quis receber pelo menos uma proposta matrimonial e recusá-la, para poder encarar as outras mulheres de igual para igual, mas você não vai me ouvir me gabar desta. Considero-a um insulto e, se houvesse alguma maneira de tê-la impedido, eu o teria feito. Só que naquela hora fui pega de surpresa, querida senhora. Pelo que sei, alguns homens consideram adequado algum cortejo preliminar, mesmo que só para deixar claras as suas intenções. O Bigodinho, porém, deve ter achado que eu estava desesperada e que aceitaria prontamente. Bem, agora ele sabe a verdade. Sim, agora ele sabe. Imagino se ele já parou de correr.

– Entendo que você se sentiu ofendida, Susan. No entanto, você podia ter recusado com delicadeza em vez de afugentá-lo daquele jeito, não?

– Bem, era o que eu pretendia, querida senhora, mas um comentário dele ultrapassou todos os limites. Se não fosse por isso, eu não o teria perseguido com minha panela de tingir tecido. Vou contar toda a conversa. O Bigodinho sentou-se bem ao lado da cadeira onde o Doc estava dormindo. O animal só estava fingindo dormir, e eu sabia muito bem disso porque ele passou o dia inteiro como o Senhor Hyde, que nunca dorme. Aliás, querida senhora, já notou que aquele gato passa muito mais tempo como Hyde do que como Jekyll ultimamente? Quanto mais vitórias alcançam os alemães, mais tempo ele passa como Hyde. Tire suas próprias conclusões. O Bigodinho deve ter pensado que iria ganhar alguns pontos comigo se o elogiasse, sem fazer a menor ideia dos meus sentimentos reais por ele, e estendeu a mão rechonchuda para acariciar as costas do bicho. "Que lindo gato", disse. O lindo gato avançou e o mordeu. Depois soltou um uivo pavoroso e fugiu pela porta da cozinha.

O Bigodinho o seguiu com os olhos, embasbacado. "Que peste mais esquisita", comentou. Nesse quesito estamos de acordo, só que eu não ia permitir que ele soubesse. Além disso, quem ele pensa que é para chamar nosso gato de peste? "Ele pode até ser uma peste", eu disse, "mas ele sabe a diferença entre um canadense e um huno". É de se esperar que uma indireta dessas fosse suficiente, não acha, querida senhora? Porém, ela entrou por um ouvido e saiu pelo outro. Ele recostou-se confortavelmente como se estivesse preparando-se para um bom papo. Então pensei "Se tem algo a dizer, é melhor fazê-lo o quanto antes, porque ainda tenho que tingir esses retalhos e não tenho tempo a perder com flertes", mas falei "Se veio aqui discutir algum assunto, senhor Pryor, ficaria grata se o fizesse sem rodeios, pois estou muito ocupada nesta tarde". Ele me encarou por cima dos bigodes avermelhados e disse: "Você é uma mulher prática, e gosto disso. Não há por que desperdiçarmos tempo com amenidades. Vim aqui pedir que se case comigo". Aí está, querida senhora. Finalmente recebi um pedido de casamento, depois de esperar sessenta e quatro anos.

Susan concluiu:

— Eu fulminei aquela criatura prepotente com o olhar e falei: "Não me casaria com você nem que fosse o último homem da Terra, Josiah Pryor. Esta é a minha resposta, e pode ir embora com ela". Nunca vi um homem tão aturdido, querida senhora. Ele ficou tão desconcertado que desembuchou a verdade. "Ora, achei que ficaria grata por ter a chance de se casar." Foi aí que perdi a cabeça, querida senhora. Não acha que ser insultada por um huno e um pacifista é um bom motivo? "Saia daqui", esbravejei, e em seguida peguei a panela. Ele deve ter achado que enlouqueci e que uma panela com tintura fervente era uma arma perigosa nas mãos de uma lunática. Ele foi embora a toda velocidade, como a senhora mesma viu. Não creio que ele voltará aqui com propostas tão cedo. Não, acredito que ele aprendeu que há pelo menos uma mulher em Glen St. Mary que não está ansiosa para se tornar a senhora Bigodinho.

# Esperando

Ingleside, 1º de novembro de 1917.

"É novembro, e o vale está tomado por tons de cinza e marrom, exceto pelos choupos da Lombardia que se destacam como grandes tochas douradas aqui e ali na paisagem sóbria, ainda que as outras árvores tenham perdido todas as folhas. A batalha de Caporetto foi um desastre, e nem Susan é capaz de encontrar forças no estado atual das coisas. O resto de nós nem se dá ao trabalho de tentar. Gertrude não para de dizer com desespero que "eles não podem tomar Veneza; eles não podem tomar Veneza", como se repetir isso fosse surtir algum efeito. Não sei o que os pode impedir de conquistar Veneza. Entretanto, como Susan não deixa de salientar, não havia nada impedindo-os de conquistar Paris em 1914, e ainda assim a cidade não foi tomada, e ela garante que o mesmo acontecerá com Veneza. Ah, eu rezo para que eles não tomem Veneza, a bela rainha do Adriático. Apesar de nunca ter visitado a cidade, ela inspira em mim o mesmo que sentiu Lord Byron... ela sempre me encantou e sempre será "uma cidade etérea em meu altar"[49].

---

49 Trecho de *A Peregrinação de Childe Harold*, de Lord Byron. (N. T.)

Acho que esse amor vem das cartas de Walter, que a venerava. Sempre foi um de seus sonhos conhecer Veneza. Lembro-me de que chegamos a fazer planos em uma tarde no Vale do Arco-Íris antes da guerra: nós a visitaríamos juntos para passear de gôndola pelas ruas iluminadas pelo luar."

"Desde que a guerra estourou, nossas tropas sofrem golpes terríveis a cada outono: Antuérpia em 1914, Sérvia em 1915, Romênia, no ano passado, e agora na Itália, o pior de todos. Acho que já teria desistido se não fosse pelo que Walter disse na última carta, que 'os mortos também estão lutando do nosso lado, e um exército desses não pode ser derrotado'. Não, não pode. Nós venceremos no fim. Não duvidarei nem por um instante. Permitir-me duvidar seria perder a fé."

"Todos temos feito campanha fervorosamente pelo novo Empréstimo para a Vitória[50]. Nós do comitê júnior da Cruz Vermelha fazemos visitas todos os dias e conseguimos doações de várias pessoas que se recusaram a contribuir de início. Eu, logo eu, abordei o Bigodinho. Eu esperava que ele fosse se recusar e falar poucas e boas, porém, para a minha surpresa, ele foi muito cortês e prometeu no ato comprar um título de mil dólares. Ele pode ser um pacifista, mas sabe reconhecer um bom investimento. Cinco e meio por cento não é mal, mesmo sendo pago por um governo militarista."

"O papai, para provocar Susan, disse que foi o discurso dela na reunião da campanha que converteu o senhor Pryor. Não creio que seja verdade, pois o senhor Pryor tem demonstrado publicamente seu intenso rancor com Susan depois que seus avanços amorosos foram rechaçados. Mas Susan de fato fez um discurso, que foi o melhor da reunião. Foi a primeira vez que ela fez algo do tipo e

---

50 Durante a Primeira e a Segunda Guerra Mundial, alguns países envolvidos nos conflitos emitiram títulos para financiar operações militares. "Victory Loan" foi o nome popular desse programa no Canadá. (N. T.)

jurou que também seria a última. Todos de Glen estavam lá e vários pronunciamentos foram feitos, só que nenhum causou muito entusiasmo. Susan ficou revoltada com a falta de ânimo, porque estava ansiosa para que a Ilha encabeçasse a lista de angariações. Ela não parava de sussurrar para mim e Gertrude que faltava energia nos discursos. No final, quando ninguém mais se levantou para fazer alguma contribuição, Susan perdeu a cabeça. Pelo menos foi isso que ela disse. Ela pôs-se de pé com uma expressão decidida sob a touca (Susan é a única mulher em Glen St. Mary que ainda usa uma touca) e disse sarcasticamente em voz alta: 'Com certeza é muito mais barato falar de patriotismo do que contribuir com ele. Decerto estamos mendigando, decerto estamos pedindo que nos deem seu dinheiro a troco de nada! Acho que o cáiser vai ficar muito decepcionado quando inteirar-se dessa reunião!'"

"Susan acredita piamente que os espiões do cáiser, representados pelo senhor Pryor, em teoria, informam-no de tudo que acontece no vilarejo."

"Norman Douglas gritou 'Isso! Isso!', e algum garoto nos fundos indagou 'E quanto a Lloyd George?' em um tom de que Susan não gostou. Lloyd George é o herói de estimação dela, agora que Kitchener se foi."

"'Apoio Lloyd George incondicionalmente', retrucou Susan."

"'Suponho que isso vai deixá-lo contente', disse Warren Mead, com uma de suas risadinhas desagradáveis."

"O comentário de Warren foi a fagulha que acendeu a pólvora. Susan simplesmente 'foi com tudo', como ela mesma diz, e 'rasgou o verbo'. Não faltou energia ao discurso dela. Susan tem um poder de oratória considerável quando se empolga, e a maneira como ela humilhou aqueles homens foi ao mesmo tempo engraçada, maravilhosa e eficaz. Ela disse que eram pessoas como ela, milhares de pessoas como ela, que apoiavam e impulsionavam Lloyd George. Esse foi o fio condutor do discurso.

Ah, a velha e querida Susan! É um perfeito dínamo de patriotismo, lealdade e desprezo pelos vagabundos de todos os tipos, e sua grande explosão eletrificou a plateia. Ainda que alegue não ser uma sufragista, Susan transformou aquela reunião na noite das mulheres e fez com que os homens literalmente se encolhessem de vergonha. Quando terminou, eles estavam 'comendo na mão dela'. Ela ordenou (sim, ordenou) que eles marchassem até a plataforma na frente do salão e se inscrevessem, e foi o que a maioria fez, até Warren Mead. Quando o total de apoiadores foi publicado nos jornais de Charlottetown no dia seguinte, nós descobrimos que Glen estava no topo da lista de distritos, e certamente o crédito era de Susan. Contudo, ao voltar para casa naquela noite, ela sentiu-se envergonhada e com medo de ter sido indecorosa. Ela confessou para a mamãe que fora 'muito indelicada'."

"Todos nós, menos Susan, saímos para dar uma volta e estrear o automóvel novo do papai. Foi muito divertido, embora tenha acabado conosco ingloriamente atolados porque uma certa velha dama mal-humorada, a senhorita Elizabeth Carr, de Upper Glen, recusou-se a tirar a charrete do meio da estrada e nos deixar passar, por mais que buzinássemos. O papai ficou muito furioso; porém, meu coração se solidarizava com a senhorita Elizabeth. Se eu fosse uma solteirona passeando com a minha velha égua, perdida em meus pensamentos, tampouco moveria as rédeas se um carro barulhento começasse a buzinar atrás de mim. Continuaria sentada com indolência assim como ela e diria: 'Use a vala se está com tanta pressa'."

"E foi o que fizemos, e atolamos na areia, e ali ficamos como trouxas, ouvindo a charrete da senhorita Elizabeth chacoalhar vitoriosamente enquanto se afastava."

"Jem vai rir muito quando eu escrever contando. Ele conhece bem a senhorita Elizabeth."

"Mas será que Veneza se salvará?"

19 de novembro de 1917.

"Ela ainda não se salvou e corre um grande perigo. Os italianos estão finalmente contendo o inimigo no rio Piave, mas os especialistas dizem que eles não aguentarão por muito mais tempo e terão de retroceder até o rio Adige. Susan, Gertrude e eu achamos que eles devem aguentar, pois Veneza precisa ser salva. Então, o que nos importa a opinião dos especialistas?"

"Ah, se ao menos eu acreditasse que são capazes!"

"Nossas tropas canadenses tiveram outra grande vitória: elas tomaram a colina de Passchendaele e resistiram a todos os tipos de ataque. Nenhum de nossos garotos participou do confronto, porém, ah, a lista de baixas... Joe Milgrave estava lá e saiu ileso. Miranda enfrentou dias difíceis até ter notícias dele. Ela está muito diferente. Até seus olhos parecem mais escuros e profundos, mas suponho que seja porque brilham com a intensidade que ganham nos últimos tempos. Ela mantém o pai na linha de maneira assombrosa, hasteia a bandeira sempre que os Aliados avançam um metro no front ocidental, frequenta com regularidade nosso comitê júnior da Cruz Vermelha e anda com ares altivos de 'mulher casada' (sim, ela faz isso) que são de matar. Todavia, é a única recém-casada de Glen cujo marido está no front, o que justifica a satisfação que exibe por aí."

"As notícias da Rússia também são ruins. O governo de Kérensky caiu, e Lenin tornou-se ditador do país. É muito difícil manter a coragem nestes dias cinzentos de outono cheios de suspense e de notícias desencorajadoras. Mas estamos começando a despertar, como diz o velho Highland Sandy, com as próximas eleições. O recrutamento obrigatório será o tema principal. Serão as votações mais animadas que já tivemos. Todas as mulheres 'com idade suficiente' (para citar Jo Poirier) e com maridos, filhos ou irmãos no front poderão votar. Ah, se ao menos eu tivesse vinte e um anos! Gertrude e Susan estão furiosas porque não poderão."

"'Não é justo!', declarou Gertrude com veemência. 'Agnes Carr pode votar porque o marido se alistou. Ela fez de tudo para que ele não fosse, e agora vai votar contra o partido Unionista[51]. Já eu não tenho o direito porque o meu homem que está no front é somente o meu namorado, e não o meu marido!'"

"Quando Susan reflete que não pode votar, enquanto um bando de pacifistas velhos como o senhor Pryor podem, e vão, seus comentários são ácidos."

"Tenho pena dos Elliotts, dos Crawfords e dos MacAllisters, que vivem do outro lado do porto. Eles sempre se alinharam a campos muito bem delimitados entre os liberais e os conservadores, e agora estão irremediavelmente à deriva, porém sei que estou misturando as metáforas. Alguns daqueles velhos liberais preferiam morrer a votar no *sir* Robert Borden, e serão obrigados, pois acreditam que precisamos do alistamento compulsório. E alguns dos pobres conservadores que são contra terão de votar em Laurier, que sempre foi um anátema para eles. Alguns não estão sabendo lidar com isso. Outros parecem ter adotado a mesma atitude da senhora Marshall Elliott em relação à unificação das igrejas."

"Ela veio aqui na noite passada. Já não nos visita com a mesma frequência, pois está velha demais para vir caminhando até aqui, a querida senhorita Cornelia. Detesto pensar que está idosa, pois nós sempre a amamos, e ela sempre foi muito boa para as crianças de Ingleside. Ela costumava ser ferrenhamente contrária à união entre as igrejas. Mas ontem disse, em um tom resignado: 'Bem,

---

51 Partido político histórico formado em 1917, composto por antigos membros dos partidos conservador e liberal, dentre outros representantes, que propunha o alistamento militar compulsório. (N. T.)

em um mundo onde tudo está se rompendo e se desfazendo, que diferença isso faz? De qualquer forma, comparados aos alemães, os metodistas parecem encantadores'".

"Nossa sociedade júnior da Cruz Vermelha vai de vento em popa, apesar de a Irene ter voltado, depois de ter tido alguns inconvenientes com a sociedade de Lowbridge, pelo que entendi. Ela me deu uma alfinetada na reunião passada, dizendo que me reconheceu na praça de Charlottetown pelo meu 'chapéu verde de veludo'. Todos me conhecem por aquele chapéu odioso e odiável. Este será o quarto ano com ele, até a mamãe quer que eu compre outro, mas eu disse 'não'. Enquanto a guerra durar, eu usarei aquele chapéu de veludo durante o inverno."

23 de novembro de 1917.

"As tropas no Piave continuam firmes, e o General Byng teve uma vitória esplêndida em Cambrai. Eu hasteei a bandeira, e Susan disse apenas: 'Vou ferver um pouco de água nesta noite. Notei que o pequeno Kitchener sempre tem um ataque de crupe após uma vitória dos britânicos. Espero que ele não tenha nenhuma gota de sangue pró-Alemanha nas veias. Não se sabe muita coisa sobre o pai dele.'"

"Jims teve alguns ataques de crupe neste outono, crupe comum, não igual àquela vez horrível no ano passado. No entanto, qualquer que seja o sangue que corre nas veias dele, é um sangue bom e saudável. Ele está uma fofura, todo rosado, gordinho e com cachos. Já diz coisas engraçadas e faz perguntas cômicas. Ele adora se sentar em uma cadeira especial na cozinha, a cadeira favorita de Susan, e, quando ela quer sentar-se ali, ele tem que sair. Da última vez em que ela o tirou, ele virou-se e perguntou com seriedade: 'Susan, quando você morrer, posso me sentar nessa cadeira?'. Susan achou pavoroso. Acho que foi a partir daí que ela começou a questionar os possíveis ancestrais do menino. Numa noite dessas eu levei Jims comigo até a loja. Foi a primeira vez que ele saiu de casa tão tarde. Ao ver as estrelas, exclamou: 'Ah, Willa, veja a lua grande e todas as luas pequeninas!'. E, na manhã da quarta-feira passada, meu despertador não tocou, porque eu me esqueci de dar corda nele. Jims acordou, pulou do berço e correu até mim aflito, em seu pijaminha azul de flanela. 'Willa, o relógio morreu!'"

"Em uma noite ele ficou bravo comigo e com Susan porque não demos algo que ele queria muito. Ele fez as orações antes de dormir com desânimo e, quando chegou na hora de dizer 'e me torne um bom menino', acrescentou: 'e, por favor, torne também a Willa e a Susan, porque elas não são boas meninas'."

"Eu não saio por aí contando para todo mundo as coisas que Jims fala. Detesto quando as outras pessoas fazem isso! Eu somente as registro neste diário velho!"

"Nesta noite, quando o coloquei na cama, ele me encarou e perguntou com muita seriedade: 'Por que o ontem não pode voltar, Willa?'."

"Ah, Jims, por que não? Aquele lindo 'ontem' cheio de sonhos e risos, quando nossos garotos estavam em casa, quando Walter e eu líamos, jogávamos conversa fora e observávamos a lua e os crepúsculos no Vale do Arco-Íris. Se ao menos ele voltasse! Só que os dias passados nunca voltam, pequeno Jims, e os de hoje são sombrios e nublados, e não ousamos pensar nos de amanhã."

11 de dezembro de 1917.

"Recebemos notícias maravilhosas hoje. As tropas britânicas tomaram Jerusalém ontem. Nós hasteamos a bandeira, e Gertrude recobrou momentaneamente o velho brilho."

"'Afinal', disse ela, 'vale a pena estar viva para ver o objetivo das cruzadas ser alcançado. Os fantasmas de todos os cruzados devem ter cercado os muros de Jerusalém na noite passada, em homenagem ao Coração de Leão[52]'."

"Susan também tinha motivos para estar feliz'.

"'Fico contente por conseguir pronunciar Jerusalém e Hebron', disse. 'Isso me deixa confiante depois de Przemysl Brest-Litovsk! Bem, pelo menos colocamos os turcos para correr, Veneza está segura, e o lorde Lansdowne[53] não será levado a sério, então não vejo motivos para ficarmos cabisbaixos.'"

"Jerusalém! A bandeira da Inglaterra tremula sobre ti. A lua crescente se foi. Como Walter estaria extasiado!"

18 de dezembro de 1917

"Ontem aconteceram as eleições. No fim da tarde, Susan, Gertrude e eu nos reunimos na sala e aguardamos ansiosamente, pois o papai tinha ido até a vila. Não tínhamos como ouvir as notícias porque a loja do Carter Flagg não fica na mesma linha que nosso telefone, e, quando tentamos fazer uma ligação, a central disse que a linha 'estava ocupada', e com certeza estava, já que todos da redondeza estavam tentando fazer a mesma coisa."

"Por volta das dez horas, Gertrude foi telefonar e ouviu por acaso alguém do outro lado do porto conversar com Carter Flagg. Gertrude escutou toda a conversa desavergonhadamente e recebeu o castigo que todos que ouvem às escondidas recebem: más notícias. O Governo da União não havia conseguido nada no Oeste."

---

52 Ricardo I (1157-1199), também conhecido como Ricardo Coração de Leão, foi rei da Inglaterra e chefiou a Terceira Cruzada. (N. T.)

53 Henry Charles Keith Petty-Fitzmaurice (1845-1927), enquanto no cargo de ministro, escreveu uma infame carta a um jornal londrino pedindo que a Grã-Bretanha negociasse a paz com a Alemanha. (N. T.)

"Olhamos umas para as outras com desânimo. Se o Governo da União não havia conquistado o Oeste, então estava derrotado."

"'O Canadá é uma desgraça aos olhos do mundo', disse Gertrude com amargura."

"'Se todo mundo fosse como os Crawfords, isso não teria acontecido', murmurou Susan. 'Eles prenderam o tio no celeiro nesta manhã e só o deixaram sair depois de prometer que votaria na União. É o que eu chamo de argumento eficaz, querida senhora'."

"Gertrude e eu não conseguimos nos acalmar. Andamos de um lado para o outro até as nossas pernas se cansarem e sermos obrigadas a nos sentar. A mamãe se pôs a tricotar com a obstinação de um relógio enquanto fingia serenidade. Ela fingiu tão bem que nos enganou e nos deixou com inveja até o dia seguinte, quando eu a flagrei desfazendo dez centímetros de uma das meias. Ela ultrapassara muito a altura da canela!"

"O papai voltou depois da meia-noite. Ele parou na porta e nos encarou, e nós o encaramos de volta. Não ousamos perguntar o resultado. Aí ele anunciou que foi Laurier que não conseguiu nada no Oeste e que o Governo da União ganhou com a maioria de votos. Gertrude bateu palmas. Eu tive vontade de rir e chorar. Os olhos da mamãe cintilaram com o mesmo brilho de outrora, e Susan emitiu uma mistura esquisita de suspiro com grito."

"'Isso não vai deixar o cáiser muito contente', disse Susan."

"Fomos nos deitar, mas estávamos empolgados demais para dormir. Como Susan declarou solenemente nesta manhã: 'Querida senhora, a política é angustiante demais para as mulheres.'"

31 de dezembro de 1917.

"Nosso quarto Natal durante a guerra passou. Estamos tentando criar coragem para encarar o próximo ano. A Alemanha saiu-se vitoriosa durante boa parte do verão, e dizem que suas tropas no front da Rússia estão prontas para um 'grande avanço' na primavera. Às vezes sinto que não conseguiremos esperar o inverno todo para ver o que vai acontecer."

"Recebi um calhamaço de cartas do estrangeiro nesta semana. Shirley também está no front agora e nos escreve com a mesma frieza e prosaísmo com que nos escrevia sobre futebol na Queen's. Carl escreveu que está chovendo há semanas, e que as noites nas trincheiras sempre o fazem lembrar-se daquela noite, muito tempo atrás, quando pagou penitência no cemitério por ter fugido do fantasma de Henry Warren. As cartas dele são sempre repletas de piadas e comentários engraçados. Ele escreveu que haviam tido uma ótima caça aos ratos na noite anterior (espetando os roedores com as baionetas) e que levara o prêmio pelo saco mais pesado. Carl não se incomoda com ratos como algumas pessoas, pois ele sempre se deu bem com animaizinhos. Disse que está fazendo um estudo sobre os hábitos dos ratos nas trincheiras e que pretende escrever um tratado que algum dia o tornará famoso."

"Ken escreveu uma carta curta. Suas cartas agora são bem sucintas: ele quase não inclui mais aquelas frases inesperadas e doces que amo tanto. Às vezes acho que ele se esqueceu da noite em que veio aqui se despedir, mas então uma linha ou palavra me fazem acreditar que ele lembra e sempre lembrará. Por exemplo, na carta de hoje não havia algo que não podia ter sido escrito para qualquer outra garota, exceto o final: ele assinou 'Seu Kenneth', em vez de 'Kenneth', como costuma fazer. Será que foi intencional ou apenas um descuido? Vou passar metade da noite me questionando. Ele agora é capitão. Estou feliz e orgulhosa, pois, ainda assim, 'Capitão Ford' soa incrivelmente distante e ilustre. Ken e o capitão Ford parecem pessoas diferentes. Posso estar praticamente noiva de Ken, a opinião da mamãe é meu apoio e baluarte, mas não do capitão Ford!"

"E Jem agora é tenente: foi promovido em campo. Ele me mandou uma fotografia de uniforme. Parece magro e mais velho... velho... meu irmãozinho Jem. Nunca me esquecerei da expressão da mamãe ao vê-lo. 'Esse é meu pequeno Jem... o bebezinho da Casa dos Sonhos?' Foi tudo o que disse."

"Faith também me escreveu. Ela está se voluntariando como enfermeira na Inglaterra, e suas cartas são cheias de alegria e esperança. Creio que se sente quase feliz. Ela viu Jem na última licença dele, e os dois estão tão próximos que ela poderia cuidar dele se Jem se ferisse. Isso significa muito para ela. Ah, se ao menos eu estivesse com ela! Mas meu trabalho é aqui em casa. Sei que Walter não gostaria que eu deixasse a mamãe e tento 'manter a fé' por ele em todos os detalhes da minha rotina. Walter morreu pelo Canadá, então eu devo viver por ele. Foi o que me pediu."

20 de janeiro de 1918.

"'Vou ancorar minha alma atormentada à frota britânica e preparar uma fornada de bolachas', disse Susan hoje para a prima Sophia, que apareceu aqui com uma história estranha sobre um submarino novo de máxima potência lançado recentemente pela Alemanha. Susan não anda de bom humor, por causa das restrições culinárias. Sua lealdade ao Governo da União está sendo testada. De início ela as encarou com valentia. Quando saiu a ordem referente à farinha, ela disse com animação: 'Sou um cachorro velho tentando aprender novos truques e aprenderei a fazer pão de guerra se isso ajudar a derrotar os hunos'."

"Mas as próximas sugestões vieram de encontro ao espírito de Susan. Se não fosse em respeito ao papai, acho que ela teria insultado o *sir* Robert Borden."

"'É o fim da picada, querida senhora! Como vou fazer um bolo sem manteiga ou açúcar? Não é possível! Não é um bolo de verdade. Enfim, seria uma massa qualquer e não poderíamos nem camuflá-la com um pouco de cobertura! E pensar que eu vivi para ver o governo de Ottawa entrar na minha cozinha para impor o racionamento!'"

"Susan daria até a última gota de seu sangue 'pelo rei e pelo país', mas renunciar às amadas receitas era uma questão diferente e muito mais grave."

"Também recebi cartas de Nan e de Di, ou melhor, bilhetes, pois estão muito ocupadas com as provas finais que se aproximam. Elas se formarão em Artes na primavera. Evidentemente, serei a ignorante da família. Por algum motivo, nunca tive interesse em ir para a faculdade. Receio não ter muitas ambições na vida. Só há uma coisa que eu realmente gostaria de ser e não tenho certeza se vai acontecer. Não revelarei o que é. Como diz a prima Sophia, seria deselegante escrever sobre essas coisas."

"Vou contar. Não serei coagida pelas convenções da prima Sophia! Quero ser a esposa de Kenneth Ford! Pronto, aí está!"

"Olhei-me no espelho e não vi nenhum sinal de rubor. Suponho que eu não seja uma dama exemplar."

"Fui ver o Segunda-feira hoje. Apesar de estar muito fraco e reumático, continua esperando pelo trem. Ele bateu o rabo no chão e me encarou com um olhar implorante. "Quando Jem voltará?", parecia dizer. Ah, Segunda-feira, não há resposta a essa pergunta, assim como não há para a que nos fazemos constantemente: "O que acontecerá quando a Alemanha realizar seu último ataque em busca da vitória no front ocidental?"

1º de março de 1918.

"'O que a primavera nos trará?', refletiu Gertrude hoje. 'Nunca tive tanto medo da primavera. Acha que voltaremos a viver sem ter medo? Faz quatro anos que vamos para a cama e nos levantamos com medo. Ele é o convidado indesejado em todas as refeições e o penetra em todas as confraternizações'."

"'Hindenburg disse que chegará a Paris no dia 1º de abril', suspirou a prima Sophia."

"'Hindenburg!' A pena e a tinta são incapazes de expressar o desprezo de Susan. 'Será que ele se esqueceu de que dia é 1º de abril?'"

"'Até agora, o Hindenburg fez o que prometeu' disse Gertrude, com um pessimismo digno da prima Sophia."

"'Sim, contra os russos e os romenos', retrucou Susan. 'Espere até ele se deparar com os britânicos e os franceses, sem falar dos ianques, que estarão lá o quanto antes e sem dúvida farão um excelente trabalho.'"

"'Você disse a mesma coisa antes do confronto em Mons', comentei."

"'Hindenburg disse que sacrificará milhares de vidas para derrubar os Aliados', disse Gertrude. 'A esse preço, é melhor que consiga alguma coisa. E como suportaremos, mesmo que ele acabe sendo derrotado? Os últimos dois meses de espera pelo golpe final foram mais longos do que toda a guerra. Eu trabalho incansavelmente o dia inteiro e acordo às três da manhã me perguntando se as legiões por fim atacaram. É quando vejo Hindenburg em Paris e a Alemanha vitoriosa. É somente nessa maldita hora que tenho essas visões.'"

"Susan lançou um olhar de reprovação ao ouvir o adjetivo usado por Gertrude, mas não disse nada."

"'Quem dera fosse possível tomar uma poção mágica para dormir pelos próximos três meses e então acordar e descobrir que o Armagedon já passou', disse a mamãe, com uma sutil impaciência."

"É raro a mamãe se deixar levar por desejos desse tipo ou pelo menos ouvi-la expressá-los. Ela mudou bastante desde aquele dia terrível em setembro em que descobrimos que Walter não voltaria mais. No entanto, sempre foi corajosa e paciente. Agora, é como se até ela tivesse chegado ao limite."

"Susan aproximou-se e colocou a mão no ombro dela."

"'Não tenha medo nem perca as esperanças, querida senhora', disse com gentileza. 'Também me senti um pouco assim na noite passada. Eu me levantei, acendi a lamparina e abri a Bíblia e sabe qual foi o primeiro verso em que meus olhos pousaram? *E eles pelejarão contra ti, mas não prevalecerão; porque estou contigo, diz o Senhor, para te livrar*[54]. Não tenho o dom dos sonhos como a senhorita Oliver, mas soube naquele momento que era um sinal de que Hindenburg jamais colocará os pés em Paris, querida senhora. Aí eu não li mais nada e voltei a dormir, e não acordei às três da manhã e em nenhum outro horário até o amanhecer.'"

"Repito sempre para mim mesma o versículo que Susan leu. O Senhor está conosco, e os espíritos de todos os homens justos e todas as legiões e as armas que a Alemanha está levando para o front serão inúteis contra essa barreira. Assim, sinto-me bem em alguns momentos, todavia em outros me sinto como a Gertrude: como se não aguentasse mais essa calmaria horrível e sinistra antes da tempestade."

23 de março de 1918.

"O armagedon começou! 'A maior batalha de todas.' Será? Eu me pergunto. Fui até o correio ontem. Foi um dia sombrio e amargo. A neve se foi, só que o chão cinzento e sem vida estava congelado e um vento cortante soprava. O vale inteiro parecia feio e melancólico."

---

54 Referência ao Antigo Testamento, Jeremias 1:19 (N. T.)

"Então vi as manchetes em letras enormes e destacadas dos jornais. A Alemanha atacou no dia 21 e alega ter feito prisioneiros e tomado um grande arsenal. O general Haig afirma que 'os confrontos intensos continuam'. Não gostei nem um pouco dessa última expressão."

"Não somos capazes de realizar nenhum trabalho que exija concentração. Por isso tricotamos com fervor, pois é o que conseguimos fazer mecanicamente. Pelo menos a espera excruciante terminou, ficou a dúvida penosa de onde e quando o desfecho aconteceria. E enfim aconteceu e eles não nos vencerão!"

"Ah, o que será que está acontecendo no front ocidental nesta noite enquanto escrevo em meu diário, sentada em meu quarto? Jims está dormindo no berço, e o vento geme ao redor da casa. Pendurada sobre a minha escrivaninha há uma foto de Walter, encarando-me com seu olhar profundo; a Mona Lisa que ele me deu no último Natal que passou aqui está ao lado, e do outro há uma cópia emoldurada de *O Flautista*. É como se eu pudesse ouvir a voz dele declamando o poema em que depositou a alma e que viverá para sempre, imortalizando o nome de Walter para o futuro da nossa terra. Sinto-me tranquila e em paz, pois ele parece estar perto de mim... Se ao menos eu pudesse erguer o fino véu que separa nossos mundos, eu o veria, assim como ele viu o flautista na noite anterior a Courcelette."

"Lá na França, nesta noite... será que os Aliados resistirão?"

# Domingo obscuro

Em março do ano da graça de 1918, houve uma semana cuja concentração de sofrimento humano foi maior do que em qualquer outra na história. Naquela semana houve um dia em que toda a humanidade se sentiu pregada à cruz; nesse dia, o planeta inteiro deve ter ficado a ponto de sofrer uma convulsão universal. Por toda parte, os corações transbordavam de medo.

O amanhecer foi silencioso e frio em Ingleside. A senhora Blythe, Rilla e a senhorita Oliver se arrumaram para ir à igreja em um suspense carregado de esperança e fé. O doutor não estava em casa, pois tinha sido chamado de madrugada para ir à residência dos Marwoods em Upper Glen, onde uma jovem esposa da guerra lutava bravamente em sua própria batalha para trazer uma vida, e não a morte, a este mundo. Susan anunciou que ficaria em casa naquela manhã, uma decisão rara da parte dela.

– Prefiro não ir à igreja nesta manhã, querida senhora – explicou. – Se o Bigodinho estiver lá com aquela expressão santa e jubilosa que faz sempre que os hunos estão ganhando, receio que perderei a paciência e meu decoro e arremessarei uma Bíblia ou um hinário nele, desgraçando assim a mim mesma e a morada de Deus. Não, querida senhora.

Vou me ausentar da igreja até que a maré mude e rezarei com todas as forças daqui mesmo.

– Acho que também ficarei em casa, apesar de todo o bem que a igreja me proporciona – disse a senhorita Oliver a Rilla enquanto caminhavam pela estrada vermelha e enregelada. – Só consigo pensar se nossas tropas estão resistindo.

– No próximo domingo é Páscoa – disse Rilla. – Será um presságio de morte ou de vida para nossa causa?

O senhor Meredith começou o sermão com o versículo "aquele que perseverar até o fim será salvo[55]", e suas palavras inspiraram esperança e confiança. Rilla, olhando para o memorial acima do banco da família, "em homenagem a Walter Cuthbert Blythe", sentiu-se livre da tensão e revitalizada. Walter não podia ter perdido a vida por nada. Ele tinha o dom das visões proféticas e havia previsto a vitória. Ela se aferraria àquela crença: os Aliados resistiriam.

Renovada, ela voltou para casa quase alegre. As demais também voltaram com novas esperanças e com um sorriso para Ingleside. Não havia ninguém na sala de estar além de Jims, que tinha adormecido no sofá, e o Doc, repousando em silêncio sobre o tapete da lareira com ares de Senhor Hyde. Também não havia ninguém na sala de jantar, e o mais estranho de tudo era que o almoço não estava na mesa, que sequer havia sido posta. Onde estava Susan?

– Será que está doente? – perguntou a senhora Blythe, preocupada. – Achei estranho ela não ter ido à igreja.

A porta da cozinha se abriu, e Susan apareceu com uma expressão tão lúrida que a senhora Blythe exclamou, assustada:

– Susan, o que aconteceu?

– A linha de defesa britânica foi derrubada, e Paris está sendo bombardeada pelos alemães – disse Susan com pesar.

---

55  Referência ao Novo Testamento, Mateus 24:13. (N. T.)

As três se entreolharam, chocadas.

– Isso seria um absurdo – disse Gertrude Oliver e soltou uma gargalhada medonha.

– Susan, quem lhe contou isso? Quando a notícia chegou? – perguntou a senhora Blythe.

– Recebi uma chamada de longa distância de Charlottetown meia hora atrás. A notícia chegou na noite passada. Foi o doutor Holland quem ligou, confirmando infelizmente a notícia. Desde então, não consigo fazer nada. Sinto muito por o almoço não estar pronto. É a primeira vez que sou tão negligente. Se tiver um pouquinho de paciência, logo prepararei algo para comerem, mas receio que tenha deixado as batatas queimar.

– Almoço! Ninguém quer almoçar, Susan – disse a senhora Blythe. – Ah, é inacreditável... deve ser um pesadelo.

– Paris está perdida, a França está perdida, a guerra está perdida – arfou Rilla em meio às ruínas de sua confiança e de sua fé.

– Oh, Deus, oh, Deus... – murmurava Gertrude Oliver, caminhando pela sala enquanto retorcia as mãos. – Oh... Deus!

Nada mais, nenhuma outra palavra, nada além das súplicas ancestrais, o pranto de agonia suprema tão velho quanto o tempo que vem do coração humano quando vê que perdeu tudo.

– Deus morreu? – perguntou uma vozinha que veio da porta da sala. Jims estava parado ali, ainda com o rosto vermelho de sono e com um olhar amedrontado. – Willa... Deus morreu?

A senhorita Oliver parou de andar e de lamentar e encarou Jims. Lágrimas de medo começavam a se formar nos olhos do menino. Rilla correu para confortá-lo, e Susan se levantou da cadeira onde havia se largado.

– Não – disse energicamente, recuperando-se. – Não, Deus não morreu, nem Lloyd George. Estamos nos esquecendo disso, querida senhora. Não chore, pequeno Kitchener. As coisas poderiam ser ainda piores.

As tropas britânicas podem ter cedido, mas não a marinha. Então, vamos nos concentrar nisso. Vou preparar algo para comermos, pois precisamos recobrar as forças.

Ninguém conseguiu comer. Ingleside jamais se esqueceu daquela tarde sombria. Gertrude Oliver caminhou de um lado para o outro, todos caminharam de um lado para o outro, com a exceção de Susan, que sacou as agulhas de tricô.

– Querida senhora, serei obrigada a tricotar no domingo. Nunca sonhei em fazer isso antes, pois, diga o que disser, considero uma violação do terceiro mandamento. Só sei que, se não tricotar hoje, enlouquecerei.

– Tricote, Susan – respondeu a senhora Blythe, nervosa. – Se eu pudesse, também o faria, mas não posso, não consigo.

– Se ao menos tivéssemos mais informações – murmurou Rilla. – Talvez alguma coisa nos encorajaria.

– Sabemos que os alemães estão bombardeando Paris – disse a senhorita Oliver. – Nesse caso, eles devem ter passado por cima de todo mundo e estar bem nos portões da cidade. Nós perdemos, encaremos esse fato como outros povos fizeram no passado. Outras nações já sacrificaram seus melhores e mais corajosos homens em nome da verdade, só para serem derrotados. A nossa é apenas mais uma das muitas que só sofreram com a derrota.

– Não desistirei tão fácil – gritou Rilla, recuperando a cor. – E não entrarei em desespero. Não fomos conquistados. Não! Mesmo se a Alemanha conquistar toda a França, não seremos conquistados. Estou envergonhada de mim mesma por esse momento de pânico. Vocês não me verão perder a cabeça desse jeito novamente. Vou ligar para a cidade e descobrir mais detalhes.

Só que foi impossível. O operador de longa distância estava soterrado de ligações similares provenientes de todas as partes do país em rebuliço. Rilla por fim desistiu e escapuliu para o Vale do Arco-Íris. Lá, ela ajoelhou-se na grama morta e cinzenta, no recanto onde Walter e ela conversaram pela última vez, e recostou a cabeça no tronco coberto de musgo de uma árvore caída. O sol apareceu por entre as nuvens negras, despejando seu esplendor dourado e etéreo sobre o vale. Os sinos das Árvores Enamoradas tilintavam magicamente sob o vento impetuoso de março.

– Oh Deus, dê-me forças – sussurrou Rilla. – Apenas força... e coragem. – Então ela juntou as mãos como uma criança faria e disse, como Jims teria dito: – Por favor, envie notícias melhores amanhã.

Ela ficou ajoelhada ali por um bom tempo e voltou para Ingleside mais calma e resoluta. O doutor já estava em casa, exausto e triunfante, pois o pequeno Douglas Haig Marwood havia chegado em segurança ao reino do tempo. Gertrude ainda caminhava de um lado para o outro, mas a senhora Blythe e Susan já tinham se recuperado do choque. Susan já planejava uma nova linha de defesa para os portos do canal.

– Contanto que consigamos detê-los – declarou –, a situação estará a nosso favor. Paris realmente não tem nenhuma importância militar.

– Cuidado – disse Gertrude com brusquidão, como se Susan tivesse esbarrado nela. O termo gasto e batido "sem importância militar" soava como uma zombaria agourenta naquelas circunstâncias e era mais difícil de suportar do que a voz do desespero.

– Fiquei sabendo da notícia na casa dos Marwoods – comentou o doutor. – Só que essa história do bombardeio em Paris me parece um tanto absurda. Mesmo que tenham ultrapassado as defesas, o ponto mais próximo fica a oitenta quilômetros de Paris. Como os alemães conseguiram levar toda a artilharia até lá em tão pouco tempo? Senhoras, essa parte da história pode ser falsa. Vou tentar ligar para a cidade.

O doutor teve tanto êxito quanto Rilla, mas sua opinião as animou um pouco e as ajudou a atravessar a tarde. Às nove da noite, uma ligação de longa distância os ajudou a sobreviver à noite.

– A defesa caiu apenas em um lugar, no canal St. Quentin – informou o doutor ao desligar –, e as tropas britânicas estão recuando sem grandes problemas. Isso não é tão ruim. Quanto às bombas atingindo Paris, elas são disparadas de uma distância de cento e treze quilômetros por uma arma de longa distância incrível inventada pelos alemães que acompanha as tropas ofensivas. É tudo que sabemos até o momento, e o doutor Holland afirma que são informações confiáveis.

– Teriam sido notícias horríveis ontem, mas, comparadas com as de hoje, até que são boas – disse Gertrude. – Mesmo assim, receio que não conseguirei dormir muito nesta noite – acrescentou, tentando sorrir.

– Há um motivo para ficarmos gratas, em todo caso, querida senhora – disse Susan. – A prima Sophia não veio aqui hoje. Eu realmente não teria conseguido suportá-la diante de toda a situação.

# Ferido e desaparecido

"Abatidos, mas não derrotados" foi a manchete no jornal da segunda-feira, que Susan repetiu diversas vezes para si enquanto trabalhava. A lacuna aberta pelo desastre de St. Quentin foi reparada em pouco tempo, todavia os Aliados estavam sendo forçados a recuar do território que haviam conquistado em 1917 ao custo de meio milhão de vidas. Na quarta-feira, a manchete foi "Britânicos e franceses refreiam os alemães"; entretanto, as retiradas continuavam. Para trás, e para trás, e para trás! Onde isso terminaria? Será que as defesas seriam derrubadas de novo, catastroficamente, dessa vez?

No sábado, a manchete foi "Berlim admite que ofensiva foi contida", e pela primeira vez naquela semana terrível o pessoal de Ingleside ousou respirar fundo.

– Bem, uma semana já foi. Agora, que venha a próxima – disse Susan, determinada.

– Sinto-me como um prisioneiro amarrado no potro – disse a senhorita Oliver para Rilla a caminho da igreja no domingo de Páscoa. – Só que a tortura não acabou. Ela pode recomeçar a qualquer momento.

– Eu duvidei de Deus no domingo passado – disse Rilla –, mas não hoje. O mal não vencerá. Deus está do nosso lado, e ele é mais forte do que os homens.

Contudo, a fé dela foi testada várias vezes na primavera sombria daquele ano. O *armagedon* não durou alguns dias, como esperavam. Ele prolongou-se por semanas e, então, por meses. Diversas vezes Hindenburg desferiu seus ataques abruptos e alarmantes, ainda que infrutíferos. Diversas vezes os especialistas militares declararam a situação extremamente perigosa. Diversas vezes a prima Sophia concordou com os especialistas.

– Se os Aliados recuarem mais cinco quilômetros, a guerra estará perdida – lamentou.

– A marinha britânica está atracada nesses cinco quilômetros? – perguntou Susan com sarcasmo.

– É a opinião de um homem que sabe tudo do assunto – respondeu a prima Sophia com austeridade.

– Ninguém é capaz de saber tudo – retrucou Susan. – Quanto aos especialistas militares, eles não sabem mais do que você e eu. Eles já erraram inúmeras vezes. Por que você sempre olha para o lado negativo das coisas, Sophia Crawford?

– Porque não há um lado positivo, Susan Baker.

– Ah, não? Hoje é 20 de abril, e o Hindy ainda não chegou a Paris, apesar de ter dito que a atacaria no dia 1º de abril. Isso não é positivo?

– Acredito que os alemães chegarão a Paris muito em breve. E digo mais, Susan Baker, eles ainda virão para o Canadá.

– Não nesta parte do país. Os hunos jamais colocarão os pés na Ilha do Príncipe Edward enquanto eu puder empunhar um forcado – declarou Susan, com ares de quem seria capaz de enfrentar o exército alemão inteiro sozinha. – Não, Sophia Crawford, para falar a verdade, estou cansada de suas previsões lúgubres. Não nego que alguns erros foram cometidos. Os alemães não teriam voltado para Passchendaele se os canadenses tivessem continuado lá, e foi uma péssima manobra confiar nos portugueses no rio Lys. Porém isso não é emotivo para proclamar que a guerra está perdida. Não quero discutir, ainda mais em um momento como este, mas temos que manter o moral elevado. Vou ser sincera: se você continuar com esse pessimismo, sua ausência será preferível à sua companhia.

Indignada, a prima Sophia marchou para casa para digerir aquela afronta e não apareceu na cozinha de Susan por várias semanas. Talvez tenha sido melhor assim, pois foram semanas árduas. Os alemães continuaram atacando ora aqui, ora ali, e pontos vitais dos Aliados sucumbiram. Em um dia no início de maio, em que o vento e o sol brincavam no Vale do Arco-Íris, o bosque de bordos reluzia em dourado e verde, e o porto estava todo pintado de azul e salpicado pelo branco da crista das ondas, chegaram notícias de Jem.

Houve um ataque no front canadense, tão insignificante que sequer foi mencionado nas notícias. Quando terminou, o tenente James Blythe foi dado como "ferido e desaparecido".

– Acho que isso é pior do que se ele tivesse morrido – murmurou Rilla por entre os lábios pálidos naquela noite.

– Não, não... "desaparecido" ainda nos dá esperanças – afirmou Gertrude Oliver.

– Sim... esperanças torturantes e agonizantes que impedem que nos resignemos ao pior – disse Rilla. – Ah, senhorita Oliver, teremos de suportar semanas e meses sem saber se Jem está vivo ou morto? Talvez nunca descubramos. Eu não aguento mais. Primeiro Walter, e agora Jem. Isso vai ser a morte para a mamãe. Veja só o rosto dela, senhorita Oliver, e me diga se não concorda. E Faith, a pobre Faith... como ela reagirá?

Gertrude estremeceu. Ela olhou para os quadros pendurados sobre a escrivaninha de Rilla e sentiu um ódio súbito da serenidade perpétua da Mona Lisa.

"Nem isso consegue apagar esse sorriso do seu rosto?", pensou, revoltada. No entanto, ela disse com gentileza:

– Não, isso não vai matá-la. Ela é muito mais resiliente do que aparenta. Além disso, ela se recusa a acreditar que Jem morreu. Todos nós devemos fazer como ela e nos agarrar à esperança. Pode ter certeza de que Faith fará isso.

– Eu não consigo. Jem foi ferido. Que chances ele tem? Mesmo se os alemães o encontrarem, nós sabemos como eles tratam os prisioneiros feridos. Quem dera eu pudesse ter esperança, senhorita Oliver... ajudaria muito, suponho, mas parece que ela morreu dentro de mim. Não consigo esperar pelo melhor sem uma razão, e não há nenhuma.

A senhorita Oliver foi para o quarto dela, e Rilla continuou deitada na cama sob o luar, rezando desesperadamente por um pouco de força. Susan entrou como uma sombra esquálida e sentou-se ao lado dela.

– Rilla, querida, não se preocupe. O pequeno Jem não morreu.

– Como consegue acreditar nisso, Susan?

– Porque eu sei. Ouça, quando a notícia chegou hoje de manhã, a primeira coisa que pensei foi no Segunda-feira. E, assim que terminei de lavar a louça do jantar e de preparar o pão, eu fui até a estação. E lá estava o cachorro, esperando pacientemente pelo trem, como de costume. Querida Rilla, o ataque às trincheiras aconteceu quatro dias atrás, na segunda-feira. Eu perguntei ao agente da estação se ele poderia me informar se o cão uivou ou fez algum tipo de barulho estranho na segunda à noite. Ele pensou por um instante e então falou "não". "Tem certeza? Sua resposta é mais importante do que parece", insisti. "Certeza absoluta. Fiquei acordado a noite inteira, porque minha égua estava doente, e ele não deu um latido sequer. Eu teria ouvido, pois a porta do estábulo ficou aberta o tempo inteiro e o canil fica bem na frente." Essas foram as palavras exatas dele, querida. Você sabe que o pobre coitado uivou a noite inteira depois da batalha de Courcelette. E ele nem era tão apegado a Walter como é com Jem. Agora, você acha que ele teria dormido tranquilamente se Jem tivesse sido morto? Não, querida Rilla, o pequeno Jem não morreu, escreva o que estou dizendo. O Segunda-feira saberia, assim como soube daquela vez, e já teria parado de esperar pelos trens.

Era absurdo e irracional, e impossível. Todavia Rilla acreditou, e a senhora Blythe acreditou; o doutor, apesar do débil sorriso de escárnio, sentiu o desalento inicial ser substituído por uma estranha confiança. E, por mais tolo ou absurdo que fosse, todos recobraram o ânimo para seguir em frente graças ao cãozinho fiel que ainda aguardava o dono regressar na estação de Glen. O bom senso e a incredulidade podiam até murmurar que aquilo não passava de "mera superstição", mas os corações de Ingleside confiavam no Segunda-feira.

# A maré muda

Susan ficou muito entristecida ao ver o lindo e antigo jardim de Ingleside ser arado para o plantio de batatas naquela primavera. Mas não reclamou, mesmo quando seu amado canteiro de peônias foi sacrificado. Porém, quando o governo instituiu sobre o horário de verão, ela se recusou a adotá-lo. Susan era leal a um Poder Supremo muito maior do que o Governo da União.

– Você acha que é correto interferir nas leis do Todo-Poderoso? – perguntou ao doutor com indignação. Impassível, ele respondeu que todos deveriam obedecer ao governo e que os relógios de Ingleside seriam adiantados. Só que o pequeno despertador de Susan estava fora de sua jurisdição.

– Eu o comprei com meu dinheiro, querida senhora – alegou Susan com firmeza –, e ele continuará sob o horário de Deus, e não de Borden.

Susan se levantava, ia para a cama e organizava seus afazeres de acordo com o "horário de Deus". A contragosto, ela obedecia ao horário de Borden para servir as refeições e ir à igreja, o que considerava uma grande ofensa. Ainda assim, ela fazia as orações e alimentava as galinhas segundo o próprio relógio, e por isso sempre olhava para o doutor com um sutil ar de triunfo. Pelo menos nisso ela estava levando a melhor.

– O Bigodinho está muito contente com esse negócio de horário de verão – comentou, certa noite. – O que faz sentido, já que foram os alemães que o inventaram, até onde sei. Ouvi dizer que ele quase perdeu toda a colheita de trigo. As vacas de Warren Mead invadiram a plantação na semana passada, no mesmo dia em que os alemães dominaram a "Cheman-de-dam".[56], o que pode ser coincidência ou não, e causaram um belo estrago até que a esposa do senhor Dick Clow visse a cena da janela do sótão. A princípio ela não pensou em avisar o senhor Pryor. Ela me disse que sentiu certa satisfação em ver aquelas vacas devorar o trigo, era o que ele merecia. Mas aí ela refletiu que aquela colheita era de grande importância nesses tempos de racionamento, e por isso aquelas vacas tinham de ser tiradas dali o quanto antes. Então ela telefonou para o Bigodinho. Tudo que ouviu em agradecimento foram algumas palavras esquisitas. Ela não pode afirmar que foram xingamentos, uma vez que não dá para ter certeza do que ouvimos pelo telefone, mas ela tem uma hipótese, e eu também. Só não vou dizer o que penso porque aí vem o senhor Meredith, e o Bigodinho é um dos membros do conselho da igreja. Temos que ser discretos.

– Estão procurando a estrela nova? – perguntou o senhor Meredith ao aproximar-se da senhorita Oliver e de Rilla, que estavam paradas entre as ramas de batata olhando para o céu.

– Sim e a encontramos! Veja, é aquela logo acima da ponta do pinheiro mais alto.

– É maravilhoso poder ver algo que aconteceu três mil anos atrás, não é mesmo? – disse Rilla. – É quando os astrônomos acham que ocorreu a colisão que gerou essa estrela nova. Isso me faz sentir horrivelmente insignificante – acrescentou com um murmúrio.

– Nem esse evento, dentro da perspectiva dos sistemas estelares, é capaz de ofuscar o fato de que os alemães estão de novo a um passo de Paris – disse Gertrude, aflita.

---

56 *Chemin des Dames* é o nome de uma região da França onde ocorreram diversos confrontos durante a Primeira Guerra Mundial. (N. T.)

– Acho que eu teria gostado de ser um astrônomo – comentou o senhor Meredith em tom sonhador, admirando a estrela.

– Há uma satisfação peculiar em olhar para os astros – concordou a senhorita Oliver –, uma satisfação extraterrena, em mais de um sentido. Gostaria de ter alguns amigos astrônomos.

– É lindo falar dos anfitriões celestiais – riu Rilla.

– Será que os astrônomos se interessam por assuntos terrenos? – quis saber o doutor. – Talvez alguns quilômetros de trincheiras conquistados ou perdidos no front ocidental sejam insignificantes para os estudiosos dos canais de Marte.

– Li em algum lugar que Ernest Renan escreveu um de seus livros durante o cerco de Paris de 1870 e que "gostou muito da experiência" – disse o senhor Meredith. – Creio que podemos considerá-lo um filósofo.

– Também li que, pouco antes de morrer, ele disse que seu único arrependimento era não poder ver aonde aquele "jovem extremamente interessante, o imperador alemão" iria chegar na vida – disse a senhorita Oliver. – Se Ernest Renan estivesse vivo para ver o que aquele jovem interessante fez com sua amada França, e quiçá com o mundo, me pergunto se manteria a indiferença que demonstrava em 1870.

"Eu me pergunto onde Jem está nesta noite", pensou Rilla com um acesso repentino e amargo de recordações.

Fazia mais de um mês que ele havia desaparecido. Apesar de todos os esforços, nada fora descoberto. Chegaram duas ou três cartas dele, escritas antes do ataque às trincheiras, e então reinou o mais absoluto silêncio. Agora os alemães estavam novamente no Marne, aproximando-se pouco a pouco de Paris, porém agora havia rumores de outra ofensiva austríaca no Piave. Rilla abaixou o olhar, sentindo o coração pesado. Era um daqueles momentos em que a esperança e a coragem desapareciam por completo, em que parecia inconcebível viver mais um dia sequer. Se ao menos eles soubessem o que tinha acontecido com Jem... Porém é impossível enfrentar uma incerteza. É difícil manter o moral elevado em meio ao medo, à dúvida e ao suspense. Alguma notícia já teria chegado se Jem estivesse vivo. Ele só podia estar morto, mas eles jamais saberiam, jamais teriam certeza, e o Segunda-feira morreria de velhice esperando pelo trem. Ele era apenas um cãozinho fiel e reumático que sabia tanto quanto eles sobre o destino do dono.

Rilla só conseguiu pegar no sono de madrugada. Quando acordou, deparou-se com Gertrude Oliver inclinada sobre o parapeito da janela, contemplando o mistério prateado do amanhecer. Seu perfil sagaz e marcante, emoldurado pelos cabelos negros e volumosos, destacava-se com nitidez contra o dourado suave da alvorada. Rilla lembrou-se da admiração de Jem pelo delineamento da testa e do queixo da senhorita Oliver e estremeceu. Tudo que a fazia lembrar-se do irmão estava se tornando intolerável. A morte de Walter abriu uma ferida terrível no coração dela. Mas foi um corte preciso que sarou lentamente, como a maioria dos machucados, deixando uma cicatriz para sempre. Contudo, a tortura do desaparecimento de Jem era diferente: havia um veneno que a impedia de cicatrizar. O alternar constante entre esperança e desespero, a espera diária e interminável por uma carta que nunca chegava, que talvez jamais fosse chegar, as histórias nos jornais sobre os maus-tratos que sofriam os prisioneiros e a incerteza cruel sobre o estado de saúde de Jem eram coisas que se tornavam cada vez mais insuportáveis.

Gertrude virou-se. Havia um brilho diferente nos olhos dela.

– Rilla, tive outro sonho.

– Ah, não... não – exclamou Rilla, encolhendo-se. Os sonhos da senhorita Oliver sempre profetizavam desastres iminentes.

– Rilla, foi um sonho bom. Ouça. Ele começa como aquele de quatro anos atrás, em que estou nos degraus da varanda de Ingleside olhando para o vale. Ele ainda estava encoberto por ondas que chegavam até os meus pés. Então, as ondas começaram a recuar, tão rapidamente quanto haviam chegado, e foram recuando em direção ao golfo até que o vale ressurgiu diante dos meus olhos, lindo e verdejante, com um arco-íris sobre o Vale do Arco-Íris, de cores tão vívidas que me deixaram estupefata. E aí acordei. Rilla! Rilla Blythe, a maré está mudando.

– Quem dera pudesse acreditar nisso... – suspirou Rilla.

Gertrude recitou com alegria:

*Minhas profecias tristes se tornaram realidade*
*Acredite nelas quando augurarem felicidade.*[57]

– Pois eu não tenho nenhuma dúvida – completou Gertrude.

Não obstante, apesar da grande vitória italiana no Piave alguns dias depois, ela duvidou várias vezes no mês duro que se seguiu. E, quando os alemães cruzaram de novo o rio Marne em meados de julho, o desespero tornou-se insustentável. Todos sentiram que seria tolice esperar que o milagre do Marne se repetisse. Porém, foi o que aconteceu: novamente, como em 1914, a maré mudou em Marne. As tropas francesas e as americanas deram um ataque abrupto e esmagador no flanco exposto do inimigo e, com a rapidez inconcebível dos sonhos, todo o panorama da guerra mudou.

– Os Aliados tiveram duas vitórias tremendas – disse o doutor no dia 20 de julho.

– É o começo do fim, posso sentir – disse a senhora Blythe.

– Graças a Deus – disse Susan, juntando as mãos trêmulas. – Só que isso não vai trazer nossos garotos de volta – acrescentou, baixinho.

Mesmo assim ela saiu e hasteou a bandeira, pela primeira vez desde a queda de Jerusalém. Quando ela esvoaçou nobremente ao vento, Susan ergueu a mão e a saudou como vira Shirley fazer.

---

57 Trecho do poema *A Dama do Lago*, do escritor escocês *sir* Walter Scott (1771-1832). (N. T.)

– Todos nós sacrificamos alguma coisa para que você continue a flamular – disse. – Quatrocentos mil dos nossos meninos foram para o estrangeiro, e cinquenta mil deles perderam a vida. Todavia, você merece! – O vento bagunçou os cabelos grisalhos sobre o rosto dela, e o avental xadrez que a cobria da cabeça aos pés fora confeccionado pensando mais na economia do que no estilo; ainda assim, de alguma forma, a figura de Susan emanava imponência naquele momento. Ela era uma das mulheres corajosas, tenazes, pacientes e heroicas que haviam tornado a vitória possível. Nela, todas saudavam o símbolo pelo qual seus entes queridos lutavam. Algo parecido ocorreu ao doutor enquanto a observava da porta.

– Susan – disse ele quando ela se virou para entrar em casa –, você tem sido uma rocha desde o princípio.

# A senhora Matilda Pitman

Rilla e Jims estavam na plataforma traseira do vagão quando o trem parou na pequena estação de Millward. A tarde de agosto estava tão quente que os vagões lotados estavam abafados. Ninguém sabia por que os trens paravam ali, já que nunca se via alguém embarcar ou desembarcar. A casa mais próxima ficava a sete quilômetros, e o lugar era rodeado por acres de arbustos de mirtilo e abetos.

Rilla estava a caminho de Charlottetown para passar a noite com uma amiga e o dia seguinte fazendo compras para a Cruz Vermelha. Ela decidira levar Jims junto em parte porque não queria amolar Susan e a mãe, em parte porque seu coração desejava ardentemente passar o máximo de tempo possível com ele antes de ter que dizer adeus. Ela havia recebido uma carta de James Anderson pouco tempo atrás. Ele fora ferido e estava hospitalizado e, como não poderia mais voltar para o front, retornaria para casa o quanto antes para ficar com o filho.

Rilla estava agoniada e também preocupada. Ela amava profundamente Jims e iria sofrer muito quando tivesse que entregá-lo; contudo, se Jim Anderson fosse um homem diferente e tivesse um lar adequado para uma criança, não seria tão ruim. Só que devolvê-lo a um pai errante, indolente e irresponsável, por maior que fosse seu coração, e Rilla sabia que Jim Anderson era gentil e bondoso, era um prospecto desalentador. Era pouco provável que ele fosse continuar em Glen. Como não tinha mais nenhum laço que o prendesse lá, era possível até que voltasse para a Inglaterra. Ela talvez não voltaria a ver o adorado e radiante Jims, de quem cuidara com tanto esmero. Com um pai desses, qual seria o destino do menino? Rilla pretendia implorar para que Jim Anderson deixasse o menino com ela, mas, depois daquela carta, suas expectativas eram baixas.

"Se ao menos ele ficasse em Glen, onde posso ficar de olho em Jims, eu não me preocuparia tanto", refletiu. "Mas tenho quase certeza de que irá embora, e Jims não terá a mínima chance. E ele é um garotinho tão esperto, com ambições, que não sei de quem herdou, e muita energia. Só que o pai nunca terá um centavo para lhe dar educação ou uma vida digna. Jims, meu filhinho da guerra, o que será de você?"

Jims não estava nem um pouco preocupado. Ele assistia com entusiasmo às estripulias de um esquilo listrado sobre o telhado da pequena estação. Quando o trem começou a se afastar da estação, Jims inclinou-se para dar uma última olhada no bichinho e soltou a mão de Rilla, que estava tão absorta nos devaneios sobre o futuro do menino que não percebeu o que estava acontecendo no presente. Jims, então, perdeu o equilíbrio, foi lançado por cima dos degraus, cruzou a pequena plataforma e aterrissou em uma moita de samambaia do outro lado.

Rilla deu um berro e perdeu a cabeça. Ela pulou os degraus e saltou do trem.

Por sorte, o trem ainda não tinha ganhado velocidade. Felizmente, Rilla teve o bom senso de pular na direção em que o trem se movia. De todo modo, ela se estatelou e rolou barranco abaixo, caindo em uma vala cheia de solidagos e ervas daninhas.

Ninguém viu o que aconteceu, e o trem desapareceu ao fazer a curva. Rilla levantou-se, atordoada, porém ilesa, cambaleou para fora da vala e correu para a plataforma, esperando encontrar Jims morto ou em pedaços. Exceto por alguns machucados e pelo susto, o menino estava bem. O choque foi tão grande que ele nem chorou. Rilla, ao perceber que ele estava são e salvo, desatou a chorar e a soluçar.

– Que "tem" malvado – esbravejou Jims contra o trem. – E que Deus malvado – acrescentou, franzindo a testa para o céu.

Rilla soltou uma gargalhada em meio às lágrimas, e o resultado foi algo que o pai dela chamaria de histeria. Mas ela se recuperou antes que o acesso a dominasse.

– Rilla Blythe, que vergonha. Recomponha-se imediatamente. Jims, você não pode falar essas coisas.

– Deus me jogou "pa fola" do "tem" – declarou o menino em tom afrontoso. – Alguém me jogou. Não foi você, então foi Deus.

– Não, não foi. Você caiu porque soltou a minha mão e inclinou-se demais para a frente. Eu falei para não fazer isso. A culpa foi toda sua.

Jims a encarou para se certificar de que ela estava falando sério; em seguida, voltou a olhar para o céu.

– Perdoe-me, então, Deus – disse com leveza.

Rilla também olhou para o céu e não gostou nem um pouco do que viu: nuvens pesadas vinham do Norte. O que deveriam fazer? Não passaria outro trem naquele dia, já que o especial das nove horas só passava aos sábados. Será que conseguiriam chegar até a casa de Hannah Brewster, a três quilômetros de distância, antes da tempestade? Rilla achava que conseguiria fazer isso facilmente, mas com Jims era outra história.

– Temos que tentar – disse Rilla com desespero. – Poderíamos também ficar na plataforma até a tempestade acabar, só que pode chover a noite inteira e, ademais, ficará um breu total. Se conseguirmos chegar até a casa de Hannah, ela deixará que passemos a noite por lá.

Hannah Brewster, quando ainda era Hannah Crawford, morou em Glen e foi colega de escola de Rilla. Elas eram boas amigas, ainda que Hannah fosse três anos mais velha. Casou-se bem jovem e foi morar em Millward. Por causa do trabalho pesado, dos filhos e de um marido que não prestava para nada, ela raramente ia ao vilarejo. Rilla a visitara uma vez logo após o casamento e, desde então, não a vira nem ouvira mais falar dela; entretanto, Rilla sabia que ela e Jims encontrariam abrigo na casa da generosa Hannah, com seu rosto corado e o coração imenso.

Os primeiros trechos foram percorridos com facilidade, mas os seguintes foram mais exaustivos. A estrada, utilizada com pouca frequência, era acidentada e cheia de buracos. Jims ficou tão cansado que Rilla teve de carregá-lo pelo último trecho. Quando chegaram à casa dos Brewsters, quase exaurida, ela colocou Jims no chão e suspirou de alívio. O céu havia escurecido por causa das nuvens, as primeiras gotas pesadas começavam a cair, e o estrondo dos trovões ficava cada vez mais alto. Foi quando Rilla fez uma descoberta desagradável. As cortinas estavam fechadas, e as portas, trancadas. Era evidente que os Brewsters não estavam em casa. Rilla correu até o pequeno celeiro. Também estava trancado. Não havia outro refúgio. A casinha caiada e simplória não tinha sequer uma varanda.

Já estava quase de noite, e a situação ficava cada vez mais difícil.

– Vou entrar nem que tenha de quebrar uma janela – disse Rilla, decidida. – Hannah faria o mesmo. Ela jamais se perdoaria se soubesse que vim até aqui para fugir de uma tempestade e não consegui entrar na casa.

Por sorte, não foi preciso arrombar nada. A janela da cozinha abriu facilmente. Rilla ergueu Jims e pulou para dentro no instante em que a tempestade desabou.

– Ah, olha aqueles pedacinhos de relâmpago – exclamou Jims, fascinado ao ver o granizo que começou a entrar pela janela. Rilla a fechou com dificuldade e acendeu uma lamparina. Eles estavam em uma cozinha pequena e aconchegante. De um lado via-se uma sala bem arrumada e mobiliada, e do outro uma despensa bem abastecida.

– Vou ficar à vontade – disse Rilla. – Sei que é o que Hannah gostaria que eu fizesse. Vou pegar alguma coisa para Jims e eu comermos e, se a tempestade continuar e ninguém chegar, vou subir para o quarto de hóspedes e me deitar. Agir com sensatez é o melhor a se fazer em uma emergência. Se eu não tivesse entrado em pânico quando Jims caiu, eu poderia ter chamado alguém para que parassem o trem. E aí não estaria nessa enrascada. Mas, já que estou, vou tirar o melhor da situação. A casa está muito mais bonita do que da última vez em que estive aqui. É claro, Hannah e Ted tinham acabado de se casar na época. Só que eu sempre tive a impressão de que Ted não era muito próspero. É provável que seja mais bem-sucedido do que eu imaginava, já que pode pagar por móveis como estes. Fico muito contente por Hannah.

A tempestade passou, mas continuou chovendo com força. Às onze da noite, Rilla decidiu que ninguém viria. Jims havia adormecido no sofá, então ela o carregou até o quarto de hóspedes e o colocou na cama. Em seguida despiu-se, colocou uma camisola que encontrou na gaveta do lavabo e enfiou-se debaixo dos finos lençóis com perfume de lavanda. Estava tão sonolenta e cansada depois de toda aquela aventura que nem a singularidade daquela situação conseguiu mantê-la acordada. Em alguns minutos, ela adormeceu profundamente.

Às oito da manhã, Rilla acordou com um sobressalto. Uma voz rude falava com brusquidão:

– Vocês dois, acordem. Quero saber o que isso significa.

Rilla despertou no mesmo instante. Ela nunca havia acordado tão prontamente em toda a vida. Havia três desconhecidos parados de pé no quarto. Um deles era um homem grande com uma barba preta e viçosa e uma expressão irritada. Ao lado dele estava uma mulher alta, magra e angulosa, de cabelos violentamente ruivos e um chapéu indescritível. Parecia ainda mais zangada e espantada do que o homem, se é que era possível. Ao fundo estava outra mulher: uma velhinha que provavelmente beirava os oitenta anos. Era uma figura chamativa, apesar da estatura baixa, graças ao vestido preto, os cabelos brancos como a neve, o rosto pálido e os olhos vívidos e negros como carvão. Parecia tão perplexa quanto os outros dois, todavia Rilla percebeu que não estava brava.

Rilla também notou que havia algo errado, perigosamente errado. O homem disse, em um tom ainda mais severo:

– Quem são vocês e o que estão fazendo aqui? Vamos, digam.

Rilla apoiou-se em um dos cotovelos, com uma expressão aturdida e indefesa. Ela escutou a velhinha em preto e branco ao fundo rir sozinha.

"Ela tem que ser real", pensou Rilla. "Não posso estar sonhando."

– Aqui não é a casa de Theodore Brewster? – perguntou.

– Não – respondeu a mulher alta, falando pela primeira vez. – Esta é a nossa casa. Nós a compramos dos Brewsters no outono passado. Eles se mudaram para Greenvale. Somos os Chapleys.

A pobre coitada deixou-se cair sobre o travesseiro, inconformada.

– Peço que me desculpem. Eu... eu... achei que os Brewsters morassem aqui. A senhora Brewster é minha amiga. Sou Rilla Blythe, filha do doutor Blythe, de Glen St. Mary. Estava indo para a cidade com o meu... esse garotinho... e ele caiu do trem, e eu pulei atrás dele, mas ninguém percebeu. Como não tinha jeito de voltar para casa na noite passada e uma tempestade se aproximava, viemos para cá. E, quando vimos que não havia ninguém aqui, nós... nós... entramos pela janela e... e... nos acomodamos.

– É o que parece – disse a mulher com sarcasmo.

– Que história incrível – disse o homem.

– Não nascemos ontem – acrescentou a mulher.

A Madame Preto e Branco não disse nada. Enquanto os outros dois faziam seus discursos, ela sucumbiu a um acesso de riso silencioso e balançou a cabeça, golpeando o ar com as mãos.

Rilla, magoada pela atitude desagradável dos Chapleys, recobrou a compostura e perdeu as estribeiras. Ela sentou-se na cama e disse com toda a altivez:

– Não sei onde vocês nasceram, mas deve ter sido em algum lugar com modos muitos peculiares. Se fizerem o favor de sair do meu quarto... digo, deste quarto, eu me vestirei e não abusarei mais da sua hospitalidade. – O sarcasmo de Rilla era letal. – E os recompensarei generosamente pela comida consumida e pelo pernoite.

A figura em preto e branco batia palmas sem produzir ruído algum. Talvez o senhor Chapley tivesse ficado impressionado com o tom de Rilla ou talvez tivesse ficado contente com o prospecto do pagamento. De qualquer forma, ele falou com civilidade:

– Bem, é justo. Se você pagar, não haverá problemas.

– Ela não terá que pagar nada – disse a Madame Preto e Branco em um tom surpreendentemente claro, resoluto e autoritário. – Talvez você não tenha nenhuma vergonha na cara, Robert Chapley, mas tem uma sogra que se envergonha por você. Nenhum estranho pagará pela hospedagem na casa onde mora a senhora Matilda Pitman. Por mais que minha condição de vida tenha decaído, eu não me esqueci dos bons modos. Eu sabia que você era um sovina quando se casou com Amelia e acabou deixando-a igual. Porém, a senhora Matilda Pitman foi por muitos anos e ainda é a chefe da casa. Saia daqui, Robert Chapley, e deixe a menina se vestir. E você, Amelia, vá preparar o café da manhã para ela.

Nunca, em toda a vida, Rilla tinha visto algo parecido com a submissão abjeta com que aqueles dois adultos se sujeitaram àquela velhinha. Eles saíram sem um olhar ou palavra de protesto. Quando a porta se fechou, a senhora Matilda Pitman riu em silêncio, satisfeita, balançando de um lado para o outro.

– Não é engraçado? – disse. – Eu geralmente permito que eles deem as ordens, só que de vez em quando é preciso tomar as rédeas de modo efetivo. Eles não me contrariam porque tenho uma poupança considerável, e eles temem que eu não a deixe para eles. O que não penso em fazer. Vou deixar um tanto, não tudo, só para irritá-los. Ainda não sei o que farei com o resto, mas tenho que decidir o quanto antes, pois, aos oitenta anos, já ultrapassei a minha cota de dias. Leve o tempo de que precisar para se vestir, querida. Vou descer e ficar de olho naqueles inúteis. Que criança bonita, é seu irmão?

– Não, ele é um filho da guerra. Estou cuidando dele porque a mãe morreu e o pai está lutando no front – respondeu Rilla em voz baixa.

– Filho da guerra! Ora essa! Bem, é melhor eu sair antes que ele acorde, senão começará a chorar. As crianças não gostam de mim, nunca gostaram. Não conheço nenhum que tenha se aproximado de mim por vontade própria. Nunca tive filhos. Amelia é minha enteada. Bem, isso me poupou de muitos problemas. Se as crianças não gostam de mim, eu não gosto delas, e estamos quites. Ainda assim, ele é um menino lindo.

Jims escolheu esse instante para acordar. Ele abriu os grandes olhos castanhos e encarou a senhora Matilda Pitman sem piscar. Em seguida sentou-se, abriu um sorriso delicioso, apontou para ela e disse para Rilla:

– Moça bonita, Willa, moça bonita.

A senhora Matilda Pitman sorriu. Até idosas de oitenta anos são vulneráveis à vaidade.

– Dizem que os loucos e as crianças falam a verdade – disse. – Eu costumava receber elogios quando era jovem, mas eles vão ficando escassos conforme o tempo passa. Não ouvia um há anos. É uma sensação ótima. Será que você não me daria um beijo, benzinho?

Então, Jims fez algo surpreendente. Ele era um menino reservado, que não tinha o costume de dar beijos nem no pessoal de Ingleside. Sem dizer uma palavra, ele se levantou, vestindo somente a camiseta, correu até os pés da cama, colocou os braços ao redor do pescoço da senhora Matilda Pitman e deu-lhe um abraço de urso e três ou quatro beijos sonoros e puros nas bochechas dela.

– Jims! – repreendeu Rilla, surpresa com a desenvoltura dele.

– Deixe-o – ordenou a senhora Matilda Pitman, arrumando a touca. – Céus, como é bom ver alguém que não tem medo de mim. Todo mundo tem... até você, apesar de tentar disfarçar. E por quê? É claro que Robert e Amelia temem a mim porque faço isso intencionalmente. Porém, todo mundo tem um pé atrás comigo, por mais cortês que eu seja. Você vai ficar com essa criança?

– Receio que não. O pai dele vai voltar em breve.

– Como ele é? O pai, quero dizer.

– Bem... até que é um sujeito bondoso e decente, só que é pobre, e temo que sempre será – hesitou Rilla.

– Entendi... um preguiçoso, incapaz de poupar. Bem, veremos. Tive uma ideia. É uma ótima ideia, que também deixará Robert e Amelia furiosos. Isso é o principal aos meus olhos, embora eu goste dessa criança por não ter medo de mim. Ele merece. Agora, vista-se e desça quando estiver pronta.

O corpo de Rilla estava dolorido após a queda e a caminhada da noite anterior, mas ela não demorou para se vestir e arrumar Jims. Quando desceram, os dois se depararam com uma farta mesa de café da manhã. O senhor Chapley não estava por perto, e a senhora Chapley cortava o pão com um ar sisudo. A senhora Matilda Pitman estava sentada em uma poltrona tricotando uma meia cinza para o exército. Ela continuava com a touca e tinha uma expressão triunfante.

– Sentem-se, queridos, e aproveitem – disse.

– Não estou com fome – disse Rilla em um tom quase suplicante. – Acho que não consigo comer nada. E é hora de partir para a estação. O trem da manhã passará daqui a pouco. Por favor, desculpe-me... Eu levarei um pedaço de pão com manteiga para Jims.

A senhora Matilda Pitman balançou uma agulha de tricô de um jeito brincalhão.

– Sentem-se e comam – disse. – São as ordens da senhora Matilda Pitman. Todo mundo obedece à senhora Matilda Pitman. E vocês também devem obedecer-lhe.

Rilla obedeceu. Ela se sentou e, sob a influência do olhar hipnotizante da senhora Matilda Pitman, fez um desjejum considerável. A obediente Amelia não falou nada, e tampouco a senhora Matilda Pitman, que tricotava furiosamente e ria. Quando Rilla terminou, a senhora Matilda Pitman enrolou a meia.

– Agora podem ir – disse –, mas não precisam. Vocês podem ficar aqui o quanto quiserem, e eu pedirei a Amelia que prepare as refeições para vocês.

A independente senhorita Blythe, a qual algumas garotas do comitê júnior da Cruz Vermelha acusavam de ser dominadora e mandona, sentiu-se completamente intimidada.

– Obrigada – murmurou –, realmente temos que ir embora.

– Muito bem, então – disse a senhora Matilda Pitman, abrindo a porta. – Sua condução está à espera. Eu mandei Robert levar vocês até a estação. Adoro dar ordens ao Robert. É praticamente a única diversão que me restou. Tenho mais de oitenta anos, e a maioria das coisas perdeu o encanto, exceto dar ordens ao Robert.

Robert estava sentado no banco da frente de uma charrete de banco duplo e rodas de borracha. Ele deve ter ouvido cada palavra da sogra, todavia não disse nada.

– Eu gostaria... – disse Rilla, reunindo a coragem que lhe restava – que a senhora aceitasse... hum... – ela voltou a encolher-se diante do olhar da senhora Matilda Pitman – ... uma recompensa pelo...

– A senhora Matilda Pitman já falou que não cobra hospedagem de estranhos nem permite semelhante atitude na casa dela, por mais avarentos que sejam os outros moradores. Vá para a cidade e não deixe de nos visitar quando vierem para essas bandas. Não tenha medo. Não que você seja medrosa, imagino, pela forma como enfrentou Robert nesta manhã. Gosto da sua atitude. As garotas de hoje, na maioria, são criaturas tímidas e assustadas. Quando era pequena, eu não tinha medo de nada nem de ninguém. E cuide bem desse menino. Ele não é uma criança comum. E faça com que Robert desvie de todas as poças de lama. Não quero que suje a charrete nova.

Enquanto se afastavam, Jims jogou beijos para a senhora Matilda Pitman até perdê-la de vista, e ela acenou com a meia. Robert não fez nenhum comentário, bom ou ruim, durante o trajeto até a estação, mas tomou cuidado com as poças. Ela lhe agradeceu com cordialidade ao descer na plataforma. A única resposta que recebeu foi um grunhido enquanto ele manobrava o cavalo para ir embora.

– Bem – disse Rilla, respirando fundo –, tenho que voltar a ser Rilla Blythe novamente. Fui uma pessoa completamente diferente nas últimas horas, só não sei quem... talvez alguma criação daquela anciã extraordinária. Creio que ela me hipnotizou. Os garotos vão adorar quando eu escrever contando essa aventura!

E suspirou. Com amargura, lembrou-se de que agora havia apenas Jerry, Ken, Carl e Shirley para lerem suas cartas. E Jem, que teria gostado imensamente da senhora Matilda Pitman, onde estava Jem?

# Notícias de Jem

4 de agosto de 1918.

"Faz quatro anos desde o baile no farol, quatro anos de guerra, que parecem quatro vezes três. Eu tinha quinze anos na época. Agora tenho dezenove. Eu achava que esses últimos quatro anos seriam os mais prazerosos da minha vida, mas foram anos de conflitos, medo, luto, preocupação, e espero humildemente que também tenham sido anos de crescimento em força e caráter."

"Hoje, ao atravessar o corredor, escutei a mamãe falar sobre mim com o papai. Não tive a intenção de ser enxerida, mas não pude evitar de ouvir enquanto cruzava o corredor e subia as escadas; e talvez foi por isso eu escutei o que aqueles que ouvem às escondidas nunca ouvem: algo bom sobre mim. E, como foi a mamãe que falou, vou escrever aqui no meu diário para me encorajar nos dias difíceis que virão, quando me sentir frívola, egoísta, fraca e desprovida de qualquer qualidade."

"'Rilla evoluiu maravilhosamente nesses últimos quatro anos. Ela costumava ser tão irresponsável! Ela se transformou em uma jovem mulher competente e tem sido uma ótima companhia para mim. Nan e Di acabaram se distanciando. Elas voltam muito pouco para casa, mas Rilla e eu nos tornamos bem próximas.

Somos amigas. Não sei como teria conseguido suportar esses anos terríveis sem ela, Gilbert.'"

"Foi exatamente isso que a mamãe falou, e eu me sinto contente, arrependida, orgulhosa e modesta! É lindo saber que ela pensa assim, mas não mereço tudo isso. Não sou tão boa e hábil como ela diz. Houve vários momentos em que me senti zangada, impaciente, triste e desesperada. A mamãe e Susan é que são a base desta família. No fim das contas, acho que eu ajudei um pouco, e fico feliz e grata."

"As notícias da guerra têm sido boas. Os franceses e os americanos estão forçando os alemães a recuarem cada vez mais. Há dias em que eu acho que isso é bom demais para durar. Depois de quatro anos de desastres, essa sucessão de conquistas parece inacreditável. Não comemoramos com alarde. Susan mantém a bandeira hasteada, todavia nós mantemos os pés no chão. O preço pago até agora tem sido muito alto para celebrarmos. Só agradecemos por nada ter sido em vão."

"Não temos notícias de Jem. Continuamos esperando, pois não ousamos fazer outra coisa. Porém, há momentos em que sentimos, embora nunca digamos em voz alta, que toda essa espera é tolice. Esses momentos se tornam cada vez mais frequentes conforme as semanas passam. E talvez nunca cheguemos a descobrir nada. Isso é o pior de tudo. Eu nem imagino como Faith está suportando. A julgar pelas cartas, ela jamais perdeu as esperanças, mas deve ter sido acometida por dúvidas sombrias, como todos nós."

20 de agosto de 1918.

"Os canadenses entraram em ação novamente, e o senhor Meredith recebeu um telegrama avisando que Carl sofreu ferimentos leves e está hospitalizado. O informe não especificou onde ele foi ferido, o que é incomum, e todos estamos preocupados. Todos os dias chegam notícias de novas vitórias."

30 de agosto de 1918.

"Os Merediths receberam uma carta de Carl hoje. O ferimento foi 'bem leve', no entanto foi no olho direito, por isso perdeu a visão desse olho para sempre!"

"'Um olho é o suficiente para observar insetos', escreveu com animação. E nós sabemos que poderia ter sido bem pior! Poderiam ter sido os dois olhos! Eu chorei a tarde inteira depois que li a carta dele. Aqueles olhos azuis lindos e destemidos!"

"Há um lado positivo: Carl não poderá voltar para o front. Ele virá para casa assim que deixar o hospital. Será o primeiro dos nossos garotos a regressar. Quando será que os outros voltarão?"

"Um deles jamais voltará. Pelo menos não em carne e osso. Ah, eu acho que ele estará lá: quando nossos soldados canadenses retornarem, haverá um exército espectral com eles, o exército dos caídos. Nós não o veremos, mas ele estará lá!"

1º de setembro de 1918.

"Mamãe e eu fomos a Charlottetown ontem para ver o filme *Aos Corações do Mundo*[58]. E eu passei a maior vergonha; o papai nunca vai parar de me provocar por causa disso. Tudo parecia tão real, e eu estava tão absorta nas cenas que aconteciam diante dos meus olhos que me esqueci do resto do mundo. Uma delas em específico, quase no final, foi muito emocionante. A heroína estava lutando contra um alemão desprezível que tentava raptá-la. Eu sabia que a mocinha tinha uma faca de prontidão (eu a vi escondê-la) e não compreendia por que ela não a sacava e acabava de uma vez com aquele animal. Achei que ela havia se esquecido da arma, e no momento mais tenso da cena eu perdi a cabeça e simplesmente me levantei no salão lotado e gritei com todas as forças: 'A faca está na sua meia, a faca está na sua meia!'"

---

58  Filme mudo norte-americano de 1918, escrito e dirigido por D. W. Griffith, com o tema da Primeira Guerra Mundial. (N. T.)

"Eu causei o maior tumulto!"

"E o mais engraçado foi que, no instante em que gritei, a garota agarrou a faca e apunhalou o soldado!"

"Todo mundo riu. Eu recobrei o juízo e me sentei, mortificada. A mamãe dobrava o corpo de tanto rir. Tive vontade de sacudi-la. Por que ela não me puxou antes que eu fizesse papel de boba? Ela alega que foi tudo muito rápido."

"Felizmente o salão estava escuro, e creio que não havia alguém ali que me conhecesse. E eu achei que estava me tornando sensata, comedida e madura! É óbvio que ainda tenho um longo caminho a percorrer antes de alcançar essa condição tão desejada."

20 de setembro de 1918.

"No Leste, a Bulgária aceitou a paz; no Oeste, os britânicos esmagaram a linha de frente de Hindenburg; e bem aqui em Glen St. Mary o pequeno Bruce Meredith fez um gesto cheio de amor, que achei maravilhoso. A senhora Meredith veio aqui nesta noite e nos contou tudo. A mamãe e eu choramos, e Susan levantou-se e bateu as panelas e os utensílios sobre o fogão."

"Bruce sempre admirou Jem e nunca se esqueceu dele em todos esses anos. É fiel a ele tanto quanto o Segunda-feira. Sempre lhe dissemos que Jem voltaria, mas parece que ele estava no armazém do Carter Flagg e ouviu o tio Norman declarar abertamente que o rapaz jamais iria voltar e que o povo de Ingleside deveria se poupar da espera. Bruce foi para casa e chorou até dormir. Nesta manhã, a mãe dele o viu sair para o jardim com um olhar determinado, carregando o gatinho de estimação. Ela não pensou mais nisso até que ele voltou mais tarde, com uma expressão trágica e o corpinho tremendo, e contou que havia afogado o Malhadinho."

"'Por que você fez isso?', exclamou a senhora Meredith."

"'Para trazer Jem de volta', soluçou Bruce. 'Achei que, se eu sacrificasse o Malhadinho, Deus iria fazer com que Jem voltasse para casa. Então, eu o afoguei... ah, mamãe, foi tão difícil! Mas com certeza Deus trará Jem de volta, pois o Malhadinho era o meu maior tesouro. Eu falei para Deus que iria lhe dar o Malhadinho em troca disso. E Ele vai trazê-lo de volta, não é mesmo, mamãe?'"

"A senhora Meredith não soube o que dizer para a pobre criança. Ela não foi capaz de explicar que talvez seu sacrifício não trará Jem de volta, que não é assim que Deus age. Ela o advertiu para não esperar resultados imediatos, que talvez demore muito até que Jem retorne para casa."

"Então Bruce disse: 'Não vai levar mais do que uma semana, mãe. Ah, o Malhadinho era tão pequenino! Seu ronronado era tão fofo. Deus vai gostar tanto dele que mandará Jem de volta, não acha?'"

"O senhor Meredith está preocupado que isso afete a fé de Bruce em Deus, e a senhora Meredith se preocupa com o efeito que isso terá no próprio Bruce caso não aconteça. Sinto vontade de chorar só de me lembrar. Foi algo tão esplêndido, triste e belo. Que rapazinho mais devotado! Ele venerava aquele gatinho. E, se tiver sido em vão, como acontece com muitos sacrifícios, ele ficará devastado porque ainda é pequeno demais para entender que Deus não responde às nossas preces do jeito que esperamos e que tampouco aceita barganhas."

24 de setembro de 1918.

"Estou ajoelhada diante da janela sob o luar há um bom tempo, agradecendo a Deus. A felicidade da noite passada e de hoje foi tamanha que chegou a doer, como se nosso coração não fosse grande o bastante para comportá-la."

"Na noite passada, às onze horas, eu estava aqui no meu quarto escrevendo uma carta para Shirley. Todos já estavam dormindo, com exceção do papai, que não estava em casa. Eu ouvi o telefone tocar e corri para atendê-lo antes que a mamãe fosse acordada. Era uma ligação de longa distância da companhia dos telégrafos, avisando que um telegrama do estrangeiro havia chegado para o doutor Blythe."

"Eu pensei em Shirley, e meu coração parou. Então, ouvi o sujeito dizer que era da Holanda. A mensagem era: 'Acabo de chegar. Escapei da Alemanha. Estou bem. Enviei uma carta. James Blythe.'"

"Eu não gritei nem desmaiei. Não fiquei alegre ou surpresa. Não senti nada. Eu congelei, como na noite em que descobri que Walter havia se alistado. Desliguei o telefone e me virei. A mamãe estava parada na porta. Ela usava o velho quimono rosa, seus cabelos estavam presos em uma longa trança nas costas e seus olhos brilhavam. Parecia uma jovenzinha."

"'Notícias de Jem?', perguntou."

"Como ela soube? Eu não disse nada ao telefone além de 'sim... sim... sim'. Ela afirma que não sabe como descobriu, mas sabia. Ela estava acordada e, ao ouvir o telefone, teve a certeza de que eram notícias de Jem."

"'Ele está vivo... e bem... Está na Holanda', contei."

"A mamãe entrou na sala e falou: 'Preciso telefonar para o seu pai. Ele está em Upper Glen.'"

"Ela estava muito calma e tranquila, bem diferente do que eu esperava, mas não eu. Acordei Gertrude e Susan e contei a novidade. Susan disse 'Graças a Deus' primeiro e, em seguida, 'Eu não falei que o Segunda-feira estava certo?', e então 'Vou preparar uma xícara de chá' e foi para a cozinha de camisola. Ela o preparou e obrigou a mamãe e Gertrude a bebê-lo. Eu vim para o meu quarto, tranquei a porta, ajoelhei-me diante da janela e chorei, igual a Gertrude quando recebeu boas notícias."

"Acho que finalmente sei como me sentirei na manhã da ressurreição."

4 de outubro de 1918.

"Hoje recebemos a carta de Jem. Faz somente seis horas que chegou a Ingleside e já está quase rasgada. A funcionária do correio contou para todo mundo em Glen, e todos vieram aqui para lê-la."

"Jem foi ferido gravemente na coxa. Quando o encontraram, foi recolhido e levado para a prisão, tão delirante de febre que não sabia o que estava acontecendo e onde estava. Demorou semanas para voltar a si e conseguir escrever uma carta. Só que ela nunca chegou. Ele não sofreu nenhum maltrato no campo, porém a comida era ruim. Só lhe davam um pouco de pão preto e nabos cozidos e de vez em quando um pouco de sopa com feijões. E nós, aqui, nos fartando com três refeições diárias! Ele nos escreveu sempre que pôde, todavia suspeitou que não estávamos recebendo as cartas porque não houve nenhuma resposta. Assim que se sentiu forte o bastante, tentou escapar, mas foi pego e levado de volta. Um mês depois, ele e um camarada tentaram de novo e conseguiram chegar até a Holanda."

"Jem ainda não pode voltar para casa. Ele não está tão bem como disse no telegrama porque o ferimento ainda não cicatrizou propriamente e precisará passar por um tratamento em um hospital na Inglaterra. Porém, disse que logo estará em forma, e agora sabemos que ele está a salvo e que voltará para casa em breve. Ah, que diferença isso faz!"

"Hoje também recebi uma carta de Jim Anderson. Ele se casou com uma garota inglesa, foi dispensado e está voltando para o Canadá com a noiva. Não sei se fico contente ou não. Vai depender do tipo de mulher que ela é. Recebi ainda uma segunda carta, um tanto misteriosa. É de um advogado de Charlottetown, pedindo que eu vá vê-lo o quanto antes a respeito de um assunto relacionado ao patrimônio da 'falecida senhora Matilda Pitman'."

"Eu li a nota sobre a morte da senhora Pitman, de um ataque cardíaco, no *Enterprise* algumas semanas atrás. Imagino se a carta tem algo a ver com Jims."

5 de outubro de 1918.

"Eu fui até a cidade hoje e conversei com o advogado da senhora Pitman, um homenzinho delgado e anguloso, que falou da cliente falecida com um respeito tão profundo que é evidente que estava sob o domínio dela tanto quanto Robert e Amelia. Ela havia solicitado um novo testamento pouco antes de morrer. A senhora Pitman deixou trinta mil dólares, quantia que ficou quase toda para Amelia Chapley. Todavia, cinco mil dólares haviam sido deixados para Jims. Os juros serão usados para a educação dele da maneira que eu bem entender, e a soma total será paga a ele quando tiver vinte anos. Não há dúvida de que Jims é um menino sortudo. Eu o salvei de uma morte lenta nas mãos da senhora Conover, Mary Vance o salvou de uma difteria, e a sorte o salvou quando despencou do trem. Ele não aterrissou apenas em um monte de samambaias, mas também em uma bela herança."

"Obviamente, como a senhora Pitman disse e eu sempre acreditei, ele não é uma criança comum, e seu destino tampouco será comum."

"Em todo caso, o futuro dele está garantido e de tal forma que Jim Anderson não conseguiria esbanjar a herança do filho nem se quisesse. Agora, se a madrasta inglesa for uma boa pessoa, eu me sentirei tranquila em relação ao futuro do meu filho da guerra."

"Eu me pergunto o que Robert e Amelia acham disso. Aposto que fecharão com pregos e tábuas as janelas da próxima vez que saírem de casa!"

# Vitória!

– Um dia de "ventos gelados e um céu melancólico"[59] –, recitou Rilla em uma tarde de domingo, dia 6 de outubro, exatamente. Estava tão frio que eles acenderam a lareira na sala de estar, e as chamas inquietas davam o melhor de si para combater a friagem. – Parece mais novembro do que outubro, pois novembro é um mês tão feio.

Depois de ter perdoado Susan mais uma vez, a prima Sophia estava em Ingleside, bem como a esposa do senhor Martin Clow, que não viera fazer uma visita em pleno domingo, e sim pegar emprestado com Susan um remédio para o reumatismo – isso era mais barato do que pedir ao doutor.

– Receio que teremos um inverno rigoroso – prognosticou a prima Sophia. – Os ratos-almiscarados estão construindo tocas imensas ao redor do lago, e esse é um sinal que nunca falha. Céus, como aquela criança cresceu! – a prima Sophia suspirou novamente, como se aquilo fosse algo ruim. – Quando o pai dele chegará?

– Na semana que vem – disse Rilla.

---

59 Referência ao poema *Heaven*, da poetisa norte-americana Nancy Amelia Woodbury Priest Wakefield (1836-1870). (N. T.)

– Bem, espero que a madrasta não maltrate o coitado – suspirou a prima Sophia. – Tenho as minhas dúvidas... tenho as minhas dúvidas. De qualquer forma, ele com certeza sentirá a diferença entre os cuidados que recebeu aqui e os que receberá em qualquer outro lugar. Você o mimou muito, Rilla.

Rilla sorriu e abraçou Jims. Ela sabia que o menino pequeno, faceiro e radiante não era mimado. Contudo, por trás do sorriso, seu coração estava pesado. Ela pensava muito na nova senhora Anderson e se preocupava como ela seria.

"Não posso entregar Jims a uma mulher que não o queira", pensou com rebeldia.

– Acho que vai chover – comentou a prima Sophia. – Já tivemos muita chuva neste outono. Vai dificultar muito o plantio. Não era assim na minha juventude. Naquela época, tínhamos outubros deslumbrantes. Mas todas as estações estão muito diferentes agora. – O toque do telefone cortou a voz melancólica da prima Sophia. Gertrude Oliver o atendeu.

– Sim, o quê? É verdade? É oficial? Obrigada, muito obrigada.

Gertrude virou-se e encarou todos dramaticamente, com os olhos brilhando. Seu rosto corou de emoção. De repente, o sol irrompeu por entre as nuvens pesadas, e seus raios iluminaram o grande bordo de folhas carmesim do lado de fora da janela. O brilho refletido a envolveu em uma chama estranha e imaterial. Parecia uma sacerdotisa realizando um ritual místico e esplêndido.

– A Alemanha e a Áustria pediram paz – anunciou.

Rilla ficou eufórica por alguns minutos. Ela pulava e dançava, batendo palmas, rindo e chorando.

– Sente-se, criança – disse a senhora Clow, que nunca ficava animada com nada, e que por isso havia evitado uma quantidade tremenda de problemas e alegrias no decorrer da vida.

– Ah – exclamou Rilla –, eu andei de um lado para o outro por horas a fio em desespero e inquietação nesses últimos quatro anos. Agora, deixe-me fazer o mesmo com alegria. Valeu a pena suportar esses longos anos terríveis por este minuto e valeria a pena revivê-los só para recordar este momento. Susan, vamos hastear a bandeira! E temos que telefonar para todo mundo em Glen e contar a notícia.

– Agora podemos comer quanto açúcar quisermos? – perguntou Jims, ansioso.

Foi uma tarde que jamais será esquecida. Conforme a notícia se espalhava, as pessoas saíam às ruas do vilarejo e corriam até Ingleside. Os Merediths ficaram para o jantar, e todo mundo falou ao mesmo tempo e ninguém escutou ninguém. A prima Sophia tentou avisar que não confiava na Alemanha e na Áustria, que tudo não passava de um estratagema, mas ninguém lhe deu a mínima atenção.

– Este domingo compensa aquele em março – disse Susan.

– Pergunto-me se as coisas não parecerão monótonas e insípidas quando a paz de fato se instaurar – refletiu Gertrude em particular com Rilla. – Depois de quatro anos de horrores e medos, reviravoltas terríveis e vitórias incríveis, será que a vida não parecerá monótona e desinteressante? Que estranho, sublime e tedioso será não temer o correio todos os dias.

– Suponho que ainda teremos de temê-lo por um tempo – disse Rilla. – A paz ainda demorará algumas semanas. E, nesse ínterim, coisas horríveis podem acontecer. Estou mais calma agora. Nós ganhamos, mas que preço tivemos de pagar!

– Não foi alto demais pela liberdade – disse Gertrude. – Você acha que foi, Rilla?

– Não... – murmurou Rilla. Ela estava vendo uma pequena cruz branca em um campo de batalha na França. – Não se nós, que estamos vivos, nos mostrarmos dignos, se "mantivermos a fé".

– Nós não perderemos a fé – disse Gertrude.

Então, ela se levantou. Um silêncio tomou conta da mesa, e no silêncio Gertrude recitou o famoso poema de Walter, *O Flautista*. Quando terminou, o senhor Meredith ergueu a taça.

– Um brinde ao exército silencioso, aos rapazes que responderam ao chamado do flautista. Pelo nosso amanhã, eles renunciaram ao hoje. A vitória é deles!

# O Senhor Hyde parte
# e Susan sai em lua de mel

No início de novembro, Jims foi embora de Ingleside. Rilla assistiu à partida dele com muitas lágrimas, mas com o coração livre de preocupações. A segunda senhora Anderson era uma mulher tão encantadora que era impossível não se admirar com a sorte que Jim teve. Tinha a tez rosada, olhos azuis, um ar saudável e era redonda como uma folha de gerânio. Rilla se deu conta de imediato de que Jims estaria em boas mãos.

– Adoro crianças, senhorita – disse com entusiasmo. – Deixei seis irmãos e irmãs pequenos na minha terra natal. Jims é um menino lindo e saudável, devo dizer que você fez um excelente trabalho. Cuidarei dele como se fosse filho meu, senhorita. E garanto que manterei Jim na linha. Ele é um bom trabalhador. Tudo que precisa é de alguém que fique de olho nele e cuide do dinheiro. Alugamos uma fazenda nos arredores da vila. Jim queria ficar na Inglaterra, mas eu falei "não". Sempre quis conhecer outro país, e o Canadá me pareceu um bom lugar.

– Que bom que vão morar perto de nós. Você vai deixar que Jims venha nos visitar, não é mesmo? Eu o amo muito.

– Sem dúvida, senhorita. Nunca vi uma criança mais adorável. Jim e eu compreendemos tudo que você fez por ele e não seremos ingratos. Ele pode vir aqui sempre que você quiser, e aceitarei de bom grado qualquer conselho. Jims é mais seu do que de qualquer outra pessoa, devo dizer, e quero que passe o tempo quiser com ele, senhorita.

E, assim, Jims foi embora, com a sopeira, ainda que não dentro dela. Depois veio a notícia do armistício, e até Glen St. Mary enlouqueceu. Uma fogueira foi acesa na vila naquela noite, e uma efígie do cáiser foi queimada. Os garotos da vila dos pescadores atearam fogo em toda a grama seca das dunas de areia, em uma gloriosa conflagração que se estendeu por onze quilômetros. Em Ingleside, Rilla correu para o quarto enquanto ria.

– Agora vou fazer uma coisa imperdoável e indecorosa – disse, tirando o chapéu verde da caixa. – Vou chutá-lo até que perca a forma e não usarei mais nada com esse tom de verde na vida.

– Você cumpriu sua promessa corajosamente – disse a senhorita Oliver.

– Não foi coragem, foi pura obstinação, e estou envergonhada disso – disse Rilla, chutando o chapéu com alegria. – Quero mostrar à mamãe. É maldade comportar-se de maneira tão deplorável diante da própria mãe, só que ela precisa ver isso! Estou me sentindo muito jovem novamente... jovem, frívola e tola. Por acaso eu disse que novembro é um mês feio? Ora, é o mais lindo de todos! Ouça os sinos tocando no Vale do Arco-Íris! Nunca os ouvi com tanta clareza. Estão tocando pela paz, felicidade, e todas as coisas doces, agradáveis e familiares que poderemos voltar a ter, senhorita Oliver. Não que eu esteja em meu pleno juízo. O mundo inteiro enlouqueceu um pouco hoje. Logo ficaremos sóbrios, "manteremos a fé" e começaremos a construir nosso novo mundo. Só por hoje, sejamos loucos e felizes.

Susan voltou do jardim ensolarado extremamente satisfeita.

– O Senhor Hyde se foi – anunciou.

– Ele se foi? Quer dizer que ele morreu, Susan?

– Não, querida senhora, aquele bicho não morreu. Porém, nunca mais o veremos. Tenho certeza disso.

– Não seja misteriosa, Susan. O que aconteceu com ele?

– Bem, querida senhora, ele estava sentado nos degraus da porta da cozinha. Foi logo depois que chegou a notícia do armistício, e ele estava o próprio Senhor Hyde encarnado. Era uma fera que impressionava. De repente, querida senhora, Bruce Meredith apareceu pela lateral da casa andando em suas pernas-de-pau. Ele tem praticado bastante e veio me mostrar. O bicho deu só uma olhada e saltou a cerca do quintal com um pulo só. Em seguida, saiu em disparada pelo bosque de bordos com grandes saltos e as orelhas voltadas para trás. Nunca vi uma criatura tão aterrorizada, querida senhora. Desde então, não voltou mais.

– Ah, ele voltará, Susan, e bem mansinho depois do susto.

– Veremos, querida senhora, veremos. O armistício foi assinado, o que me faz lembrar que o Bigodinho teve um derrame cerebral na noite passada. Não estou dizendo que foi um castigo, pois não sou conselheira do Todo-Poderoso, mas é a minha opinião. Não voltaremos a ouvir falar do Bigodinho ou do Senhor Hyde em Glen St. Mary tão cedo, querida senhora, pode apostar.

De fato, o Senhor Hyde nunca mais foi visto. Como provavelmente não foi o susto que o fez fugir, o pessoal de Ingleside concluiu que ele foi vítima de um destino cruel, como um tiro ou veneno. Já Susan acreditava e continuava a afirmar que ele meramente "foi para o devido lugar". Rilla lamentou a ausência do adorado bichano altivo, de quem gostava tanto na versão canhestra do Senhor Hyde como nos dias de Doutor Jekyll.

– E agora, querida senhora – disse Susan –, já que a faxina de outono terminou e o carrinho do jardim está guardado em segurança no celeiro, vou sair em lua de mel para celebrar a paz.

– Lua de mel, Susan?

– Sim, querida senhora, lua de mel – repetiu Susan com firmeza. – Sei que nunca terei um marido, mas não pretendo me privar de tudo. Vou para Charlottetown visitar a família do meu irmão casado. A esposa dele passou o outono inteiro doente, e ninguém sabe se viverá ou não. Ela nunca foi de contar aos outros o que pretende fazer. É por isso que nunca gostaram muito dela na família. Enfim, por segurança, sinto que deveria visitá-la. Faz mais de vinte anos que não visito a cidade por mais de um dia e gostaria de ver um desses filmes de que ouço tanto falar, só para não ficar desatualizada. E não pense que vai me perder, querida senhora. Pretendo ficar quinze dias fora, se permitir.

– Você com certeza merece umas boas férias, Susan. Fique um mês, pois é a duração tradicional de uma lua de mel.

– Não, querida senhora, quinze dias é tudo de que preciso. Além disso, tenho que estar aqui pelo menos três semanas antes do Natal para ter tempo de cuidar de todos os preparativos. Teremos um Natal de verdade neste ano, querida senhora. Acha que há alguma possibilidade de os meninos estarem de volta até lá?

– Creio que não, Susan. Jem e Shirley escreveram que provavelmente só voltarão na primavera; Shirley talvez só volte em meados do verão. Entretanto, Carl Meredith estará em Glen, bem como Nan e Di, e faremos uma grande festa mais uma vez. Colocaremos cadeiras para todos, Susan, como você fez no nosso primeiro Natal durante a guerra. Sim, para todos, até para o meu querido menino cujo lugar sempre estará vazio e para os demais.

– É impossível que eu me esqueça disso, querida senhora – disse Susan, secando os olhos antes de ir arrumar as malas para a "lua de mel".

# "Rilla-a-Marilla!"

Carl Meredith e Miller Douglas voltaram para casa a tempo do Natal, e Glen St. Mary os recebeu com uma banda emprestada de Lowbridge e com discursos dos moradores. Miller estava animado e sorridente, apesar da perna de madeira; ele havia se tornado um rapaz de ombros largos e imponente, e a medalha de Conduta Distinta que usava fez com que a senhorita Cornelia relevasse as deficiências de seu *pedigree* ao ponto de aceitar tacitamente seu noivado com Mary, que empinou o nariz, sobretudo quando Carter Flagg colocou Miller como atendente em seu armazém, mas ninguém se importou.

– É claro que a fazenda está fora de questão para nós – disse para Rilla. – Miller acredita que gostará do emprego quando se acostumar com a vida pacata de novo, e o senhor Flagg será um patrão mais agradável do que a velha Kitty. Nós nos casaremos no outono e vamos morar naquela velha casa dos Meads com as janelas projetadas e o telhado tipo mansarda. Sempre achei aquela a casa mais bonita em Glen, todavia jamais sonhei em morar lá. Vamos alugá-la, é claro, mas, se as coisas acontecerem como o esperado e Carter Flagg aceitar Miller como sócio, talvez possamos comprá-la um dia. Bem, pode-se dizer que eu evoluí bastante socialmente, considerando de onde vim, não acha? Nunca aspirei a ser cônjuge de um comerciante. Só que Miller é muito ambicioso e terá uma esposa que o apoia. Ele disse que não encontrou nenhuma garota francesa que valesse a pena olhar e que o coração dele foi fiel a mim desde o momento em que partiu.

Jerry Meredith e Joe Milgrave voltaram em janeiro, e durante todo o inverno os rapazes de Glen e dos arredores voltaram para casa em duplas ou trios. Nenhum deles retornou o mesmo que partiu, nem os que tiveram a sorte de não serem feridos.

Na primavera, em um dia em que os narcisos balançavam ao vento no jardim de Ingleside e as margens do riacho no Vale do Arco-Íris estavam repletas de doces violetas brancas e púrpuras, o trem da tarde encostou preguiçosamente na estação de Glen. Era raro pessoas chegarem ao vilarejo naquele horário, por isso não havia ninguém na plataforma além do novo agente da estação e um cachorrinho preto e amarelo, que há quatro anos e meio recepcionava cada trem que entrava em Glen St. Mary. O Segunda-feira recebeu milhares de pessoas e nunca se deparou com o garoto pelo qual aguardava. Ainda assim, continuou sua espera sem perder a esperança. Seu coração canino falhava algumas vezes, pois estava ficando velho e reumático. Quando voltava para o canil depois que cada trem partia, seu caminhar era lento e desanimado agora, de cabeça baixa e com o rabo entre as pernas.

Um passageiro saiu do trem. Era um sujeito alto vestindo um uniforme de tenente surrado, que caminhava com um coxear quase imperceptível. Tinha um rosto moreno e alguns fios grisalhos nos cachos avermelhados ao redor da testa. O novo agente da estação o encarou, curioso. Estava acostumado a ver rapazes de cáqui chegar e ser recebidos por uma multidão tumultuosa, e outros que não haviam avisado sobre o retorno descer do trem em silêncio, como aquele ali. Porém, havia certa distinção no porte e nos traços daquele soldado que lhe chamou a atenção e o fez se perguntar quem seria.

Um raio preto e amarelo passou pelo agente. O Segunda-feira, reumático? Velho? De forma alguma. Ele era um filhotinho ensandecido, rejuvenescido pela felicidade.

Ele se jogou contra o soldado alto, com um latido que ficou entalado na garganta de tanta emoção. Em seguida jogou-se no chão, tremendo em um frenesi. Ele tentou escalar as pernas do soldado de cáqui, escorregou e encolheu-se em um arrebatamento que parecia a ponto de explodir seu corpinho em pedacinhos. Então lambeu as botas do jovem e, quando o tenente por fim conseguiu pegá-lo nos braços, com um sorriso nos lábios e lágrimas nos olhos, o Segunda-feira encostou a cabeça no ombro uniformizado e lambeu o pescoço queimado de sol dele, entre latidos e ganidos esquisitos.

O agente já tinha ouvido a história do Segunda-feira. E agora sabia quem era o soldado por quem aguardava. A longa vigília do cãozinho havia terminado. Jem Blythe voltara para casa.

"Estamos todos muito felizes, tristes e gratos", escreveu Rilla no diário uma semana depois, "embora Susan ainda não tenha se recuperado, e provavelmente nunca se recuperará, creio eu, do choque pelo retorno de Jem na noite em que resolveu preparar um jantar com sobras, após um dia extenuante. Nunca me esquecerei de como ela corria loucamente entre a despensa e o porão em busca de delícias estocadas. Como se alguém fosse se importar com o que havia sobre a mesa, pois ninguém conseguiu comer. Olhar para Jem era o suficiente. Mamãe estava com medo de que ele fosse desaparecer se desviasse o olhar. O Segunda-feira recusou-se a se separar de Jem por um instante sequer. Ele dorme aos pés da cama e se deita ao lado da cadeira dele durante as refeições. Também insistiu em ir à missa no domingo conosco e deitou-se aos pés de Jem, onde adormeceu. No meio do sermão ele despertou e achou que deveria dar boas-vindas a Jem novamente, com uma série de pulos e latidos que só cessaram quando ele o pegou no colo. Todavia ninguém pareceu se importar, e o senhor Meredith fez carinho na cabeça dele ao final e disse: 'Fé, afeição e lealdade são preciosidades onde quer que as encontremos. Esse cãozinho é um tesouro, Jem'."

"Uma noite, quando Jem e eu conversávamos no Vale do Arco-Íris, perguntei se ele sentiu medo no front."

"Jem riu."

"'Medo? Tive medo inúmeras de vezes, fiquei apavorado... Eu, que costumava rir de Walter quando ele ficava com medo. Sabe, Walter nunca mais sentiu medo depois que chegou ao front. A realidade nunca o assustou; apenas a imaginação dele era capaz disso. O coronel dele disse que Walter era o homem mais corajoso do regimento. Rilla, só descobri que Walter morreu quando cheguei em casa. Você não sabe o quanto sinto a falta dele... Vocês já se acostumaram, de certa forma, mas tudo é novo para mim. Walter e eu crescemos juntos, éramos amigos, além de irmãos, e agora, neste vale que ele amava tanto, acabo de compreender que nunca mais o verei de novo.'"

"Jem voltará para a faculdade no outono, assim como Jerry e Carl. Suponho que Shirley também. Ele espera retornar em julho. Nan e Di vão continuar lecionando. Faith acredita que só voltará em setembro. Creio que também dará aulas, já que ela e Jem só poderão se casar depois que ele terminar o curso de medicina. Una Meredith decidiu, eu acho, estudar ciências domésticas em Kingsport. Gertrude se casará com o major dela e está muito feliz, 'desavergonhadamente feliz', como diz; acho a atitude dela muito bonita. Todos estão falando de planos e sonhos com mais seriedade do que costumavam falar antigamente, mas ainda assim decididos a seguir em frente, apesar dos anos perdidos."

"'Este é um novo mundo', diz o Jem, 'e precisamos torná-lo melhor do que o anterior. Isso ainda não aconteceu, apesar de algumas pessoas acharem que sim. O trabalho ainda não acabou; ele só começou. O mundo antigo foi destruído, e temos que construir o novo. Será uma tarefa de anos. Vi o suficiente no front para perceber que devemos criar um mundo onde guerras não possam acontecer. Nós ferimos mortalmente o prussianismo, só que ele ainda não morreu e tampouco está confinado na Alemanha. Não o foi suficiente para eliminar o espírito antigo, mas é necessário abrir espaço para o novo.'"

"Estou escrevendo essas palavras de Jem no meu diário para poder relê-las ocasionalmente e me encorajar quando estiver desanimada e achar que não é tão fácil "manter a fé".

Rilla fechou o diário com um leve suspiro. Naquele momento, ela estava com dificuldades para manter a fé. Todos os outros pareciam ter algum plano ou ambição em especial para construírem a própria vida, menos ela. E Rilla sentia-se solitária, terrivelmente solitária. Jem havia regressado, só que não era mais o garoto risonho que partira em 1914, e agora pertencia a Faith. Walter jamais voltaria. Nem Jims estava mais ali. De repente, o mundo dela pareceu vasto e vazio. Ela teve essa impressão no dia anterior, quando abriu um jornal de Montreal e se deparou com o nome do capitão Kenneth Ford em uma lista de quinze dias atrás com os nomes dos soldados que haviam retornado.

Então, Ken estava em casa e não havia sequer escrito uma carta para avisá-la. Estava no Canadá fazia duas semanas, e ela não fazia a menor ideia. Ele se esquecera, se é que havia algo para se esquecer... um aperto de mão, um beijo, um olhar, uma promessa feita sob a influência do afã momentâneo... era tudo absurdo. Ela fora uma tola romântica e inexperiente. Bem, ela seria mais sábia no futuro, muito mais sábia, e muito discreta, e muito cautelosa com os homens.

"Creio que é melhor cursar ciências domésticas junto com Una", pensou, parada diante da janela enquanto observava um emaranhado esmeralda e delicado de vinhas no Vale do Arco-Íris sob o maravilhoso brilho lilás do entardecer. Ela não tinha o menor interesse em ciências domésticas, mas, com um mundo todo novo para ser construído, uma garota precisava fazer alguma coisa.

A campainha da porta tocou, e Rilla desceu relutantemente. Ela precisava atender a porta, já que não havia mais ninguém em casa.

No entanto, ela detestava a ideia de receber visitas naquele momento. Ela desceu as escadas devagar e abriu a porta.

Um homem de uniforme cáqui estava parado nos degraus da varanda: alto, com olhos e cabelos escuros, e uma cicatriz fina e esbranquiçada na bochecha. Rilla o encarou por um instante, aturdida. Quem era?

Era algum conhecido, havia algo muito familiar nele.

– Rilla-a-Marilla – disse ele.

– Ken – arfou ela. É claro que era Ken, contudo ele parecia muito mais velho e havia mudado tanto... Aquela cicatriz, as linhas ao redor dos olhos e dos lábios... Os pensamentos dela davam voltas e mais voltas.

Ken segurou a mão que ela estendeu com hesitação e a encarou. A Rilla magricela de quatro anos atrás havia encorpado e ganhado simetria. Ele se despedira de uma colegial e agora estava diante de uma mulher, uma mulher com olhos maravilhosos, um lábio fendido e bochechas que pareciam desabrochar. Uma mulher bela e desejável, a mulher dos sonhos dele.

– Você é a Rilla-a-Marilla? – perguntou.

A emoção a sacudiu da cabeça aos pés. Felicidade, pesar, medo. Cada sentimento que havia oprimido o coração dela naqueles quatro longos anos ressurgiu por um momento quando as profundezas da alma dela foram agitadas. Ela tentou falar, mas de início a voz não saiu. Então, com o ceceio de outrora:

– Sim – disse Rilla.